Anett E. Schlicht
Zeit der Eismonde
Schattenläufer

PIPER

Zu diesem Buch

Während die Eiswinde auf ihren kalten Schwingen den Winter bringen, befindet sich Ouwen mit seinen beiden Gefährten auf einer Schiffspassage nach Hegar. Das Handelsschiff Alvar kämpft sich durch Stürme und eisige Fluten, doch die wahren Gefahren lauern viel näher: Die dunkle Magie, vor der sie aus Aehdland geflohen sind, spinnt ihr Netz auch auf der Alvar und fordert Ouwens Kräfte heraus. Währenddessen unternimmt Mattes den riskanten Versuch, das zugeschneite Nordgebirge zu überqueren, um ein Versprechen zu halten, das er der Seherin Alba vor ihrem Tod gegeben hat. Ein Versprechen, das ihn an ein Mädchen bindet, dessen Schicksal sich erst noch offenbaren wird. Auch Hayden sucht in Esgar nach Antworten, die ihn im Kampf gegen die Mächte der Königsstadt voranbringen. Eine Spur führt in die Totenviertel der Stadt, doch als der Schattenläufer in die Welt der Verstorbenen hinabsteigt, holen ihn Ereignisse aus seiner Vergangenheit ein, die ihn einmal fast das Leben gekostet hätten …

Anett E. Schlicht wuchs in Mecklenburg-Vorpommern auf und lebt als freie Journalistin und Autorin in Hamburg. Sie ist Fantasy- und Science-Fiction-Fan, Serien-Junkie und reist gern, vor allem nach Skandinavien. Schon als Kind liebte sie Märchen und fantastische Erzählungen – und die Gute-Nacht-Gruselgeschichten ihrer Großmutter. Ein Teil des ersten Bandes von »Zeit der Eismonde« entstand während eines Winterurlaubs an der dänischen Nordsee. Die Geschichte ist inspiriert von der Frage »Woher kommen unsere Träume?« und einem Besuch des Wikinger-Museums Haithabu in der Nähe von Schleswig. Der Auftakt der High-Fantasy-Reihe ist 2019 bei Piper erschienen.

Anett E. Schlicht

Zeit der Eismonde

Schattenläufer

Mit einer Karte

PIPER

Entdecke die Welt der Piper Fantasy:

Piper Fantasy.de

Von Anett E. Schlicht legen im Piper Verlag vor:
Zeit der Eismonde
Zeit der Eismonde. Schattenläufer

Die Playlist der Autorin zu »Zeit der Eismonde – Schattenläufer« gibt es hier:
piper.de/eismonde2

MIX
Papier aus verantwortungsvollen Quellen
FSC® C083411
FSC www.fsc.org

Originalausgabe
August 2020
ISBN 978-3-492-28221-5

Umschlaggestaltung: Guter Punkt, München
Umschlagabbildung: Guter Punkt, Kim Hoang unter Verwendung von Motiven von Getty Images und Shutterstock
Karte und Illustration: Anett E. Schlicht 2020 | Grafik: artfabrikat.de
Satz: psb, Berlin
Gesetzt aus der Palatino
Druck und Bindung: CPI books GmbH, Leck
Printed in the EU

Für all diejenigen, die hinter verschlossenen Türen einen Pfad nach Narnia, Hogwarts oder Mittelerde vermuten.

Ihr seid nicht allein.

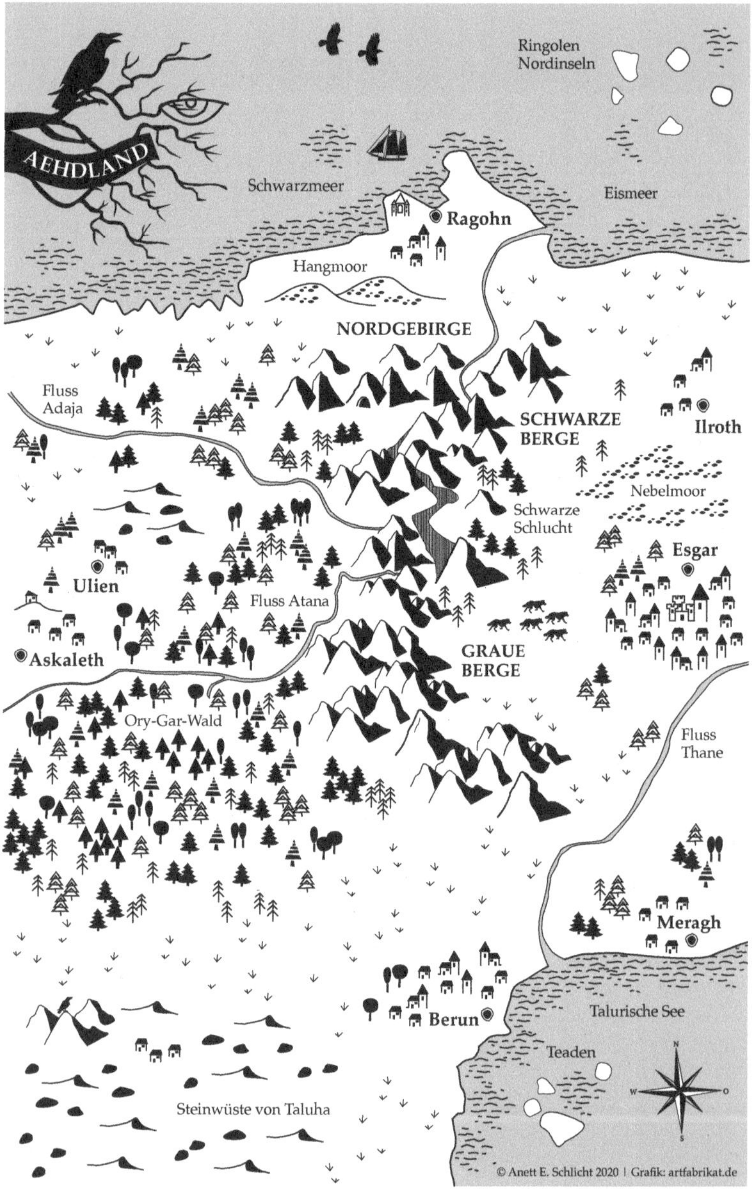
AEHDLAND
Ringolen
Nordinseln
Schwarzmeer
Eismeer
Ragohn
Hangmoor
NORDGEBIRGE
Fluss
Adaja
SCHWARZE
BERGE
Ilroth
Nebelmoor
Schwarze
Schlucht
Esgar
Ulien
Fluss Atana
GRAUE
BERGE
Askaleth
Ory-Gar-Wald
Fluss
Thane
Meragh
Berun
Talurische See
Teaden
Steinwüste von Taluha
N
W
O
S
© Anett E. Schlicht 2020 | Grafik: artfabrikat.de

Öffne deine Schwingen, Herr des Windes.

Gebieter der Stürme,
Donnerzunge.

Teile den Himmel und trage meine Seele auf
unsichtbaren Pfaden über den Horizont.

Was mein ist, soll dir gehören.

Was war, ist vergessen.

Vers 87, Drittes Buch.
Aus den Chroniken der Dreizehn

KAPITEL 1

Nördliches Eismeer, an Bord des Handelsschiffes Alvar

Ouwen lag auf dem Rücken und lauschte dem Geräusch der Wellen, die hartnäckig gegen die Planken des Schiffes schlugen. Es klang fast wie ein schlagendes Herz.

Das Windlicht warf tanzende Schatten auf seine Koje und die hölzernen Balken, welche sich über ihm an der Decke des Schiffsbauches wölbten. Seufzend verschränkte er die Arme hinter dem Kopf. Sie waren seit fünf Tagen unterwegs und er hatte sich noch immer nicht daran gewöhnt, kein festes Land mehr unter den Füßen zu haben. Er warf einen Blick zu der Wölfin, die neben der Koje auf dem Boden lag. Ihre Ohren waren nervös angelegt. Sie schien, genau wie er selbst, dem seltsamen Schaukeln des Schiffes zu misstrauen.

Nachdenklich starrte er an die Decke. Wie lange war er bereits hier unten? Das Dämmerlicht im Laderaum ließ ihn jegliches Zeitgefühl verlieren. Er schloss die Augen und versuchte seine Sorgen für einen Moment auszublenden.

Die Alvar hob und senkte sich im stetigen Rhythmus der Wellen. Das Eichenholz schien bei jeder Bewegung des Schiffes leise zu raunen, als wollte es Geschichten erzählen, über das Meer, seine unendlichen Tiefen und seltsamen Geschöpfe, die in ihm hausten. Legenden über riesige Wellen und Stürme, die Segel und Masten wie Spielzeuge zerfetzten und ganze Schiffe in ihr nasses Grab rissen. Als er das Geräusch näher kommender Schritte hörte, wandte er den Kopf.

»Du bist wach, gut.« Argos bleckte die Zähne. »Steh auf und komm mit an Deck. Solange die Männer noch schlafen, können wir etwas Zeit an der frischen Luft verbringen, ohne dass einer von ihnen unnütze Fragen stellt.« Er stemmte die Hände in seine Hüften. »Ich wünschte, ich könnte mit dir deine Kampfübungen fortsetzen, aber das muss warten, bis wir die Inseln erreichen.« Der Gestaltwandler schnalzte mit der Zunge. »Wenn mein Schwertarm bis dahin nicht eingerostet ist.«

Ouwen erhob sich von seinem Lager und strich sich die Haare zurück. »Was ist mit Grey? Kann sie mitkommen?«

Argos schüttelte den Kopf. »Nein, das ist keine gute Idee. Unter den Wachen ist Halvad, sie bleibt besser unter Deck.«

Ouwen blickte zu der Wölfin. Sie hatte seit ihrer Ankunft das Unterdeck nur selten verlassen. Es tat ihm leid, sie hier eingesperrt zu sehen, aber er konnte es im Moment nicht ändern. Halvad hatte ihm mehr als deutlich zu verstehen gegeben, dass er den *seltsamen* Hund nicht gerne an Deck sah. Ouwen hatte gehört, wie er mit anderen darüber geredet hatte und wollte unnötigen Ärger vermeiden.

Es tut mir leid. Er sandte ihr in Gedanken eine Entschuldigung. Die Wölfin hatte sich von ihrem Platz erhoben und rieb ihre Flanke an seinem Bein. Ouwen strich über ihr graues Fell. Er mochte den Namen, den er ihr gegeben hatte, auch wenn Argos es für unnötig hielt. Doch er fand, dass sie einen Namen verdient hatte und solange er nicht ihren wahren Namen kannte, würde er sie Grey nennen – nach dem Fluss Greyfoss, der in seiner Heimat am Fuße des Nordgebirges entsprang. Er hatte den Fluss selbst nie gesehen, aber sein Vater hatte ihm erzählt, dass das Wasser seine eisgraue Farbe nie verlor, selbst wenn im Frühjahr das Schmelzeis von den Bergen Schlamm und abgestorbene Pflanzenreste mit sich brachte.

Bleib hier! Ich werde bald zurück sein. Er griff nach seinem Mantel und folgte Argos, der zu einer Leiter am Ende des Laderaumes lief. Der Gestaltwandler stieg die Sprossen empor und öffnete die Luke. Ein Schwall eisiger Luft wehte ihnen entgegen. Ouwen senkte den Kopf und kletterte an Deck. Die Kälte brannte sich in sein vom Schlaf erhitztes Gesicht und kroch unter seine Kleidung. Er versuchte, nicht an seine warme Koje zu denken. Argos duldete kein Jammern, darin ähnelte er sehr Ouwens Vater. *Mattes* … Ouwen hob den Kopf und sah zu den Sternen, die hell am Firmament strahlten. Es war eine klare Nacht, keine einzige Wolke zeigte sich am Himmel. Argos hatte ihm erzählt, dass auf der Seeroute zwischen dem Schwarzmeer und dem Eismeer die Gestirne selbst während der Eismonde ihren Glanz nicht verloren. Die Kapitäne hatten auch im Winter eine gute Sicht und navigierten nach den Sternen.

»Wir werden die Inseln bald erreichen, oder?« Er deutete zu dem hellsten Punkt hinauf. »Das dort oben ist doch Aihos, der Nordstern?«

Argos folgte seinem Blick und hob belustigt eine

Braue. »Wer hat dir beigebracht, aus den Gestirnen zu lesen?«

Ouwen betrachtete die funkelnden Sterne. Sie schienen zum Greifen nah zu sein. »Mein Vater«, erwiderte er. Sein Atem bildete kleine Wölkchen vor seinem Gesicht.

»Er war ein guter Lehrer. Es sind nicht mehr als zwei oder drei Tagesreisen, die uns von Hegar trennen. Sie ist die größte der fünf Inseln im Eismeer.« Argos ließ seinen Blick über das in Dunkelheit getauchte Meer schweifen, in dem sich das Licht der Gestirne spiegelte. »Die Götter sind nicht fern in dieser Nacht.« Er seufzte. »Bei Aenais Bogen, ich bin froh, wenn ich wieder meine alte Gestalt annehmen kann.«

Ouwen wandte sich zu ihm um. »Kostet es dich viel Kraft?«

Argos trat an die Reling und umfasste sie mit seinen Händen. »Es ist lange her, dass ein Gestaltwechsel so lange angedauert hat, doch es geht mir gut. Ich muss nur darauf achten, dass meine Konzentration nicht nachlässt.« Er verzog den Mund zu einem Grinsen. »Außerdem ist es ja nicht so, dass ich die ganze Zeit als alter Mann herumlaufen muss. Ab und zu mische ich mich unter die Besatzung und höre mich dabei ein wenig um.«

»Du hast dich als einer von Kapitän Thyrins Männern ausgegeben?«

»Ich bin vorsichtig gewesen. Und es war eine gute Gelegenheit, um herauszufinden, mit wem wir es hier auf dem Schiff zu tun haben.« Argos kratzte sich am Hals. »Das Erste, was ich machen werde, sobald wir wieder Land unter den Füßen haben, ist, diese Sachen auszuziehen und ein Bad zu nehmen. Ich rieche mittlerweile genauso furchtbar wie die verlausten Seemänner, die mit uns unter Deck schlafen.«

Ouwen lachte. »Ich weiß, dass Thyrin knauserig ist, was die Wasservorräte anbelangt, aber du kannst dich ja morgen mit Seewasser abschrubben – wenn dich kleine Eisbrocken nicht stören«, fügte er spöttisch hinzu.

Argos hob die Hand und bedeutete ihm, seine Stimme zu zügeln. Ouwen folgte seinem Blick und sah zum Bug des Schiffes. Sie waren nicht allein an Deck. Er musterte die beiden Wachen, die sich leise unterhielten, während der erste Maat am Ruder stand. Die Seeroute zu den Inseln war nicht ungefährlich. Neben den Winterstürmen kreuzten immer wieder Eisberge ihre Route und es gab noch etwas anderes, das Kapitän Thyrin Sorgen bereitete. Einige Handelsschiffe waren auf dem Weg zu den Nordinseln von Piraten aufgerieben worden. In der Nacht wurden daher zusätzliche Wachposten abgestellt, die den Horizont nicht nur nach verdächtigen Eisschollen absuchten, die drohend aus dem eisigen Wasser ragten. Die Alvar war ein Handelsschiff und verfügte über keine nennenswerte Bewaffnung, doch Thyrin hatte sich vor der Abfahrt in Ragohn auf andere Weise abgesichert. An Bord befanden sich ein halbes Dutzend Krieger, erfahrene Kämpfer, die auf dem Weg zu den Inseln waren, um gegen das vahranger Heer zu kämpfen. Falls sie während der Reise auf Piraten stießen, würden die Männer ihre Waffen für den Kapitän und sein Schiff einsetzen. Als Gegenleistung hatte Thyrin ihnen freie Überfahrt und Kost garantiert. Ouwens Augen verweilten auf dem jüngeren der beiden Männer, dessen gedrungene Gestalt sich deutlich gegen die seines schlanken Kumpans abhob. Halvad hatte bei der Abfahrt aus Ragohn kaltblütig auf Grey gezielt und die Fähe beinahe getötet, wenn Ouwen ihn nicht daran gehindert hätte. Bei dem Gedanken daran, welches Risiko die Schattenwölfin auf sich genommen hatte, um zu ihm zu gelangen, begann er erneut zu frösteln. Er wandte den Blick ab und sah auf das Meer, das sich wie dunkle Seide endlos am Horizont erstreckte. Seit sie vor zwei Tagen erneut aneinandergeraten waren, wich er dem Söldner aus. Wenn es darauf ankam, würde er versuchen, Halvad wieder mit seinen Gedanken zu beeinflussen. Aber er wollte das Risiko eines offenen Streits lieber vermeiden, auch wenn es ihm schwerfiel, diesem selbstgefälligen Kerl nicht offen die Meinung sagen zu können.

Die Planken unter seinen Füßen erzitterten leise, während sich die Alvar gegen eine weitere Welle stemmte. Ouwen musste lächeln, als er daran dachte, wie die Wölfin in der ersten Nacht an Bord nicht von seiner Seite gewichen war. Sie schien dieser Art der Fortbewegung nach wie vor nicht viel abgewinnen zu können. Ihm selbst war in den vergangenen Tagen mehr als einmal flau im Magen gewesen, aber er wusste von seinem Onkel, dass es eine Weile dauern konnte, bis man seefest war. Er hob den Kopf und sah zum Nordstern empor. Heimweh überkam ihn, wie Zweifel, der sich nicht abschütteln lässt. Mit jeder Seemeile, die sie hinter sich brachten, vergrößerte sich die Distanz zu allem, was er kannte. Aber er war auch dankbar, hier zu sein. Dankbar, dass sich sein Traum, einmal auf einem Schiff über die Ozeane zu reisen, erfüllt hatte.

»Atorh … Gott der zwei Gesichter, sende deine Boten aus, deine Ohren und Augen. Ihr schwarzes Gefieder soll den Himmel verdunkeln. Leite uns durch die Stille der

Nacht und den lichten Tag.« Ouwen flüsterte das alte Gedicht, das ihm plötzlich in den Sinn gekommen war. Auf ihren Wanderungen durch die Nordinger Wälder hatte sein Vater diesen Vers oft als eine Art Schutzgebet verwendet. Die Erinnerung an ihre gemeinsamen Jagden stimmte ihn wehmütig.

»Du kennst die Tahlis-Saga?« Argos sah ihn neugierig an.

Ouwen zuckte mit den Schultern. »Nur einige der Gebetsverse.« Bevor er dem Mönch Guttorm begegnet war, hatte er noch nie ein Buch in den Händen gehalten, doch Ouwen wusste, dass es in der Überlieferung um die Gaben der Dreizehn und ihre Reisen in die Menschenwelt ging. Seine Mutter hatte ihm schon als Kind die Geschichten von Vihor, dem Gott des Feuers und seinem Bruder Mirhog erzählt, der den Wind und den Donner beherrschte. Und von der schönen Aenai, ihrer Schwester, der Göttin des Zorns und des Krieges. Als der königliche Erlass erschien, nur noch dem Zweigesichtigen Gott Atorh zu huldigen, hatte Ouwens Vater sich geweigert. Für ihn waren alle dreizehn Götter gleichgestellt. Die Geschwister bildeten eine Einheit und schufen dadurch ein Gleichgewicht, das gewahrt werden musste.

Der Gestaltwandler strich sich über das faltige Gesicht. »Vielleicht solltest du kurz die Wölfin – ich meine Grey – holen, damit sie etwas Auslauf hat. Halvads Wachablösung ist gerade gekommen.« Er nickte in Richtung des Bugs.

»Eine gute Idee.« Ouwen machte einen Schritt auf die Bodenklappe zu, doch Argos hielt ihn am Arm zurück.

»Nimm lieber die hintere Luke, damit du ihm nicht über den Weg läufst.«

Ouwen nickte. Die Söldner waren im Bug des Schiffes untergebracht, während er und Argos sowie ein Großteil der einfachen Besatzung in den Laderäumen des Zwischendecks schliefen.

»Ich bin gleich zurück«, antwortete er.

»Das will ich hoffen. Bei der Kälte möchte ich nicht ewig hier rumstehen. Bring den Weinschlauch mit, der unter meiner Matratze liegt. Der Branntwein von Guttorm ist das Einzige, was meine Gedärme noch auftauen kann.«

Ouwen verkniff sich eine Erwiderung. Er hatte das widerliche Gebräu nur ein einziges Mal probiert und danach dankend darauf verzichtet. Lieber fror er, anstatt diese Erfahrung zu wiederholen. Er bevorzugte frischen, warmen Met oder Bier, doch beides war auf dem Schiff Mangelware. Der Kapitän wollte nüchterne Männer, auf die er sich jederzeit verlassen konnte und ließ daher Alkohol nur zu besonderen Anlässen ausschenken. Ein Grund, warum Argos seinen Weinschlauch wie einen wertvollen Schatz hütete.

Ouwen schob seine Kapuze zurück und machte sich auf den Weg, die Wölfin zu holen. Doch Grey lag nicht mehr auf dem Boden neben seiner Schlafstatt. Er rief sie über seine Gedanken, erhielt aber keine Antwort. Zwischen seinen Brauen erschien eine tiefe Furche. Warum kam sie nicht zu ihm? Er hatte ihr eingeschärft, den hinteren Teil des Frachtraums, in dem sich ihre Kojen befanden, nicht zu verlassen. Angespannt machte er ein paar Schritte auf die Ladung zu, die an den Seiten des Schiffsbauches festgebunden war. Die schweren Kisten und Säcke stapelten sich bis unter die Decke. Ein Rascheln drang an sein Ohr. Ouwen fuhr herum und hob die Laterne, die er vom Oberdeck mitgebracht hatte, vor sein Gesicht, um besser sehen zu können. In einer dunklen Ecke leuchteten ein Paar Augen auf. Das Tier starrte ihn an und kam zögernd näher. Eine dunkelgrau gefleckte Schnauze wurde im Lichtkegel der Lampe sichtbar.

»Grey!« Ouwen ließ den Arm sinken und ging in die Hocke. Die Fähe schien sich aus irgendeinem Grund in einen Spalt zwischen der Ladung und der Schiffswand zurückgezogen zu haben. »Es ist alles gut, du kannst rauskommen«, murmelte er. Die Flanken der Fähe zitterten, als sie sich ihm näherte. Seine Erleichterung verschwand, als er die Furcht der Wölfin spürte. Ouwen streckte die Hand aus und strich über ihren Rücken. Er konnte ihren Herzschlag fühlen, der viel zu schnell gegen die Rippen pochte.

Was ist geschehen? Statt einer Antwort lehnte Grey ihren Kopf gegen seine Schulter. Ihr Fell war klamm und roch nach Schnee, es erinnerte ihn an ihre gemeinsame Zeit in den Wäldern. Ouwens Blick glitt zu dem Windlicht, das an der Wand befestigt war. Die kleine Laterne schaukelte in ihrer Halterung und schlug immer wieder gegen das Holz.

»Warte hier auf mich.« Er zog sein Messer und ging auf ein paar Kisten zu, hinter denen zwei Männer in ihren Kojen schliefen. Seine Finger umschlossen die Klinge. Es blieb ruhig, nur die Planken des Schiffes ächzten, es klang wie ein müdes Stöhnen. Erleichtert wandte er sich ab und lief zu seinem und Argos' Lager. Wahrscheinlich war die Wölfin einfach nur verängstigt, weil sie das Wanken des Schiffes beunruhigte. Er nahm sich vor, sie nicht mehr so oft hier unten allein zu lassen.

Komm mit mir! Er gab Grey ein Zeichen, ihm zu folgen. »Ich bringe dich an die frische Luft.«

Die Fähe hob den Kopf und winselte leise als Antwort.

Ouwen nickte ihr aufmunternd zu und suchte nach Argos' Weinschlauch. Zufrieden befestigte er ihn an seinem Gürtel, dann ging er auf die hintere Luke zu.

Die Wölfin wandte zögernd ihren Blick von den Schatten ab, die wie die langen, dünnen Tentakel eines Kraken über die blank gescheuerten Planken und Wände des Schiffes krochen, und folgte ihm.

KAPITEL 2

Totenviertel, außerhalb der Stadtmauern Esgars

Der Schnee knirschte wie vertrocknetes Laub unter seinen Füßen. Die Sonne hatte den Zenit bereits überschritten und versank zwischen den Baumkronen des alten Waldes, dessen Ausläufer sich bis zum Totenhügel erstreckten.

Hayden wandte sich um. Die Schatten wurden länger und glitten furchtlos zwischen die Mauern und in die Ritzen der altersschwachen Häuser, welche sich dicht an den Hügel schmiegten. Das Totenviertel hatte seinen Namen nicht ohne Grund erhalten. Der Friedhof für die Armen war vor vielen Jahren außerhalb der Stadtmauern errichtet worden. Die Gräber ragten aus der gefrorenen Erde, mit Steinen aufgehäufte Hügel, deren Silhouetten schlafenden Tieren glichen. Wächter der Unterwelt, die die Pforten zu Atorhs Reich beschützten.

In Gedanken versunken steckte er seinen Beutel unter das Hemd und lief weiter. Die schmalen Gassen waren menschenleer. Niemand außer ihm schien unterwegs zu sein. Sein Blick blieb über einem der Hauseingänge hängen, wo ein Schild angebracht war. Die schwarzen Lettern auf dem verwitterten Holz verblassten bereits.

Die Toten wachen über Euch.

Hayden hob die Mundwinkel und musterte das Gebäude, das schon bessere Zeiten gesehen hatte. Die Farbe, in der die grob verputzten Wände einst erstrahlt sein mochten, war längst abgeblättert. Nun wies es mehr Ähnlichkeit mit dem Schmutz auf, der den Schnee unter seinen Füßen dunkel färbte. Er sah zu den Schindeln des Daches empor, die bei jedem Windstoß unruhig klapperten und drohten, auf die Straße herabzufallen. Ein ächzendes Knarren erklang und lenkte seine Aufmerksamkeit auf die Tür. Hayden senkte den Kopf und verbarg sich im Schatten der Hauswand.

Der Mann, der aus dem windschiefen Haus trat, über dessen Tür die seltsame Botschaft prangte, war ganz in Schwarz gekleidet. Sein kantiges Gesicht war von Furchen durchzogen. Um seinen Hals hing eine Kette aus ineinander verschlungenen, silbernen Gliedern, deren Anhänger in den Falten seines Gewandes verschwand. Halbschatten kniff die Augen zusammen. Ein Totengräber. Er kannte das Zeichen der Zunft. Es war ein Kreis, in dessen Mitte ein Auge prangte.

Der Mann zog seinen zerschlissenen Umhang zurecht und tastete nach dem Paket, das er unter dem Arm trug. Dann schloss er die Tür hinter sich und lief die Gasse entlang, ohne sich noch einmal umzusehen.

Halbschatten blickte der hageren Gestalt nach, die hinter einem Haus verschwand, und verließ sein Versteck. Er würde seine Suche fortsetzen, allerdings tat sich eine unerwartete Schwierigkeit auf. Das Königshaus hatte eine nächtliche Ausgangssperre verhängt. Jeder, der nach Einbruch der Dunkelheit in den Straßen aufgegriffen wurde und nicht das königliche Siegel trug – oder einen anderen, triftigen Grund aufwies, warum er dem Befehl zuwiderhandelte –, musste mit harten Strafen rechnen.

Hayden fuhr sich durch die halblangen Haare. Er fürchtete sich weder vor den Wachen noch vor dem Mann, der ihnen die Befehle erteilte, aber es war besser, unsichtbar zu bleiben, solange er den Dieb nicht aufgestöbert hatte. Zum Glück hatte der Totengräber anderes im Kopf gehabt, als seine Aufmerksamkeit auf Dinge zu richten, die im Zwielicht der Gasse verborgen lagen. Sein Blick wanderte über den Hügel. Er hatte bereits in der Stadt nach dem Jungen gesucht. Erfolglos. Doch er würde nicht aufgeben, selbst wenn er das gesamte Totenviertel dafür auf den Kopf stellen musste. In Gedanken rief er nach Elox, der über dem Hügel still seine Bahnen zog.

Halte Ausschau, mein Freund.

Während die Nachtkälte mit ihrem eisigen Atem den Schnee gefrieren ließ und die Dunkelheit ein schwarzes Tuch über das Armenviertel ausbreitete, durchquerte Hayden die Gassen und Hinterhöfe auf der Suche nach einer Spur, einem Gedanken, der ihm die richtige Richtung wies.

Der Novâl flog voraus. Lautlos schwebte er über die Siedlung und spähte nach dem, was sie suchten, bereit, jederzeit hinabzustoßen, um seinem Gefährten beizustehen.

Handelsstadt Berun, in der Nähe des Schwarzen Tores. Zwei Tage zuvor

Hayden ließ seinen Blick über die Menge schweifen. Es war Markt und die Menschen strömten aus allen Ecken der Stadt auf den großen Platz zu den Händlern, die ihre Stände dicht an dicht in der Nähe des Schwarzen Tores errichtet hatten. Er zog seine Kapuze tiefer in die Stirn. Er war nicht wegen der exotischen Waren gekommen, die überall feilgeboten wurden. Er suchte etwas wesentlich Wertvolleres.

Nur ein paar Schritte entfernt brüllte ein widerspenstiger Ochse, der von seinem neuen Besitzer über den Platz geführt wurde. Hayden lief weiter und ignorierte die lockenden Rufe der Marktleute. Bevor er die Stadt verließ, würde er sich mit Nahrung und Wasser für die nächste Etappe seiner Reise eindecken, doch zuerst musste er etwas anderes erledigen.

Er wich den Menschen aus, die geschäftig über den Platz eilten, und hielt sich dicht an der knapp sechs Fuß hohen Mauer, welche zum inneren Ring der Befestigung gehörte. Berun war eine wohlhabende Stadt, die zweitgrößte Handelsstadt nach Esgar. Es gab nichts, was man nicht an den Marktständen für ein paar Münzen erwerben konnte, und man traf Kaufleute, die von den äußeren Rändern der bekannten Welt angereist kamen, um hier ein gutes Geschäft zu machen. Hayden musterte die Händler, die lautstark ihre Waren anpriesen. Selbst während der Eismonde schien das Leben in den engen Gassen der Felsenstadt zu pulsieren.

Er neigte den Kopf und sog den salzigen Geruch ein, der über die Mauern zu ihnen herüberwehte. Der Seewind trug die hungrigen Schreie der Möwen von den Klippen herauf, aus deren grauen Sandsteinfelsen die Stadt vor langer Zeit geschlagen worden war. Die Witterung an der südöstlichen Küste war milder als im Inland, wo die Kälte des Winters sich wie ein eiserner Ring um die Herzen der Menschen legte. Sein Blick fiel auf einen überdachten Karren, der ihm den Weg versperrte. Der Händler winkte ihn heran und zeigte auf seine kostbaren, farbigen Stoffe, die den Wagen mit bunten Tupfen versahen.

»Nur die beste Ware, mein Herr.« Der Mann zog ein besonders feines Tuch hervor und hielt es Hayden vor die Nase.

Halbschatten schüttelte den Kopf und tastete nach dem Paket in seiner Manteltasche. Weder der kostbare Stoff, der in der Sonne wie durchscheinendes Silber glänzte, noch Informationen waren umsonst. Alris erwartete eine Bezahlung für seine Dienste. Er würde dem Mann etwas geben, das er nicht abschlagen konnte.

Hayden umrundete den Karren und verließ den Platz durch eines der kleineren Seitentore. Der innere Mauerring umfasste insgesamt sechs Torbögen, wobei das Schwarze Tor im Zentrum der Stadt das größte und durch seine auffällige Bauweise auch das beeindruckendste war. Der massive, dunkle Sandstein und seine schiere Größe flößten nicht nur Fremden Ehrfurcht ein, die zum ersten Mal die Stadt betraten. Auf den Säulen waren Episoden aus der tausendjährigen Geschichte der Handelsstadt abgebildet. Um den Torbogen gruppierten sich Fresken Furcht einflößender Lindwürmer und Seeschlangen, die sich um steinerne Ranken wanden. Sie blickten wachsam auf die Bewohner der Stadt herab, die täglich durch das mächtige Tor schritten.

Hayden stieg die Stufen einer Steintreppe hinunter und tauchte in die Gasse ein, die dahinterlag. Eine schmale Schlucht zwischen den Häusern, in der sich das Licht verlor. Für die Menschen, die ihm entgegenkamen, war er kaum mehr als ein weiterer Schatten, ein unbedeutender Fremder in einer Stadt, in der das Fremdartige Normalität war. Er nutzte seine Gabe, um ihre Gedanken zu lesen. Seit er in Berun angekommen war, hatte er nach den Häschern des Königs Ausschau gehalten. Bislang hatte er den Söldnern, die ihren Dienst für die Krone in der Hafenstadt verrichteten, ausweichen können. Man schien nicht nach ihm zu suchen, doch das konnte sich schon bald ändern. Die Erinnerung an jene Nacht in Ragohn ließ ihn die Kiefer hart aufeinanderpressen. Er hatte Guttorm am Morgen nach dem Kampf neben den Ruinen des Klosters begraben, aus denen noch Tage später dunkler Rauch aufgestiegen war.

Hayden senkte den Blick. Er selbst war unverletzt geblieben. Anscheinend waren die Götter noch nicht bereit, ihn aus seiner Verantwortung zu entlassen. Aus den Augenwinkeln sah er einen Mann näher kommen, dessen farbenprächtiger Umhang und lautstarkes Verhandlungsgeschick ihm bereits auf dem Markt aufgefallen waren. Sein Blick streifte die beiden Begleiter des Händlers, die ein paar Schritte hinter ihm liefen. Sklaven, deren Gedanken mehr über ihren Herrn verrieten, als ihm lieb sein konnte. Auf Haydens Gesicht stahl sich ein Lächeln. Der Mann kam ihm gerade recht.

Er ging auf den Fremden zu und neigte den Kopf. »Mein edler Herr!« Hayden konzentrierte sich ganz auf die Illusion und ließ den Mann dabei nicht aus den Augen.

Der Händler wandte sich zu ihm um und starrte angewidert auf das zerschundene Gesicht, das Hayden ihm zeigte.

»Was willst du? Geh mir aus dem Weg.«

»Ich bitte untertänigst um eine milde Gabe. Es hat einen Brand gegeben, seht doch … die Mauern sind noch ganz verkohlt.« Haydens Pupillen weiteten sich. Seine verschorften Lippen pressten sich zusammen. »Wir sammeln für das Ven-Rah der Stadt und den Wiederaufbau der Häuser.«

Der Händler sah sich um und blickte überrascht auf die schwarz verfärbten Mauern der Gasse. »Es hat in der Stadt gebrannt? Warum habt ihr mir nichts davon gesagt?« Er wandte sich zu seinen Begleitern um. »Geht zu den Lagerhäusern und seht nach, ob alles in Ordnung ist. Beeilt euch, oder meine Peitsche macht euch Beine!«

Die beiden Männer nickten und hasteten davon.

»Mein Herr!« Hayden machte einen Schritt auf ihn zu. »Ich bin nur ein unbedeutender Mönch, doch ich verspreche Euch – Euer Name wird in die Lobpreisungen der heiligen Messe eingehen, wenn Ihr Eure Güte durch eine Spende zeigt.«

Der Händler wollte weitergehen, doch etwas an Haydens Blick hielt ihn zurück. »Ich werde …« Er ließ den Satz unvollendet und griff zögernd an seinen Umhang.

»Es gibt nichts Besseres, als sich von Unnützem zu erleichtern, nicht wahr?«

Der Mann nickte, scheinbar von sich selbst überrascht, zog einen prall gefüllten Beutel mit Münzen hervor und legte ihn in Haydens ausgestreckte Hand. Dann streifte er zwei der goldenen Armreife von seinem Handgelenk und gab sie ebenfalls dazu.

»Mögen die Götter Euch für Eure Güte belohnen.« Hayden ließ die Spenden in seinem Mantel verschwinden und achtete nicht länger auf den Händler, dessen verwirrter Blick durch die Gasse irrte. Zufrieden mit sich klopfte er auf seine Tasche, er würde die Münzen auf seiner Reise gut gebrauchen können. Vielleicht schloss er sich der Handelskarawane an, die am kommenden Tag zur Königsstadt aufbrach. Seine Finger fuhren an seine Wange und Zorn wallte in ihm empor, als er an den Mann dachte, dem er die Narbe auf seinem Gesicht verdankte. Doch es war nicht Rache, weshalb er nach Esgar wollte.

Halbschatten lief die Gasse entlang, die sich wie das Innere eines Schneckenhauses um einige Häuserecken wand, und blieb vor einem Gebäude stehen. Dessen hell getünchte Holzwände schienen mit dem Stein des dahinter aufragenden Felsens verbunden zu sein. Er hob die Hand und klopfte an die verwitterte Tür. Aus dem Inneren des Hauses waren Schritte zu hören. Kurz darauf erschien der Kopf einer älteren Frau im Türrahmen. Sie warf einen Blick in die Gasse hinter ihm, dann trat sie, ohne ein Wort zu sagen, beiseite und ließ ihn herein.

Hayden blieb auf der Schwelle stehen und sah sich um. Der Eingang führte in ein halbrundes Zimmer, dessen hintere Wände aus grauem Felsgestein bestanden. Er schob die Kapuze zurück und betrachtete die matt glänzenden Steinwände. Alris' neues Heim war eindeutig interessanter als die farblose Behausung am Hafen, welche er früher einmal bewohnt hatte.

Die Frau schloss die Tür und musterte ihn mit ihren mandelförmigen, dunklen Augen, die von tiefen Falten umrahmt waren. »Alris erwartet Euch bereits.«

Hayden folgte ihr durch einen schmalen, langen Korridor und versenkte fröstelnd die Hände in den Taschen seines Mantels. Wie tief waren diese Wohnstätten in die Felsen eingelassen? Er tastete nach den Gedanken der Frau, konnte aber nichts Ungewöhnliches entdecken. Sie schien in Gedanken mehr mit Alltäglichem beschäftigt zu sein, als mit dem Besuch, der jede ihrer Bewegungen verfolgte.

Hayden zog den Kopf ein und trat in einen kleinen Raum. Es roch nach Bienenwachs und noch nach etwas anderem, das er zuerst nicht bestimmen konnte. Suchend blickte er sich um und entdeckte schließlich eine Schale auf dem Tisch neben sich, in der einige Heilkräuter verbrannten. Weißer Rauch stieg von dem Gefäß auf und kitzelte ihn unangenehm in der Nase.

»Wartet hier.« Die Frau nickte ihm zu, dann wandte sie sich ab und ließ ihn allein zurück.

Hayden strich mit der Hand über die raue Holzplatte. Er hoffte, dass Alris ihn nicht zu lange warten ließ. Es war sicherer, wenn er in sein Versteck zurückkehrte, bevor die Nacht anbrach. Er durfte es nicht riskieren, entdeckt zu werden.

Eine Tür auf der anderen Seite des Raumes öffnete sich und ein Mann trat ein. Als er Hayden sah, breitete sich auf seinem Gesicht ein Lächeln aus.

»Der Schattenläufer in meinem Haus. Welch eine Ehre!« Er deutete spöttisch eine Verbeugung an.

Hayden seufzte. Alris hatte schon immer das Talent gehabt, in den unpassendsten Momenten zu viele Worte zu benutzen. »Es freut mich, dass du wohlauf bist … Alris.«

Der Mann lachte und setzte sich an den Tisch. »Bist

du festgewachsen? Setz dich, ich habe frischen Met. Der wird dich aufwärmen.« Alris schob sich das kurz geschnittene, dunkle Haar aus der Stirn und sah Hayden auffordernd an.

Hayden folgte seiner Einladung und nahm dankbar den vollen Becher, den sein Freund ihm reichte.

»Ich weiß, du bist schlimmere Temperaturen gewöhnt, aber für uns hier in Berun sind die Eismonde wie eine Krankheit, vor deren Ansteckung man sich fürchtet.« Alris schnaufte unwirsch. »Ich fühle mich, als würden mir täglich mehr Eiszapfen an den Zehen wachsen.« Der Händler trank einen Schluck der goldbraunen Flüssigkeit.

»Der Winter hat gerade erst begonnen.« Hayden prostete ihm zu. »Warte, bis die ersten Eisstürme auf die Küste treffen, dann sprechen wir uns wieder.«

Alris verzog das Gesicht. »Du hast recht und ich fürchte den Tag, wenn das Wasser in der Hafenmündung vereist und wir das Frühjahr abwarten müssen, bis wir wieder Schiffe hinausschicken können.«

Hayden schwieg. Berun war eine Hafenstadt, die vor allem von den kurzen Seewegen zu den Inselketten in der Talurischen See profitierte. Doch es hatte keinen Sinn, sich über etwas den Kopf zu zerbrechen, was sich nicht ändern ließ. Die Götter bestimmten den Rhythmus der Jahreszeiten. Die Zeit der Eismonde war gekommen und selbst wenn sie es gewollt hätten, es stand nicht in ihrer Macht, das zu ändern.

»Du weißt, warum ich hier bin?« Er hob fragend den Blick.

Alris schwenkte den Inhalt seines halb leeren Bechers. »Dein … Bote hat mir vor zwei Tagen die Nachricht überbracht, dass du zu uns kommst.« Seine graublauen Augen musterten Hayden. »Dafür kann es nur einen Grund geben. Du brauchst etwas, das es so auf dem Markt nicht zu kaufen gibt.« Er lächelte wissend und entblößte dabei eine Reihe ebenmäßiger Zähne, von denen zwei vollkommen vergoldet waren. »Also, wobei kann ich dir behilflich sein?«

»Ich brauche Informationen.«

Alris nickte. »Das dachte ich mir.«

Hayden zögerte. Er kannte den Händler seit vielen Jahren und vertraute ihm, doch es war sicherer, für Alris genauso wie für ihn selbst, wenn er ihm nicht alles erzählte.

»Ich bin auf dem Weg nach Esgar«, fuhr er fort. »Es gibt etwas, das ich dort erledigen muss.«

Alris zog eine seiner fein gezupften Brauen hoch. »Esgar? Soso, muss etwas sehr Wichtiges sein, wenn du mitten im Winter durch das Land reisen willst.« Er sah ihn lauernd an. »Wirst du mir den Grund verraten?«

Hayden drehte den Becher in seiner Hand. Eine geschnitzte Seeschlange wand sich auf dem Holz, das Symbol für Alris' Handelshaus. »Ich suche jemanden, dem ich dort vertrauen kann. Jemand, der Zutritt hat zum Königshaus.«

Alris pfiff durch die Zähne.

»Wirst du mir helfen?«

»Wirst du mir sagen, welche Art von Informationen du benötigst?«, entgegnete Alris statt einer Antwort.

»Nein, das werde ich nicht.« Hayden schüttelte den Kopf. »Ich habe meine Gründe dafür.«

»Nun, dann muss ich das wohl akzeptieren. Fürs Erste.« Alris lehnte sich zurück und trank einen Schluck

Wein. »Ich denke, es gibt einen Weg, wie ich dir helfen kann. Wie du weißt, verfüge ich über ein dichtes Netzwerk von Informanten, die dir jede Auskunft beschaffen können, die du benötigst. Selbst in Esgar. Doch es wird nicht einfach sein und es hat seinen Preis.« Er beäugte Hayden über den Rand seines Bechers. »Die Frage ist, was du bereit bist, mir für meine Hilfe zu zahlen?«

Hayden warf einen Blick auf die an der Wand aufgereihten Regale, auf denen neben zahlreichen kunstvollen Skulpturen auch drei kleine Schiffsmodelle standen, die exakte Kopien von Alris' Handelsschiffen waren. Sein Freund gehörte nicht ohne Grund zu den erfolgreichsten Geschäftsleuten der Stadt. Sein Mundwinkel zuckte. Alris hatte es schon immer verstanden, für sich den besten Preis herauszuschlagen.

»Ich denke, ich habe etwas, das dir gefallen könnte.« Hayden zog das Päckchen hervor, das er seit ein paar Tagen bei sich trug, und schob es Alris entgegen.

Der Blick des Händlers wanderte neugierig über den Tisch. »Nun, deine Mitbringsel waren bisher immer vielversprechend.« Er setzte den Becher ab. Als er die Lederhaut auseinanderschlug und ein Dolch zum Vorschein kam, blinzelte er überrascht. Der Griff der Waffe war aus purem Silber. Kostbare Edelsteine waren in das Metall eingelassen und funkelten hell im Schein der Kerzen.

»Was für ein erlesenes Werkzeug«, murmelte er und nickte dann zufrieden. »Ich denke, wir werden uns einig.« Alris nahm den Dolch und wog ihn in der Hand.

Über Haydens Lippen glitt ein Lächeln. Er hatte gewusst, dass das *Ohr Beruns* einem solchen Angebot nicht widerstehen konnte. Alris war nicht nur ein Händler, der ebenso mit Informationen wie mit wertvollen Gütern handelte, sondern auch Sammler. Und er liebte außergewöhnliche, kostbare Dinge.

»Das hatte ich gehofft.« Er setzte den Becher an seine Lippen.

Die Finger des Händlers lösten sich von dem Dolch. Alris erhob sich und ging ein paar Schritte durch das Zimmer. Schließlich blieb er stehen und drehte sich zu Hayden um.

»Es ist nicht einfach, an Informationen zu gelangen, die das Königshaus betreffen. Jedenfalls nicht an solche, die du anscheinend benötigst.« Er zupfte an seiner Nase, die für sein Gesicht etwas zu lang geraten war. »Es gibt aber jemanden in Esgar, der dir vielleicht helfen kann. Ich vertraue ihm, auch wenn er noch sehr jung ist.«

»Von wem sprichst du?«

»Es ist ein Junge, ein Gassenkind.«

Hayden hob die Brauen. »Du meinst einen dieser unzähligen kleinen Diebe, die Esgars Oberschicht um ihre Barschaft erleichtern?«

»Er stiehlt, um zu überleben«, erwiderte Alris ungeduldig. »Ich kannte seinen Vater, er starb vor einigen Jahren. War ein guter Mann.« Er ging zurück zum Tisch und setzte sich. »Der Junge schafft es, einem Huhn das Ei direkt unter dem Hintern wegzustehlen. Und er ist sehr begabt darin, Informationen zu beschaffen. Jede Art von Informationen.«

»Wie ist sein Name?« In Haydens Stimme schwang Skepsis mit.

Alris goss sich Wein nach. »Diebe haben keine Namen, genauso wenig wie Informanten. Es gibt aber etwas, woran du ihn erkennen wirst.« Er griff in die Falten seines Umhangs.

Hayden starrte auf den kleinen, dunkelgrünen Stein, den der Händler hervorzog. »Ein Obsidian?«

Alris warf ihm das Glasstück zu. »Hier, du wirst es brauchen.«

Hayden fing es überrascht auf und strich über die kalte, glänzende Oberfläche. Diese Art von Rauchsteinen fand man nur in der Nähe von Vulkanen, wie es sie auf einigen der Nordinseln gab. Die fahrenden Händler brachten sie mit auf das Festland, wo sie auf den Märkten als Schmucksteine verkauft wurden.

»Wenn du in Esgar bist, geh zu dem alten Friedhof. Bei den Häusern der Armen treibt er sich oft herum. Oder halte auf dem Markt nach einem Jungen mit rabenschwarzem Haar und grünen Augen Ausschau, der versucht, dir deine letzten Münzen aus der Tasche zu ziehen.« Alris grinste. »Er wird wissen, dass ich dich geschickt habe, wenn du ihm den Obsidian zeigst.«

Hayden umschloss das Glasstück mit der Hand. »Ich danke dir.« Er ließ den Rauchstein in seine Tasche gleiten.

Alris nickte. »Schick deinen Vogel zu mir, falls du Hilfe benötigst.«

»Das werde ich.«

Der Händler beäugte ihn abwägend. »Nimm dich in Acht, Schattenläufer. Esgar hat mehr Geheimnisse, als unsereinem gut bekommt. Und sag dem Jungen, dass er hier jederzeit willkommen ist. Seine Talente sind außergewöhnlich.«

»Ich werde daran denken.« Hayden stand auf. Es wurde Zeit, dass er aufbrach. Er hatte noch einen weiten Weg vor sich und die Schatten der Nacht erwarteten ihn bereits.

KAPITEL 3

Nördliches Eismeer. Gegenwart

»Hier, für dich.« Ouwen reichte Argos den Weinschlauch. Der Wandler nickte dankbar und hielt den ledernen Schlauch an seine Lippen, während sich Ouwen nach der Wölfin umsah. Seit sie auf dem Oberdeck waren, wirkte Grey ruhiger, doch er wollte sichergehen, dass es ihr gut ging. Er rief sie zu sich und sah kurz darauf ihren dunklen Umriss, der auf ihn zugelaufen kam. Ihre Augen schienen die Lichter der Nacht einzufangen.

Ouwen ging in die Hocke und hob die Hand. Die Wölfin kam näher und ließ es zu, dass er sie hinter den Ohren kraulte. *Es tut mir leid, dass ich dich so lange allein gelassen habe.* Behutsam strich er über ihren Nacken und drückte sein Gesicht in ihren weichen Pelz. Er konnte ihre Kraft fühlen, die starken Muskeln, die sich unter ihrem Fell spannten, und noch etwas anderes, ein Gefühl, das sie ihm in diesem Moment entgegenbrachte. Vertrauen.

Sie vertraute ihm. Einem Menschen, dem sie bis auf ein kleines Schiff zwischen den Ozeanen gefolgt war.

Sein schlechtes Gewissen meldete sich erneut. Was auch immer der Grund für ihr seltsames Verhalten unter Deck gewesen war, er würde alles in seiner Macht

Stehende dafür tun, dass es ihr an nichts mehr fehlte, bis sie das Schiff verließen. Es musste für eine Jägerin, die es gewohnt war, frei durch die Wälder zu streifen, eine Qual sein, stundenlang unter Deck auszuharren, eingesperrt in einem engen, dunklen Schiffsbauch.

»Wir werden das Schiff bald verlassen«, versprach er leise.

Ouwen erhob sich und wanderte mit der Wölfin eine Weile über das verlassene Deck. Die beiden Wachen warfen ihnen nur einen kurzen Blick zu, während sie ihre Runde drehten. Sie waren es inzwischen gewöhnt, dass Ouwen und sein ungewöhnlich großer Hund sich manchmal in der Nacht gemeinsam die Beine vertraten. Ouwen liebte diese stillen Momente, wenn die Sterne mit ihrem Leuchten den Himmel erhellten, während der Großteil der Besatzung unter Deck schlief. So vieles war in den vergangenen Wochen geschehen. Es erschien ihm wie eine Ewigkeit, seit er mit Hayden, Edevind und Grey die Zuflucht verlassen hatte. Er griff nach dem Anhänger unter seinem Hemd. Das Gefühl des Steins an seiner Brust gab ihm Sicherheit.

Ouwen sah zu der Wölfin, die anscheinend eine Ratte erbeutet hatte und sie in einem Stück hinunterschlang. *Wir müssen zurück.* Er ignorierte ihren empörten Blick, zog seine fellbesetzten Fäustlinge aus dem Mantel und lief zu Argos, der noch immer an der Reling am Mitteldeck stand. Ouwen blieb neben dem Gestaltwandler stehen und streifte sich die Handschuhe über. Der Wind hatte aufgefrischt, er konnte die salzige Gischt schmecken, die zu ihnen heraufwehte.

»Hast du Nachrichten von Hayden?«

»Bisher nicht. Ich hoffe, dass wir von ihm hören,

wenn wir die Inseln erreichen.« Argos stützte sich auf dem blank polierten Holz ab. »Mach dir keine Gedanken um ihn, er kommt zurecht.«

Ouwen sah zum Horizont. Seit sie aus Ragohn geflohen waren, hatten sie nichts mehr von ihrem Freund gehört. Er ertappte sich dabei, wie er manchmal in den Himmel starrte und Ausschau nach einem großen, krähenartigen Vogel hielt. Doch Elox ließ sich nicht blicken. Hatte Hayden Ragohn verlassen und folgte ihnen vielleicht bereits auf einem anderen Schiff? Er hatte Argos danach gefragt, aber der Wandler war ihm ausgewichen. Er kniff die Augen zusammen. Der Gedanke, eine Tante, vielleicht sogar Cousins oder Cousinen, zu haben, erschien ihm immer noch seltsam. Hayden hatte erzählt, dass Alria Fehd auf Argipe, einem der äußeren Nordeilande lebte. Die Insel unterstand nicht der aehdanischen Krone, sondern war Feindesland. Der Krieg mit den Vahrangern dauerte schon lange an und würde nicht eher enden, bis die Vorherrschaft um die Inselkette entschieden war.

»Diesen Gesichtsausdruck kenne ich. Grübel nicht so viel, Junge. Deine Tante erwartet uns bereits. Guttorm hat uns erlaubt, seine Tauben für eine Botschaft zu benutzen. Alrias Antwort erreichte uns kurz vor der Abfahrt. Sie wird uns ein Schiff schicken und dabei helfen, die Grenze zu überqueren.« Argos' Blick wanderte über das Deck. »Trotzdem müssen wir äußerst wachsam sein, auf den Inseln wimmelt es wahrscheinlich nur so vor Soldaten der Krone.« Er pochte auf seinen Gürtel, an dem ein Beutel mit einem Teil ihres Barvorrats hing. »Doch mit etwas Gottvertrauen«, er grinste breit, »und hiermit ... sollte es möglich sein.«

»Was weißt du über sie?« Ouwen wandte den Kopf.

»Nun, wahrscheinlich nicht viel mehr als du.« Der Wandler stieß einen Seufzer aus. »Nachdem Ehgien an die Macht kam, ist Alria aus Aehdland geflohen, wie viele andere auch. Obwohl sie keine Trägerin der Inrir ist, so wie deine Mutter es war, soll sie über einige Talente verfügen. Angeblich ist sie eine ganz passable Schwertkämpferin.« Er spitzte die Lippen. »Sie lebt auf Argipe und gehört zum Bund des Widerstandes, der seit Jahren die Herrschaft Ehgiens anficht. Seit der Konflikt um die Inseln entbrannt ist, unterstützt sie Königin Amuriela mit ihren Männern im Kampf gegen Ehgiens Heer.«

Ouwens Finger schlossen sich um die Reling. Eine Verräterin der Krone? Seine Familie bestand anscheinend tatsächlich nur aus Geheimnissen.

»Dieses Detail hat Hayden tatsächlich vergessen zu erwähnen«, erwiderte er stirnrunzelnd.

»Sie war einst ein Ratsmitglied, genau wie deine Mutter. Als König Ahrsus starb, gab man dem Kreis der Sieben die Schuld. Es hieß, einige Mitglieder hätten den Kronträger mit dunkler Magie getötet. Die Magier wurden verfolgt und umgebracht, ebenso ihre Familien und alle, die nicht bereit waren, dem neuen König Treue zu schwören. Es gab keine Gnade in diesen Tagen. Die wenigen abtrünnigen Ratsmitglieder, denen die Flucht aus Esgar gelang, erzählten jedoch eine ganz andere Geschichte.«

Ouwen kannte die Gerüchte. Es konnte einem Mann den Kopf kosten, sie laut zu äußern. »Dann ist es also wahr, dass Ehgien eine Mitschuld am Tod seines Bruders trägt?«

»Ein Brudermord, der Ehgien den Thron brachte. Und denjenigen im Rat zur Macht verhalf, die den neuen König unterstützten.« Argos schüttelte den Kopf. »Eine Blutschuld, die viel zu lange ungesühnt geblieben ist und viele Träger der Inrir seither zur Knechtschaft unter der Krone verdammt.«

Ouwen senkte den Blick. Eine Schuld, die seiner Mutter das Leben gekostet und ihn ins Exil getrieben hatte. Genau wie seine Tante.

Argos strich sich über den Bart. »Wir sollten schlafen gehen. Sonst friert mir noch mein Gesicht – oder etwas ganz anderes – ab.«

Ouwen nickte. Er war ebenfalls froh, wenn er in seiner warmen Koje unter die Felle kriechen konnte. Er folgte dem Gestaltwandler und kraulte Greys Kopf, die sich an sein Bein schmiegte und dann vorauslief. Als er sah, wie sie an Argos vorbeistürmte, musste er lächeln. Er wusste nicht, was sie am Ziel ihrer Reise erwartete oder ob sie dort sicher sein würden, aber er hatte etwas anderes, etwas viel Wichtigeres gefunden. Freunde.

Er fiel. Seine Hände versuchten verzweifelt Halt zu finden, aber es gab nichts außer endloser Schwärze und dem Sog des Ozeans, der ihn hinab in die Tiefe zog.

Ouwens Lungen schmerzten, sein ganzer Körper schrie nach Luft. Er konnte an der Oberfläche verschwommen die Lichter des Schiffes sehen, die zu tanzen schienen und sich immer weiter von ihm entfernten. Tiefer und tiefer sank er dem Grund entgegen. Dunkelheit umfing ihn, lockte seinen Verstand, endlich loszulassen. Ich sterbe, dachte er und schloss die Augen. Eine sonderbare Ruhe erfasste seinen Geist und seine Furcht verblasste. Für einen kurzen Moment wurde alles klar.

Sein Tod war genau wie sein Leben nur ein winziger Teil von etwas, das viel größer und wichtiger war als er selbst. Seine Arme sanken herab und leisteten keine Gegenwehr mehr. Die Strömung, die ihn erfasst hatte und auf den Grund des Meeres zog, glich einem samtenen Tuch, das ihn einhüllte und in den ewigen Schlaf bettete. Ein schwaches Pulsieren lief durch seinen Körper. Etwas rief nach ihm, drang in seinen Geist und zwang ihn, die Augen wieder zu öffnen. Er starrte benommen auf den Agtstein, der vor ihm im Wasser schwebte. Der Talisman war aus seinem Hemd gerutscht und schien von innen heraus zu leuchten. Mit letzter Kraft bekam er ihn zu fassen.

Hitze durchströmte ihn und verdrängte die Kälte des Wassers. Seine Pupillen weiteten sich, als die fremde Präsenz erneut nach ihm griff und seine Seele berührte. Ouwen öffnete den Mund und schrie. Das Echo seiner Stimme klang schrill und unmenschlich in seinen Ohren, doch er fühlte erleichtert, wie endlich frische Luft durch seine Lungen strömte.

Ouwen fuhr erschrocken hoch. Seine Finger gruben sich in die Matratze, während er gierig Luft in seine Lungen sog. Verwirrt blickte er auf den Lagerraum und die unzähligen Kisten und versuchte sich zu beruhigen, aber der Albtraum wirkte immer noch nach. Es hatte sich echt angefühlt. Zu echt. Er konnte noch immer den Druck des Wassers fühlen, der seine Brust abgeschnürt hatte. Er starrte auf die kratzige Wolldecke, die seine Schlafstatt bedeckte, und atmete tief durch. Kalte Luft strich über sein Gesicht. Fröstelnd zog er eines der Felle um seine Schultern und sah sich um, doch weder Argos noch die Wölfin schienen in der Nähe zu sein. Vielleicht hatte der Gestaltwandler sie an Deck gebracht. Er schob ein paar Haarsträhnen zurück, die ihm wirr in die Stirn fielen.

Nur noch einen Tag.

Er würde endlich die Enge des Schiffes hinter sich lassen können. Ouwen schlug die Decke beiseite und dehnte seine verspannten Muskeln. Er hatte den Männern dabei geholfen, einen Teil der Ladung neu zu verteilen, und sich danach für eine Weile ausruhen wollen, bevor sie ihr Abendmahl gemeinsam an Deck einnahmen. Er warf sich die Kutte über, die neben der Koje auf einer Kiste lag, und wischte die Reste des dunklen Traumes beiseite, die noch an ihm klebten wie zäher Honig. Was würde sein Vater wohl dazu sagen, wenn er wüsste, dass sein Sohn seit Tagen immer wieder davon träumte, zu ertrinken?

Ouwen versuchte halbherzig das zerknitterte Tempelanwärtergewand zu glätten, gab das Vorhaben schließlich auf und griff kopfschüttelnd nach seinem Mantel. Ein schöner Seefahrer war er! Wenigstens war ihm nicht mehr übel. Er hatte sich an das beständige Schwanken des Schiffes gewöhnt und genoss es sogar, wenn die Alvar besonders hohe Wellen bezwang. Das Wetter war seit zwei Tagen launisch und hielt die Besatzung auf Trab. Die Männer kletterten immer wieder in die Wanten, um die Segel einzuholen, damit der Sturm sie nicht entzweiriss. Die Nordwinde waren in der Nähe der Inseln besonders stark, genau wie die Strömungen, die, wenn man nicht achtgab, selbst ein großes Schiff wie die Alvar schnell von seinem Kurs abbringen konnten. Kapitän Thyrin hatte sie alle zu besonderer Aufmerksamkeit gemahnt.

Ouwen nahm den Apfel aus seiner Tasche, den er vom Frühstück aufgehoben hatte, und biss hinein. Er war hungrig und wusste, dass es noch eine ganze Weile dauern konnte, bis der Koch seine meist undefinierbar aussehenden Rationen an die Mannschaft verteilen ließ. Auf dem Weg zum Oberdeck kamen ihm Argos und die Wölfin entgegen.

»Besonders ausgeschlafen siehst du nicht aus.« Die Augen des Gestaltwandlers glitten über Ouwens zerzauste Haare. Als Ouwen ein Gähnen unterdrückte, grunzte er belustigt. »Geh nach oben und halte deine blasse Nase in den Wind! Ich komme gleich nach. Zuerst gebe ich Grey aber etwas zu fressen. Sie wirft mir schon so merkwürdige Blicke zu.«

Ouwen grinste und stieg die Leiter zum Oberdeck empor. Er spürte, dass die Wölfin ihm folgen wollte und bat sie stumm, im Lagerraum auf ihn zu warten. *Ich werde nicht lange fort sein,* versprach er. Die Luke gab ein knarzendes Geräusch von sich, eines der Scharniere schien zu klemmen. Ouwen stieß sie auf und kletterte hinaus. Die Sonne hatte ihren höchsten Stand bereits überschritten. Außer einigen hellen Streifen, die sich hinter den Wolken hervorwagten, war jedoch nicht viel von ihr zu erkennen. Sein Blick wanderte zu der Sturmfront, die sich ihnen von Osten her näherte. Falls sie dem Unwetter nicht auswichen, konnte es ziemlich ungemütlich werden. Dagegen waren die leichten Böen der vergangenen Tage nur ein laues Lüftchen gewesen.

Ouwen schloss die Luke und streifte sich Fäustlinge über, als er sich umdrehte, prallte er mit jemandem zusammen. Überrascht hob er den Kopf.

»Verdammt, kannst du nicht aufpassen?« Halvad spuckte zerkauten Tabak neben sich auf die Planken.

»Es war keine Absicht«, erwiderte Ouwen und wollte vorbeigehen, doch der Söldner stellte sich ihm in den Weg.

»Nicht so schnell, Junge.« Seine Hand fuhr an den Schwertgriff.

Ouwen spürte den Zorn des Mannes und noch etwas anderes, das schwer zu fassen war. Plötzlich streifte ihn ein einzelner Gedanke des Söldners. Der Hass, der darin mitschwang, traf ihn wie ein Hieb in den Magen. Er wich einen Schritt zurück.

»Kann ich dir irgendwie weiterhelfen?« Ouwen zwang sich, stehen zu bleiben.

»Irgendwas stimmt nicht mit dir … und dem anderen.« Halvad beäugte Ouwen und spuckte erneut aus. »Ich kann es in meinen Eingeweiden spüren.« Er zog die Oberlippe hoch und knurrte leise. »Und dieses komische Hundevieh, das dauernd um dich 'rum schleicht! Vielleicht wär's besser gewesen, wir hätten es abgeschossen.«

Ouwen unterdrückte die Wut, die in ihm aufstieg. Es nützte niemandem etwas, wenn er diesem Gefühl nachgab. Zumindest im Moment nicht.

»Das Einzige, was nicht stimmt, ist, dass der Koch uns jeden Tag denselben Brei vorsetzt, aber behauptet, es wären ganz unterschiedliche Spezialitäten seiner Heimat«, antwortete er mit einem gezwungenen Lächeln. »Ich weiß nicht, wie es dir geht, aber mein Magen macht das nicht mehr lange mit.«

Halvads Blick schweifte zum Bug, wo sich die kleine Kombüse des Schiffes befand.

Ouwen versuchte seinen Puls zu beruhigen und konzentrierte sich auf die Gedanken des Söldners. *Ich bin nur ein unwichtiger Passagier. Ein Tempelnovize, der das Schiff bald verlassen wird.*

Der Söldner wandte sich zu ihm um und kam auf ihn zu.

»Wart's nur ab, ich krieg raus, was mit dir nicht stimmt. Und dann rechnen wir ab, Junge.« Er stieß Ouwen gegen die Holzwand, die zum Zwischendeck gehörte und ging davon.

Ouwen ballte die Hand zur Faust und setzte seinen Weg ebenfalls fort. Es war besser, dem Mann keinen Grund zu geben, noch wütender zu werden. Seine Gedanken schweiften zu der Wölfin. Er würde nicht zulassen, dass ihr ein Leid geschah. Noch immer fragte er sich, was sie in jener Nacht, als er sie in ihrem Versteck entdeckt hatte, so verängstigt hatte. Es war seltsam, dass sich die Schattenwölfin vor so etwas Simplem wie dem Schaukeln eines Schiffes fürchtete. Hatte Halvad ihr vielleicht Angst eingejagt?

Ouwen beschleunigte seine Schritte. Er würde mit Argos besprechen, was sie gegen die Drohung des Söldners unternehmen konnten. Aber erst einmal brauchte er etwas zu essen, bevor er sich wichtigeren Problemen widmete.

Auf dem vorderen Deck hatten sich ein paar Männer um Kapitän Thyrin geschart. Er stand etwas erhöht auf einer Stufe, die zur Brücke führte, und schien in ein Gespräch mit seinem ersten Maat vertieft.

»Holt das Hauptsegel ein und sichert die Ladung!« Thyrin wandte sich der Besatzung zu. Seine braunen Augen blickten entschlossen. »Wir werden den Kurs ändern, aber der Sturm ist zu nah. Wenn er uns trifft, könnt ihr eure letzten Gebete an den Zweigesichtigen schicken.« Ein grimmiger Zug legte sich um seinen Mund.

Die Männer nickten und beeilten sich, seinen Aufforderungen nachzukommen. Thyrin stieg zur Brücke hinauf und sah der schwarzen Wolkenfront entgegen.

Der aufkommende Wind zerrte an seinem blonden Haar, das zu einem losen Zopf zusammengebunden war.

Ouwen wollte zu ihm gehen und seine Hilfe anbieten, als er etwas spürte. Ein unangenehmes Kribbeln zog seinen Rücken hinauf. Jemand beobachtete ihn. Er wandte den Kopf und sah sich um. In der Nähe der vorderen Luke, die zum Unterdeck führte, stand ein Mann. Die Kapuze seines Mantels hing ihm tief ins Gesicht und verdeckte seine Augen.

Ouwen runzelte die Stirn. War das einer von Thyrins angeheuerten Söldnern? Er versuchte sich zu erinnern, ob er den Mann schon einmal gesehen hatte, doch das Gesicht des Fremden lag im Schatten.

»Wir sollten uns ebenfalls nützlich machen, bevor der Sturm uns einholt«, rief Ouwen ihm zu, erhielt jedoch keine Antwort. Er zögerte. Vielleicht stammte der Söldner, genau wie der Hilfskoch der Alvar, von einer der Schwarzmeerinseln. Die Sprache der Inselbewohner hatte einen anderen Ursprung als die Aehdlands. Er wollte auf den Fremden zugehen, aber seine Beine rührten sich nicht von der Stelle. Verwirrt blickte er an sich herab. »Bei allen Göttern ...« Sein Puls beschleunigte sich. Ouwen starrte zu dem Mann, der noch immer neben der offenen Luke stand. Aus dem Dunkel der Kapuze heraus blitzten zwei kalte Augen auf. Auf einmal nahm er etwas wahr, ein Gefühl, das wie ein sanfter Windhauch sein Bewusstsein streifte.

Neugierde.

Der Stein unter seinem Gewand begann zu pulsieren. Er versuchte sich zu bewegen und die fremde Kraft abzuschütteln, die in seinen Geist eindrang und nach seinen

Erinnerungen griff. Aber irgendetwas zwang ihn, stehen zu bleiben. Ouwens Herz hämmerte gegen seine Brust, ein Widerhall des Sturms, der in seinem Inneren tobte. *Askaleth … das halbe Haus … sein Vater, der neben ihm am Fluss stand.* Die Bilder glitten wie zerrissene Wolken durch seine Gedanken. Aus der Flut der Erinnerungen schälte sich ein Gesicht und eine vertraute Stimme sagte: »*Versuch es erneut!*« Ouwen schloss die Augen und konzentrierte sich auf das, was sein Mentor ihm beigebracht hatte. Doch genauso schnell wie die Präsenz in seinem Bewusstsein aufgetaucht war, war sie auch wieder verschwunden. Er hob den Blick und sah, dass der Mann ebenfalls fort war. Ein Ruck ging durch seinen Körper und er stolperte vorwärts, da ihm seine Beine wieder gehorchten.

»Aenai, steh mir bei!« Ouwen ruderte mit den Armen, um sein Gleichgewicht nicht zu verlieren, und blieb schnaufend stehen. Er wandte sich nach dem Fremden um, konnte ihn aber nicht entdecken. Hatte er sich das Ganze nur eingebildet? War es vielleicht nur eine Vision gewesen? Beunruhigt griff er nach dem Agtstein.

»Ist das eine deiner besonderen Übungen oder trainierst du ein Kunststück ein, um die Mannschaft zu unterhalten?« Argos stand hinter ihm und betrachtete ihn interessiert.

Ouwen ließ die Hand sinken. »Weder noch.« Sein Blick fuhr zu den Männern am vorderen Deck. Er war unsicher, ob er seinem Freund erzählen sollte, was geschehen war.

Argos zuckte mit den Schultern und stopfte sich etwas Trockenfleisch in den bereits vollen Mund, dann griff er in den Beutel, der an seiner Hüfte, hing und zog ein paar neue Fleischstreifen heraus.

»Ich dachte, du willst dich vielleicht etwas stärken, bevor wir den anderen unter Deck helfen.«

Ouwens Magen knurrte prompt. Und viel zu laut. »Eine gute Idee«, erwiderte er und nahm sich einen der dunkelbraunen Streifen. Er würde später noch genug Zeit haben, sich über das, was gerade geschehen war, Gedanken zu machen.

Der Wandler reichte ihm grinsend den ganzen Beutel. »Hier, iss dich satt. Wer weiß, wann der Koch heute seine Rationen austeilen lässt. Kann sein, dass das Abendessen wegen des Unwetters erst mal ausfällt.«

Ouwen nickte dankbar. Das Trockenfleisch war unglaublich zäh und erinnerte ihn an eine ledrige Schuhsohle, schmeckte dafür aber sehr würzig. Fürs Erste musste es genügen.

Argos sah zum Horizont. »Scheint so, als hätten wir einen lustigen Abend vor uns.«

Ouwen folgte seinem Blick. Die Wolken kamen immer näher und färbten den Himmel schwarz.

»Thyrin lässt den Kurs ändern. Wir sollten den anderen besser zur Hand gehen.« Er wandte sich zum Gehen.

»Aye.« Argos nickte. »Und ich will verdammt sein, wenn ich das auf leeren Magen tue.« Er zog den Weinschlauch aus der Gürtelschlaufe.

»Meinst du nicht, dass es besser wäre, nüchtern zu bleiben, wenn die Sturmfront uns trifft?«

Argos wischte sich mit dem Ärmel über den Mund. »Ist nicht der erste Sturm, den ich erlebe. Der Wein wärmt mein Blut auf und hilft mir, wach zu bleiben.«

Ouwen verzog spöttisch den Mund und folgte dem Gestaltwandler zur Bodenklappe. Auf dem Weg zum

Lagerraum berichtete er ihm kurz von seiner Begegnung mit Halvad.

»Es ist gut, dass wir das Schiff bald verlassen.« Argos warf ihm einen kurzen Blick zu. »Bis dahin sollten wir ein besonders wachsames Auge auf ihn haben.«

Ouwen nickte schweigend.

Im Lagerraum angelangt, ging er zuerst zu der Wölfin, die neben seiner Schlafstatt auf ihn gewartet hatte. Er hockte sich auf den Boden und schlang die Arme um ihren Hals.

Nur noch einen Tag. Er konnte fühlen, dass sie darüber genauso froh war wie er selbst. Lächelnd kraulte er ihr das Nackenfell. Grey stupste ihn mit der Schnauze an und schnüffelte an seinen Händen. Wahrscheinlich roch sie das Fleisch, das er gerade gegessen hatte. Er zog eines der länglichen Stücke aus dem Leinenbeutel.

»Hier, lass es dir schmecken.« Ouwen stand auf und wandte sich zu den Männern um, die am anderen Ende des Zwischendecks damit beschäftigt waren, die Ladung zu überprüfen. Er tastete nach dem Messer, das an seinem Gürtel hing, und steckte aus einem Impuls heraus auch seine Schleuder in die Manteltasche, dann lief er auf die Besatzung zu. Er hatte nicht vor, auf jemanden zu schießen, doch er fühlte sich einfach sicherer, wenn er zumindest eine seiner alten Waffen bei sich trug. Das Schwert seiner Mutter lag gut verwahrt unter einer losen Planke in der Nähe ihrer Kojen. Argos hatte bereits in ihrer ersten Nacht an Bord dafür gesorgt, dass sowohl die Waffe als auch ein Teil ihres Silbers sicher versteckt waren.

»Was kann ich tun?« Er sah Regnar, den zweiten Maat der Alvar, fragend an.

»Hilf Elim dabei, die Fässer auf die andere Seite zu schaffen.« Regnar wischte sich Schweiß aus der Stirn und nickte in Richtung eines Jungen, der dabei war, einige Taue zu entwirren.

Ouwen zog seinen Mantel aus und schob die Ärmel seiner Kutte hoch. Dann half er Elim, der kaum älter als elf oder zwölf Jahre sein konnte, die schweren, mit Wein und Steinsalz gefüllten Holzfässer nacheinander auf die andere Bordseite zu rollen.

»Bist du schon lange an Bord der Alvar?« Er hob den Kopf.

»Hab' vor einem Jahr angeheuert.« Elim grinste selbstbewusst. »Mein Vater ist mit Kapitän Thyrin zur See gefahren und hat ihn gebeten, mich aufzunehmen. Seit dem Tod meiner Mutter haben wir nich' mehr so viel Geld. Es reicht kaum für meine anderen vier Geschwister.« Er wischte sich die Hände an seiner Hose ab. »Einen Teil der Heuer schick ich nach Hause, um sie zu unterstützen.« Elim rückte eines der Fässer an die Wand und band es geschickt mit zwei Seilen fest. »Ich werd' alles lernen, was es zu wissen gibt. Irgendwann hab ich mein eigenes Schiff und bin mein eigener Herr!« Er zwinkerte Ouwen zu.

Ouwen erwiderte das Lächeln. Er empfand großen Respekt vor dem Jungen. Obwohl Elim noch so jung war, trug er bereits eine große Verantwortung auf seinen schmalen Schultern.

Sie befestigten die Vorratsfässer in der Nähe der vorderen Luke und rollten die verbliebenen Taue zusammen. Danach halfen sie den Männern beim Vertäuen der restlichen Ladung. Als die erste, schwere Welle das Schiff erfasste, durchlief ein dumpfes Zittern den Rumpf. Ouwen stützte sich Halt suchend an der Wand ab, um nicht das Gleichgewicht zu verlieren. Der Sturm hatte sie eingeholt. Nun musste sich die Alvar durch die tobenden Wellen kämpfen, die das Handelsschiff wie ein Spielzeug ins Schwanken brachten. Die Erschütterungen ließen die Planken unter seinen Füßen ächzen. Die Männer gingen weiter ihren Aufgaben nach, doch es herrschte ein angespanntes Schweigen, das nur durch das Heulen des Eissturms unterbrochen wurde, der wütend durch die Spalten des Schiffsrumpfes fuhr.

Plötzlich ertönte ein ohrenbetäubender Knall. Ouwen hob den Kopf und starrte an die Decke. Irgendetwas hatte das Schiff getroffen. Die Luke wurde aufgerissen und der Kopf von Senric, dem Schiffszimmermann der Alvar, tauchte auf.

»Alle Mann an Deck!« Er sah sich gehetzt um. »Los, Männer«, brüllte er. »Ein Blitz hat den Hauptmast getroffen. Es brennt!«

Ouwen bemerkte, wie alle Farbe aus Elims Gesicht wich. Ein Feuer an Bord eines Schiffes war gefährlicher als jeder Sturm.

»Ihr habt es gehört! Schafft eure knochigen Hintern an Deck!« Der zweite Maat lief zur Leiter und kletterte hinauf. Die anderen Männer folgten ihm.

Ouwen griff nach seinem Mantel und drehte sich zu Argos um.

»Geh ruhig, ich komme gleich nach.« Der Wandler stützte sich auf seinen Stab. »Sei vorsichtig. Dieser Kahn ächzt, als würde er gleich auseinanderbrechen.«

»Ich werde auf mich aufpassen, *Onkel.*« Ouwen warf einen Blick über seine Schulter.

Argos nickte. »Gut. Wir sehen uns an Deck, Junge.«

KAPITEL 4

Nördliches Eismeer, an Bord des Handelsschiffes Alvar

Die grellen Blitze schossen wie die Pfeile der Götter über den Himmel und zerteilten für den Bruchteil von Sekunden den Wolkenteppich über ihren Köpfen.

Ouwen starrte gebannt in den pechschwarzen Himmel. Die Gewitterfront zog direkt über das Schiff.

»Bei Mirhogs Stab, der Himmel stürzt ein.« Argos war hinter ihn getreten und sah ebenfalls zu den Wolken empor, die wie riesige, heranrollende Wellen auf sie herabzufallen drohten. Die dunklen Schwaden hingen so tief über der Alvar, dass es aussah, als würden sie das Schiff zur Gänze einhüllen und verschlingen wollen.

»Die Götter zürnen uns.« Argos' Blick verfinsterte sich.

Bevor Ouwen etwas erwidern konnte, hallte ein Donnerschlag über den Himmel. Der Wind wehte ihm die Haare in die blasse Stirn. Er strich sie beiseite und sah sich um. Die Männer schrien sich Befehle zu und zogen Wasser mit Kübeln herauf, um das Feuer zu löschen, bevor es größeren Schaden anrichtete.

Ouwen wollte zu ihnen gehen, doch als ein weiterer Donnerschlag ertönte, wandte er sich an Argos. »Ich hole die Wölfin.« Sein Blick fuhr zur Bodenklappe. Falls sich die Ladung löste oder Wasser in den Rumpf eindrang … Es war sicherer, wenn sie bei ihm blieb, bis alles vorüber war. Er spannte die Schultern an.

Argos nickte. »Du weißt, wo du mich findest.«

In diesem Moment traf eine neue, schwere Welle das Schiff und brachte den Rumpf der Alvar zum Beben.

Ouwen zögerte nicht länger, lief auf die Luke zu und sprang die Leiter hinunter, zwei Stufen auf einmal nehmend. Im Unterdeck angekommen blieb er abrupt stehen. Die Männer waren alle an Deck, der Lagerraum lag verlassen vor ihm. Doch irgendetwas stimmte nicht. Er starrte in die Dunkelheit, die von ihren Geheimnissen nichts preisgab und fluchte leise. Er konnte die Furcht der Wölfin deutlich spüren. Ouwen griff sich die Laterne, die am Fuße der Leiter hing und lief zwischen den Kisten und aufgestapelten Säcken auf den hinteren Bereich des Lagers zu. Wahrscheinlich ängstigte sie sich vor dem Unwetter, das noch immer über ihren Köpfen tobte.

Grey?, rief er stumm. *Komm mit mir, ich bringe dich an Deck!* Er wandte sich suchend um und verharrte, als er den Käfig entdeckte, der nur wenige Schritte entfernt an der Wand stand. Hinter den Gitterstäben kauerte etwas, ein eingesperrtes Tier. Graues Fell wurde im Schein der Laterne sichtbar, als es seine Flanke gegen die Gitter presste.

Die Wölfin hob den Kopf. Ihre Augen glühten warnend in dem Halbdunkel des Lagerraums.

»Grey?« Ouwen flüsterte ihren Namen und ging auf sie zu.

»Das ist nicht ihr Name.« Ein Mann trat aus dem Schatten.

Ouwen riss den Kopf herum. Seine Hand glitt an die Klinge an seinem Gürtel.

»Wer seid Ihr?« Er warf einen Blick auf den Käfig. »Lasst sie sofort da raus!«

Der Fremde betrachtete ihn schweigend. Ouwen war sich sicher, dass es derselbe Mann war, den er an Deck gesehen hatte. Er sah zu der Wölfin, die ihr Gefängnis seltsam ruhig zu erdulden schien. Warum wehrte sie sich nicht? Ouwen wusste, wozu sie fähig war. Wie war es dem Fremden gelungen, sie einzusperren?

»Sie muss mir gehorchen.« Der Mann strich den Stoff seiner Kapuze zurück und kam einen Schritt näher. »Sie wurde so erschaffen.« Sein Gesicht wirkte fahl, die Wangenknochen stachen dunkel und spitz hervor, als würde sich die Haut über blankem Knochen spannen. »Seit ich dich das erste Mal mit der Fähe an Deck sah, habe ich diese Begegnung herbeigesehnt. Der Junge, der mit einem Schattenwolf reist.« Ein amüsiertes Lächeln umspielte seine Lippen. »Du hast eine Vorliebe für außergewöhnliche Freunde, wie es scheint.«

Ouwen hob das Kinn und schaute den Fremden wütend an. »Wer seid Ihr?«, wiederholte er seine Frage und zog die Klinge hervor.

»Jemand, der es ganz und gar nicht schätzt, wenn andere etwas besitzen, das ihnen nicht gehört. Die Wölfin wird mit mir kommen, wenn wir das Schiff verlassen. Wir benötigen ihre Dienste.«

»Ihr werdet ihr kein Leid antun!«

Der Mann antwortete nicht, sondern reckte stattdessen seine rechte Hand leicht in die Höhe, als würde er jemanden heranwinken. Sein Gesichtsausdruck wirkte kalt, genau wie der Blick aus seinen dunklen Augen.

Ouwen sah einen breiten Siegelring an seiner Hand aufschimmern und spürte, wie jemand nach seinem Bewusstsein griff. *Neugierde. Abscheu. Zorn* … Die Gefühle des Fremden strömten wie flüssiges Eis durch seinen Geist. Er biss die Kiefer zusammen und versuchte, ruhig zu atmen.

»Ich fürchte mich nicht vor Euch, vor keinem Handlanger Ehgiens.«

»Hüte deine törichte Zunge. Sonst wirst du sie verlieren.« Der Mann krümmte seine Hand zusammen und sah dabei zu, wie Ouwen an seine Kehle griff und um Luft rang. »Ich hätte dich längst töten können, doch ich mochte es noch nie, wenn Potenzial verschwendet wird. Ich wollte sehen, wer du bist. Was hinter der Maskerade des Tempelanwärters steckt.« Er legte den Kopf schräg. »Wie wäre es, wenn du mir eine Kostprobe deiner Talente zeigst?« Er entließ Ouwen aus dem Griff und lächelte.

Ouwen wich taumelnd zurück und sah aus den Augenwinkeln, wie jemand auf sie zukam. Seine Hand schloss sich um den Griff des Messers. Es war Halvad.

Flieh!

Ouwen wandte den Kopf und blickte ungläubig zu dem Käfig hinüber. Seine Augen glitten über das Fell der Fähe. In den vergangenen Wochen hatte er spüren können, was die Wölfin fühlte, aber seit er ihr in den Nordinger Wäldern begegnet war, hatte er noch nie ihre Gedanken gehört.

Grey?, erwiderte er stumm.

»Ah, ich verstehe.« Der Mann beäugte ihn interessiert, wie man ein lästiges Insekt betrachtet, bevor man es zerquetscht. »Das macht das Ganze nur noch interessanter.«

Ouwens Puls raste. Er wollte den Fremden angreifen, stattdessen hob er die Waffe und ging langsam auf Halvad zu. Die Laterne entglitt seinen Fingern und prallte mit einem hellen Scheppern auf den Boden. Das Licht erlosch und für einen kurzen Moment hüllte sie Finsternis ein. Plötzlich erschienen mehrere rote Flammen, die über ihren Köpfen in der Luft schwebten. Der Mann schnippte mit den Fingern und die Lichter begannen sie zu umkreisen, als wären sie lebendig.

Ouwen versuchte stehen zu bleiben, aber seine Füße bewegten sich gegen seinen Willen fort. Verzweifelt kämpfte er gegen die fremde Kraft an, doch je mehr er sich wehrte, desto stärker wurden die Seile, die seinen Willen banden.

Haydens Worte schossen durch seinen Kopf.

»Es gibt auch andere, die über diese Gabe verfügen und sie werden sie gegen dich einsetzen.«

Halvads Schwertklinge blitzte rötlich im Schein der Lichter auf. Ouwen wich zur Seite aus, als die Waffe auf ihn zuschnellte, und starrte zu dem Söldner, dessen Grinsen etwas Dämonisches hatte. Er wusste, dass er dem Krieger unterlegen war. Mit dem Messer hatte er kaum eine Chance, sich zu verteidigen und das Schwert seiner Mutter lag für ihn unerreichbar unter den Bodenplanken verborgen.

Ouwens Arm hob sich für einen weiteren Angriff. Er wehrte sich nicht dagegen. Sein Körper gehorchte längst jemand anderem. Kalte Wut und Hass rauschten durch sein Blut und es spielte keine Rolle mehr, ob es seine eigenen Gefühle oder die des Fremden waren, die er empfand.

Er stürzte auf den Söldner zu. Halvad stieß mit der

Waffe nach ihm und verfehlte nur knapp Ouwens Schulter. Die Bewegungen des Schiffes ließen ihn straucheln. Ouwen nutzte den Moment, riss die Klinge hoch und versuchte, die Kehle des Söldners zu treffen, aber Halvad gelang es, seinen Arm zu packen. Der Söldner rang mit ihm um das Messer und holte gleichzeitig mit der Schwerthand aus. Ouwen versuchte, seine Gabe einzusetzen und den Mann zu beeinflussen, doch es gelang ihm nicht. Der Zorn spülte jeden klaren Gedanken fort.

Ein leises Jaulen erklang. Er sah zu der Wölfin, die ihre Schnauze dicht an die Gitterstäbe gepresst hatte. Ihr schmerzerfüllter Blick grub sich in sein Herz. Es war das Letzte, was er sah, bevor ihn tiefe Dunkelheit umfing.

Halvad ließ den Griff des Schwertes sinken, mit dem er den Jungen niedergeschlagen hatte, und wischte sich den Schweiß aus dem Gesicht.

Rakul trat näher und musterte den Bewusstlosen. »Was für eine Enttäuschung.«

»Was soll mit ihm geschehen, Herr?« Halvad sah ihn an.

Rakul drehte nachdenklich seinen Siegelring. »Er ist nutzlos für mich«, erwiderte er und hob den Blick. Tiefe Linien durchzogen sein Gesicht und bildeten Furchen an den eingefallenen Wangen. Der Junge war zu störrisch, es war zwecklos, ihm ein Angebot zu unterbreiten. Zudem schienen seine Fähigkeiten weitaus schwächer zu sein, als angenommen. »Werd ihn los und achte darauf, dass dich niemand dabei sieht.« Er seufzte und stieß Ouwen mit der Stiefelspitze an. »Wie bedauerlich.« Seine Augen glitten zur Luke. »Falls du auf jemanden von der

Besatzung triffst, behaupte einfach, der Tempelanwärter sei gestürzt und habe sich den Kopf angeschlagen. Sorg dafür, dass man sich angemessen um ihn kümmert.«

Der Söldner warf sich den erschlafften Körper über die Schultern und ging zu der Leiter, die auf das Oberdeck führte. Der Berater fing seine Gedanken auf und nickte befriedigt. Der Junge würde diese Nacht so oder so nicht überleben. Halvad schien sich als gute Wahl zu erweisen, er würde die Dienste des Mannes noch länger in Anspruch nehmen.

Das Knurren der Wölfin verfolgte den Söldner, bis er aus ihrem Sichtfeld verschwunden war.

»Ruhig, Schatten. Oder sollte ich dich lieber Grey nennen?« Rakul drehte sich zu der Wölfin um und ging auf sie zu. »Wir werden noch genug Zeit haben, uns besser kennenzulernen, bis du wieder mit deinen Brüdern vereint bist.« Ein selbstzufriedenes Lächeln umspielte seine Lippen. Es würde den Rat sicherlich interessieren, dass er einen abtrünnigen Läufer gefunden hatte. Seine Finger strichen durch sein Haar, in dem silberne Strähnen glänzten. Diese Entdeckung konnte ihm in vielerlei Hinsicht nützlich sein. Sein Blick glitt durch den Schiffsbauch. Es war dem Zufall geschuldet, dass er an Bord der Alvar war. Das Boot mit den Wachen, die einige der Jäger auf die Inseln bringen sollten, hatte aufgrund der Stürme früher vom Hafen abgelegt, ohne auf die königliche Eskorte zu warten. Ein Ärgernis, um das er sich später kümmern würde. Zuerst würde er dem Mann, der mit dem Jungen reiste und anscheinend selbst das ein oder andere Geheimnis verbarg, ein paar Fragen stellen. Die Antworten konnten durchaus interessant sein.

Rakul sah zum Käfig. *Ich werde herausfinden, was dieser Junge mit dir angestellt hat, dass du ihm gefolgt bist. Verlass dich darauf.*

Rakuls Gedanken trafen sie wie Peitschenhiebe. Die Wölfin verstummte und zog sich in ihrem Käfig so weit zurück, wie es möglich war. Sie wusste, dass sie ihm nicht entkommen konnte. Der Mann gehörte zu den königlichen Beratern, der Siegelring an seiner Hand verlieh ihm Macht über sie.

Eine Macht, die selbst mit dem Erwecken ihrer Erinnerungen durch die alte Hexe nicht gebrochen war.

Die Alvar pflügte hart durch die vom Wind aufgepeitschte See, Gischt schäumte über das Deck, als sich eine hohe Welle an der Reling brach und die Männer von ihren Füßen riss. Halvad kniete, verborgen zwischen einigen festgezurrten Kisten, auf den feuchten Planken. Sein Blick wanderte zum Bug. Der Brand am Großmast war gelöscht, aber die Besatzung hatte alle Hände voll damit zu tun, das Schiff in dem Sturm nicht kentern zu lassen. Niemand achtete auf ihn. Hastig zog er sein Messer aus der Tasche und durchschnitt die Seile, mit denen die Holzkisten vertäut waren, dann lehnte er den bewusstlosen Jungen gegen die Ladung und band eines der Taue um seinen Körper. Eine weitere große Welle, und der Knabe war erledigt. Er musste ihn nicht einmal selbst über Bord werfen, das würde der Sturm für ihn übernehmen. Zufrieden stand er auf und lief zurück unter Deck, um weitere Befehle entgegenzunehmen.

Das Schaukeln des Schiffes ließ Ouwens Körper auf die Seite fallen. Sein Gesicht war totenblass. Aus der

Wunde an seinem Kopf floss Blut und rann an seinem Hals herab. Es wurde von dem eisigen Wasser fortgespült, das langsam seine Kleidung durchtränkte. Er spürte keine Schmerzen, noch fror er. Sein Bewusstsein war hinter einem dichten, dunklen Nebel gefangen.

Argos kämpfte gerade mit den Enden eines Seils, um eines der vorderen Segel zu sichern, als er etwas Eigenartiges spürte. Irgendetwas – irgendjemand – tastete nach seinem Bewusstsein und rief in Gedanken nach ihm. Im selben Moment begriff er, dass etwas nicht stimmte. Ouwen!

»Verfluchter Sturm!« Der Wandler griff nach seinem Stab und hastete über das Deck. Als die Alvar sich gegen eine weitere Woge stemmte, hielt er sich an einem der Tauenden fest, die an der Reling festgemacht waren, und lief dann weiter. Der Junge musste hier irgendwo sein! Gehetzt umrundete er eine der Ladeluken und suchte mit den Blicken das Schiff ab. Schließlich entdeckte er ihn. Ouwen lag ausgestreckt auf den nassen Planken in der Nähe des Hecks, neben einigen Kisten. Argos beschleunigte seine Schritte. In diesem Moment wurde das Schiff von einer neuen Welle emporgehoben und neigte sich um mehrere Grad zur Seite. Ouwens Körper glitt mit dem hereinströmenden Wasser über das Deck, zusammen mit einer der Holzkisten, die sich aus der Vertäuung gelöst hatte.

Argos' Blut gefror zu Eis. Der Junge schien sich in einem der Seile verhakt zu haben. Das Gewicht der Ladung zog ihn unaufhaltsam auf die Reling zu, die am Heck niedriger war. Entsetzt sah er mit an, wie sein Schützling von Bord fiel, hinab in die tobende, dunkle See.

»Nein … Ouwen!« Argos schrie seinen Namen gegen den Sturm an und betete um ein Wunder, aber die Götter schienen ihn nicht zu hören.

Der Junge war fort.

Der Gestaltwandler fuhr herum und lief zurück, vorbei an verängstigten Männern, die dabei waren, Wasser über Bord zu kippen, das sich im tiefer gelegenen Zwischendeck sammelte. Er ignorierte ihre Schreie und kletterte die Stufen zur Brücke empor.

»Wendet das Schiff!« Er marschierte auf Thyrin zu, doch Cain, der erste Maat, versperrte ihm in den Weg.

»Ihr habt auf der Kommandobrücke nichts verloren!« Cain hielt ihn am Arm zurück. Seine Kleidung war durchnässt. Er trug einige Seile über der Schulter, deren Enden lose herabhingen. »Macht, dass Ihr unter Deck kommt! Oder wollt Ihr unbedingt Euer Leben riskieren?«

Argos wand sich aus seinem Griff. »Mein Neffe wurde über Bord gerissen. Wir müssen umkehren!« Er starrte den Kapitän an, der am Ruder stand. »Verdammt, Thyrin! Hört Ihr nicht, was ich sage?«

»Das ist unmöglich.« Thyrin wandte den Kopf. »Der Wind ist zu stark. Wir können die Segel nicht einsetzen.« Er sah sich nach der Besatzung um, die mit Holzkübeln über das Deck liefen. »Wir haben bereits mehrere Männer verloren.« Sein Blick wurde hart und richtete sich auf die dunkle See. »Es ist zu spät, er ist nicht mehr zu retten.« Thyrins Hände umschlossen das Steuerruder. »Das ist der Preis, den ein Seemann an die Götter zahlt.«

Argos stieß einen Fluch aus, ging auf ihn zu und riss ihn an der Schulter herum. »Ihr könnt ihn nicht einfach zurücklassen!«

Cain und ein weiterer Mann, dessen Namen Argos nicht kannte, zogen drohend ihre Waffen, aber der Kapitän hob abwehrend die Hand.

»Ich werde nicht das Leben meiner Männer riskieren«, sagte er und sah Argos an. »Ich bin für sie verantwortlich.« Sein Blick drückte Bedauern aus. »Es tut mir leid.«

Die Antwort des Gestaltwandlers war kaum mehr als ein wütendes Grollen. »Dann gebt mir wenigstens ein Boot!«

Thyrin runzelte die Brauen und nickte schließlich. »Gut, ihr könnt eines der Beiboote nehmen. Doch es wird nicht einfach sein, es bei dem Sturm zu Wasser zu lassen.« Er wandte sich zu seinem ersten Maat um. »Nimm dir ein paar Männer und gebt acht, dass die Seile nicht reißen.«

Cain presste die Lippen zusammen, nickte aber.

Thyrin senkte den Kopf. »Ihr wisst, dass es Selbstmord ist. Wieso setzt Ihr Euer Leben für den Jungen aufs Spiel? Er ist längst tot! Das Wasser in diesem Gebiet ist viel zu kalt, niemand kann das lange überleben.«

Argos legte seine Hand fest um den Langstab. Sein Blick glitt über das aufgewühlte Meer.

»Das liegt allein in der Hand der Götter.«

KAPITEL 5

Er fiel. Tiefer und tiefer sank er hinab in die eisige Stille. Über ihm tanzten die Lichter des Schiffes an der Oberfläche, sie verschwammen zu unscharfen Umrissen und verschwanden schließlich ganz.

Es ist nur ein Traum, dachte er. Doch als er den Mund öffnete, um Atem zu holen, drang Wasser in seine Kehle und presste die Luft aus seinen Lungen. Entsetzt riss er die Augen auf und schlug Halt suchend um sich, aber seine Hände griffen ins Leere. Da war nichts, nur Dunkelheit und Schmerz.

Lass los.

Die Strömung zog ihn unbarmherzig weiter hinab und flüsterte ihm zu, nicht mehr zu kämpfen.

Der Tod ist nur ein weiterer Anfang.

Ouwens Lider flackerten. Eine tiefe Ruhe erfasste seinen Geist und seine Angst verblasste.

Eine schwere, warme Hand legte sich auf seine Schulter. Sein Vater stand vor ihm und lachte. Sie waren auf der Jagd gewesen, unten am Fluss. Der Geruch von frisch gemähtem Gras stieg vom Boden auf und erinnerte ihn daran, dass sie zu Hause waren. In Askaleth.

Ouwens Arme sanken herab. Ein Gefühl von Frieden erfüllte ihn. Sein Vater hatte ihm beigebracht, das Leben genauso wertzuschätzen wie die Erinnerung an jene, die sie einst geliebt hatten. Er würde ihn in der Anderen Welt wiedersehen, genau wie seine Mutter. Er fühlte weder den Schmerz in seinen Lungen, die nach Luft schrien, noch die Kälte, die sein Herz immer langsamer schlagen ließ, und ergab sich dem Sog, der ihn erfasst hatte. Der Ozean glich einem weichen, samtenen Tuch, das ihn einhüllte und zur letzten Ruhe bettete.

Ein schwaches Pulsieren lief durch seinen Körper. Etwas rief nach ihm, zwang ihn, die Augen wieder zu öffnen.

Ouwen blinzelte mühsam und starrte auf den Agtstein, der vor ihm im Wasser zu schweben schien. Der Talisman war aus seinem Hemd gerutscht und schien von innen heraus zu leuchten. Er streckte die Hand aus und griff danach. Ein Brennen fuhr durch seine Adern und verdrängte die betäubende Schwere des Wassers. Seine Pupillen weiteten sich, als eine fremde Präsenz nach ihm griff und seine Seele berührte. Ouwen öffnete den Mund und schrie. Der Laut klang seltsam schrill und nicht menschlich in seinen Ohren. Er spürte, wie endlich frische Luft durch seine Lungen strömte und für einen kurzen Moment hatte er das Gefühl, durch die Augen eines Vogels zu sehen. Fasziniert blickte er auf das Meer, die schäumende Gischt, die unter ihm auf den Wellen tanzte, während er durch den Himmel schwebte, frei von allen Beschränkungen und Schmerzen. Erneut zog etwas an ihm und er fand sich unter Wasser wieder, gefangen in seinem eigenen Körper. Doch er konnte noch immer atmen und nahm die Stärke in sich auf, die ihn antrieb, nach oben zu schwimmen, sich gegen den Sog zu wehren. Zu kämpfen.

Er schwamm gegen die Strömung an. Seine Arme waren gefiederte Flügel, die durch das Meerwasser glitten.

Ouwen durchbrach die Oberfläche und rang nach Luft. Verwirrt starrte er in den Himmel, während ihm Wasser ins Gesicht spritzte. Das Brennen in seinem Körper ließ langsam nach. Er hielt sein Gesicht in den Wind und nahm zum ersten Mal die Kälte wahr, deren scharfe Klauen sich unter seine Haut gruben. Ouwen begann zu zittern und suchte den Horizont nach der Alvar ab, doch das Schiff war nirgendwo zu sehen. Nur das unendliche Meer und vom Sturm aufgepeitschte Wellen, die wie riesige, schwarze Mauern heranrollten. Er griff nach dem Agtstein und tauchte kurz unter Wasser, bevor er gegen die Strömung anschwamm. Er würde nicht aufhören zu kämpfen, solange noch etwas Kraft in ihm war.

Nicht weit entfernt von ihm trieb ein toter Seetölpel auf den Wellen. Sein schwarzes Gefieder hob sich kaum von der aufgewühlten See ab. Sein Herz hatte zu schlagen aufgehört, während Ouwen sich aus dem eisigen Wasser emporgekämpft hatte. Mit einer weiteren Welle versank sein lebloser Körper langsam in den Tiefen des Ozeans.

Jemand rief seinen Namen. Die Stimme schien von weit her zu kommen, wie ein Echo aus einer längst vergangenen Zeit. Ouwen spürte, wie starke Arme nach ihm griffen und ihn aus dem Wasser zogen. Oder war es nur ein Traum? Die Kälte hatte längst jedes Empfinden seines Körpers abgestumpft.

»Stirb mir nicht unter den Händen weg, Junge!« Argos zerrte ihn in das schwankende Beiboot.

Ouwen stöhnte, als sein Körper gegen die harten Bretter schrammte. Jeder Muskel in seinem Leib schmerzte. Er hustete und spuckte Wasser auf die Planken.

»Den Göttern sei Dank, du lebst!« Argos schlug ihm auf den Rücken und griff dann wieder nach den Rudern.

Ouwen holte angestrengt Luft, das Atmen bereitete ihm immer noch Mühe. Seine Kleidung klebte an seinem Körper, der ihm viel zu schwer und eigenartig steif vorkam.

»Was ist passiert?«, brachte er hervor und sah sich um.

»Du bist über Bord gegangen. Ich dachte schon, dein letztes Stündlein hätte geschlagen.« Der Gestaltwandler warf ihm eine Decke zu. »Hier, wärm dich auf!«

Ouwen griff mit steifen Fingern danach und wickelte sich in die Wolldecke ein. Das taube Gefühl in seinen Gliedern wich nur allmählich und verwandelte sich in ein dumpfes, schmerzhaftes Ziehen. Sein Schädel pochte, während er sich zu erinnern versuchte, was geschehen war. Seine Hand glitt an den Hinterkopf. Als er sie zurückzog, bemerkte er Blut an seinen Fingern. Er erstarrte. Der Fremde … Halvad, der ihn angegriffen hatte … Ouwen presste die Hand zusammen und hob den Kopf.

»Wo ist Grey?« Seine Stimme zitterte.

Argos wich seinem Blick aus. »Es blieb keine Zeit, sie zu holen«, erwiderte er. »Es tut mir leid, aber ich konnte dich nicht sterben lassen.«

»Wir müssen zurück.« Ouwen stützte sich an der Bootswand ab. Das Salzwasser brannte noch immer in seiner Kehle und erinnerte ihn daran, wie er gegen das Ertrinken angekämpft hatte. Seine Finger tasteten nach dem Talisman, der sicher um seinen Hals hing.

Der Wandler schüttelte den Kopf. »Wir können das

Schiff nicht mehr einholen. Im Moment sollten wir einfach dankbar sein, wenn diese Nussschale nicht kentert.«

»Ich werde sie nicht im Stich lassen!« Ouwen versuchte sich aufzusetzen, doch er war zu schwach. Erschöpft sackte er zurück.

Argos stieß einen Fluch aus. »Bleib liegen! Du kannst im Moment nichts für sie tun. Die Alvar ist längst außer Reichweite. Wenn die Götter mit uns sind, erreichen wir noch vor Sonnenuntergang eine der äußeren Inseln. Sobald wir wieder festen Boden unter den Füßen haben, sehen wir weiter.« Er legte sich hart in die Ruder. »Sie ist eine Schattenwölfin, vergiss das nicht«, brüllte er gegen den Wind an. »Sie wird zurechtkommen.«

Ouwen strich über den Bernstein in seiner Hand und sah zum Horizont, der mit den schwarzen Wolken am Himmel zu einer Einheit zu verschmelzen schien. Er hatte überlebt. Wie war das möglich? Er lehnte seinen Kopf gegen die Bootswand. Etwas Seltsames war geschehen, eine fremde Kraft hatte seinen Geist berührt – nein, nicht berührt –, ihn eingenommen und ihm dadurch geholfen, die Oberfläche zu erreichen. Er erinnerte sich an das Gefühl zu schweben … Entkräftet schloss er die Augen. Der Eissturm brauste über ihren Köpfen und ließ die Wellen gegen den Rumpf des kleinen Bootes schlagen. Sie gierten nach ihrer Beute, die ihnen im letzten Moment entrissen worden war.

Ouwens Körper wehrte sich nicht länger gegen den erlösenden Schlaf, der seinen Geist in einen dunklen Abgrund zog.

Ich werde dich finden, Grey. Ich verspreche es.

KAPITEL 6

Aehdland, Nordgebirge. Einige Zeit zuvor

Das Kalb starrte aus leeren, dunklen Augenhöhlen in den Himmel, sein Körper war halb vom Schnee bedeckt.

Mattes blieb stehen und nahm die Armbrust von der Schulter. Das Tier hatte keine erkennbaren Wunden. Wahrscheinlich war es nicht stark genug gewesen und die Herde hatte es zurückgelassen. Die Eismonde verziehen keine Schwächen. Der Tod war allgegenwärtig.

Er hob die rechte Hand, die in einem steif gefrorenen Fellfäustling steckte, und schirmte sein Gesicht ab, um besser sehen zu können. Der Wind trieb unnachgiebig Eisflocken durch den Himmel. Seit Tagen hatten sie sich durch die Nordinger Wälder gekämpft und nun endlich die Ausläufer des riesigen Waldgebiets erreicht. Vor ihnen erstreckte sich das Gebirge und der Pass, der sie zu ihrem Ziel führen würde.

»Ich gehe ab hier voraus. Bleib dicht hinter mir.« Aerion hob ihren Stab und stieß ihn in den Schnee, um die Tiefe der Eisschicht zu prüfen.

Mattes sah zu den Spuren, welche die Herde hinterlassen hatte. Die Hufabdrücke waren deutlich zu erkennen, es konnte nicht länger als einen halben Tag her sein, seit die Rentiere hier vorbeigezogen waren. Wenn sie den

Pass früher erreicht hätten, wäre er auf die Jagd gegangen und hätte sie verfolgt, doch die Winterstürme hatten sie zu lange aufgehalten und ihnen lief die Zeit davon. Bedauernd blickte er auf den Kadaver. Das Kalb war schon zu lange tot, bald würden sich die Aasfresser an dem Tier zu schaffen machen. In Gedanken ging er ihre Vorräte durch. Das Dörrfleisch würde noch für mindestens eine Woche reichen, aber sie mussten sparsam sein. Niemand konnte sagen, wie lange sie brauchen würden, um das Gebirge zu überqueren. Er hob den Kopf und sah zu den Wolkenschleiern, welche die Bergspitzen wie zerrissene Netze bedeckten. Der Pass war, wie erwartet, bereits zugeschneit. Der Winter hatte die Wege zu Eis gefrieren lassen und dort, wo im Sommer ein schmaler Pfad von der Lichtung, auf der sie standen, hoch hinauf in die Berge führte, türmte sich nun klafterhoch Schnee.

Es ist unmöglich. Und doch würden sie den Pfad beschreiten. *Mögen die Götter mit uns sein.*

Er hätte niemals diesen gefährlichen Weg für sie gewählt, aber sie mussten dem Novâl vertrauen. Corax führte sie, seit sie aus Askaleth aufgebrochen waren. Mattes strich sich Eis aus dem Gesicht, es war so kalt, dass der Atem an seinem Bart gefror. Sein Blick wanderte zu Aerion, deren Gestalt im Schneegestöber zu einem trüben, dunklen Umriss verschwamm. Er durfte sie nicht aus den Augen verlieren.

Seine Flechtschuhe knirschten leise, während er sich Schritt für Schritt vorwärtskämpfte. Um Kräfte zu sparen, nutzte er Aerions Spuren, die sie mit ihren Schneeläufern hinterlassen hatte. Der Wind stemmte sich ihm entgegen, als wollte er ihn am Weitergehen hindern. Seine Augen begannen zu tränen, das gefrorene Wasser bildete Krusten auf seinen Wangen. Trotz seiner Müdigkeit waren seine Sinne geschärft. Er war es gewohnt, mit wenig Schlaf auszukommen. Es war nicht das erste Mal, dass er tagelang durch die Nordinger Wälder wanderte. Die Armbrust hing griffbereit über seiner Schulter, genau wie die Pfeile im Köcher. Es gab nicht nur Schattenwölfe, vor denen man sich in Acht nehmen musste. Seine Stirn umwölkte sich, als er an die Wesen dachte, die Askaleth angegriffen und Alba getötet hatten. Er machte sich keine Illusionen. Sie kamen nicht schnell genug voran. Ihnen blieb nur die Hoffnung, dass die Jäger noch nicht von Aerions Gabe erfahren hatten. Nur dann hatten sie eine Chance, die Stadt, die Aerion in ihren Träumen gesehen hatte, lebend zu erreichen.

Er blieb stehen und überprüfte die Pfeile, wie schon unzählige Male zuvor, obwohl der Wächter bisher keine Verfolger erspäht hatte. Das Mädchen konnte verstehen, was Corax ihnen berichtete. Alba hatte es sie gelehrt. Der Vogel hatte der Seherin viele Jahre treue Dienste geleistet. Der Gedanke an seine alte Freundin schmerzte ihn, doch er konnte nicht ändern, was geschehen war. Er hatte Askaleth verlassen, um das Versprechen einzulösen, das er ihr gegeben hatte, bevor sie in den Tod gegangen war. Es lastete schwer auf ihm. Mattes' Miene versteinerte. Die Gabe hatte ihm seine Frau genommen und viele unschuldige Menschen ins Elend gestürzt. Nach Isiras Tod hatte er ihren Talisman bei ihrem Haus auf dem Hügel vergraben, obwohl er wusste, dass er für Ouwen bestimmt gewesen war. Er hatte seinen Sohn beschützen wollen. Es war ihm nicht gelungen. Der bittere Geschmack seines Versagens brannte auf seiner Zunge, während er langsam weiterlief.

»Die Dämmerung bricht bald an, wir müssen uns beeilen!« Aerions Gesicht war kaum mehr als ein blasser Schemen.

Mattes nickte ihr zu. Er würde Albas letzten Willen erfüllen und sein Wort halten – er würde Aerion beschützen und er war bereit, den Preis dafür zu zahlen.

Der Schrei des Wächters, dessen Ruf von den Bergkuppen widerhallte, ließ ihn nach oben blicken. Die Silhouette des krähenartigen Vogels hob sich einsam vom eisgrauen Himmel ab. Der Novâl hatte ihnen vor zwei Tagen die Nachricht überbracht, dass sein Sohn die Küste erreicht hatte. Ouwen war in Sicherheit, die alte Seherin hatte ihr Versprechen eingelöst. Er betete, dass die Dreizehn seinem Sohn auf der Reise, die noch vor ihm lag, beistehen würden. Seine Augen suchten die Umgebung nach einer geeigneten Lagerstelle ab. Sie mussten vor Einbruch der Nacht einen sicheren Platz finden. Corax führte sie zwar über die Berge, aber er konnte sie nicht vor der Kälte bewahren oder dem, was in der Dunkelheit auf sie lauerte. Unruhig zog er seine Fellkapuze ins Gesicht.

»Ich hätte sie töten müssen, aber ich konnte es nicht.«

Er erinnerte sich an jedes Wort, das an jenem Abend gefallen war. Mattes starrte auf den Rücken des Mädchens, das ein paar Schritte vor ihm lief. Die alte Seherin hatte Aerions Geheimnis gut bewahrt. Selbst ihrem ältesten Freund hatte sich Alba in all den Jahren nicht anvertraut. Erst in jener Nacht, bevor die Schattenwölfe ihr Haus angegriffen hatten, offenbarte die Seherin, was niemand wissen durfte und das Mädchen hatte ihm die Male gezeigt, die sich wie schwarze Schlangen von ihrer Hüfte aufwärts bis zu ihrem Hals wanden. Über seiner

Nasenwurzel bildete sich eine tiefe Furche. Etwas Seltsames, Widernatürliches umgab die Zeichen auf Aerions Haut. Es war schwarze Magie, ein Fluch, der sie als Aussätzige und Saat des Bösen brandmarkte. Das Mädchen hatte die Male, seit sie klein war, unter langer Kleidung verborgen und war meist für sich allein geblieben, getrieben von der Angst, jemand könnte ihr Geheimnis entdecken. Es war ein einsames Leben gewesen, doch die Einsamkeit hatte sie geschützt.

Mattes senkte den Blick. Die Zeichen auf Aerions Haut waren der Grund für ihre Reise über das Gebirge. Aber die Schuld lag nicht bei dem Mädchen. Er kannte den wahren Ursprung der Male. Es war ein aus Verzweiflung und Hass geborener Zauber, der nicht aufgehoben werden konnte. Uralte Magie.

Aerion war stehen geblieben und wandte sich zu ihm um. Er wusste, dass sie spüren konnte, was er dachte.

Mattes lief zu ein paar hochgewachsenen Tannen und legte sein Gepäck ab. Morgen würden sie den Pass erreichen, dann gab es auch in der Nacht keinen Schutz mehr vor den eisigen Winden. Er blickte sich um. Der Sturm schien schwächer zu werden. Sie würden ein Feuer entzünden, das die Schatten der Nacht fernhielt. Doch die hell lodernden Flammen konnten weder die Furcht noch die Kälte in seinem Inneren vertreiben.

Siedlung Askaleth, Aehdland. Zehn Jahre früher

Das Kind lief durch den Wald, barfuß und mit offenem Haar, das ihm in ungekämmten Strähnen über die Schultern fiel. Die im Wind wiegenden Zweige warfen geisterhafte Flecken auf das Moos zu seinen Füßen, während die Kronen der hundertjährigen Bäume, deren Äste bereits die ersten, farbenprächtigen Knospen trugen, sich vor dem Schöpfer dieser stillen Melodie verneigten. Der Frühling hatte endlich den Winter abgelöst und die Eismonde aus Aehdland vertrieben, für einen neuen, heiligen Zyklus der Jahreszeiten. Das Mädchen hob den Kopf. Warme Sonnenstrahlen drangen durch das Geäst und kitzelten ihr Gesicht. Die Schreie der Vögel, die zwischen den Ästen flatterten, das Rauschen des Windes, der durch das Blätterwerk fuhr – der Atem der Bäume, war wie ein vertrautes Lied. Das Unterholz war noch feucht vom Regen und der Geruch von nasser Erde stieg in ihre Nase, als sie sich auf dem Waldboden niederließ. Ihr Blick wanderte zu dem Efeu, das sich an die Stämme der alten Bäume schmiegte. Es schien zu leuchten, als gäbe es eine geheime Quelle aus reinem Licht in diesem Halbdunkel des Geästs, aus der es seine Kräfte speiste. Vorsichtig schob sie einige der Blätter beiseite und betrachtete den Tau, der von ihren Fingerspitzen perlte. Dabei blieben ihre Augen an etwas hängen, das zwischen einigen Farnwedeln auf dem Boden lag. Es war ein kleines Vogelnest, an dem noch ein paar einzelne, braun gesprenkelte Federn hafteten.

Das Mädchen sah neugierig an dem mit dunklen Flechten bewachsenen Stamm empor. Der Wind musste das Nest aus dem Baum geworfen haben. Vorsichtig hob sie es auf. Im Inneren lag ein kleiner Vogel. Es war ein Sperling, ein Nestling. Sie berührte ihn sanft mit der Fingerspitze, doch er rührte sich nicht. Aerions Augen füllten sich mit Tränen. Sie biss auf ihre Unterlippe und konzentrierte sich auf den Schmerz, um nicht weinen zu müssen. Ihre Ziehmutter hatte sie gelehrt, dass es einen natürlichen Kreislauf des Lebens gab. Der Tod gehörte zum Leben, er war ein neuer Anfang – kein Ende. Ihre Finger glitten über das Nest. Es erschien ihr trotzdem nicht richtig, nicht gerecht zu sein, dass das Leben dieses Tieres enden musste, als es gerade begonnen hatte. Ohne, dass sie wusste, warum sie es tat, griff sie nach dem Nestling und nahm ihn in ihre Hand. Er wog kaum mehr als ein Büschel Gras. Behutsam strich sie über das gefleckte Gefieder. Es war samtig weich und wirkte fast lebendig. Als würde er nur schlafen, dachte sie.

Ihr Herz begann schneller zu schlagen. Ein seltsames Kribbeln zog über ihre Haut und den Arm, mit dem sie das Tier hielt, und breitete sich wie Feuer in ihren Adern aus. Aerions Pupillen weiteten sich.

Ihr ganzer Körper schien auf einmal zu glühen. Die dunklen Male an ihrem Körper, die sie unter ihrer Kleidung verborgen hielt, ringelten sich auf ihrer Haut entlang, als wären es lebendige, atmende Wesen. Sie flüsterten ihr Dinge zu, die sie nicht verstand.

Was geschieht mit mir? Aerion schloss gequält die Augen. Die Stimmen in ihrem Kopf schwollen an, wurden fordernder und riefen nach ihr, bevor sie plötzlich verstummten.

Etwas regte sich in ihrer Hand.

Sie schlug die Augen auf und erstarrte. Einer der braun gefiederten Flügel des Sperlings zuckte schwach.

Das Tier bewegte sich.

Der Vogel hob den Kopf. Die stecknadelgroßen Augen waren völlig schwarz und wirkten leblos.

Aerions Hände begannen zu zittern. Fassungslos

blickte sie auf das Tier, das eben noch tot auf der Erde gelegen hatte.

Der Sperling öffnete den Schnabel und begann leise zu tschilpen. Seine Krallen strichen über Aerions Hand. Sie streckte den Arm aus und ließ ihn zu Boden gleiten.

Der Vogel hüpfte durch das Gras, blieb wieder stehen und plusterte sein Gefieder auf.

Das Mädchen wich einen Schritt zurück. Das Tier wirkte gesund und voller Energie, doch sie wusste, dass es das nicht war. Die Haare in ihrem Nacken richteten sich auf. Sie konnte es spüren. Sein Herz schlug nicht.

Die Geräusche des Waldes schienen verstummt zu sein, selbst der Wind hatte sich gelegt und fuhr nicht mehr flüsternd durch die Zweige, als hielte der Gott Kahlen Ra selbst den Atem an. Die Stille ließ sie frösteln.

Was habe ich getan?

Aerion wartete nicht ab, um zu beobachten, was weiter geschah, sondern lief davon. Ein paar scharfkantige Wurzeln bohrten sich in ihre nackten Füße, aber sie spürte es kaum. Alles, woran sie denken konnte, war der leere Ausdruck in den Augen des Nestlings. Tränen rannen über ihr Gesicht. Was würde ihre Ziehmutter sagen, wenn sie erfuhr, was sie getan hatte? Sie zerrte den Ärmel ihres Hemdes hinunter, um die schmerzenden Male zu bedecken. Etwas Furcht einflößendes, Gefährliches brodelte in ihr. Eine Kraft, die nur darauf zu warten schien, dass sie sie entfesselte. Ihre Fingerspitzen bohrten sich in ihre Handfläche. Der Gedanke, dass die Stimmen wieder zurückkehren würden, ließ sie erschauern. Sie hastete weiter und wandte sich nicht noch einmal um.

Der Vogel hüpfte durch das Unterholz. Er folgte einem Instinkt, der stärker als alles andere war. Zwischen den knorrigen Wurzeln der Bäume fand er genug Würmer und Insekten, um seinen Hunger zu stillen.

Die Stunden vergingen. Das warme Licht der Sonne verschwand und wechselte sich mit dem Abendrot ab. Der Nestling saß noch immer in der Nähe der Eiche, wo das Mädchen ihn gefunden hatte. Er konnte die Baumkrone nicht erreichen. Er war noch nicht flügge gewesen, wie seine Geschwister, als das Nest während eines Sturms aus dem Baum gefallen war. Und selbst wenn es ihm gelungen wäre, seine Eltern hätten ihn nicht wieder angenommen. Sein Geruch, sein Wesen, alles hatte sich verändert. Sie würden ihn verstoßen, töten, wenn es nötig war, um den Rest ihrer Brut zu beschützen.

Dunkelheit senkte sich auf das Unterholz und tauchte die Welt des Waldes in undurchdringliche Schatten. Die Kälte wanderte über den aufgeweichten Boden und legte sich als hauchdünner Reif auf die immergrünen Blätter der Farne. Bald würden die Jäger der Nacht aus ihren Verstecken kommen, um auf Beutefang zu gehen.

Der Sperling kauerte reglos zwischen den Baumwurzeln. Der magische Funke, der ihm für kurze Zeit Leben eingehaucht hatte, war nicht länger stark genug. Sein kleiner Körper zuckte schwach, bevor er sich nicht mehr rührte und das schwarze Licht in seinen Augen für immer erlosch.

KAPITEL 7

Aehdland, Nordgebirge. Zehn Jahre später

Mattes kniff die Augen gegen die Sonne zusammen. Der Eiswind hatte feine Kristalle um seine Wimpern und Brauen entstehen lassen. Sein Blick wanderte zu Aerion, die bei jedem Schritt tief in den Schneewehen versank. Sie konnten nicht sehen, wo der schmale Gebirgspfad endete und der Abgrund begann, und waren auf die Hilfe des Novâls angewiesen. Er hob den Kopf und musterte den dunklen Schatten, der über ihnen durch die Lüfte glitt. Corax schien die Kälte nicht das Geringste auszumachen. Der Wächter flog immer wieder voraus und warnte sie, wenn Eis oder Geröll auf dem Pfad ins Rutschen gerieten.

Mattes tastete nach dem Gurt auf seinen Schultern und zog sein Gepäck vom Rücken. Vielleicht war es besser, wenn sie eine Weile rasteten. Das Mädchen musste erschöpft sein, genau wie er selbst. Sie waren seit dem Morgengrauen unterwegs. Ohne, dass er ihr ein Zeichen gab, blieb Aerion ebenfalls stehen und blickte sich nach ihm um. Er war dankbar für ihre wortlose Verständigung, auch wenn sie ihm ein wenig unheimlich war. Seufzend knüpfte er sein Bündel auf und holte ein paar Streifen Dörrfleisch hervor, dann setzte er sich auf sein

Gepäck und sah zu den zerklüfteten Flanken der Grauen Berge, die wie unüberwindbare Mauern aus kaltem Stein vor ihnen aufragten. Seine Gedanken schweiften zu jener Nacht, in der Alba ihm die Wahrheit über Aerion erzählt hatte. Mattes fuhr sich über das Gesicht. Er hatte nicht gewusst, dass das Mädchen nicht ihre Nichte war. Aerions leibliche Mutter war eine enge Vertraute der Seherin gewesen, doch Siobhan hatte sich gegen Alba und einige der alten Berater gewandt und den Häschern des Königsmörders verraten, wo sich die Flüchtenden versteckt hielten. Jeder, der sich weigerte, dem neuen Herrscher zu dienen, war damals getötet worden – darunter auch Albas Sohn. Der Verlust ihres Kindes hatte die Seherin in einen Abgrund gestürzt. Rasend vor Zorn und blind gegenüber den Konsequenzen ihres Handelns hatte sie die Gesetze ihrer Gemeinschaft gebrochen und Siobhan aus Rache mit einem Fluch belegt. Es war uralte Magie. Ein Zauber, der nicht gebrochen werden konnte und der das Opfer qualvoll langsam dahinsiechen ließ, bis letztendlich der Tod eintrat.

Wochen später hatte Alba ihre einstige Verbündete in einem kleinen Dorf aufgespürt. Siobhans Geliebter hatte sie verstoßen und hochschwanger zurückgelassen. Als Alba die dunklen Male auf dem Bauch der Schwangeren sah, erkannte sie, dass der Fluch auch das Kind getroffen hatte. Sie war bei ihr geblieben, um ihr bei der Geburt beizustehen.

»Es war meine Schuld, ich habe den Zauber ausgesprochen. Aber ich wusste nicht, dass sie guter Hoffnung war.«

Es war keine leichte Geburt gewesen. Der Fluch hatte den Körper der Schwangeren ausgemergelt. Das Kind hatte sich zudem nicht gedreht, wie es kurz vor der Niederkunft geschehen sollte, sondern kam mit den Füßen zuerst.

Alba hatte nach der Dorfhebamme geschickt, die ihre Dienste verweigerte, als sie die dunklen Male sah. Doch die Münzen, die Alba ihr gab, hatten eine stärkere Wirkung als die Furcht vor schwarzer Magie. Die Frau hatte Siobhan einen Kräutertrank eingeflößt und versucht, das Kind im Mutterleib zu drehen. Es war ihr nicht gelungen, aber sie hatte etwas herausgefunden, das der werdenden Mutter und auch Alba verborgen geblieben war. Siobhan trug mehr als nur ein Leben in sich. Als sie ihren Bauch aufschnitten und die Kinder aus dem geschundenen Körper holten, hatte ihr Herz bereits aufgehört zu schlagen.

Es waren zwei Mädchen. Eines von ihnen trug die dunklen Male der Mutter auf seinem Körper.

Alba nahm das gezeichnete Neugeborene an sich. Sie wollte es wie ihr eigenes Kind aufziehen und hoffte, dadurch einen Teil ihrer Schuld abtragen zu können.

»Vielleicht wäre es das Beste gewesen, wenn ich es damals hätte sterben lassen. Aber das Kind war nicht verantwortlich für den Verrat seiner Mutter.«

Mattes erinnerte sich an Albas leeren Blick, während sie ihm davon erzählt hatte.

»Die Hebamme wollte das andere Neugeborene einer Frau geben, die in einem Dorf in der Nähe lebte und kinderlos war. Einige Monate später habe ich erfahren, dass die Frau bei einem Überfall getötet wurde. Man fand ihren Körper in einem Fluss treibend … Ich dachte, das Kind wäre mit ihr gestorben. Ich habe die Wahrheit erst erfahren, als Aerions Träume begannen. Das Mädchen lebt. Aerion sieht ihre Schwester in ihren Visionen. Ich habe die Runen befragt, es besteht ein starkes Band zwischen den beiden. Sie ist sich ihrer Macht noch nicht be-

wusst, doch Aerions Gabe ist stark und wird Einfluss haben auf die Menschen, die sie umgeben, und auf unsere Welt. Meine Ziehtochter hat Zugang zu der Welt der Geister. Schon als Kind konnte sie Leben nehmen und geben, nur durch eine Berührung ihrer Hände. Ich habe versucht, diese Kräfte zu binden … das Mal daran zu hindern, von ihr Besitz zu ergreifen. Doch egal, was ich tat, es wuchs mit ihr und seine Stärke ebenfalls.«

In der Miene der Seherin hatten sich Schmerz und Schuldgefühle widergespiegelt. »*Ich habe Aerion, seit sie klein war, beschützt und ihr beigebracht, was ich weiß. Aber das Schicksal ihrer Mutter hat Einfluss auf ihr Leben. Ich habe in den Runen Tod gesehen, Hass und Verderben. Ich kann nicht glauben, dass Aerion dafür die Verantwortung tragen soll. Sie ist eine gute Tochter, ein gutes Kind!*« Ihre Hand war nach vorn geschnellt und hatte nach seinem Arm gegriffen. »*Finde das andere Mädchen! Nur so wird sich zeigen, was die Zeichen bedeuten, die ich gesehen habe. Doch du musst mir dein Wort geben.*« Alba hatte ihn aus ihren tiefblauen Augen flehend angesehen. »*Wenn es stimmt, was die Steine sagen, musst du es beenden.*« Zwischen den Falten ihres Gewandes war ein Dolch zum Vorschein gekommen, das dunkle Metall hatte im Widerschein des Feuers matt geglänzt. »*Ich habe die Klinge durch Magie verstärkt, sie wird ihr Ziel nicht verfehlen.*«

Mattes hatte entsetzt auf die Waffe geblickt und den Kopf geschüttelt. »*Das kannst du nicht von mir verlangen!*«

»*Ich muss es. Ich vertraue dir, mehr als jedem anderen. Nur du und ich kennen ihr Geheimnis. Wenn sich das Üble bewahrheitet, das ich in den Runen gesehen habe, gibt es nur einen Weg. Töte Aerion.*«

»*Du hast sie wie dein eigenes Kind aufgezogen!*«

Alba hatte den Blick gesenkt. »*Wir müssen die Men-*

schen beschützen, die wir lieben, auch vor sich selbst. Denk daran, was geschehen ist. Du hast deine Frau durch schwarze Magie verloren und auch dein Sohn schwebt in großer Gefahr. Ich werde dir helfen, ihn in Sicherheit zu bringen.«

Mattes hatte nicht gewusst, was er erwidern sollte. Alba bat niemals leichtfertig um einen Gefallen. Aber konnte er wirklich das Versprechen geben, jemanden zu töten?

Sie hatte seine Finger um die Klinge gelegt und ihm die Waffe gereicht. Schließlich hatte er genickt und den Dolch eingesteckt. Doch er hoffte, dass er ihn niemals würde benutzen müssen.

»Du wirst nicht mit uns kommen?«

»Nein, mein Freund. Ich werde hier gebraucht. Diese Reise musst du ohne mich antreten.« Auf Albas Lippen war ein trauriges Lächeln erschienen. *»Aerion hat in ihren Träumen eine Stadt gesehen, weit im Osten. Ich weiß nicht, ob es Esgar ist, oder Ilroth. Die Runen haben mir den Bergpass gezeigt, der über das Gebirge führt. Ihr müsst ihn erreichen, bevor der Schnee die Zugänge versperrt.«*

»Der Pass ist gefährlich, selbst wenn die Stürme noch nicht begonnen haben. Wir könnten die Berge umgehen und einen anderen Weg wählen.«

»Die Runen lügen nicht, sie haben mir die Zukunft gezeigt.« Die Seherin hatte sich von ihrem Platz erhoben und war neben ihn getreten. *»Es ist der kürzeste Weg. Vielleicht werden Aerions Träume klarer, wenn ihr das Gebirge erreicht. Finde den Ort, den Aerion gesehen hat! Finde das andere Mädchen, Mattes.«*

Mattes verdrängte die quälende Erinnerung und zog den Wasserschlauch hervor. Das kühle Wasser rann erfrischend durch seine trockene Kehle.

»Wir müssen die Menschen beschützen, die wir lieben, auch vor sich selbst.«

Würde er sein Versprechen halten können? Er ließ die Hand mit dem Lederbeutel sinken und schloss die Augen. Nur die Götter wussten, was die Zukunft für sie bereithielt.

Corax' Schrei hallte über den Pass und holte ihn ins Hier und Jetzt zurück. Beunruhigt drehte er den Kopf und sah zu Aerion. Das Mädchen hatte ihm den Rücken zugewandt und schien etwas zu beobachten. Mattes griff nach seiner Armbrust und erhob sich.

»Aerion? Ist alles in Ordnung?« In diesem Moment hörte er es. Es war ein seltsames, dumpfes Geräusch. Wie ein fernes Donnern, das aber nicht vom Himmel zu kommen schien, sondern aus der Erde unter ihnen. Er versuchte, zu Aerion zu laufen, aber seine Beine rührten sich nicht von der Stelle.

Bleib stehen! Du darfst dich nicht bewegen.

Mattes hörte Aerions Stimme so deutlich in seinem Kopf, wie er das Beben unter seinen Füßen spürte. Er wollte ihr antworten und hob den Blick, doch kein einziger Laut kam über seine aufgesprungenen Lippen. Sein Herz trommelte gegen seine Rippen, während er hilflos mit ansah, wie der Boden um sie herum ins Rutschen geriet und auf den Abhang zuglitt. Entsetzt starrte er auf die Schneemassen, die die jungen Fichten vor ihnen mit in die Tiefe rissen.

Aerion kniete sich auf den Boden und stieß beide Arme in den festgefrorenen Schnee. Zwei schmale Risse bildeten sich auf der Oberfläche, durchbrachen die Schneedecke und breiteten sich bis zu dem Platz aus, an dem Mattes stand. Das Eis unter seinen Füßen ächzte leise und begann zu splittern. Die Spalten wurden größer und formten einen Kreis, der ihn und das Mädchen im Inneren einschloss. Noch immer bebte die Erde, aber die Naturgewalten schienen ihnen nichts anhaben zu können. Der Erdrutsch riss große Brocken von Schnee und Geröll mit sich und stürzte grollend den Berghang hinab, doch der Kreis, in dessen Zentrum sie nun standen, wirkte wie eine unsichtbare Schutzmauer. Mattes blickte fassungslos zu Aerion, die im Schnee kniete. Er hatte die Kräfte des Mädchens unterschätzt. Konnte sie wirklich die Elemente kontrollieren? Aus den Augenwinkeln sah er, wie sich etwas durch das Schneegestöber auf sie zubewegte. Er starrte zu dem Schatten, der wie Nebel über den Boden kroch, und wollte nach der Armbrust greifen, doch sein Körper gehorchte ihm nicht. Aerion erhob sich und wandte den Kopf. Ihr Blick war eigenartig starr, als würde sie etwas sehen, das hinter der Nebelwand verborgen lag.

Langsam begann sich in dem Dunst eine Gestalt zu formen. Mattes glaubte, ein menschliches Gesicht zu erkennen. Oder täuschten ihn seine Sinne? Unfähig sich zu rühren, beobachtete er, wie der Schatten nach Aerion griff. Das Mädchen sackte zusammen und fiel auf die Knie. Mattes sah ihren entsetzten Blick, als versuche sie zu begreifen, was mit ihr geschah. Verzweifelt versuchte er, den Bann zu brechen, der seinen Körper gefangen hielt.

Über ihnen stieß der Wächter heisere Schreie aus. Corax stieß aus den Wolken herab, seine Krallen waren drohend ausgefahren. Der Vogel hackte auf das durchscheinende Gebilde ein, schaffte es aber nicht, es zu durchbrechen.

Mattes fühlte, wie ihn jede Hoffnung verließ. Er hatte geschworen, das Mädchen zu beschützen und versagt.

Aerion legte den Kopf in den Nacken und sah in den Himmel. Ihre Pupillen waren unnatürlich geweitet. Sie öffnete die blassen Lippen, als wollte sie etwas sagen, aber es war nichts zu hören, bis auf das Heulen des Eiswindes, der über ihren Köpfen wütete. Ein dunkler Schwarm, der an Tausende, winzige Insekten erinnerte, brach wie ein stummer Schrei aus ihrem geöffneten Mund, stob in die Luft und durchstieß den Nebel, der sie umgab. Das Gesicht im Dunst löste sich in graue Rauchfetzen auf.

Der Schwarm stieg in den Himmel, wo er sich zu einer schwarzen Wolke formte. Eine Weile schwebte er dicht über dem Pass, bevor er schließlich gen Osten davonflog.

Aerion senkte schwer atmend den Kopf und schloss die Augen. Der Nebel, der sie eingeschlossen hatte, war verschwunden.

Mattes blickte dem davonziehenden Schwarm nach. Die Starre hatte nachgelassen, aber er spürte keine Erleichterung. Was auch immer sie verfolgt und angegriffen hatte, es war nicht besiegt. Er sah zu Aerion, die vor Anstrengung zitterte und wollte zu ihr gehen, zögerte jedoch. Sein Blick schweifte über den Abhang. Der Teil des Gebirgspfades, auf dem sie sich befanden, war durch die Lawine unpassierbar geworden. Schnee und Geröllmassen türmten sich vor ihnen auf dem Weg und machten ein Weiterkommen unmöglich. Vielleicht war es besser, umzukehren, solange es noch hell war. Sie konnten immer noch durch das Schwarze Tal wandern und so einen Teil des Gebirges umgehen. Dieser Umweg würde sie jedoch viele Tage kosten und er wusste nicht, ob die dunklen Jäger ihnen dort nicht schon längst auflauerten.

Seine Hand schloss sich um den Griff der Waffe. Sie mussten eine Entscheidung fällen. Entschlossen stapfte er durch den Schnee und reichte Aerion seine Hand, um sie auf die Beine zu ziehen. Er würde ihr beistehen. Egal wer oder was sie war. Ihr gemeinsamer Weg hatte gerade erst begonnen.

KAPITEL 8

Totenviertel, Außenbezirk von Esgar. Gegenwart

Der Wind trieb ihm den Gestank der Schafe entgegen, die sich in einem Pferch in der Nähe der Mauer zusammenzwängten. Hayden wandte den Kopf ab und ließ seinen Blick über die Menge schweifen. Ein neuer Tag war angebrochen und er hatte noch immer kein Anzeichen von dem Jungen entdecken können. Er bog in eine Gasse ein, dessen löchriges Steinpflaster an das Gebiss eines alten Mannes erinnerte. Von dort aus hatte er einen guten Überblick auf den Marktplatz, welcher bei Weitem nicht so groß – oder beeindruckend – wie der Markt innerhalb der Stadtmauern Esgars war. Die Menschen, die hier lebten, kümmerte das jedoch nicht. Das ganze Viertel schien auf den Beinen zu sein und drängte sich zwischen den Ständen der Händler. Die Totenstadt strotzte vor Leben und schien ihren eigenen Regeln zu folgen.

»Dein Gemüse stinkt genauso zum Himmel wie deine unverschämten Preise!« Die junge Frau, die ein paar Schritte entfernt neben einem Karren stand, ließ den Kohlkopf in ihrer Hand zurück in den Weidenkorb fallen.

»Meine Ware ist so frisch wie der Atem einer Jungfrau!« Der Händler stemmte die Fäuste in seine speckigen Hüften und baute sich vor ihr auf. »Nehmt einen Bissen, dann werdet ihr schon sehen!« Er reichte der Frau etwas, das wie eine verschrumpelte Rübe aussah.

»Wollt ihr mich vergiften?« Sie griff sich an die Brust und sah abfällig auf das angebotene Gemüse. »Da kann ich ja gleich Schweinefutter essen!«

Einige Marktbesucher blieben stehen und warfen den beiden aufgebrachten Streithähnen amüsierte Blicke zu.

Hayden nutzte die Ablenkung, um sich unauffällig in die Menge zu mischen, und musterte die Menschen, die um Tontöpfe und Lebensmittel feilschten. Es war eine karge Auswahl an Waren, die zum Kauf angeboten wurden: Wurzelgemüse und Schwammpilze, magere Kaninchen, denen man das Fell über die Ohren gezogen hatte, dazu Kochgefäße in jeder erdenklichen Form und Größe und einfache, ungefärbte Wollstoffe, die vor den eisigen Temperaturen schützen sollten. Doch sein Interesse galt weniger den Ständen, als dem, was in den Gassen am Rand des Marktplatzes vor sich ging. Aus den Augenwinkeln sah er mehr als eine zwielichtige Gestalt, die Waren unter ihrem Mantel verbargen und interessierten Käufern anboten. Der Markt im Totenviertel war bekannt dafür, dass man hier Dinge fand, die in die Grauzone des Handelns fielen, oder, und das war sehr viel wahrscheinlicher, streng verboten waren. Seltene Edelsteine und Schmuck, exotisch anmutende Waffen mit Klingen aus fremdartigen Metallen, bei denen man nicht nachfragte, woher sie stammten, oder ob sich ihre Vorbesitzer freiwillig von ihnen getrennt hatten.

Und noch etwas anderes wechselte in den dunklen Seitengassen den Besitzer. Etwas, das für Hayden weitaus interessanter war. Zutaten für magische Rituale. In Esgar war die Ausübung von Magie offiziell verboten, doch dieses Gesetz galt nur für das gemeine Volk. Nicht für den hohen Rat des Königs.

Hayden fixierte einen Mann mit kurzen, mausbraunen Haaren, der etwas, das wie ein ausgeblichener Tierschädel aussah, einem potenziellen Kunden unter die Nase hielt, und senkte den Blick. Nicht alles, was im Geheimen feilgeboten wurde, hatte auch wirklich einen magielarischen Wert. Er lief weiter, bis ihm plötzlich ein eigenartiger, beißender Geruch in die Nase kroch. Stirnrunzelnd blickte er zu der kleinen Garküche, über deren Feuerstelle ein Kessel hing, und trat näher heran. Ein Blick auf die dickflüssige Suppe, auf der undefinierbare, dunkle Stückchen schwammen, ließ ihn unwillkürlich einen Schritt zurücktreten.

»Knochensuppe, der Herr?« Der Mann, der hinter dem Kessel stand, schaute ihn neugierig an. »Ist sehr nahrhaft, hab das Rezept von meiner Mutter geerbt.« Er lächelte stolz und entblößte dabei eine Reihe schwarz verfärbter Zähne.

Hayden schüttelte den Kopf und verkniff sich eine unhöfliche Antwort, die sowohl den Koch als auch dessen Mutter beleidigt hätte. Er wollte weitergehen, doch etwas, besser gesagt jemand, hielt ihn zurück. Überrascht blickte er an sich herab. Die kleine, schmutzige Hand, die aufgeregt an seinem Mantel zupfte, gehörte zu einem Mädchen, nicht älter als acht oder neun Jahre, deren verfilzte Haare schon lange kein Wasser, geschweige denn Bürste mehr gesehen hatten. Er hatte sie in dem dichten Gemenge nicht kommen sehen.

»Eine kleine Spende!« Sie hielt fordernd ihre Hand auf.

Halbschattens Blick glitt über ihre schmächtige, abgerissene Gestalt. Er griff in die Falten seines Mantels und zog den halben Laib Brot hervor, den er an einem der Stände erworben hatte.

»Hier, für dich«, sagte er.

Die Augen des Kindes leuchteten auf. »Vielen Dank, Herr!« Das Mädchen griff nach dem Brot und lief davon, fast als hätte es Angst, dass er es sich noch einmal anders überlegen könnte.

Hayden blickte ihr nachdenklich hinterher. Es gab keine Hilfe für die Armen und nur die Stärksten von ihnen würden den langen Winter überleben. Der kalte Wind blies ihm ins Gesicht und erinnerte ihn daran, warum er seit Stunden auf dem Marktplatz ausharrte. Fröstelnd steckte er seine Hände in die Taschen, um sie zu wärmen. Seine Finger tasteten nach dem vertrauten Lederbeutel, den er immer bei sich trug. Doch seine Tasche war leer. Hayden erstarrte. Ungläubig griff er in die Innenseite seines Mantels. Die Münzen, die in einer geheimen Tasche in das Futter eingenäht waren, klimperten leise, aber der lederne Beutel blieb verschwunden.

»Bei den Göttern«, murmelte er zornig und hob den Kopf. Wie war es möglich, dass ein einfaches Kind, ein halb verhungertes Straßenmädchen, ihn hatte bestehlen können? Halbschatten presste die Lippen zusammen. Ihre Gedanken hatten sie jedenfalls nicht verraten, so viel stand fest. Aber damit konnte er sich später befassen. Erst einmal musste er sich zurückholen, was ihm gehörte. Er suchte mit den Blicken den Marktplatz ab und nutzte gleichzeitig seine anderen Sinne, um das Kind in der Menge aufzuspüren. Seine Pupillen weiteten sich, als er am Rand des Platzes ihre Gedanken auffing. Sie wollte sich aus dem Staub machen. Er erhaschte gerade noch einen kurzen Blick auf leuchtend rotbraunes Haar, das vom Wind durcheinandergewirbelt wurde, bevor es in einer der Seitengassen verschwand. Fluchend setzte er sich in Bewegung und folgte der Diebin.

Die Gasse schien kein Ende zu nehmen. Der schmale Weg wand sich um immer neue Häuserecken und lockte ihn fort vom Markt und den lärmenden Menschen. Von dem Mädchen war nichts zu sehen. Hayden setzte seine Gabe ein und tastete erneut nach ihren Gedanken. Er konnte eine schwache Präsenz fühlen, die sich immer weiter von ihm entfernte, und beschleunigte seine Schritte. Als er um eine weitere Ecke bog, blieb er abrupt stehen. Es war eine Sackgasse.

»Bei Aenais Bogen!« Halbschatten trat auf die Häuserwand zu, an der der Weg endete. Es schien der Hinterhof eines größeren Gebäudes zu sein. Am Boden sammelten sich Abfälle und Unrat, doch der Gestank, der an warmen Tagen wahrscheinlich wie ein fauliger Hauch durch jede Häuserritze der Gasse zog, wurde vom Wind abgemildert.

Hayden wandte den Kopf. Er spürte, dass er nicht allein war. »Du kannst herauskommen«, sagte er laut und senkte den Blick. »Ich werde dir nichts tun. Gib mir einfach zurück, was du gestohlen hast.« Er bekam nur Schweigen als Antwort. Haydens Geduld begann zu schwinden, doch sein Instinkt sagte ihm, dass sich in den Fluchten der Gasse mehr als nur eine Diebin verbarg.

»Du hast leider in die falsche Tasche gegriffen. In dem Beutel ist nichts Wertvolles. Händige ihn mir aus und ich gebe dir stattdessen eine Münze dafür.«

Einen Moment lang herrschte Stille, dann trat jemand aus den Schatten hervor.

»Ist das so?«, fragte eine junge, männliche Stimme.

»Und warum folgst du dann einer Diebin durch das halbe Totenviertel?«

Halbschatten blickte zu dem Jungen, der in den Lichtkegel einer Laterne getreten war.

»Nun?« Der Junge sah ihn abwartend aus seinen grünen Augen an und hielt Haydens Lederbeutel wie eine Trophäe hoch. »Wenn das wirklich *nichts* ist, wird es dir kaum etwas ausmachen, wenn ich …« Er öffnete den Verschluss des Beutels und ließ etwas Sand zwischen seinen Fingern hindurch auf den Boden rieseln.

Haydens Kiefermuskeln spannten sich an. »Hör auf.« Er machte einen Schritt auf den Jungen zu. »Ich gebe dir ein paar Silbermünzen im Austausch für den Beutel!« Er sah den Dieb prüfend an. »Und noch etwas anderes.« Hayden zog aus seinem Mantel den geschliffenen Obsidian hervor. Anscheinend war seine Suche nicht umsonst gewesen.

»Erkennst du das wieder?«, fragte er.

Der Junge steckte sich eine Haarsträhne hinter das Ohr. »Was ist das?«

Hayden hielt den Glasstein in das Licht der Lampe, der daraufhin in schillernden Grüntönen aufleuchtete.

Die Hand des Jungen sank zögernd herab. »Wer bist du?« Sein Blick wanderte über Haydens Gestalt. »Schickt Alris dich?«

Hayden nickte. »Ich habe nach dir gesucht.«

»Und warum?« Die Augen des Jungen verengten sich. »Um mir Silber für … Sand anzubieten?«

»Nein. Ich suche jemanden, der mir Informationen beschaffen kann.«

Der Junge schnaufte ungläubig. »Ich bin ein Dieb. Kein Spitzel.«

»Ja, so erzählte man mir.« Haydens Mundwinkel zuckte. »Ein Dieb, der diese Stadt und seine Bewohner angeblich besser kennt als jeder andere. Aber verzeih meine Unhöflichkeit. Ich habe mich noch gar nicht vorgestellt.« Er deutete eine Verbeugung an. »Ich heiße Hayden.« Er blickte zu dem Beutel in der Hand des Jungen. »Und ich wäre dir äußerst dankbar, wenn du meinen Sand nicht länger auf die Straße schütten würdest.«

Der Junge starrte auf das bläulich leuchtende Pulver, das an seinen Fingerkuppen haftete, und wischte sich die Hand an seiner Jacke ab.

»Was ist das? Etwa irgendein Zauber?« Er sah Hayden lauernd an. »Gehörst du zu den königlichen Beratern?«

»Nein.« Halbschatten erwiderte gelassen den Blick. »Ich diene nicht dem König. Ich diene niemandem.« Er drehte den Obsidian in seiner Hand. »Alris ist ein alter Freund von mir. Er meinte, du könntest mir vielleicht bei meinem Problem behilflich sein.«

Der Junge kam einen Schritt näher und streckte auffordernd seine Hand aus. Hayden gab ihm das Glasstück und musterte dabei die abgetragene, aber saubere Kleidung des Jungen. Er sah nicht aus wie ein Kind, das auf der Straße lebte. Unwillkürlich drehte er den Kopf. Seit er den Marktplatz verlassen hatte, hatte er das kleine Mädchen, das ihn bestohlen hatte, nicht mehr gesehen. Doch er konnte spüren, dass sie ihn beobachtete.

»Das Mädchen vom Markt … ich nehme an, sie gehört zu dir?«

»Ira?«, erwiderte der Junge nach kurzem Zögern. »Ja, sie und noch ein paar andere Kinder. Du hast ihr mit deiner Beharrlichkeit einen gehörigen Schrecken versetzt.«

Er lachte leise, während er das Glasstück in seiner Handfläche betrachtete. »Die meisten sind nicht so hartnäckig, selbst wenn sie ihre gesamte Barschaft verlieren.« Seine Finger umfassten den Obsidian. »Es gehört Mut dazu, einem Dieb in die Gassen des Totenviertels zu folgen. Oder eine gehörige Portion Dummheit. Und irgendetwas sagt mir, dass du nicht zu Letzteren gehörst.« Er legte den Kopf schräg. »Wir haben dich beobachtet. Du hast dich ziemlich lange auf dem Markt umgesehen. Etwas zu lange, um keine Aufmerksamkeit auf sich zu ziehen.« Auf seinem Gesicht erschien ein fast unschuldig wirkendes Lächeln. »Ich bin neugierig, welche Art von Informationen benötigst du?«

Hayden verschränkte die Arme. Anscheinend waren seine Sinne eingerosteter, als er dachte. »Ich brauche Informationen über das Königshaus. Über Ehgiens Familie … und den Rat.«

Der Junge stieß einen leisen Pfiff aus und ließ das Glasstück in seine Tasche gleiten. »Diese Auskünfte können dich den Kopf kosten. Genauso wie mich.«

Hayden nickte. »Ich weiß, dass es nicht einfach ist. Deshalb suche ich jemanden, der seine Augen und Ohren überall in der Stadt hat. Jemanden, der sich Zutritt zur Burg verschaffen kann, ohne aufzufallen.«

»Und Alris meinte also, dass ich dir bei diesem *kleinen* Problem behilflich sein könnte?«

»Er sagte, du hättest außergewöhnliche Fähigkeiten.«

Der Junge lachte erneut. »Ja, meine außergewöhnlichen Fähigkeiten helfen mir dabei, am Leben zu bleiben und mich vor solchen Dummheiten zu bewahren.« Er schien einen Augenblick nachzudenken. »Aber es stimmt, ich kann mir Zutritt zu jedem Haus in dieser Stadt verschaffen. Wenn ich es will.« Sein Blick wanderte zu den Schatten, die Hayden umgaben. »Was ist mit dir? Wie es scheint, verfügst du auch über die ein oder andere besondere Fähigkeit.«

»Ich werde mich in Esgar und am Hof umsehen, doch ich brauche jemanden vor Ort, dem ich vertrauen kann«, antwortete Hayden, ohne auf seine Bemerkung einzugehen.

»Du willst also einem Dieb vertrauen?«

Haydens Mund spannte sich zu einem schiefen Lächeln. »Wir haben mehr gemeinsam, als du denkst.«

Der Junge hob eine Braue. »Das glaube ich kaum.«

Hayden lehnte sich an die Häuserwand. Seine Augen glitten durch die schmale Gasse. »Meine Familie hat hier einst gelebt. Doch sie wurde auseinandergerissen, von denselben Männern, die auch dir und deinem Vater Schaden zugefügt haben.«

Die gelassene Miene des Diebes begann zu bröckeln. »Was weißt du von meinem Vater?«

Hayden zog sich vorsichtig aus den Gedanken des Jungen zurück. »Er wurde getötet. Gehängt auf dem Burgplatz, zusammen mit anderen Dieben und Gefangenen der Krone.«

»Mein Vater war ein ehrbarer Mann«, unterbrach ihn der Junge. »Er stahl, um uns zu helfen. Der Winter war damals sehr hart ... unsere Vorräte gingen zur Neige.« Er wandte den Blick ab, in dem Schmerz aufflackerte. »Wir hatten keine Wahl.« Er drückte den Beutel enger an seinen Körper.

Hayden trat zu ihm. »Hilf mir, indem du mir Informationen beschaffst. Und ich werde im Gegenzug dir helfen, die Schuldigen zu bestrafen.« Seine Augen verdunkelten sich. »Die Entscheidung liegt bei dir.«

Der Junge zögerte einen Moment, dann nickte er langsam. »Einverstanden, doch mein Preis ist nicht verhandelbar.« Er hob den Kopf und sah Hayden an. »Ich verlange einen Beutel Silber, im Voraus. Und ich habe noch eine Bedingung. Ira … und die anderen, sie verlassen sich auf mich. Sie werden ebenfalls etwas Silber benötigen, damit sie die nächste Zeit allein zurechtkommen.«

Hayden nickte. »Ich werde mich darum kümmern.«

»Gut.« Der Junge straffte die Schultern. »Dann sehen wir uns morgen, zur gleichen Zeit an dieser Stelle. Und ich sehe, was ich bis dahin für dich tun kann.« Er machte Anstalten zu gehen.

»Warte!« Hayden griff nach seinem Arm. »Verrätst du mir deinen Namen?«

Der Junge wandte den Kopf. »Diebe haben keine Namen. Falls du mich suchen solltest, frag einfach nach Cher.«

Hayden zog die Brauen zusammen. »Cher?«

»Eigentlich Chernin, so wie die Kobolde, die in den Wäldern hausen. Aber man nennt mich hier im Viertel einfach Cher.« Er ließ den kleinen Lederbeutel in seiner Jacke verschwinden. »Nimm's nicht persönlich, aber ich behalte das besser. Als Pfand, bis du morgen die Münzen für mich und die Kinder gebracht hast.«

Hayden schwieg verärgert und war kurz versucht, den Jungen mit seinen Kräften zu beeinflussen, entschied sich aber dagegen. Chers Mut imponierte ihm.

»Wie du willst«, sagte er. »Doch vergiss ihn morgen nicht. Und verschütte nichts mehr. Ich hänge an meinem Sand.« Er sah Cher warnend an.

»Ich versprech's. Großes Diebe-Ehrenwort. Wenn ich es mir nicht anders überlege, halte ich es vielleicht sogar.«

Der Junge wandte sich grinsend um und war kurz darauf in den Schatten verschwunden.

Hayden seufzte. Wie es schien, hatte er seinen Verbündeten endlich gefunden.

KAPITEL 9

Esgar, Königsburg

Die Scharniere gaben ein klagendes Krächzen von sich, scheinbar widerwillig beugten sie sich dem fremden Willen. Ein Beben lief durch die Mauern, als das Holz über den Boden schabte und zwei tiefe Rillen in der aufgeweichten Erde hinterließ. Vier Männer waren notwendig, um die schweren Torflügel zu öffnen, und doppelt so viele standen auf der mit Eisen verstärkten Wehranlage und sahen wachsam auf die Ankömmlinge herab.

Hayden senkte den Blick und folgte den Menschen, die in das Innere des Burghofes strömten. Bittsteller, Bauern und Reisende aus weit entfernten Winkeln des Landes, die nur aus einem einzigen Grund während des Winters nach Esgar gekommen waren – um vor den Rat zu treten und Fürsprache zu erbitten.

Es war der dreizehnte Tag des Monats. Der Zugang zum Burghof stand jedem Besucher offen, der Gehör vor dem hohen Rat suchte. Selbst der Geringste unter den Untertanen wurde nicht abgewiesen, wenn er bereit war, den Urteilsspruch anzunehmen, den der Kreis der Sieben im Namen des Königs verkündigte. Hayden zog sein Bündel von der Schulter und verharrte in der Nähe der Mauern. Er war nicht hierhergekommen, um Gnade zu erbitten, oder einen Aufschub seiner Steuern. Als eine Frau an ihm vorbeilief, an deren Rockschößen zwei kleine Kinder hingen, die ihn neugierig ansahen, schob er die strähnigen Haare beiseite und entblößte sein vernarbtes Gesicht. Hayden unterdrückte mühsam ein Grinsen, als er ihre erschrockenen Mienen sah. Er zeigte den Menschen das, was sie sehen wollten. Für den einen war er ein Bettler, der sich am Dreizehnten Almosen von der Krone erhoffte, für den anderen ein von Krankheit gezeichneter, alter Mann. Seine Tarnung würde ihm jedoch nicht viel nutzen, falls eines der Ratsmitglieder ihn entdeckte. Der Kreis der Sieben war zu mächtig und würde die Magie durchschauen, die er für den Zauber einsetzte. Er durfte nicht zu lange verweilen. Halbschatten hob das Stoffbündel vom Boden und ging weiter. Er traute dem jungen Dieb durchaus zu, ihm die ein oder andere nützliche Information beschaffen zu können – vielleicht sogar die, nach der es ihn am meisten verlangte. Aber er musste sich selbst ein Bild vor Ort machen, auch wenn er dadurch seinen mit Dreck verschmierten Hals riskierte.

Sein Blick glitt über den Hof, auf dem sich trotz der frühen Stunde bereits Dutzende Menschen drängten. Vielleicht gelang es ihm, etwas herauszufinden, das mehr Substanz hatte als die Gerüchte, welche in der Stadt kursierten. Er klopfte sich Schmutz von seinem Ärmel und beobachtete die Männer, welche den Eingang zur großen Halle bewachten und die Menschen zur Ordnung aufriefen. Der Empfang würde erst mit dem Untergang der Sonne enden. Er hatte genug Zeit, sich umzusehen, bevor die Tore wieder schlossen und die Bittsteller hinausgeleitet wurden.

Der Wind strich über seine Haut, kühl und fordernd,

und buhlte um seine Aufmerksamkeit. Seine Gedanken wanderten zu jenem Tag, an dem er die grauen Festungsmauern zuletzt betreten hatte. Viele Jahre und Winter waren seitdem vergangen. Die Götter hatten die Fäden der Menschen neu miteinander verwebt. Die Stadt schien sich den Veränderungen jedoch widersetzt zu haben, als hätte die Zeit das Leben in den engen Gassen eingefroren.

Hayden kratzte sich das verschorfte Kinn, lief an einem Karren vorbei, dessen Besitzer Mehlspeisen für einige Kupferlinge an die Wartenden verteilte, und trat in den Schatten eines der größeren Stallgebäude. Die Präsenz von Magie drang an seine Sinne und wand sich unter seine Haut. Die Berater schienen sich im Inneren der Burg aufzuhalten, bereit ihr Urteil zu fällen. Er verzog das Gesicht. Ein Urteil, das ohne Zweifel zugunsten der Krone und des Königs erfolgen würde. Seine Finger glitten über den Saum seines Umhangs, während er auf eines der Nebengebäude zulief. Vor einer schmalen Tür, über der ein Rundbogen aus Sandsteinen prangte, blieb er stehen. Hayden stützte sich an dem Mauerwerk ab, als wäre er außer Atem. Seine Haare fielen ihm ins Gesicht und verdeckten seine Augen. Die Wachen, die vor dem Zugang standen, beachteten ihn nicht. Bisher hatte er kaum zwei Dutzend Männer gezählt, die auf den Mauern und auf dem Burggelände ihren Dienst verrichteten. Man schien sich sehr sicher zu sein, dass keine Gefahr drohte, anders war es nicht zu erklären, dass niemand der Inrir-Träger anwesend war. Trotzdem würde er kaum unentdeckt in das Innere der Festung gelangen, um zu finden, wonach er suchte.

Er hob den Blick und sah durch die angelehnte Tür in die Hofküche, in der mehrere Mägde damit beschäftigt waren, Bottiche zu schrubben. Für einen Moment verlor die Zeit an Bedeutung und schien sich aufzulösen, und Hayden sah einen kleinen Jungen, dessen Haar dem glänzenden Gefieder der Raben ähnelte, deren Schreie im Herbst wie Totenrufe von den Dächern der Stadt gellten, wenn der Winter die Vorboten der Schwarzen Kälte schickte. Der Knabe stibitzte eines der Gebäckstücke, die auf dem Tisch aufgeschichtet waren, und lief lachend davon. Der dunkle Ruf eines Horns erklang und die Erinnerung verschwand. Halbschatten wandte sich um und sah zur großen Halle. Die Anhörung hatte begonnen. Er zwängte sich zwischen einigen Wartenden vorbei und blieb in der Nähe des Eingangs stehen. Er konnte nicht sehen, was am Kopfende des Saales vor sich ging, doch die Worte, die gesprochen wurden, drangen bis in den hintersten Winkel. Das Oberhaupt des Rates sprach zum Volk und die wartenden Menschen verstummten, um seinen Worten zu lauschen.

Balian Ragal. Hayden kniff die Augen zusammen. Der Ruf des Mannes eilte ihm wie der üble Odem eines Kranken voraus.

Der Mann, der die Schatten befehligte.

Nachdem ihn die Nachricht erreicht hatte, dass die Wolfswesen aus Esgar stammten, dass es Menschen waren, die aus dunkler Magie erschaffen wurden, hatte er Erkundigungen eingezogen. Die Mitglieder des Rates und ihre Venguren hatten in den vergangenen Jahren genauso oft gewechselt wie die Jahreszeiten. Es waren austauschbare Spielfiguren, nur wenige hielten ihre Position so lange inne wie die Hand des Königs. Hayden ging ein paar Schritte vor, bis er den Mann sehen konnte, der sich an einer der Tafeln niedergelassen hatte. Der Erste

Berater wurde von zwei Magiern flankiert, deren Siegelringe ihre Position am Hofe verrieten. Auch ohne diese Zeichen der Macht hätte Hayden erkannt, was sie waren.

Er konnte es spüren.

Er trat einen Schritt zurück und verstärkte die Magie, die ihn umgab. Sein Blick fuhr unruhig zu den Soldaten, die an den Seiten der Halle standen, die farbigen Wappen auf den Uniformen glänzten im Schein der Fackeln.

»Möge Atorh diesen Tag segnen.« Balian hob die Hand und vollzog eine einladende Geste. Er nickte einem der Männer zu, der daraufhin den Weg freigab und einen älteren Mann vorließ, der vor dem Rat auf die Knie sank.

»Mein Herr! Unsere Ernte ist verdorrt und der erste Eismond kam viel zu früh.« Der Mann fuhr sich über das Gesicht, in das die Winter Aehdlands tiefe Spuren gezeichnet hatten. »Ich kann die Lasten nicht zahlen und erbitte einen Kredit für neues Saatgut.«

Hayden hörte nur mit halbem Ohr hin, er malte dem Mann nur wenig Chancen aus, dass seine Bitte erhört wurde. Nur selten wurde den Menschen ein Aufschub ihrer Zahlungen gewährt, und mit den neu vergebenen Krediten wuchsen auch die Schulden, die sich die Bauern auf ihre bereits krummen Schultern luden. Er sah zu Balian, der ein Dokument entfaltete, das vor ihm auf dem Tisch lag. Ein vorgefertigter Schuldschein, versehen mit dem Siegel der Krone. Darunter lugte ein dunkler Einband hervor. Hayden konnte die Macht spüren, die davon ausging, und zwang sich, den Blick abzuwenden. Er durfte nicht auffallen. Seine Augen glitten über die Menschen, die voller Erwartungen und Hoffnungen hierhergekommen waren. Er nahm ihre Ängste wahr, ihre Gedanken, die sich um erlittene Verluste rankten, und auch ihren unterdrückten Zorn, der Gnade des Hofes ausgeliefert zu sein. Jeder in Aehdland wusste, wer die Macht am Königshof innehatte und jeder fürchtete in Ungnade des Rates zu fallen. Denn dies bedeutete unweigerlich den Untergang. Der König hatte dem Kreis der Sieben einen Großteil der Befehlsgewalt übertragen. Nur selten nahm Ehgien selbst an Anlässen wie dem Dreizehnten oder anderen offiziellen Verkündungen teil. Sein Interesse schien sich – sofern die Gerüchte stimmten –, mehr auf Dinge zu konzentrieren, die mit seiner Vorliebe für erlesene Weine, der Jagd oder anderen fleischlichen Genüssen zu tun hatten. Er war das gekrönte Haupt des Landes, ein Symbol für die Stärke eines überaus einflussreichen Königreiches. Sein Machthunger hatte die Grenzen Aehdlands in den vergangenen Jahren erweitert, so wie sein Durst nach Wissen die dunkle Magie gefördert hatte. Doch letztendlich war auch Ehgien Taran nur eine Figur in den Händen des Rates.

Ein Haupt, das jederzeit fallen konnte.

Eine Tür am Kopfende des Saales wurde geöffnet. Balian ließ die Feder in seiner Hand sinken und wandte sich dem Ankömmling zu. Hayden erstarrte. Selbst aus der Distanz und nach all der Zeit gab es keinen Zweifel, er würde diese Augen überall wiedererkennen. Kälte durchströmte ihn und für einen Moment vergaß er, weshalb er hierhergekommen war. Seine Hand löste sich von dem Dolch, den er ergriffen hatte. Es war der falsche Zeitpunkt, um Rache zu üben. Haydens Schultern versteiften sich. Er hatte den Zorn verdrängt, genau wie den Schmerz und die Schuld, die sich ebenso wenig wie sein Schatten abschütteln ließen. Er zog die Kapuze ins Gesicht und lief zurück zum Eingang. Es war besser, wenn er verschwand, bevor eines der Ratsmitglieder auf ihn aufmerksam wurde.

Bevor Yemolar ihn erkannte.

Hayden trat auf den Burghof und sog die kalte Luft ein. Sein Blick glitt ins Leere. Der Tag der Säuberung hatte seine Träume lange beherrscht, bis er gelernt hatte, seinen Geist davor zu verschließen. Er gedachte der Toten, ohne sich ihrer zu erinnern. Die Vergangenheit war begraben, und es gab nichts, was sie zurückbringen konnte.

»Ardan Ley«, flüsterte er. Haydens Hand glitt an die schmale Narbe auf seiner Wange. In seinem Inneren tobte ein Sturm. Die Kräfte riefen seinen Namen und forderten ihren Tribut, aber er würde dem Drängen nicht nachgeben. Ohne dass er es wollte, tauchten Bilder aus der Tiefe seiner Erinnerungen auf. Obwohl er dagegen ankämpfte, gelang es ihm nicht, sie zurückzudrängen. Er sah wieder den Jungen, der durch die Gänge der Burg eilte, und hörte das Geschrei der Menschen, die auf dem Hof zusammengetrieben wurden. Der Junge öffnete die Kammer, die zur Schlafstatt seiner Eltern gehörte, und Hayden sah das Blut, das wie vergossener Wein über den Boden rann und die zusammengekrümmte Gestalt, in dessen Brustkorb ein tiefes Loch klaffte, wo einst ein Herz geschlagen hatte. Und obwohl er wusste, dass es längt geschehen war, was er erblickte, dass jede Hilfe zu spät kommen würde, egal was er tat, lief er weiter und stieß den Mann beiseite, der mit erhobener Klinge über seinem Vater thronte. Der Schmerz, als die Klinge seine Wange streifte, fühlte sich real an, brennend und heiß, ein Feuer, das sein Fleisch verbrannte. Blut rann über sein Gesicht und tropfte auf sein Gewand. Etwas schien in ihm zu zerreißen, als hätte der Dolch sein eigenes Herz herausgetrennt.

Der Tod erwartet dich bereits, Sohn eines Verräters.

Hayden drehte den Kopf und sah in das Gesicht des Mannes, dessen Augen die Farbe des Nachthimmels trugen. Ein Zittern lief durch seinen Körper. Der Magier griff nach seinen Gedanken und mit jeder Sekunde, die verstrich, schwand auch Haydens eigener Wille. Er wollte nicht mehr kämpfen, nur die Qualen beenden, die ihn innerlich zerrissen.

Seine Hand sank herab.

Komm zu mir, Junge. Lass es uns beenden.

Die Wunde in Haydens Gesicht begann weiter aufzureißen, als schnitte eine unsichtbare Klinge tiefer hinein. Ein Summen drang an sein Ohr, ein Flüstern von fremden Stimmen und schwoll zu einem schrillen Kreischen an, das seinen Geist beherrschte. Seine Füße bewegten sich langsam vorwärts und hinterließen Abdrücke in der Blutlache auf dem Boden. Der Lebenssaft rann noch immer aus der Wunde seines Vaters auf den Magier zu, als würde er von ihm gerufen. Hayden senkte den Kopf. Etwas schien nach ihm zu greifen, als würde sich eine der Stimmen aus dem Chaos heraus Gehör verschaffen wollen. Er sah zu dem Leichnam. Der Schmerz über den Verlust nahm ihm den Atem. Der Blick seines Vaters war starr und ausdruckslos, doch die bleichen Lippen schienen sich zu bewegen, ein stummes Aufbäumen des Todes.

Was mein ist, soll dir gehören.

Was war … ist vergessen.

Hayden kannte die heiligen Verse, das Bittgesuch an Mirhog, den Herren des Windes. Führer der verlorenen Seelen.

»Vater.« Er starrte in die glasigen Augen, unfähig sich zu rühren. Das Flüstern verstummte und Stille legte sich um sein kaltes Herz. Yemolar stieß ein Knurren aus und kam mit erhobener Waffe auf ihn zu, aber die Kraft, die Haydens Willen gelenkt hatte, war zusammen mit den Stimmen verblasst und das Band zerriss. Er wandte sich ab und lief davon. Fort von dem Schmerz, dem Tod und allem, was ihm einst wichtig gewesen war.

Hayden drängte die Erinnerungen zurück, die seine Gedanken verdunkelten. Die Schreie der Menschen gellten noch immer durch seinen Kopf. Es war die Vergangenheit, sein Vater ruhte schon lange unter der Erde. Gemeinsam mit allen Menschen, die er einst geliebt hatte. Er würde niemals vergessen, was an jenem Tag geschehen war, selbst wenn der Winter ewig über Aehdland herrschte.

Seine Finger krümmten sich zur Faust, während er auf das Tor zulief. Es wurde Zeit, dass er von hier verschwand. Er würde zurückkehren, wenn der Tag gekommen war, und zu Ende bringen, was sein Vater vor vielen Jahren begonnen hatte. Er würde die geheimen Manuskripte vernichten und dem Rat einen Teil seiner Macht nehmen.

Er würde sich seiner Vergangenheit stellen und den Dämonen, die zu ihnen gehörten.

KAPITEL 10

Nordeiland, Strand von Igrim

Seine Lider schienen festgewachsen zu sein, es gelang ihm kaum, sie zu öffnen. Ouwens Finger gruben sich in den Sand, während er sich langsam aufrichtete. Die Sonne schien gleißend hell auf ihn herab und brannte in seinen Augen. Er versuchte etwas zu sagen, doch seine Kehle war völlig ausgedörrt.

»Gut, du bist endlich aufgewacht.«

Ouwen wandte den Kopf und sah Edevind auf sich zukommen.

Die Wandlerin hatte wieder ihre eigene Gestalt angenommen und musterte ihn besorgt.

»Du hast geschlafen wie ein Toter. Selbst als ich dich aus dem Boot hierhergeschleift habe, bist du nicht aufgewacht.« Sie löste einen Lederschlauch von ihrem Gürtel. »Hier, du solltest etwas trinken. Aber nicht zu viel! Das würde dir nicht gut bekommen.«

Ouwen hielt den Schlauch an seine Lippen. Das Wasser war kühl und süß, es schmeckte besser als alles, was er jemals zuvor getrunken hatte.

»Nicht so hastig, Junge!« Edevind zog ihm den Wasserschlauch aus den Händen. »Dir wird sonst übel.«

Ouwen nickte, doch es war bereits zu spät. Er würgte

und spuckte einen Schwall Erbrochenes in den Sand. Erschöpft wischte er sich über den Mund. Sein Blick glitt über den Strand. Oberhalb der Uferböschung erhob sich ein dichter Wald, der alles andere als einladend wirkte. Die hochgewachsenen Pinien und Erlen schienen einen undurchdringlichen Wall aus Zweigen und Ästen zu bilden.

»Wo sind wir?«, krächzte er heiser.

»Auf einer der Ringolen, schätze ich. Wahrscheinlich Igrim, falls uns der Sturm nach Westen abgetrieben hat.«

»Ringol… en?« Ouwen drehte den Kopf.

Die Wandlerin grinste. »Du solltest etwas besser aufpassen, wenn du das nächste Mal auf einem Schiff über die Meere reist. Die Nordinseln werden auch Ringoleilande genannt. Wir waren auf dem Weg nach Hegar, der größten der fünf Inseln, als du über Bord gingst.« Ihr Blick wurde nachdenklich. »Ich glaube, dass die Strömung uns zu einer ihrer Schwesterninseln getrieben hat.« Sie reichte Ouwen die Hand und half ihm auf die Beine. »Wir müssen deine Kleider trocknen und dich aufwärmen, bevor du dir den Tod holst.«

Ouwen zog sich die Decke, in die er eingewickelt war, enger um die Schultern. »Ein guter Plan.«

»Ich habe unsere Sachen bereits aus dem Boot geholt. Viel ist es nicht, aber wenigstens haben wir Decken und etwas zu essen.« Sie sah in Richtung der Bäume. »In dem Beiboot lag ein Notvorrat an Hartbrot und etwas Dörrfleisch.« Edevind zog fluchend den Gürtel enger. Argos' Hose war ihr zu weit und anscheinend auch zu kurz. Der Stoff reichte ihr nur bis zu den Knöcheln.

»Für mich klingt das nach einem Festmahl.« Ouwen lächelte sie dankbar an und machte einen Schritt auf den

Waldrand zu. Als seine Füße auf den glatten Steinen, die aus dem Sand ragten, ins Rutschen gerieten, griff Edevind nach seinem Arm und stützte ihn.

»Du wirst sehen, sobald wir an einem warmen Feuer sitzen, geht es dir besser.« Die Gestaltwandlerin zog den Kragen ihres Mantels hoch und ließ ihren Blick über den Strand schweifen. »Ich habe bisher keine menschlichen Spuren entdecken können. Anscheinend sind wir allein auf diesem gottverlassenen Eiland.«

Ouwen unterdrückte die Übelkeit, die erneut in ihm aufstieg, und stapfte schweigend durch den Sand. Darüber konnten sie sich Gedanken machen, wenn sie nicht mehr kurz vorm Erfrieren standen. Im Wald würden sie hoffentlich Schutz vor den Eiswinden finden, die unnachgiebig über das aufgewühlte, dunkle Meer wanderten. Er biss die Zähne zusammen und schleppte sich die steile Böschung hinauf bis zu einer Feuerstelle, für die Edevind bereits Zweige übereinandergeschichtet hatte. Erleichtert ließ er sich auf einer der ausgebreiteten Decken nieder und schloss für einen Moment die Augen.

Edevind ging in die Knie und zog etwas aus den Falten ihres Mantels hervor. Es war ein kleiner Beutel. Vorsichtig löste sie den Knoten und streute den Inhalt in ihre Handfläche.

Ouwen starrte auf den blauen Sand, der zwischen den Fingern der Wandlerin auf die Feuerstelle rieselte.

»Makamah-ez feridou!«

Der Wind heulte zwischen den Ästen der Bäume, doch Ouwen konnte die geflüsterten Worte verstehen, die Edevind sprach. Er hatte sie schon oft gehört.

Helle Funken stoben in den Himmel, kurz darauf schlugen. kleine, blaurote Flammen aus dem Holz empor.

»Er hat dir etwas von seiner Magie mitgegeben?« Ouwen sah seine Begleiterin erstaunt an.

Edevind nickte. »Und ich bin mehr als dankbar dafür.« Sie ließ noch etwas Sand in die Flammen rieseln, die schnell emporwuchsen und sie in eine angenehme Wärme hüllten. »Ruh dich aus und trockne deine Kleidung. Ich will nicht, dass du erfrierst.« Sie ließ sich ebenfalls auf einer der Decken nieder und nahm den Wasserschlauch.

Ouwen blickte in die Flammen, die eine tiefblaue Farbe angenommen hatten. »Was sollen wir jetzt tun? Wir wissen weder, wo wir sind, noch haben wir ein Schiff, um diese Insel zu verlassen.«

»Wir haben beide noch unser Leben, das ist wichtiger.« Edevind nahm einen Schluck Wasser und sah in Richtung des aufgewühlten Ozeans, der dabei war, die Sonne zu verschlingen. »Bei Nacht können wir sowieso nichts ausrichten. Sobald es wieder hell wird, sehe ich mich weiter um. Wenn wir wirklich auf einer der Schwesterninseln gestrandet sind, gelingt es uns vielleicht, Hegar mit dem Beiboot zu erreichen.« Die Wandlerin griff nach ihren durchweichten Lederschuhen und zerrte sie fluchend von ihren Füßen. »Im Moment bin ich einfach froh, wenn ich für eine Weile an Land bleiben kann.« Sie lehnte sich gegen den Stamm einer Pinie.

»Glaubst du, dass die Alvar den Sturm überstanden hat?«

»Thyrin ist ein fähiger Mann. Wenn es jemand schaffen kann, ein Schiff durch solch ein Unwetter zu bringen, dann er. Der Brand am Hauptmast war fast gelöscht, als du …« Edevind zögerte. »Was ist geschehen, Ouwen?«

Sie beugte sich vor. »Ich konnte spüren, dass etwas nicht stimmte, aber es ging alles so schnell.«

»Ich weiß es nicht«, antwortete Ouwen.

»Was meinst du damit?« Edevind zog die Stirn kraus.

»Ich war unter Deck, um Grey zu holen. Doch sie war nicht allein. Jemand war dort.« Ouwen holte tief Luft. Die Erinnerung an Greys verängstigten Blick schnürte ihm die Kehle zu. »Sie haben die Wölfin in einen Käfig gesperrt.«

Die Wandlerin sah ihn verständnislos an. »Warum sollten Thyrins Männer so etwas tun?«

»Ich weiß nicht, wer der Mann war, dem ich begegnet bin, aber ich bin mir sicher, dass er nicht zur Besatzung gehörte. Er hatte außergewöhnliche Kräfte und er war nicht allein.« Ouwen hob den Blick. »Halvad war bei ihm. Ich habe gegen die beiden gekämpft und versagt.«

»Bei den Göttern.« Zwei steile Falten bildeten sich auf Edevinds Stirn. »Hat er seinen Namen genannt?«

Ouwen schüttelte den Kopf. Sein Blick wanderte zum Strand hinunter und blieb an den sich immer höher auftürmenden Wellen hängen.

»Nein, doch er kannte Grey. Er sagte, dass sie die Läufer brauchen würden. Und dass ihm die Wölfin gehorchen muss.«

Die Wandlerin stieß einen wüsten Fluch aus und schlug mit der Hand auf den sandigen Boden. »Wieso habe ich nicht bemerkt, dass jemand von der Königsburg an Bord war? Und was hat dieser verdammte Halvad mit der Sache zu schaffen? Hat er dich bewusstlos geschlagen?«

»Ich wollte nicht gegen ihn kämpfen, doch etwas zwang mich dazu.« Ouwen ballte eine Hand zusammen und öffnete sie langsam wieder. »Es war, als hätte jemand die Kontrolle über meinen Körper übernommen.«

Edevind nickte nachdenklich. »Der Seher muss über starke Kräfte verfügen.«

»Als ich wieder zu mir kam, war ich unter Wasser. Ich dachte, dass ich träumen würde ... Aber es war kein Traum.« Ouwen hielt seine Hände an die Flammen. »Ich habe geglaubt, dass ich sterben würde.«

»Doch du hast überlebt.« Edevind bedachte ihn mit einem schwer zu deutenden Blick. »Ich gebe zu, auch ich hatte meine Zweifel daran, ob du es schaffen würdest. Doch die Götter scheinen mit dir noch nicht fertig zu sein, denn sie haben mir den Weg zu dir gezeigt.«

Ouwen wandte den Kopf. »Was meinst du?«

»Ich hatte bereits an Bord der Alvar das Gefühl, dass etwas nicht in Ordnung war. Und da war diese Präsenz, als würde jemand nach mir rufen.« Edevind verschränkte die Arme. »Ich bin kein Schattenseher, so wie du oder Hayden, aber ich habe es deutlich gespürt. Es war seltsam, selbst als ich in dieser Nussschale saß, die Thyrin mir überlassen hat und gegen die Wellen anruderte, war ich mir sicher, dass ich dich finden würde.« Ihre Miene wurde ernst. »Kurz bevor du aus dem Meer aufgetaucht bist, sah ich ein seltsames, blaues Leuchten, ein Licht schien aus der Tiefe emporzusteigen. Es hat mich zu dir geführt.«

»Ich weiß nicht, was mit mir passiert ist«, erwiderte Ouwen. »Der Agtstein ... er hat sich verändert. Ich habe seine Kraft gespürt.« Er holte zögernd den schwarzen Bernstein hervor. »Ich bekam plötzlich wieder Luft, obwohl ich unter Wasser war. Ich konnte den Himmel sehen und den Ozean unter mir. Es hat sich angefühlt, als würde ich fliegen.«

Die Augen der Wandlerin verengten sich. »Ein Seelentausch«, murmelte sie. »Wie es scheint, trägst du die Gabe der Omar in dir.« Edevind schüttelte den Kopf. »Das ist in der Tat außergewöhnlich. Nur erfahrene Magier haben diese Fähigkeit in den vergangenen Jahrhunderten erlangt. Soweit wir wissen, gab es keine Omar mehr seit … « Sie hob den Blick. »… deine Mutter aus Esgar geflohen ist.« Edevind verstummte und für einen Moment herrschte Schweigen.

Die Gestaltwandlerin beäugte Ouwen abschätzend. »Ist deine Zunge abgefroren? Du wärst ertrunken, doch der Talisman deiner Mutter hat dir das Leben gerettet. Oder vielleicht sollte ich besser sagen, er hat etwas in dir geweckt. Wenn ich Wein hätte, würde ich darauf anstoßen.«

Ouwen blickte auf den schwarzen Stein in seiner Hand. »Hayden hat davon erzählt, dass einige Menschen die Seelen mit anderen Lebewesen tauschen können. Ist es das, was du meinst?«

Edevind warf einen Zweig in das Feuer. »Wahrscheinlich hast du für einen kurzen Moment mit einem Tier, das sich in deiner Nähe aufhielt, einen Wechsel vollzogen. Seine Energie hat dir dabei geholfen, an die Oberfläche zu schwimmen.«

»Es fühlte sich an, als hätte ich Flügel. Was denkst du, ist nach dem Tausch mit ihm geschehen? Ich habe kein Tier gesehen, als ich zwischen den Wellen aufgetaucht bin. Da war nichts, nur die schwarze See.« Ouwen ließ die Hand mit dem Talisman sinken.

»Ich weiß es nicht.« Edevind zog erneut die Stirn in Falten.

Ouwen sah zu den Baumkronen empor, die ihre kahlen Äste weit in den Himmel hineinstreckten. »Ich habe den Wind unter meinen Flügeln gespürt. Aber ich dachte, es wäre nur ein Traum.«

Edevind schien etwas erwidern zu wollen, griff stattdessen aber erneut nach dem Wasserschlauch. »Ich vermisse Guttorms Branntwein schon jetzt«, brummte sie. Die Wandlerin nahm einen tiefen Schluck. »Du solltest diese Gabe nicht auf die leichte Schulter nehmen. Sie ist sehr selten und machtvoll. Man teilt nicht nur die Seele, sondern auch den Lebensodem.« Sie sah Ouwen eindringlich an. »Ein Wechsel macht dich angreifbar, genauso wie das Wesen, mit dem du die Verbindung eingehst. Überlege dir also gut, ob es dir das Risiko wert ist.«

Ouwen antwortete nicht. Seine Augen waren noch immer in den wolkenverhangenen Nachthimmel gerichtet, während der Wind die alten Bäume zum Raunen brachte.

Bleiche Nebelschwaden krochen über das Wasser. Wie lange, dünne Finger tasteten sie sich über die schaumbedeckten Kronen und näherten sich dem Boot, das einsam auf den Wellen tanzte.

Ouwen blickte auf den milchigen Dunst, der ihn einzuhüllen begann, und hob die Hand, um ihn zu berühren. Die hellen, fast durchsichtigen Fäden umschlangen schmeichelnd seinen Arm und legten sich um sein Handgelenk. Sein Atem vermischte sich mit dem Nebel, während das Herz in seiner Brust immer langsamer schlug.

Das Rad der Zeit schien für einen Moment stillzustehen.

Nichts regte sich, selbst das Plätschern der Wellen verstummte. Dann drang etwas durch die Stille.

Grey? Überrascht drehte er den Kopf. Er konnte den Ruf der Wölfin deutlich hören, der mit dem Wind über den Nachthimmel zog, und wollte antworten, aber er brachte keinen Laut über seine Lippen.

Ein Wispern erhob sich in dem Dunst, flüsterte ihm zu, die Fähe zu vergessen und sich der Kälte zu ergeben. Die Nebelfäden drangen durch seine Kleidung und seine Haut und wanden sich wie Seilstricke um seine Brust.

Über Ouwens Pupillen legte sich ein Schleier und nahm ihm die Sicht, bis nichts mehr außer Dunkelheit übrig war.

Ouwen schlug die Augen auf. Einen Moment lang wusste er nicht, wo er war. Der Wind zerrte an den Baumkronen über ihm und brachte die Äste zum Ächzen. Sein Blick fiel auf das Lager und die Feuerstelle, in der nur noch verkohlte Holzstücke lagen, und langsam kehrte die Erinnerung an den gestrigen Tag zurück. Er richtete sich auf und stöhnte. Sein Kopf fühlte sich an, als hätte ihn jemand als Trommel benutzt.

»Du siehst genauso aus, wie ich mich fühle.« Argos kam auf ihn zu und hielt seinen halb leeren Wasserschlauch in die Luft. »Wir sollten uns als Erstes um unsere Wasservorräte kümmern. Es ist nicht mehr viel übrig.«

Ouwen presste die Hand an die Schläfen. »Du hast die Gestalt gewechselt?« Er räusperte sich, um das Kratzen in seinem Hals zu unterdrücken.

Argos reichte ihm den Schlauch. »Wir sollten uns ein wenig auf der Insel umsehen. Falls wir wider Erwarten jemanden von der Besatzung der Alvar begegnen, halte ich es für passender, dabei ein Gesicht zu tragen, das ihnen bekannt ist. In diesem alten Knochengerüst bin ich zwar weniger agil, aber es ist sicherer so.«

Ouwen hob grinsend den Schlauch an die Lippen und trank einen Schluck. »Wir können sofort aufbrechen.« Sein Blick blieb an den Wolken hängen, die über ihren Köpfen vorbeiglitten. »Wer weiß, wann das Wetter wieder umschlägt.«

Argos lehnte sich auf seinen Langstab. »Du solltest vorher etwas essen.« Er nickte in Richtung eines kleinen Beutels, in dem sich noch ein Rest des gebackenen Hartbrotes befand.

Ouwen strich über seine Kleidung, die sich klamm anfühlte. »Was ist mit dir?« Er wusste, dass ihre Vorräte begrenzt waren, und verspürte ein schlechtes Gewissen, weil er einen Großteil des ebenfalls knappen Wassers bereits verbraucht hatte.

»Mach dir darum keine Gedanken.« Argos rümpfte die Nase. »Ich bevorzuge dann doch etwas Handfesteres. Ich bin mir sicher, dass wir spätestens heute Abend etwas Besseres zwischen die Zähne bekommen als dieses trockene Zeug.«

Nachdem sie ihre Sachen zusammengepackt hatten, verließen sie ihr Lager und gingen tiefer in den Wald hinein.

»Ich habe heute Morgen einen halb zugewachsenen Pfad entdeckt. Vielleicht führt er zu einer Süßwasserquelle.«

Ouwen nickte und sah sich um. Die von braunem Moos überwucherten, breiten Stämme erinnerten ihn an die Wälder seiner Heimat. Seine Hand glitt in die Tasche und tastete nach der Schleuder. Vielleicht hatten sie Glück und entdeckten auf dem Weg ein Kaninchen oder anderes Wild.

Der klagende Schrei eines Kauzes ließ ihn innehalten. Bilder von der Schiffsreise tauchten aus seiner Erinnerung auf und er sah wieder Grey vor sich, eingesperrt hinter eisernen Stäben. Er hatte ihre Furcht spüren können. Ouwen schob den Gedanken beiseite. Wenn er ihr helfen wollte, musste er mit Argos einen Weg finden, zu ihr zurückzukehren.

Sie liefen eine Weile den überwucherten Pfad entlang, bis der Gestaltwandler unvermittelt stehen blieb. Argos griff nach Ouwens Arm und hielt ihn zurück.

»Was ist?« Ouwen sah seinen Mentor an.

»Ich dachte, ich hätte etwas gehört.«

Ouwen ließ seinen Blick durch den Wald gleiten. Es blieb still, nur der Eiswind fuhr durch die Bäume und rüttelte an den morschen Ästen.

Argos schüttelte den Kopf. »Lass uns weitergehen. Diese verdammte Insel macht mich noch wahnsinnig.«

In diesem Moment ertönte ein lautes Knacken, als Zweige im Dickicht zerbrachen. Ouwen riss den Kopf herum und starrte auf die Stelle im Unterholz, von der das Geräusch gekommen war. Argos packte ihn an der Schulter und zog ihn hinter den Stamm einer großen Kiefer. Gedämpfte Stimmen drangen an ihre Ohren. Ouwen fasste nach dem Griff seiner Schleuder, auch wenn sie ihm im Nahkampf nicht viel nützen würde. Ein Schatten huschte über seine Züge, als er daran dachte, dass sein Schwert noch auf der Alvar war.

Argos hob die Hand und deutete auf eine Stelle zwischen den Bäumen, an der die Umrisse von zwei Männern auftauchten. Die Waffen, die sie bei sich trugen, glänzten in der fahlen Wintersonne, die durch das Gestrüpp der Zweige brach.

Ouwen starrte auf das blaue Emblem, welches der größere der beiden Männer auf seinem Mantel trug. Das Siegel des Königshauses von Esgar. Seine Augen verengten sich.

Lautlos zog er die Schleuder aus der Tasche und griff nach einem Wurfstein.

Möge Aenai meine Hand führen.

KAPITEL 11

Nordgebirge, Schwarzes Tal. Einige Zeit zuvor

Mattes zog seine Hand zurück und erhob sich, seinen Blick noch immer auf die erstarrte, glitzernde Oberfläche gerichtet. Das Eis bedeckte den gesamten See, dessen Ausläufer bis an den Rand des Gebirges reichten.

Er wandte sich zu Aerion um. »Wir sollten keine Zeit verlieren, die Nacht bricht bald an.«

Das Mädchen nickte und griff nach ihrem Stab. »Ich gehe voraus.«

Mattes wusste, dass es zwecklos war, zu widersprechen. Aerion hatte ihren eigenen Willen, genau wie sein Sohn.

Er überprüfte das Seil, mit dem sein Gepäck zusammengebunden war, verknotete die Enden neu miteinander und schulterte das große Bündel auf seinem Rücken. Dann folgte er Aerion auf den See, dabei ließ er seinen Blick immer wieder über die Oberfläche schweifen, auf der Suche nach Rissen oder brüchigen Stellen. Doch das Eis hielt ihrem Gewicht stand. Der Wind wirbelte Schneeflocken über das gefrorene Wasser, aber es war längst nicht so schneidend kalt wie auf dem Pass, wo die Eiswinde ungehindert ihre Kräfte entfalten konnten.

Mattes wischte sich mit dem Fäustling Schnee aus

dem Gesicht. Der Weg durch das Tal und die dahinterliegende Schlucht war gefährlich und würde sie mehr Zeit kosten als ihre geplante Route über den Gebirgskamm. Er hob den Kopf und sah zu den steil aufragenden, schroffen Felsen, die im Zwielicht der untergehenden Sonne zu leuchten schienen und einen ungewöhnlichen Kontrast zu der Schneeschicht auf dem See bildeten. Über ihnen kreiste Corax, seine Schreie durchschnitten den Wind. Mattes blickte zu der Silhouette des Wächters, die immer wieder zwischen den Wolken verschwand. Seit sie das Gebirge erreicht hatten, hatte er keine neuen Nachrichten von seinem Sohn erhalten. In Gedanken versunken trat er in Aerions Spuren, die unbeirrt voranschritt. Sie liefen über das Eis, während die Dunkelheit sich weiter über das Tal senkte und den See in ein gespenstisches Halblicht tauchte.

Als das Ufer in Sicht kam, atmete Mattes erleichtert aus. Sie würden ihr Nachtlager in der Nähe des Gewässers aufschlagen und im Morgengrauen weiterreisen. Zwischen den Felsen wuchsen nur vereinzelt Sträucher, die keinen Schutz boten, aber etwas weiter oberhalb des Seeufers begann bereits der Wald. Von dort aus führten mehrere Pfade in die Schlucht, die das Gebirge wie eine dunkle Ader durchschnitt. Mattes schirmte seine Augen gegen das Abendlicht ab und fixierte eine Stelle mit einigen eng beieinanderstehenden Fichten. Der Platz war gut geeignet, um ein Lager zu errichten. Er sah zu Aerion, die das Ufer fast erreicht hatte, und wollte zu ihr gehen, aber sein Bein geriet ins Schlingern. Erschrocken starrte er auf seine Füße, die in einer Pfütze standen. Er konnte die Strömung spüren, die das Wasser unter der Oberfläche in Bewegung hielt. Sein Puls begann zu rasen.

Mattes riss den Kopf hoch. »Aerion!« Seine Stimme gellte über den See, während er einen weiteren, unsicheren Schritt in ihre Richtung machte, bis ein leises Knirschen ihn zwang, erneut stehen zu bleiben. Er warf einen Blick zum nahen Ufer, das auf einmal unerreichbar schien.

Aerion kam auf ihn zugelaufen und streckte ihm den Stab entgegen.

»Nein!«, rief er. »Bleib, wo du bist!« In diesem Moment ertönte ein lautes Krachen und Mattes spürte, wie das Eis unter seinen Füßen nachgab. Er verlor das Gleichgewicht und versank im Wasser des Sees, das ihn mit seiner undurchdringlichen Schwärze umfing.

Aerion sah entsetzt mit an, wie das Eis zerbrach, und lief schneller. Die Risse auf der Oberfläche weiteten sich aus, als würde der See ein Netz spinnen, um sie zu fangen.

Sie blieb stehen und starrte zu dem dunklen Loch, das Mattes verschlungen hatte. Ihr Herz pochte schmerzhaft in ihrer Brust, während sie ihr Bündel vom Rücken zog und vorsichtig weiterging. Als sie nur noch wenige Schritte von der Bruchstelle trennten, kniete sie sich nieder.

Aerion schob den Schnee beiseite und starrte hinab in das Wasser, das unter der Eisschicht entlangströmte. Ihre Sinne suchten fieberhaft nach einem Zeichen, dass Mattes noch lebte, und drangen bis zum schwärzesten Grund vor. Doch da war nichts … nur Stille.

Furcht kroch unter ihre Haut und verdunkelte ihre Seele. »Gebt ihn mir zurück«, flüsterte sie. Sie blickte zum Himmel. »Hört ihr mich? Ihr sollt ihn mir zurückgeben!« Aerion streifte ihre Fäustlinge ab, die an Bändern an ihrem Mantel hingen, und hämmerte wütend gegen das Eis. Sie würde nicht zulassen, dass man ihr erneut einen Menschen nahm, der ihr etwas bedeutete.

Dem sie etwas bedeutete.

Der Wind riss an ihren Haaren und gefror die Tränen, die ihr übers Gesicht liefen. Sie hielt erschöpft inne und hob den Kopf. Die Risse auf der Oberfläche wurden länger und hatten beinahe die Stelle erreicht, an der sie kniete. Das gefrorene Wasser knirschte unheilvoll. Aerion sah zum Ufer, doch ihr fehlte die Kraft, um aufzustehen. Plötzlich stieg etwas aus der Tiefe zu ihr empor, ein schwacher Funke, der bereits dabei war, zu verglühen. *Mattes.*

Aerion presste ihre Hand gegen das Eis und tauchte in seine Gedanken ein. Sie konnte die Verzweiflung fühlen, den Schmerz, der ihn lähmte und vergessen ließ, wer er war. *Bleib bei mir,* rief sie durch ihre Gedanken und betete für eine Antwort. *Bitte …* Sie schloss die Augen.

Verzeih mir, Aerion.

Mattes' Schuldgefühle hüllten sie ein, erstickten sie, als wäre sie selbst dort unten gefangen.

Sie schüttelte den Kopf. »Ich werde dich nicht verlassen.« *Hörst du mich?* Aerion schlug auf das Eis ein, bis ihre Hand blutete, und griff nach dem Stab, der hinter ihr lag.

Mattes' Lider flackerten. Aerions Stimme zerrte an ihm, ließ ihm keine Ruhe. Mühsam öffnete er die Augen. Er konnte nicht atmen und Panik stieg in ihm auf, als er begriff, wo er war.

Aerion drang erneut in seinen Geist ein und beruhigte ihn.

Gib nicht auf …

Mattes riss an dem Seil, mit dem das Bündel an seinen Schultern zusammengebunden war, aber seine Finger wurden von der Kälte bereits starr. Erschöpft ließ er die Hand sinken.

Ich bin hier. Folge meiner Stimme.

Er griff erneut nach dem Knoten und schaffte es, das Seil zu lösen, das zusammen mit seinen Sachen auf den Grund sank. Erleichtert schwamm er ein paar Züge an die Oberfläche. Seine Hände glitten über die Eisschicht, es war keine Öffnung erkennbar. Die Strömung musste ihn abgetrieben haben. Mattes schlug gegen die Barriere, die ihn gefangen hielt. Seine Lungen schmerzten und schrien nach Luft, doch er hatte nicht genug Kraft, das Eis zu durchbrechen. Ihm wurde schwarz vor Augen. Das Wasser zog an ihm und drängte ihn zurück in die Dunkelheit.

Ein Grollen erschütterte die Oberfläche. Mattes wurde von einem gleißenden Licht geblendet und erkannte Aerions Stab, der durch die Eisdecke in die Tiefe glitt. Er griff danach und schnappte keuchend nach Luft, als das Mädchen ihn aus dem Wasser aufs Eis zog.

Aerions Augen waren tiefschwarz. Sie sackte neben ihm zu Boden. »Wir müssen ans Ufer«, stieß sie hervor und sah sich um. »Schnell!« Sie packte seinen Arm und half ihm aufzustehen.

Mattes stöhnte auf. Er spürte seine Beine nicht, die Kälte fraß sich durch seine Eingeweide.

Aerion stützte ihn und zog ihn mit sich. Mattes wollte etwas sagen, schaffte es jedoch nicht, die Worte auszusprechen. Seine Lippen zitterten.

Du darfst nicht aufgeben! Aerions stumme Bitte löste etwas in ihm. Er verdrängte den Schmerz, der ihn entzweizureißen drohte, und setzte einen Fuß vor den anderen, bis sie das Ufer erreicht hatten.

»Es tut mir leid«, brachte er stockend hervor und sackte zu Boden.

Aerion schüttelte den Kopf. »Du musst mir dabei helfen, dir deine Kleidung auszuziehen. Sonst erfrierst du.« Sie nahm ein Fell und Decken aus ihrem Gepäck und kniete neben ihm nieder.

»Ich …« Mattes schluckte und begann zu husten.

Aerion zog den Mantel über seine Arme und legte das Fell um ihn. »Schaffst du den Rest?«

Mattes nickte und begann umständlich an seinen Füßlingen zu zerren. Aerion half ihm, die nassen Fellschuhe von seinen Füßen zu ziehen. Dann wandte sie sich um und nahm einen Beutel aus ihrer Tasche, der trockenes Reisig und Feuersteine enthielt. Sie schob den Schnee beiseite, der den Uferboden bedeckte, und begann die dünnen Zweige aufzuschichten. Ihre Bewegungen waren fließend, es war nicht das erste Mal, dass sie mitten im Nirgendwo – umgeben von Kälte und Eis – versuchte, Flammen zu entzünden. Kurz darauf brannte ein kleines Feuer, welches Aerion vorsichtig mit weiteren Zweigen fütterte. Sie holte eine Schale hervor und erhitzte etwas Schnee zusammen mit einigen Kräutern.

»Das wird dich aufwärmen.« Aerion füllte etwas von dem Tee in einen Becher und hielt ihn vorsichtig an Mattes' aufgesprungene Lippen.

Er griff nach dem Gefäß und trank einen Schluck. Die warme Flüssigkeit rann wohltuend seine Kehle hinab.

Aerion sah zu den Flammen, die gegen den Wind ankämpften. »Wir brauchen mehr Brennholz.« Sie erhob sich und ließ den Blick über das Seeufer wandern. »Ich bin gleich zurück.«

»Das Holz ist zu feucht. Es … wird erlöschen.« Mattes begann erneut zu husten. Es war unmöglich, bei diesem Wetter trockenes Feuerholz zu finden, und Aerion wusste es ebenfalls.

Das Mädchen ging in die Knie und griff nach seinen Schultern. »Ich werde nicht zulassen, dass die Flammen erlöschen, hast du gehört?« Sie ließ sich zurücksinken. »Du warst Albas ältester Freund … Du bist der einzige Mensch, den ich noch habe. Und vertraue.« Aerion strich sich das strähnige, dunkelblonde Haar zurück und stand auf. »Trink aus und nimm dir mehr von dem Tee, er wird dir wieder Leben einhauchen.« Sie drückte ihm den Becher in die Hand.

Ein müdes Lächeln glitt über Mattes' Lippen. »Danke«, murmelte er.

Aerion zog ein kleines Beil aus ihrem Gürtel. »Ich hole ein paar Äste von den Erlen dort drüben.« Sie nickte in Richtung der Bäume, die bei der Uferböschung standen.

Mattes blickte ihr nach und kämpfte gegen den Drang, die Augen zu schließen. Und endlich zu schlafen. Er biss sich auf die Zunge, um wach zu bleiben, und sah dabei zu, wie Aerion Äste abhackte und sie zu ihrem Lager brachte. Kurz darauf schlugen hohe, hellrote Flammen aus der Feuerstelle empor.

»Was …« Mattes' Stimme brach. Mühsam zog er sich ein Stück empor. »Wie hast du das gemacht?«

Aerion tippte auf den Schlauch, der an ihrer Hüfte hing. »Ich hatte noch etwas Fett übrig. Es ist nicht mehr viel da, aber es sollte reichen, bis wir dich wieder aufgewärmt haben.« Sie zog ihn dichter an das Feuer heran.

Die Flammen trieben schwarze Rauchsäulen in den Himmel und Mattes fühlte, wie die Kälte langsam aus seinen Gliedern wich. Seine Haut kribbelte, als er seine Finger bewegte und langsam zusammenballte.

»Ich dachte, der See würde zu meinen Grab werden.« Er spannte den Kiefer an.

Aerion legte eine Decke über seine Beine und wickelte ihn darin ein. »Die Götter haben anders entschieden.« Sie blickte ihn an. »Und ich bin froh darüber.« Ihr Lächeln ließ kleine Grübchen auf ihren Wangen erscheinen.

Mattes' Gesicht glühte von der Hitze der Flammen. Seine Augen glitten zu der Armbrust, die neben ihnen im Schnee lag. Er hatte das Gepäck verloren, doch die Waffe war fest um seine Schultern gebunden gewesen.

Aerion folgte seinem Blick. »Ich werde sie für dich trocknen, damit das Holz nicht bricht.«

Mattes schüttelte den Kopf. »Sie nützt mir nichts, solange ich keine Pfeile habe.« Sein Köcher war mit der restlichen Ausrüstung auf den Grund des Schwarzen Sees gesunken.

»Nun, dann sollten wir das schnellstmöglich ändern.« Aerion sah zu den Erlen hinüber, deren Holz ihnen als Lagerfeuer diente. »Vor dem morgigen Tag können wir nicht weiterreisen. Ich werde schauen, ob die Äste für mehr als nur Feuerholz taugen.« Sie nahm Mattes den Becher aus der Hand und goss ihm etwas Tee nach. »Das Holz scheint recht biegsam zu sein. Es ist nicht perfekt, aber es wird reichen, bis wir Zeit haben, uns um einen besseren Ersatz zu kümmern.«

Mattes ergriff dankbar das Gefäß. »Ich hätte es spüren müssen«, sagte er leise. »Aber das Eis wirkte sicher.« Seine Schultern spannten sich an. »Es war dumm von mir, die Gefahr zu unterschätzen. Wir haben großes Glück, dass wir die Vorräte und unsere Ausrüstung vor ein paar Tagen neu aufgeteilt haben.«

»Wir sind beide dasselbe Risiko eingegangen, als wir den See betreten haben.« Aerion setzte ihren Becher an die Lippen. »Die Dreizehn haben uns noch nicht verlassen. Doch ich bin mir nicht sicher, was sie mit uns vorhaben.«

Mattes betrachtete sie nachdenklich. »Ich habe noch nie von einem Menschen gehört, dessen Gabe so stark ist. Deine Fähigkeiten sind außergewöhnlich. Du bist außergewöhnlich, Aerion.«

Aerion wandte stirnrunzelnd den Kopf und sah in die Flammen. »Alba hat dir von dem Fluch erzählt, der mich gezeichnet hat. Es sind nicht die Inrir, die mir Macht verleihen, sondern schwarze Kräfte.«

Mattes schwieg. Es war schwer zu glauben, dass etwas Schlechtes in diesem Mädchen wohnen sollte, aber die Male auf ihrem Körper bewiesen das Gegenteil. Er senkte den Blick. In Gedanken sah er wieder den Nebel, der Aerion auf dem Gebirgspass fast verschlungen hatte.

»Seit wir den Pass verlassen haben, hast du nicht darüber gesprochen, was dort oben mit dir passiert ist. Ich möchte dir helfen … aber ich kann nur etwas für dich tun, wenn du mir erzählst, was geschehen ist.«

»Ich weiß es nicht.« Das Feuer zeichnete dunkle Linien auf Aerions Gesicht. »Irgendetwas wollte nicht, dass wir das Gebirge überqueren. Ich kann dir nicht sagen, wer oder was es war.«

Mattes nahm einen Schluck von dem Tee. Er hatte sich seine eigenen Gedanken gemacht, seit sie den Bergkamm verlassen hatten. Wenn Alba recht hatte, gab es eine Verbindung zwischen Aerion und dem anderen Mädchen. Wollte Aerions Schwester verhindern, dass sie zu ihr gelangten?

Aerion schien wie immer seine Gedanken erraten zu können. »Wer auch immer dort oben bei uns war, hat es geschickt verstanden, seinen Geist vor mir zu verbergen.« Sie fuhr sich über die Augen und ließ die Hand sinken. »Ich weiß nicht, ob es meine … Schwester war.«

Eine Weile starrten beide in die Flammen.

»Siehst du sie oft in deinen Träumen?«, brach Mattes das Schweigen.

»Nein, seit einer ganzen Weile schon nicht mehr. Vielleicht ist die Verbindung zwischen uns doch nicht so stark, wie meine Ziehmutter dachte.« Aerions Finger glitten über die Male, die sich unter ihrem Ärmel abzeichneten. »Ich wünschte, sie wäre jetzt bei uns.«

»Ich bin mir sicher, sie wäre stolz auf dich. So wie ich.«

Aerion lächelte zaghaft. »Du warst ihr immer ein guter Freund. Ich bin froh, dass du es bist, der mich auf dieser Reise begleitet.«

Mattes erwiderte das Lächeln und spürte gleichzeitig einen schmerzhaften Stich. Das Gewicht des Dolches, der in einer Lederscheide unter seinem Gewand steckte, wog unendlich schwer.

KAPITEL 12

Nordeiland, Wald von Igrim. Gegenwart

»Warte.« Die Hand des Gestaltwandlers legte sich auf seinen Arm. Ouwen ließ zögernd die Waffe sinken.

»Die beiden stammen nicht von der Königsburg.« Argos sah über seine Schulter und dann wieder zu den Männern, die nur wenige Schritte entfernt an ihnen vorbeiliefen.

»Ich habe die Akladen auf dem Wappen deutlich erkennen können.« Ouwens Finger strichen über die Wurfsteine in seiner Tasche.

»Ja, aber es sind nur einfache Söldner, die auf die Inseln geschickt wurden, um die Grenzen zu sichern.«

»Wieso bist du dir da so sicher?«

Argos deutete in Richtung der Krieger, die sich lauthals ihren Weg durch das Unterholz bahnten und sich immer weiter von ihnen entfernten.

»Wenn sie hinter uns her wären, würden sie weniger Krach veranstalten. Auf dieser Insel befindet sich wahrscheinlich ein Stützpunkt für das Heer. Die Grenzstreitigkeiten mit den Vahrangern dauern schon über ein Jahr an.«

Über Ouwens Nasenwurzel bildete sich eine Kerbe. »Ehgien wird erst zufrieden sein, wenn seine Schwester nachgibt.« Er erinnerte sich an einige Gesprächsfetzen, die er an Bord der Alvar aufgeschnappt hatte, doch er hatte dem Kriegsgeschwätz keine große Beachtung geschenkt. Für ihn war es nur einer von vielen Konflikten, die immer wieder an den Grenzen ihres Reiches aufflammten. Kriege, die Menschenleben auf beiden Seiten forderten, in die ihr König sie mit seiner unbesonnenen Eroberungspolitik geführt hatte. Ouwens Gesicht verfinsterte sich. Er blickte den Männern nach, die sich der Gefahr, in der sie gerade geschwebt hatten, nicht bewusst waren, und wandte sich seinem Begleiter zu.

»Und was sollen wir jetzt tun?«

»Wir folgen ihnen und hoffen, dass ich mich nicht geirrt habe«, erwiderte der Gestaltwandler. »Wenn sie unterwegs zu ihrem Lager sind, gibt es dort auch Vorräte. Und sauberes Wasser.« Auf seinen Lippen erschien ein Grinsen.

Ouwen steckte die Schleuder zurück in seine Tasche. Die Aussicht, auf einen ganzen Stoßtrupp königlicher Soldaten zu treffen war nicht besonders verlockend. Aber Argos hatte recht. Sie mussten herausfinden, wer diese Männer waren.

»Worauf warten wir dann noch?«

Argos' Grinsen wurde breiter. »Ich lasse dir gern den Vortritt, Schattenseher.«

Ouwen verzog die Lippen. Er mochte es nicht, wenn Edevind – egal in welcher Gestalt – ihn so nannte. Entschlossen machte er einen Schritt in die Richtung, in der die Söldner verschwunden waren. Argos blieb dicht hinter ihm. Es war nicht schwer, der Spur zu folgen, und Ouwen gab die Hoffnung auf, noch auf Wild zu stoßen. Bei dem Lärm, den die Männer veranstalteten, wurde jedes Tier im näheren Umkreis aufgeschreckt. Nach einer Weile wurde der Pfad, dem sie folgten, breiter, anscheinend hatte man das Gehölz ausgedünnt. Er blieb stehen und sah zu den Rauchsäulen, die sich ihren Weg in den blassen Himmel bahnten. Auf der Lichtung, die sich vor ihnen auftat, waren Lagerfeuer entzündet worden. Er zählte rund zwei Dutzend Zelte, die auf der mit Raureif und Schnee bedeckten Wiese standen. Sein Blick glitt zu zwei Soldaten, die am Rand des Lagers ihre Wachrunde drehten. Wenn sie hierblieben, würden die Männer sie sicherlich bald entdecken.

Argos trat neben ihn. »Lass mich mit ihnen reden. Denk daran, sie wissen nicht, wer wir sind. Wir bleiben bei dem, was wir auch Thyrin erzählt haben. Allerdings mit einer kleinen Abwandlung.« Er fuhr sich über das Kinn. »Zwei Reisende auf dem Weg zu den Inseln … ein grünschnabliger Novize und ein alter Söldner, der sich gern einige Münzen dazuverdienen würde.«

»Was machen wir, wenn sie zu viele Fragen stellen? Oder willst du ihnen erzählen, dass ich über Bord *gefallen* bin?«

»Überlass das mir«, erwiderte Argos. Er hob seinen Stab und lief auf das Lager zu.

Ouwen blickte ihm unentschlossen nach, bevor er sich in Bewegung setzte. »Ich wünschte, ich hätte mein Schwert hier«, murmelte er und tastete nach der Schleuder.

Sie näherten sich den Wachen, die abrupt stehen blieben, als sie Ouwen und Argos gewahr wurden.

»Halt! Wer seid ihr?« Der Ältere der beiden trat einen Schritt vor und zog seine Waffe.

»Zwei Reisende, die Zuflucht suchen.« Argos hob beschwichtigend seine linke Hand. »Wir waren auf dem Weg nach Hegar, doch unser Schiff geriet in einen Sturm und einer der Hauptmasten fing Feuer.«

Der Mann musterte ihn misstrauisch. »Und wo ist euer Schiff jetzt?«, fragte er.

Argos zuckte mit den Schultern. »Mit etwas Glück hat die Mannschaft einen sicheren Hafen erreicht. Der Kapitän gab uns Passagieren eines der Beiboote, damit wir selbst unser Glück versuchen konnten, da er in der Nähe eine der kleineren Inseln vermutete.« Er sah sich scheinbar überfordert um. »Ist das hier Eilos? Oder sind wir auf einem der anderen Ringoleilande gestrandet?«

Der Mann spuckte neben sich auf den Boden. »Ihr seid auf Igrim.« Er warf einen Blick zu Ouwen. »Seid ihr nur zu zweit?«

»Aye, der Sturm war zu stark. Das Beiboot hat sich zu früh gelöst und wir mussten allein zurechtkommen.« Er sah Ouwen an, um seinen Mund bildete sich ein abfälliges Lächeln. »Leider war mir der Knabe keine große Hilfe.« Argos seufzte. »Wir haben weder Proviant noch frisches Wasser. Den Göttern sei Dank, sind wir auf euch gestoßen.«

Ouwen erwiderte gelassen den Blick, mit dem die Wachen sie musterten. Der Ältere – offensichtlich der Wortführer – zögerte immer noch.

»Lass sie uns ins Lager bringen, Behran«, schlug sein Kumpan vor und trat ungeduldig von einem Bein auf das andere. »Wenn wir noch länger warten, ist nichts mehr übrig von dem Met, den Alwin uns versprochen hat, und meine Zehen beginnen schon jetzt abzusterben.«

Behran schien einen Moment zu überlegen und nickte schließlich. »Gut«, erwiderte er. »Wir bringen euch zu unserem Kommandanten. Er wird entscheiden, was mit euch geschieht.« Er kam auf sie zu. »Doch vorher gebt ihr uns eure Waffen.«

Argos stützte sich auf seinen Stab. »Ihr könnt mein Messer und das Handbeil gerne haben. Aber gebt mir beides wieder, wenn ich euer Lager verlasse. Ich möchte ungern in diesem Wald eine Nacht verbringen, ohne wenigstens eine kleine Klinge bei mir zu haben, wenn ihr versteht, was ich meine.«

»Was ist mit ihm?« Der Mann deutete auf Ouwen.

»Der Grünschnabel?« Argos lachte. »Was glaubt ihr, was ein Junge bei sich hat, der von seinem Onkel zum Tempeldienst verpflichtet wurde?«

»Ein Schwarzumhang, also?« Behrans Augen verengten sich.

Ouwen schwieg. Sollten die Männer ruhig glauben, dass er über die Entscheidung seines Onkels ebenso unglücklich war wie über seine jetzige Situation.

»Bist du stumm? Mach den Mund auf!« Der Wachmann starrte ihn unwirsch an.

»Hat zu viel Salzwasser geschluckt.« Argos blies in seine kalten Hände. »Der Junge ist aus dem Beiboot gefallen, als es abgetrieben wurde. Ich musste ihn wieder rausziehen, sonst wär' er jämmerlich ersoffen.«

Ouwen warf seinem Mentor einen scharfen Blick zu. »Es war nicht meine Absicht, aus dem Boot zu fallen.« Seine Kehle fühlte sich noch immer rau an und er begann zu husten.

Behran schnaubte ungeduldig. »Genug jetzt. Gebt mir das Beil und das Messer, dann bringen wir euch zu Fünffinger.«

Argos griff an seinen Gürtel und übergab ihm seine

Waffen. »Verzeiht, wenn ich frage, aber euer Kommandant trägt einen recht seltsamen Namen.«

»Er wurde vor einigen Jahren schwer verwundet. Wenn ihr ihn seht, werdet ihr verstehen, warum die Männer ihm diesen Beinamen gegeben haben.« Der Soldat nickte in Richtung eines der größeren Zelte. »Aber sprecht ihn besser nicht darauf an. Das mag er überhaupt nicht.«

Ouwen warf einen Blick zu Argos, doch dieser ignorierte ihn und antwortete stattdessen: »Danke für den Rat.«

Sie folgten den Männern über die Lichtung zu einem Unterstand, dessen vordere Plane aufgeschlagen und mit mehreren Streben im Boden verankert worden war, sodass eine Art Vordach entstand.

»Wartet hier.« Behran pochte an die Zeltwand und trat ein. Ouwen konnte hören, wie er mit jemanden sprach, aber die Worte drangen nur als undeutliches Gemurmel an sein Ohr. Kurz darauf wurde die Plane beiseitegeschoben und ein schlanker, hochgewachsener Mann trat heraus.

»Das sind also unsere Schiffbrüchigen.« Die Augen des Kommandanten musterten sie interessiert. Er trug die braunen Haare zurückgebunden, in welche sich bereits erste graue Strähnen gemischt hatten. Sie verrieten, dass er älter war, als es auf den ersten Blick schien.

Er wandte sich zu dem Soldaten um, der ihm gefolgt war. »Es war richtig, sie zu mir zu bringen. Die beiden sind bis auf Weiteres unsere Gäste.«

Ouwens Augen wanderten an der Uniform des Kommandanten herab, auf der das Zeichen des aehdanischen Königshauses prangte: Ineinander verwobene blaue

Ranken auf grauem Grund, die ein schwarzes Auge umschlossen, und blieben an dem linken Arm des Mannes hängen, dessen Uniformärmel seltsam verkürzt in die Jacke gestopft war.

Fünffinger. Er hob den Kopf, aber es war bereits zu spät. Der Kommandant hatte seinen Blick bemerkt.

Ouwen glaubte, Zorn in seinen hellgrauen Augen aufblitzen zu sehen, doch der Ausdruck verschwand, und er war sich nicht sicher, ob er sich das Ganze nur eingebildet hatte.

»Ich habe gehört, was euch widerfahren ist.« Der Kommandant sah Argos an. »Das Meer kann unberechenbar sein zu dieser Jahreszeit.« Er hob einladend die Hand. »Ich würde mich freuen, wenn ihr mir eure Geschichte bei einem Becher Met erzählt.«

Argos erwiderte das Lächeln. »Zu einem warmen Becher Wein habe ich noch nie Nein sagen können.« Er wandte sich zu Ouwen um. »Hättet Ihr vielleicht auch etwas zu Essen für uns? Der Knabe hier ist etwas schwach auf den Beinen, seit er gestern über Bord gegangen ist.«

Der Kommandant nickte. »Selbstverständlich.« Er winkte Behran zu sich, der hastig näher kam. »Bring Essen und Decken für unsere Gäste. Und sorge dafür, dass ein Schlafplatz für die beiden bereit ist.«

Der Mann verschwand eilig, um der Aufforderung nachzukommen.

»Lasst uns hineingehen. Dieses Wetter ist nicht dafür gemacht, um eine längere Unterhaltung draußen zu führen.«

Argos nickte und folgte dem Kommandanten in das Zelt.

Ouwen wollte ihnen nachgehen, zögerte aber. Etwas an der Reaktion des Kommandanten war seltsam gewesen. Seufzend drückte er die Schultern durch und ging auf den Unterstand zu. Er konnte den Mann wohl kaum dafür verurteilen, dass er es nicht schätzte, angestarrt zu werden.

An der Decke des Zeltes waren Öllampen angebracht. Die Flammen tauchten das überraschend geräumige Innere in ein angenehmes, warmes Licht. Ouwen blickte sich um, außer einem kleinen Tisch und ein paar Stühlen war nicht viel zu entdecken. Im hinteren Teil befand sich eine Liege, auf der mehrere Felle ausgebreitet lagen.

»Nehmt Platz.« Der Kommandant griff nach einer Karaffe, die auf dem Tisch stand. Aus dem Gefäß stieg Dampf empor.

Ouwen sog den würzigen Geruch von heißem Met ein und setzte sich neben Argos, der genüsslich seine Beine ausstreckte. Der Kommandant reichte ihnen zwei Becher und schenkte dann jedem von ihnen ein.

»Es ist nicht der beste Honigwein, den ich je getrunken habe, aber unser Koch versteht sich darauf, aus dem Wenigen, was wir haben, etwas Genießbares zu zaubern.« Er prostete den beiden zu und lehnte sich auf dem Stuhl zurück. »Bevor ihr mir von eurer Reise erzählt, erlaubt mir, mich euch vorzustellen. Mein Name ist Ian, Ian Ecemba.«

Argos hob den Becher. »Auf Euer Wohl, Kommandant! Wir sind Euch für Eure Gastfreundschaft sehr dankbar.« Er nahm einen tiefen Schluck und wischte sich einen Rest Honigwein von den Lippen. »Ich bin Argos, einen Nachnamen besitze ich nicht. Meine Mutter gab mich als Kind in ein Waisenhaus, ich habe nie erfahren, aus welchem Haus sie stammte. Ich war auf dem Weg zu den Inseln, um mich bei den Truppen seiner Majestät zu verdingen.« Er wandte den Kopf. »Und das ist Ouwen, Neffe von Mandarg Valfrey, ein Lehnsherr des Königs. Er war genau wie ich auf dem Weg nach Hegar, als wir in Seenot gerieten.«

Der Kommandant musterte die schwarze, fadenscheinige Kutte, die Ouwen trug. »War es Eure eigene Entscheidung, in den Tempeldienst des Einäugigen einzutreten? Oder hat Eure Familie Euch dazu überredet?«

Ouwen trank einen Schluck des süßen Weins und überdachte dabei seine nächsten Worte. »Mein Vormund hat mir keine Wahl gelassen«, antwortete er. »Mein Onkel war überzeugt davon, das Richtige zu tun. Ich war in seinen Augen nicht gerade das, was man einen würdigen Erben nennt.«

Ecemba schmunzelte. »Ihr seid noch jung. Und werdet noch lernen, was es bedeutet, Verantwortung zu übernehmen.« Er sah ihn über den Rand seines Bechers an. »Vielleicht wäre der Eintritt in die Armee eine bessere Wahl gewesen. Disziplin und Ehre sind zwei der Grundpfeiler, auf denen dieses Heer aufgebaut ist.« Sein Blick wurde nachdenklich. »Ich war selbst noch sehr jung, als ich in den Dienst der Krone getreten bin. Und ich habe meine Entscheidung an keinem einzigen Tag bereut.«

Ouwen schwenkte den Inhalt seines Bechers. »Mein Onkel wollte nicht, dass ich in den Krieg ziehe. Er sagt, dass bereits zu viele Männer in den Schlachten des Königs ihr Leben verloren haben.«

Argos sah ihn warnend an, doch dieses Mal war es Ouwen, der ihn ignorierte.

»Nun, wie es scheint, teilen Euer Vormund und ich nicht dieselben Ansichten. Diese Kriege, so seltsam es auch klingen mag, dienen dazu, den Frieden in unserem Reich zu wahren.« Der Kommandant klopfte mit den Fingern seiner gesunden Hand auf den Tisch. »Doch ich gebe zu, dass der Zwist mit den Vahrangern schon zu lange andauert. Mit Atorhs Gunst wird der Sieg noch vor Ende des Winters unser sein.«

Ouwen sah zu dem Wandteppich neben dem Bett, der das aehdanische Wappen auf schwarzem Grund zeigte. Ehgien hatte seiner ältesten Schwester ihren Verrat nie verziehen. Amuriela Denarien hatte nach dem Tod König Godfrieds den vahrangischen Thron bestiegen und ihrem Bruder nicht nur die Tributzahlungen verweigert, sondern gefordert, dass er die Grenzgebiete verlassen und die Inseln, die ihrer Krone unterstanden, zurück an ihr Reich geben sollte. Egal welche Seite diesen Konflikt gewann, beide Reiche hatten in den vergangenen Monaten hohe Verluste erfahren.

Ecemba schürzte die Lippen. »Wir alle verlieren Menschen, die wir geliebt haben. Ob in Kriegen, durch Hunger oder Krankheit.« Sein Blick streifte Ouwens Kutte. »Für einen jungen Mann gibt es viele Möglichkeiten, sich verdient zu machen. Falls Ihr es Euch anders überlegen solltet … Wir sind immer auf der Suche nach mutigen Männern, die bereit sind, dem König und unserem Land zu dienen.«

Ouwen zwang sich zu einem Lächeln. »Ich danke Euch für das Angebot, doch ich habe einen Eid abgelegt und werde dem Willen meines Onkels Folge leisten.« Er senkte den Kopf, um seine Gefühle zu verbergen. »Ich werde nach Hegar reisen, sobald es mir möglich ist.«

Ecemba seufzte. »Es spricht für Euch, dass Ihr Euer Wort halten wollt.« Er setzte den Trinkbecher ab. »Erzählt mir von eurer Reise. Wie hieß noch gleich das Schiff, auf dem ihr zu den Inseln gefahren seid?«

Argos nippte an seinem Wein. »Alvar. Kapitän Thyrin hatte uns eine Passage auf seinem Schiff angeboten.«

»Thyrin?« Der Kommandant nickte langsam. »Ein guter Mann, wie ich hörte. Wir haben schon oft Proviant für unsere Truppen mit ihm verschifft. Ich hoffe, sein Schiff hat die Inseln erreicht.«

»Ich bin mir sicher, dass die Götter über ihn wachen.«

»Der Zweigesichtige wird darüber richten, was mit ihren Seelen geschieht.« Ecemba stützte seinen Arm auf dem Tisch ab. »Ich befürchte, wir müssen unser Gespräch später fortsetzen. Es gibt ein paar unaufschiebbare Dinge, die ich mit meinen Offizieren besprechen muss.« Er stand auf und glättete seine Uniform. »Ihr seid meine Gäste. Wenn ihr etwas benötigt, wendet euch an Behran, den Mann, der euch zu mir gebracht hat.« Sein Blick schweifte von Argos zu Ouwen. »In zwei Tagen werden wir unser Lager abbrechen und weiter nach Arbenrah reisen. Ihr könnt uns begleiten.«

»Sprecht Ihr von der Festung auf Eilos?« Der Gestaltwandler sah von seinem Becher auf.

»Es ist einer unser Hauptstützpunkte. Der Hafen der Insel ist auch während der Eismonde mit unseren Schiffen besetzt. Von dort aus könnt ihr nach Hegar weitersegeln.« Ecemba neigte den Kopf. »Außer ihr wollt euch uns anschließen, oder euren Eid einem der auf der Insel stationierten Heerführer leisten. Eine weitere Klinge ist uns immer willkommen.« Er hob die Hand. »Dieser Ort hier ist nur eine vorläufige Sammelstelle, bis der Nachschub eingetroffen ist. Falls ihr trotzdem lieber hierbleiben wollt, können wir mit Sicherheit etwas Proviant und Wasser entbehren.«

Argos schüttelte den Kopf. »Nein, wir werden mit Euch gehen. Wir stehen tief in Eurer Schuld, Kommandant.«

Auf Ecembas Lippen erschien ein schmales Lächeln, das seine Augen jedoch nicht zu erreichen schien.

»Nun, dann schuldet ihr mir wohl einen Gefallen. Vielleicht werde ich eines Tages darauf zurückkommen.«

KAPITEL 13

Dunkelheit senkte sich auf die Lichtung herab und schickte ihre langen Schatten voraus. Ouwen warf einen Blick in den Himmel, der sich in ein tiefes Blauschwarz zu färben begann und rieb sich die Hände. Es war klirrend kalt und würde während der Nacht noch weiter abkühlen. Die schwarze Kälte, wie man die Eisnächte auch nannte, ließ jeden Funken Leben erstarren. Ein todbringender Schlaf, gehüllt in einen Mantel aus Eiskristallen und Schnee.

Er lief weiter und folgte Behran, der sie zwischen den Zelten hindurch über die Lichtung zu ihrem Schlafplatz führte. Alles, was er sich für den Moment wünschte, war ein Bett, oder zumindest ein trockener Platz zum Schlafen und eine warme Decke. Man hatte ihnen etwas Brot und Käse in Ecembas Zelt gebracht und Ouwen war mehr als dankbar gewesen für das Essen und den Honigwein. Von den Feuerstellen stiegen dunkle Schwaden auf, die sich am Himmel mit den Wolken zu vereinen schienen. Ein paar der Männer, die vor den Flammen saßen und sich unterhielten, wandten die Köpfe in ihre Richtung und warfen Ouwen und Argos neugierige Blicke zu. Er schob seine Hände in die wärmenden Taschen und ließ Behran und Argos nicht aus den Augen, die ein paar Schritte vor ihm liefen. Die beiden blieben vor einem der Zelte stehen, die nah am Waldrand standen.

»Man hat bereits Decken und frisches Wasser hergebracht.« Behran wartete ihre Antwort nicht ab und verschwand hinter einem der Unterstände.

Ouwen hatte den Eindruck, dass der Mann froh war, sie endlich los zu sein. Er löste die Klappe und warf einen Blick in das Innere des Zeltes, bevor er sich an Argos wandte.

»Ich weiß, was du sagen willst. Mir wäre nichts lieber, als mich sofort aufs Ohr zu hauen, aber vielleicht sollten wir uns noch eine Weile zu den anderen gesellen.« Der Gestaltwandler nickte in Richtung eines Feuers, das vor einem der Zelte brannte. »Diese Männer kennen sich auf den Inseln aus, zumindest ein paar von ihnen. Vielleicht bekommen wir so ein paar nützliche Informationen.«

Ouwen schaute zu den Männern, die sich ausgelassen unterhielten. Gab es unter den Soldaten vielleicht jemanden, der wusste, wer der Mann war, gegen den er gekämpft hatte? Der so viel Macht besaß, dass er einen Schattenwolf befehligen konnte ... Sein Blick verhärtete sich, während er dabei zusah, wie die Männer sich neuen Wein einschenkten.

»Wir sollten uns besser beeilen, bevor nichts mehr übrig ist.« Argos lief auf die Feuerstelle zu.

Ouwen unterdrückte ein Kopfschütteln und folgte ihm.

»Dürfen wir uns zu euch setzen?« Der Gestaltwandler blieb neben den Soldaten stehen, die verstummt waren und überrascht die Köpfe hoben.

»Nur, wenn ihr mit uns trinkt«, erwiderte ein rothaariger Mann, dessen Bart dieselbe Farbe wie sein dichter Haarschopf hatte.

»Damit bin ich mehr als einverstanden!« Argos setzte sich auf eines der Felle, das in der Nähe des Feuers lag.

Ouwen nahm ebenfalls Platz. Obwohl er nur geringe Hoffnungen hatte, tatsächlich etwas Neues zu erfahren, war er froh über die Möglichkeit, noch ein oder zwei weitere Becher von dem heißen Wein trinken zu können.

Ein schlaksiger Junge, vielleicht dreizehn oder vierzehn Sommer alt, schöpfte mit einer Kelle eine goldgelbe Flüssigkeit aus einem Kessel und schenkte ihnen ein.

Ouwen nahm einen der Becher und trank einen Schluck. Der Met war angenehm süß und würzig. Er kostete erneut davon und genoss das Gefühl der Wärme, die sich in seinem Körper ausbreitete.

»Woher stammt ihr zwei?« Der Rothaarige musterte sie und glättete dabei seinen frisch gestutzten Bart. Sein Blick blieb an Ouwens Kutte hängen. »Hat Ecemba etwa einen Priester gerufen, damit wir unsere Sünden beichten?« Die Männer lachten. »Nichts für ungut.« Er prostete Ouwen und Argos zu. »Ich habe nichts gegen Schwarzumhänge, auch wenn die Tempel für den Zweigesichtigen wie Schwammgewächs aus dem Boden schießen.«

»Ich bin kein Priester«, erwiderte Ouwen. »Ich war auf dem Weg nach Hegar, um als Novize in die Lehre zu gehen, als unser Schiff von einem Sturm überrascht wurde.« Er warf Argos einen kurzen Blick zu.

»Anscheinend hat der Einäugige eine schützende Hand über euch gehalten.« Der Soldat hob seinen Becher. »Auf den Zweigesichtigen Gott!«

»Auf den Einäugigen!« Die Männer stießen mit ihm an.

Ouwen zwang sich, seinen Arm ebenfalls zu heben, und rang sich ein Lächeln ab. »Auf den Einäugigen!«

»Ich bin übrigens Arahd.« Der Rothaarige wischte sich Wein vom Mund. »Und das sind Kayse ...« Er nickte in Richtung des Jungen, der ihnen eingeschenkt hatte, und zeigte auf die zwei älteren Männer, die neben ihnen am Feuer saßen. »Hadeel und Nawil.«

»Mein Name ist Ouwen und das ist Argos. Wir waren beide an Bord der Alvar, als wir durch ein Unwetter in Seenot gerieten.«

»Die Alvar?« Arahd schob die buschigen Brauen zusammen. »Ich kenne das Schiff. Der Kapitän bringt regelmäßig Vorräte zu den Inseln.«

Ouwens Puls beschleunigte sich. »Habt ihr vielleicht etwas von der Mannschaft gehört?«

Der Soldat kratzte sich am Kinn. »Es sind keine neuen Soldaten angekommen, die Nachrichten hätten überbringen können. Und nur der Kommandant erhält Botschaften vom Festland oder von den anderen Truppen, die auf den Inseln stationiert sind. Sie schicken ihre Raben aus.« Er sah seine Kameraden an. »Wir können erst wieder Nachrichten an unsere Familien schicken, wenn wir die Festung erreicht haben.«

»Ihr meint Arbenrah?«, ergriff Argos das Wort.

»Aye, Arbenrah.« Arahd umfasste den Becher mit beiden Händen. »Ich bin froh, wenn wir diese verfluchte Insel endlich verlassen. Die Stürme haben uns festgesetzt, wir sollten schon längst dort sein.«

Die anderen Männer nickten.

»Sie wird die Schwarze Festung genannt.« Kayse wandte sich Ouwen zu. »Keiner unserer Feinde hat es bisher geschafft, sie einzunehmen.« Die Augen des Jungen leuchteten.

Ouwen nippte schweigend an seinem Becher. Er

konnte es kaum erwarten, aufzubrechen. Je eher sie Eilos erreichten, desto schneller konnten Edevind und er mit ihrer Suche nach Grey beginnen. Nach den vergangenen Wochen, in denen die Verbindung zwischen ihnen immer stärker geworden war, fiel es ihm immer noch schwer, plötzlich nicht mehr ihre Anwesenheit zu spüren. Zu wissen, wie es ihr ging. Oder ob sie noch lebte.

»Was verschlägt euch hierher?« Arahd sah Argos an. »Ihr seht nicht aus wie jemand, der vorhat, in einen Tempel einzutreten.«

»Nichts läge mir ferner.« Der Gestaltwandler stützte eine Hand auf sein Knie. »Ich war auf dem Weg zu den Inseln, um mich bei den Truppen des Königs zu verdingen und um herauszufinden, ob es wirklich wahr ist, was man behauptet.«

Arahd neigte den Kopf. »Ob was wahr ist?«

»Dass die Frauen auf den Nordinseln die schönsten Augen des ganzen aehdanischen Kontinents haben«, erwiderte Argos und grinste breit.

Die Männer grölten und stießen erneut an. Einige der Pferde, die hinter ihnen in einem Pferch standen, begannen vom Lärm aufgeschreckt unruhig zu wiehern.

Ouwen wandte sich um und sah in Richtung der Tiere.

»Wenn du magst, kannst du mich morgen begleiten«, sagte Kayse, der seinen Blick bemerkt hatte. »Ich bin verantwortlich für sie, solange wir auf Igrim sind.« In seiner Stimme klang unverkennbarer Stolz mit.

Ouwen schenkte ihm ein Lächeln. »Gern«, erwiderte er. Schließlich würden sie erst in zwei Tagen aufbrechen und es warteten keine anderen Aufgaben auf ihn.

Kayse griff nach der Kelle und schaute fragend von

Ouwen zu Argos. »Möchtet ihr noch mehr von dem Wein?«

»Jeden einzelnen Tropfen«, erwiderte der Gestaltwandler und hielt ihm bereitwillig seinen bereits leeren Becher entgegen.

Seine Hand glitt über die Mähne der Stute. Das Tier senkte den Kopf, um an Ouwens Arm zu schnuppern.

»Sie scheint dich zu mögen.« Kayse wischte sich Schmutz aus dem Gesicht und griff nach einem weiteren Büschel Heu. »Du scheinst ein Händchen für Pferde zu haben. Nemu ist eigentlich sehr scheu.«

Ouwen klopfte lächelnd auf den Hals des Tieres, das an seinem Ärmel knabberte. »Zu Hause hatten wir Pferde für die Feldarbeit,« erwiderte er und sah sich nach dem Jungen um, der dabei war, die Futterkrippe aufzufüllen.

»Dann weißt du sicherlich auch, wie man eine Tränke auffüllt und Mist wegschafft?« Kayse grinste ihn an.

»Ja, ich kann mich dunkel daran erinnern.« Ouwen zog die Fäustlinge aus. »Komm, geh beiseite, bevor ich dich noch mit Mist bekleckere.«

Sie säuberten den Pferch und füllten gemeinsam die hölzerne Tränke mit frischem Wasser auf.

»Wenn du willst, kannst du später mit Nemu ausreiten. Sie gehört zu meinen Lieblingen, genau wie der schwarze Hengst dort.« Kayse nickte in Richtung eines stattlichen Pferdes, welches etwas abseits stand. »Aber von einem Ritt auf ihm würde ich dir abraten. Nur der Kommandant schafft es, den Hengst im Zaum zu halten.« Er strich sich Stroh von der Kleidung und sah zu den Tieren, die sich um die Futterkrippe drängten. »Ich versorge sie, bis wir die Insel verlassen, und kümmere mich darum, dass sie genug Auslauf bekommen.« Er strahlte über das ganze Gesicht. »Ecemba hat mir den Auftrag persönlich übergeben.«

Ouwen überlegte, wann er das letzte Mal auf dem Rücken eines Pferdes gesessen hatte. Es schien eine Ewigkeit her zu sein. Seine Augen glitten zu Nemu, deren dunkelbraunes Fell in der Sonne glänzte.

»Das Angebot nehme ich gerne an.« Ein Ausritt, wenn auch nur ein kurzer, wäre eine willkommene Abwechslung.

Nachdem sie ihre Arbeit getan hatten, lief er zu ihrem Zelt, um nach Argos zu sehen. Doch der Gestaltwandler schien mit etwas anderem als Schlafen beschäftigt zu sein. Ouwen ließ seinen Blick über das Lager wandern. Vielleicht war sein Freund bei dem Versorgungszelt, um seinen Vorrat an Met aufzufüllen oder sich eine Extraportion des frisch gebackenen Brotes zu sichern. Der verführerische Duft war vor einer Weile wie ein Lockruf über das Lager gezogen. Er verschränkte unschlüssig die Arme. Vielleicht sollte er einfach zu Kayse und den Tieren zurückgehen und dort auf Argos warten. Der Wind trug ihm das Gejohle einiger Soldaten zu. Der Lärm schien vom Versammlungsplatz zu kommen. Er lief darauf zu und sah angespannt zu den Männern, die sich um etwas – oder jemanden – zusammenzudrängen schienen. Als Ouwen sich dazwischenschob, erkannte er Argos, der mit einem Fremden am Boden rang. Seine Hand fuhr an das Messer, das er bei sich trug. In welchen Schwierigkeiten steckte der Wandler dieses Mal?

»Du kannst deine Klinge stecken lassen. Es ist nur ein Schaukampf.«

Ouwen sah zur Seite und erkannte Arahd, der belustigt den Kopf schüttelte.

»Dein Freund ist ein guter Kämpfer, das ist schon der zweite Mann, den er heute besiegt. Er scheint mit diesem Stock besser umgehen zu können als die meisten mit ihren Schwertern.«

Ouwen blickte zu dem Gestaltwandler, der lachend dem Mann auf die Beine half, den er zuvor zu Boden geworfen hatte. Er wusste nur zu gut, wie stark Edevind war.

»Als Nächstes treten Firahd und Megos gegeneinander an. Die beiden gehören zu den besten Ringern, die wir haben.« Arahds Augen streiften über die Menge. »Ist eine gute Übung für die Männer. Die vergangenen Wochen auf dieser Insel haben sie zermürbt.« Er griff an seine Hüfte und zog einen Beutel hervor. »Ich sollte noch meinen Wetteinsatz loswerden, bevor es zu spät ist.« Er sah Ouwen an und zwinkerte. »Willst du auch eine Kupfermünze setzen? Ich verrate dir auch meinen Favoriten.«

»Ein anderes Mal.« Ouwen warf einen Blick zu Argos, der sich mit einem der Soldaten unterhielt, und wandte sich ab. Er verspürte keine Lust, bei den Schaukämpfen dabei zu sein oder selber gegen einen der Männer anzutreten. Stattdessen würde er Kayses Angebot annehmen.

Die braune Stute hob den Kopf, als Ouwen sich ihr näherte. Er streckte die Hand aus und streichelte über ihre warmen Nüstern.

»Was hältst du davon, wenn wir hier für eine Weile verschwinden?« Ouwen griff nach dem Sattel, der auf einem der aufgestapelten Säcke lag, und führte das Pferd zum Ausgang des provisorischen Gatters. Die Stute tänzelte nervös, als er ihr das Leder anlegte, ließ ihn aber gewähren. Nachdem er die Gurte festgezurrt hatte, wandte er den Kopf und sah zum nah gelegenen Waldrand.

»Es ist eine Weile her, aber ich schätze, ich habe es noch nicht verlernt.« Er schwang sich auf den Rücken des Pferdes und ergriff die Zügel. »Bereit für einen kleinen Ausritt?«

Ouwen drückte der Stute die Fersen in die Weichen und trabte am Rand der Lichtung entlang. Sie bogen auf einen der Waldwege ein, der von den Männern verbreitert worden war. Je weiter sie sich von dem Lager und dem Lärm entfernten, desto ruhiger wurde er. Nach einer Weile verengte sich der Pfad wieder. Die krumm gewachsenen Fichten und Erlen standen so nah beieinander, dass ihre Äste miteinander verflochtene Kronen bildeten.

Ouwen stieg ab und führte die Stute am Halfter weiter. Der Wind trug ihm den unverwechselbaren Geruch des Meeres entgegen. Als sie die Böschung erreichten, hinter der der Sandstrand begann, blieb er stehen. Der Himmel schien aus demselben Grau zu bestehen wie das Wasser, das sich geschmolzenem Blei gleich bis zum Horizont erstreckte.

Er schwang sich erneut auf Nemus' Rücken und ritt den Strand hinunter. Der Wind wehte ihm die Haare ins Gesicht und zerrte an seiner Kleidung, doch er störte sich nicht daran. Zum ersten Mal seit langer Zeit fühlte er sich frei. Ouwen beugte sich vor und gab dem Tier durch den Druck seiner Schenkel das Signal, schneller zu laufen. Nemu galoppierte über den feuchten Sand, Gischt spritzte unter ihren Hufen und wirbelte durch die Luft. Ein breites Grinsen stahl sich auf Ouwens Gesicht.

Er hatte fast vergessen, wie es sich anfühlte, auf dem Rücken eines Pferdes zu sitzen. Der Bernstein unter seinem Hemd pochte sanft und begann zu glühen. Ouwens Pupillen weiteten sich, während er sich eng an den Hals des Pferdes lehnte. Er spürte die Kraft des Tieres, sein Wesen und nahm die fremde Energie wie selbstverständlich in sich auf.

Seine Hufe donnerten über den Sand. Der Wind stemmte sich gegen seine Flanke und versuchte, ihn von seinem Weg abzubringen, doch es gab nichts, was ihn hätte aufhalten können. Er fühlte sich stark, losgelöst von allem, was ihn bisher gebunden hatte.

Ouwens Hände umklammerten die Zügel. Die Verschmelzung hatte nur einen kurzen Augenblick gewährt, kaum mehr als ein paar Atemzüge, aber sein Blut rauschte noch immer in seinen Adern, eine Erwiderung der wilden Freude, die er empfunden hatte. Als er begriff, was geschehen war, richtete er sich im Sattel auf. Die Stute fiel in einen leichten Trab zurück und trug ihn weiter über den Strand. Ein Seelentausch … doch warum jetzt und hier? Er hatte schon viele Male auf dem Rücken eines Pferdes gesessen, jedoch noch nie das empfunden, was er gerade gefühlt hatte. Ouwen strich über den Kopf des Tieres. Nemu schien es gut zu gehen, die Stute zeigte keine Anzeichen von Erschöpfung. Sie ritten noch eine Weile über den menschenleeren Strand, bis die Sonne ihren höchsten Stand überschritten hatte und langsam begann, ihre Bahn am Himmel zu vollenden.

»Ich befürchte, wir müssen umkehren.« Ouwen verstärkte den Druck seiner Schenkel, schnalzte mit der Zunge und ließ Nemu zurücktraben. Als sie den Waldweg erreichten, stieg er ab und führte das Pferd erneut am Zügel. Die fliehenden Schatten der Zweige kündigten das baldige Ende des Tages an. Bald würde die Nachtkälte mit der Dunkelheit zurückkehren. Nach einer Weile tauchten hinter einigen Bäumen die ersten Umrisse der Lichtung auf. Ouwen blieb stehen und legte einen Arm über den Rücken der Stute.

»Ich danke dir.« Er drückte sein Gesicht an ihr warmes Fell. Nemu stupste ihn sacht mit der Schnauze an. Ouwen nahm sich vor, sie später abzureiben und ihr eine extra Portion Heu zu geben. Er griff nach den Zügeln und wollte weitergehen, stattdessen glitt sein Blick zu den Bäumen. Im Lager würde er seine neu entdeckte Fähigkeit nicht noch einmal ausprobieren können, genauso wenig wie an Bord des Schiffes. Seine Finger fuhren über das Fell und die längliche Blesse, die sich über die Stirn der Stute zog. Die Erinnerung an den gemeinsamen Ausritt und die Stärke, die er empfunden hatte, beherrschte noch immer seinen Geist. Ouwen fühlte, wie der Agtstein sich erneut erwärmte. Er wandte den Kopf und sah in die Augen des Tieres, deren braune Iris einen sanften Schimmer aufwies. Die feinen Verästelungen schienen sich zu verändern, graue Sprenkel mischten sich in das Braun und Ouwen sah für einen kurzen Moment sein Abbild als Spiegelung, bevor es sich auflöste. Er hieß die Kraft willkommen, die sich in sein Bewusstsein drängte, ihn einnahm und überwältigte. Für einen langen Moment stand er einfach nur da und versuchte die Verbindung zu ergründen, die er mit diesem anderen Wesen teilte. Doch seine Gedanken kamen nicht zur Ruhe, sondern irrten umher, wie einzelne, lose Fäden ohne Halt. Das Bild der Schattenwölfin tauchte vor seinem inneren Auge auf und er erinnerte sich daran, wie er das erste Mal Greys Gedanken wahrgenommen hatte.

Die Stute wieherte und riss an den Zügeln.

Ouwen hob den Kopf und streckte die Hand nach ihr aus. »Ruhig!« Aber es war zu spät. Er hatte die Kontrolle über die Verbindung bereits verloren.

Nemu rollte mit den Augen und warf den Kopf zurück. Als sie auf die Hinterbeine stieg, versuchte er sie am Halfter zurückzuhalten, doch die Stute riss sich los und galoppierte auf die Lichtung zu.

Ouwen blickte ihr fassungslos hinterher. Dann begann er zu rennen.

KAPITEL 14

Nordeiland, Wald von Igrim

Als Ouwen die Lichtung erreichte, konnte er nichts mehr tun, außer der Spur der Verwüstung zu folgen, die die Stute auf ihrem Weg durch das Lager hinterlassen hatte. Hinter einem der eingerissenen Zelte blieb er stehen.

Ouwen sah zu dem Pferd, dessen angstvolles Wiehern über die Wiese hallte. Um die Beine der Stute wanden sich Stricke, die sonst die Unterstände am Boden hielten. Sie hinderten das panische Tier am Weiterlaufen. An Nemus Brust klaffte eine Wunde, Schaum tropfte von ihrem Maul und vermischte sich mit dem Blut, das ihr braunes Fell dunkel färbte.

Zwischen den Zelten erklangen aufgebrachte Stimmen und Rufe wurden laut.

»Was ist geschehen?« Kayse kam auf ihn zugelaufen. »Ist sie durchgegangen?« Er starrte entsetzt zu der Stute, die zwischen den Zeltbahnen tobte und sich von keinem der herbeieilenden Männer besänftigen ließ.

Ouwen senkte den Blick. »Ich konnte sie nicht aufhalten.«

»Bei den Göttern.« Kayse ging auf das Pferd zu und hob vorsichtig eine Hand. »Ruhig meine Schöne, ich bin es. Du kennst mich.«

Hinter einem der Unterstände tauchte Arahd auf. »Holt den Kommandanten.« Er wandte sich zu dem Soldaten um, der ihm gefolgt war. »Beeil dich!«

Während sie auf Fünffinger warteten, versuchte Kayse die verletzte Stute zu beruhigen. Es dauerte eine Weile, doch schließlich gelang es dem Jungen, sie am Zügel zu greifen. Nemu ließ erschöpft den Kopf hängen. Ihre Flanken bebten.

»Was ist geschehen?« Die Stimme des Kommandanten übertönte das Stimmengewirr.

Ouwen wandte sich um und entdeckte Argos, der Wandler stand neben einem der Soldaten und sah dabei zu, wie Kayse leise auf das Pferd einredete.

»Die Stute ist durchgegangen und hat ein paar der Zelte umgerissen, Kommandant.«

»Wurde jemand verletzt?« Ecemba musterte die Männer.

»Nein, nur das Pferd.«

Der Kommandant schwieg. Sein Blick streifte Ouwen und blieb dann an Kayse hängen, der seinen Arm um den Hals des Tieres geschlungen hatte.

»Ihr wisst, was zu tun ist«, erwiderte er. »Sorgt dafür, dass bis morgen früh alles für den Aufbruch bereit ist.«

Arahd nickte. »Ich werde mich persönlich darum kümmern.«

»Gut.« Ecemba wandte sich ab, ohne weitere Worte zu verlieren.

»Was geschieht jetzt mit ihr?« Ouwen fuhr sich über die Stirn.

»Ein Pferd, das sich nicht kontrollieren lässt, stellt eine Gefahr für die Männer dar«, erwiderte Arahd und schaute zu Kayse, der dabei war, ein Tuch auf Nemus

Wunde zu pressen. »Wir haben keine Zeit, um ihre Verletzungen auszukurieren, bevor wir die Insel verlassen.« Seine Hand wanderte an den Schwertgriff. Er wandte sich nach den Männern um, die dabei waren, die umgeworfenen Zelte aufzurichten. »Seht zu, dass das hier erledigt ist, ehe der Morgen anbricht. Und verlegt die Männer auf andere Unterstände.«

Ouwens Blick glitt zu Kayse. Nachdem Arahd gegangen war, lief er zu dem Jungen und blieb neben ihm stehen.

»Kann ich irgendetwas tun?«

Kayse schüttelte den Kopf. »Die Stute gehört dem Kommandanten. Und er hat seine Entscheidung getroffen.«

»Es tut mir leid, Kayse.«

Der Junge hielt seine Augen auf den Rücken des Pferdes gerichtet und strich über das schweißnasse Fell. »Nemu ist noch nie durchgegangen. Ich verstehe das nicht.« Er wandte sich um. »Was ist geschehen? Hat sie irgendetwas erschreckt?«

Ouwen wich seinem Blick aus. »Ich … weiß es nicht.«

»Sie werden sie töten.« Kayse ließ den Kopf sinken. Sein Gesicht war blass.

»Das werde ich nicht zulassen.«

»Du verstehst das nicht, Fünffingers Wort ist hier Gesetz.« Kayse nahm die Zügel. »Ich werde sie zurück zum Pferch bringen und bei ihr bleiben, bis es so weit ist.«

»Wenn ich etwas tun kann, sag es mir.« Ouwen griff nach seinem Arm. »Ich gehe zum Kommandanten und rede mit ihm.«

»Ihr seid hier nur Gäste. Und Ecemba schätzt es nicht, wenn man seine Entscheidungen infrage stellt oder seine

Gastfreundschaft überstrapaziert.« Kayse tätschelte den Hals der Stute und lief mit Nemu zum Pferch.

Ouwen sah ihnen hinterher. Seine Augen wanderten zu dem Platz, an dem Argos gestanden hatte. Doch der Gestaltwandler war verschwunden. Er senkte das Kinn. Zorn stieg in ihm auf und überdeckte für einen Moment die Schuld, die an seinen Eingeweiden nagte. Seine Beine liefen wie von selbst auf den Waldrand zu. Er stapfte durch das morsche Unterholz, ohne auf den Weg zu achten oder wohin ihn seine Schritte führten. Die Nachtkälte kroch als feiner Dunst über den Boden, ein Vorbote des Todes. Ouwen blieb stehen und hob den Blick zum Himmel empor. Kein einziger Stern war zu sehen, die Wolken hatten einen Schleier über das Firmament gebreitet. Er lehnte sich an den Stamm eines Baumes. Es war sein Fehler, dass die Stute durchgegangen war. Er hatte sich nicht genug konzentriert, seine Gedanken waren bei der Verschmelzung abgeschweift. Es musste Nemu große Angst eingeflößt haben, Grey durch seine Erinnerungen zu sehen. Eine Schattenwölfin …

Er schlug gegen die harte Rinde. Wie viele Leben würde er noch mit seiner Unachtsamkeit gefährden? Ouwen zog den Anhänger unter seinem Hemd hervor und zerrte das Lederband über seinen Kopf. Er hatte den Bernstein von seiner Mutter erhalten, doch vielleicht wäre es besser gewesen, er hätte ihn nie gefunden.

»In dieser heiligen Nacht verschwimmen die Grenzen zwischen den Welten.«

Seine Finger schlossen sich um den Agtstein. Der Abend der Winterzeremonie war lange vergangen, Askaleth und der Ältestenrat weit entfernt. Doch er erinnerte sich an jeden einzelnen Moment, an die Gabe des Feuers, die die Häuser der Siedlung erhielten, daran, wie Mattes ihre Fackel entzündet und Ouwen Hoffnung empfunden hatte – zum ersten Mal seit langer Zeit, und wie er den Hügel zu ihrem halben Haus hinaufgestiegen und nach etwas gesucht hatte, das längst vergangen war.

»Willst du hier draußen etwa die Nacht verbringen?«

Ouwen wandte den Kopf und entdeckte Argos zwischen den Bäumen. »Vielleicht«, antwortete er und ließ die Hand sinken.

»Dann bist du dümmer, als ich dachte.« Der Gestaltwandler warf ihm einen prüfenden Blick zu. »Hör auf, dich in Selbstmitleid zu suhlen, und komm mit mir zurück. Es gibt noch einiges zu tun, bevor wir morgen aufbrechen.«

Ouwen schwieg. Er wusste, dass sein Freund recht hatte, aber er konnte sich nicht überwinden, zurück ins Lager zu gehen.

»Wir alle gehen Risiken ein bei dem was wir tun und was wir sind. Du kannst davor nicht davonlaufen.«

»Ich laufe nicht davon.«

»Ach nein?«, fragte Argos spöttisch. »Ich versteh' dich ja, Junge. Aber du darfst nicht an dir zweifeln, nur wegen eines Rückschlages! Wir alle lernen aus unseren Fehlern, stehen auf und beginnen von vorn.«

Ouwen starrte auf den Talisman in seiner Hand. »Wegen mir wird die Stute getötet. Ich werde nicht noch einmal den Fehler machen und ein anderes Leben riskieren, indem ich diese Gabe einsetze.«

»Das liegt in deiner Hand«, erwiderte Argos achselzuckend. Sein Blick fuhr zu dem Lederband, das aus Ouwens Faust herausragte. Für eine Weile war nichts zu hören, bis auf das Rauschen des Windes.

»Auf dem Meer, was ist dort mit dem Tier geschehen, dessen Kraft ich benutzt habe, als ich unter Wasser war?«

»Ich habe dir bereits gesagt, dass ich es nicht weiß.« Argos seufzte. »In den Überlieferungen heißt es, dass ein Seelenwechsel die Energien zweier Lebewesen vereinen kann. Doch wenn man während dieser Verbindung zu viel Lebenskraft entzieht …«

»Stirbt das andere Wesen.«

Argos fuhr sich über die Bartstoppeln. »Ja«, erwiderte er nach einem kurzen Zögern. »Es ist eine äußerst machtvolle Gabe. Die Omar, die sie besaßen, mussten eine Prüfung ablegen, bevor sie die Siegel erhielten.«

»Ich wollte niemanden verletzen.« Ouwen blickte zum Waldrand, dessen kahle Bäume im Schein der Lagerfeuer ebenso trostlos aussahen, wie er sich fühlte.

»Ich weiß. Was auch immer auf dem Meer geschehen ist, liegt nicht in deiner Verantwortung. Du konntest nicht wissen, was geschieht.« Argos kam auf ihn zu und drückte seine Schulter. »Geh nicht zu hart mit dir ins Gericht, Junge. Ich bin mir sicher, du wirst dich dieser Fähigkeit als würdig erweisen.« Er zog den Arm zurück. »Doch sei gewarnt, auch du selbst wirst durch den Seelentausch angreifbar. Was auch immer mit dem Wesen geschieht, solange du die Verbindung mit ihm teilst, wird auch dir zustoßen. Du bist an sein Schicksal gebunden, so wie es an deines.«

Von der Lichtung drangen Lachen und Musik herüber. Anscheinend war der Vorfall schon fast in Vergessenheit geraten. Die Männer feierten ausgelassen ihren Abschied von der Insel.

Argos folgte Ouwens Blick. »Lass uns zurückgehen

und eine Weile am Feuer aufwärmen. Diese verfluchte Kälte ist sonst nicht auszuhalten.«

»Ich bleibe noch eine Weile hier. Mir ist heute nicht mehr nach Gesellschaft.«

»Ach, wirklich? Denn da gibt es noch jemanden, von dem du dich verabschieden solltest.« Auf dem Gesicht des Gestaltwandlers breitete sich ein Lächeln aus. »Ich habe dem Kommandanten ein Angebot gemacht, das er nicht ablehnen konnte.«

Ouwen sah ihn ungläubig an. »Du hast ihm Nemu abgekauft?«

Argos klopfte auf den Beutel, der an seiner Hüfte hing. »Ich habe ihm den doppelten Preis geboten, den die Stute wert war. Es hat mich einen Großteil unserer Ersparnisse gekostet, aber das war es wert, richtig?«

»Das war es«, erwiderte Ouwen.

»Die Stute bleibt am Außenposten zurück, zusammen mit der Nachhut, die auf das nächste Transportschiff warten wird. Kayse hat sich freiwillig angeboten, sich um sie zu kümmern.« Argos' selbstzufriedenes Grinsen war ansteckend und Ouwen konnte nicht anders, als es zu erwidern.

»Sobald wir auf Eilos angekommen sind, werde ich dafür sorgen, dass wir deinen Branntweinvorrat auffüllen.«

»Dieses Angebot nehme ich gerne an. Aber genug der Gefühlsduselei.« Der Wandler beäugte skeptisch die Fichte, neben der er stand. »Wenn wir noch länger hier herumstehen, wachsen uns ebenfalls Wurzeln.«

»Dann sollten wir uns besser beeilen.« Ouwen wandte sich zum Gehen.

»Warte.« Argos hielt ihn zurück. »Eines noch, bleib

morgen in meiner Nähe. Wir wissen nicht, wer vielleicht noch an Bord ist.« Sein Blick wurde ernst. »Seit wir auf dieser Insel gestrandet sind, lässt mich etwas nicht los. Niemand außer uns und Kapitän Thyrin wusste davon, dass wir mit der Alvar segeln würden. Ich glaube nicht daran, dass es Zufall war, dass wir dasselbe Schiff wie dieser Schwarzmagier zu den Inseln genommen haben.«

Ouwen sah zu den flackernden, kleinen Feuern, die zwischen den Bäumen hindurchschimmerten, die rotgoldenen Flammen waren die einzigen Lichtquellen in der Dunkelheit.

»Ich werde vorsichtig sein.«

Im Dickicht hinter ihnen erklangen Schritte. Ouwens Hand schloss sich um das Messer, doch es schienen nur ein paar Männer aus dem Lager zu sein.

»Ich habe dir gesagt, da war nichts!« Der dunkelhaarige Söldner, der als Erstes zwischen den Büschen auftauchte, schob knurrend die Zweige eines Strauchs beiseite. »Du und deine verfluchten Kobolde, Aki! Ich wusste, dass es nur Hirngespinste sind.«

»Ich habe euch nicht gezwungen, mir zu folgen.« Der Junge, der neben ihm ging, blieb stehen und verschränkte die Arme.

Ouwen musterte den Knaben, dessen spitz zulaufendes Gesicht an ein Nagetier erinnerte. Er glaubte sich zu erinnern, ihn schon einmal bei den Versorgungszelten gesehen zu haben. Hinter den beiden trat ein weiterer Mann hervor, der einen Weinschlauch über sein Gesicht hielt und schüttelte. Als nur noch einzelne Tropfen herauskamen, grunzte er ungehalten.

»Verdammt, wieso haben wir den Met nicht aufgefüllt, bevor wir gegangen sind?«

Ouwen warf einen Blick zu Argos, der als Antwort mit den Schultern zuckte.

»Hey, da!« Der Weinträger sah in ihre Richtung und blieb torkelnd stehen. »Wir haben den Pfad verloren, der zum Lager führt. Der Junge hier …« Er stieß einen tiefen Rülpser aus. »Hat uns Kobolde versprochen. Aber hier ist nur Dreck und Schnee.«

»Immer den Lichtern nach, ihr könnt sie nicht verfehlen.« Argos grinste.

Der schwarzhaarige Söldner wandte sich zu seinem Kumpanen um. »Du solltest weniger trinken, Yoav.« Er machte einen Schritt auf Argos zu, seine Hand glitt an seinen Gürtel. »Wieso tragt ihr keine Uniformen? Gehört ihr nicht zu Fünffingers Lager?«

»Euer Kommandant hat uns Unterschlupf gewährt.« Der Blick des Gestaltwandlers wanderte über den Söldner. »Unser Schiff ist in einen Eissturm geraten. Wir werden mit euch nach Eilos segeln und von dort aus weiterreisen.«

»Ich habe eure Gesichter noch nie gesehen.« Der Mann beäugte ihn und sah misstrauisch zu Ouwen. Seine Brauen verengten sich. »Ein Schwarzumhang?« Er spie das Wort förmlich aus. »Wir können auf deinen Beistand an Bord gut verzichten, Jüngelchen.«

»Ich bin kein Priester. Nur ein Anwärter … ein Novize.«

»Schwarzumhang bleibt Schwarzumhang.«

Ouwen versuchte sich seine Ungeduld nicht anmerken zu lassen. Die Männer waren augenscheinlich betrunken und auf Ärger aus. Es war ihm egal, was sie von Atorh und seinen Anhängern dachten, aber die Wut, die er gerade noch empfunden hatte, schwelte noch immer in seinen Adern.

»Wir sind gerade auf dem Weg zurück.« Argos hob den Stab. »Wenn ihr wollt, begleiten wir euch.«

Ouwen verspürte nur wenig Lust, dieses Angebot einzuhalten, doch ein warnender Blick seines Freundes ließ ihn mit dem Kopf nicken.

»Wir gehen voran.« Er lief, ohne ihre Antwort abzuwarten, auf die Lichter zu. Die Männer schienen einen Moment zu überlegen und gingen ihm schließlich nach, gefolgt von Argos.

»Was werdet ihr auf Eilos tun?«

Ouwen wandte sich zu dem Söldner um, der ihn angesprochen hatte. Der Atem des Mannes roch nach zu viel Wein und Zwiebeln. »Wir werden uns eine Überfahrt nach Hegar suchen. Ich habe meinem Onkel das Versprechen gegeben, dort dem Orden beizutreten.«

»Womit wollt ihr die Überfahrt bezahlen? Oder glaubt ihr, die Geschichten über den Einäugigen reichen als Fährgeld aus?« Der Mann lachte rau.

»Wir werden für die Passage aufkommen«, erwiderte Ouwen kurz angebunden.

Der Blick des Söldners wanderte an ihm herab. »So, werdet ihr?« Er wischte sich über das fleckige Gesicht. »Man sagt, Atorhs Anhänger praktizieren schwarze Magie. Dass seine Macht die Quelle für Ruhm und Reichtum ist.« Er beugte sich vor. »Glaubst du etwa, ich weiß nicht, was euereins von Menschen wie mir denkt?«

Ouwen blieb stehen. »Ich versichere dir, ich denke im Moment nur über eines nach, nämlich in mein Zelt zu kriechen und etwas Schlaf nachzuholen.«

Der Mann hob die Hand und tippte gegen Ouwens Brust. »Du glaubst, du bist etwas Besseres, dass du über uns stehst.« Er spuckte aus. »Leute wie deinesgleichen machen mich krank.« Er sah sich nach Argos um und musterte den kleinen Lederbeutel, der an dem Gürtel des Wandlers hing. Ein gieriges Funkeln erschien in seinen Augen. »Wir sollten euch vielleicht eine kleine Lektion erteilen.«

»Wollt ihr wirklich einen Streit vom Zaun brechen? Ich denke nicht, dass das eurem Kommandanten gefallen würde.« Argos' Stimme klang beherrscht, doch Ouwen konnte hören, dass seine Geduld erschöpft war.

»Wir unterstehen nicht Ecemba, sondern dem fünften Regiment. Wir hätten diese Sammelstelle längst wieder verlassen, wenn die verdammten Stürme nicht die Schiffe festgesetzt hätten.« Der Mann grinste hämisch. »Und ich bezweifle, dass es jemanden schert, was mit euch beiden geschieht, und selbst wenn, steht euer Wort gegen unseres. Wem wird man wohl eher Glauben schenken?«

Der Gestaltwandler umfasste den Langstab. »Spart euch eure Kräfte lieber für den Krieg auf. Das vahranger Heer wartet bereits auf euch.«

»Diese Bastarde werden verlieren.« Der Mann wandte sich Ouwen zu. »Genau wie ihr.« Er zog ein Messer hervor.

Ouwen spannte den Kiefer an, als der Söldner, der wenige Schritte entfernt stand, ebenfalls nach seiner Klinge griff. Ein dumpfer Aufprall war zu hören, gefolgt von einem wütenden Fluch.

»Gebt uns einfach die Münzen, die ihr bei euch tragt. Und wir lassen euch gehen.« Aki ließ den Ast sinken, den er vom Boden gehoben hatte.

Ouwen starrte zu seinem Mentor, über dessen Gesicht Blut rann. Die Wunde schien nicht tief zu sein, zumindest hielt der Gestaltwandler sich weiterhin auf den Beinen. Doch sein Gesichtsausdruck versprach nichts Gutes.

Argos wandte sich zu dem Knaben um, der ihn geschlagen hatte. »Hat man dir keine Manieren beigebracht, Junge? Jemanden hinterrücks anzugreifen, zeugt von schlechtem Charakter.«

Ouwen wollte zu ihm gehen, aber der Mann neben ihm trat ihm in den Weg.

»Nicht so schnell. Wir sind noch nicht fertig.«

Der Arm des Söldners schnellte vor und Ouwen spürte, wie sich eine Klinge gegen seinen Hals drückte.

»Lasst mich sofort los.«

»Gebt uns euer Gold und wir lassen euch ziehen.«

Die Messerspitze grub sich in Ouwens Haut und er begann zu bluten. Er schob den Zorn beiseite und sah zu Argos.

Der Gestaltwandler kämpfte gegen den Jungen, während er gleichzeitig mit dem Langstab den anderen Söldner auf Abstand hielt.

»Jetzt wäre ein wirklich guter Zeitpunkt!« Argos wandte den Kopf und wischte sich Blut aus der Stirn.

Ouwen runzelte die Brauen.

Sie einzusetzen!, beantwortete der Wandler seine unausgesprochene Frage und stieß den Stab in die Weichteile des Mannes, der versucht hatte, ihn mit seiner Klinge an der Schulter zu treffen.

Der Söldner wich stöhnend zurück.

Argos sah Ouwen an. »Oder wartest du lieber auf eine bessere Gelegenheit?«

»Was redet ihr da?« Der Mann, der Ouwen immer noch gepackt hielt, zischte warnend. »Sag ihm, er soll seinen Stock weglegen, sonst schneide ich dir die Kehle durch.«

»Nein, das wirst du nicht.« Ouwen rammte seinen Ellenbogen in die Seite des Mannes. Der Söldner rang keuchend um Luft und wankte zurück. Er hob den Kopf und sah Ouwen an, sein Gesicht war wutverzerrt.

»Das wirst du bereuen.«

»Steck die Waffe ein.« Ouwens Gedanken fokussierten sich auf den Söldner. *Du wirst mir nichts tun.*

Der Mann schien einen Moment zu zögern, hielt das Messer aber weiterhin vor sich.

Senk die Waffe! Ouwens Pupillen weiteten sich. Sein Herzschlag pulsierte im selben Rhythmus wie der Bernstein an seiner Brust.

Ein Zittern lief durch den Arm des Söldners. Der Mann wandte sich ab und richtete den Blick auf seinen Kameraden, der noch immer versuchte, den Gestaltwandler zu Fall zu bringen.

Geh zu den anderen und hilf meinem Freund.

Der Söldner schloss seine Finger fester um den Griff der Klinge. Als er sie gegen seinen Kumpanen richtete, wich dieser zurück.

»Was tust du da, Kelan? Stehst du etwa auf ihrer Seite?«

Der Söldner antwortete nicht. Seine Augen wirkten seltsam leer, als wüsste er nicht, wer der Mann war, der mit ihm sprach.

»Leg das verdammte Messer weg und hilf uns!« Sein Freund starrte ihn wütend an.

Kelan machte einen Schritt auf ihn zu, hob die Waffe und stach die Klinge tief in Yoavs Arm.

Yoav schrie auf und presste seine Hand auf die blutende Wunde. »Bist du verrückt geworden?«

Argos wandte sich zu den beiden um. Der Junge lag

bewusstlos neben ihm am Boden. Der Gestaltwandler hatte ihn mit zwei gezielten Schlägen außer Gefecht gesetzt. Als er sah, wie Kelan erneut die Klinge hob, rammte er den Stab in den feuchten Boden.

»Genug jetzt!« Er sah Ouwen an, dessen Augen tiefschwarz waren. »Das reicht. Kehrt zum Lager zurück und wir vergessen, was geschehen ist. Oder wäre es euch lieber, wir erstatten eurem Heerführer Meldung? Ich kann mir nicht vorstellen, dass er Diebe unter sich duldet.«

Ouwen senkte zitternd den Kopf. Seine Gabe hatte ihn völlig eingenommen. Er fühlte, wie Zorn und Hass in kalten Wellen durch ihn hindurchflossen.

Der Mann, dessen Gedanken er beeinflusst hatte, erstarrte und sah verwirrt an sich herab, bevor seine Miene in blankes Entsetzen umschlug.

»Was habt ihr mit mir gemacht?« Kelans Gesicht war aschfahl. »Ihr tragt die dunkle Gabe in euch ...« Seine Augen weiteten sich.

Sein Kamerad hob das Messer und ging auf Ouwen zu. »Das würde ich an deiner Stelle sein lassen.« Argos schüttelte den Kopf. »Kehrt zurück zum Lager. Und nehmt den Jungen mit.« Er lehnte seine Arme auf den Stab. »Vergesst, was geschehen ist.«

Yoav sah zögernd von Kelan zu dem bewusstlosen Knaben. »Was ist mit dem Jungen? Ist er tot?«

»Nein. Aber er wird einen dicken Schädel haben, wenn er aufwacht. Damit dürften wir dann quitt sein.« Argos tastete seinen Hinterkopf ab, auf dem sich bereits eine dicke Beule bildete.

»Betet lieber, dass wir uns nicht wiedersehen. Auch der Einäugige hält nicht immer seine Hand über seine

Schützlinge.« Kelan nickte seinem Kameraden zu. Gemeinsam hoben sie den Jungen vom Boden und gingen davon.

»Alles in Ordnung?« Argos kam auf Ouwen zu.

»Mir fehlt nichts.« Ouwen schob sich ein paar dunkle Strähnen aus dem Gesicht. Die Kraft, die er empfunden hatte, wirkte noch immer nach. Sein Blick blieb an Argos Wunde haften. »Was ist mit dir?«

Der Wandler rümpfte die Nase. »Nur ein Kratzer«, wehrte er ab.

»Wie war das doch gleich? Verlier niemals deinen Gegner aus den Augen.«

»Wer hätte auch gedacht, dass dieses Milchgesicht eine derartige Schlagkraft haben würde?« Argos knurrte. »Ich hätte die drei trotzdem ohne Probleme aufs Kreuz legen können. Aber ich dachte, etwas Übung würde dir guttun.«

Ouwen sah zu den Lichtern der Lagerfeuer. »Wir sollten besser weitergehen.«

»Da gebe ich dir recht.« Die Zähne des Gestaltwandlers blitzten. »Obwohl ich langsam Gefallen daran finde, diesen Jüngelchen ihre Hintern zu versohlen.«

KAPITEL 15

Aehdland, Nordgebirge. Einige Zeit zuvor

Der weiße Wolf hob den Kopf und sog die Witterung ein, die über den Bergkamm zu ihnen herüberwehte. Es war nur eine schwache Spur, welche die Eiswinde auf ihren kalten Schwingen mit sich durch den Nachthimmel trugen, doch der Geruch war unverkennbar. Seine Lefzen verzogen sich zu einem Knurren. Arkan blickte zu seinem Rudel, das ihm durch die Wälder gefolgt war. Sie hatten die Fährte ebenfalls gewittert und warteten auf seinen Befehl. Das Rudel hatte Berge und Flüsse überquert, ohne zu rasten, und gierte nach Beute. Der Wind fuhr durch sein Fell und über die kaum verheilten Wunden auf seinem Rücken, die Zeichen seiner Schande. Seines Versagens.

Die Augen des Leitwolfes fixierten die Bergkuppe, deren dunkle Konturen sich hinter dem Wald abzeichneten. Er durfte die Menschen nicht noch einmal entkommen lassen.

Folgt mir, Brüder. Die Muskeln unter seinem Fell spannten sich zum Sprung. Arkan lief den Hügel hinab in Richtung des Gebirges. Die Spur war frisch und durchtränkte seine Lungen. Sie würde sie zu ihnen führen.

Sie würden ihr Blut bekommen.

Das Rudel zögerte nicht. Die Nacht hüllte sie ein und empfing sie wie einen alten Verbündeten, wie alle Schatten, die in ihrem Schutz durch die Dunkelheit streiften.

»Wir sollten uns eine Weile ausruhen.« Aerion ließ ihr Gepäck zu Boden gleiten und half Mattes, der sich auf ihre Schulter gestützt hatte, sich zu setzen. Die Sonne stand hoch am Horizont und sandte ihre Strahlen zur Erde, die vom Schnee als kaltes, gleißendes Licht zurückgeworfen wurden.

Mattes lehnte sich erschöpft gegen einen Felsen. Sie waren seit dem Morgengrauen unterwegs. Den Göttern sei Dank war er vom Fieber verschont geblieben, doch sein Körper schmerzte von den Strapazen. Er hob die rechte Hand, die in einem Fäustling steckte, vor den Mund und hustete. Obwohl er die ganze Nacht über am Feuer gelegen hatte, fühlte es sich an, als wäre ein Teil der Kälte in ihm zurückgeblieben. Als hätte der Schwarze See ein Stück seiner Seele zusammen mit seinem Gepäck auf den tiefen Grund gezogen. Nach einem weiteren Hustenanfall zog er den Wasserschlauch hervor und nahm einen tiefen Schluck.

Aerion blickte ihn besorgt an. »Geht es wieder?«

Mattes nickte. Er fühlte sich wie ein Kind, das von seiner Mutter verhätschelt wurde.

»Ich werde schon nicht gleich sterben«, brummte er, nahm aber das Schafsfell, das sie ihm entgegenhielt, ohne weitere Diskussionen und legte es um seine Schultern.

»Dann ist es ja gut«, erwiderte Aerion und schenkte ihm ein Lächeln, das ihre hellen Augen aufleuchten ließ.

»Wir sollten unsere verbliebenen Vorräte durchgehen und Wasser schmelzen, bevor wir weitergehen.« Mattes blickte sich um und musterte die Hänge der Schlucht, die sie wie Mauern umgaben. Mauern aus Stein und Fels.

Auf seiner Stirn bildeten sich tiefe Sorgenfalten. Auch ohne die Vorratsbeutel zu öffnen, wusste er, dass sie kaum noch Proviant hatten. Wie sollten sie den Gebirgskamm überwinden, ohne Nahrung und ohne Waffen, um auf die Jagd zu gehen? Aerion hatte damit begonnen, neue Pfeile für seine Armbrust zu schnitzen, doch es fehlte ihnen an passendem Metall und Werkzeug, um neue Spitzen zu formen. Seine Zunge fuhr über seine trockenen Lippen. Keine Waffen, kaum Vorräte für zwei Tage und ein nutzloser, alter Mann, der es kaum schaffte, auf seinen eigenen Beinen zu laufen.

»Verfluchtes Eis«, murmelte er und schloss die Augen. Wäre er nicht so unvorsichtig gewesen, hätten sie zumindest eine Chance gehabt, ihr Ziel zu erreichen.

Der Wind fuhr unter seine Kleidung und drang ihm bis ins Mark. Mattes öffnete die Augen und sah zu dem Vogel, der über ihnen seine Kreise zog. Wenigstens hatten sie einen Wächter, der für sie die Gegend im Auge behielt. Sein Gesicht verfinsterte sich. Er hatte Geschichten gehört, von Gesetzlosen, die selbst während des Winters in dieser Gegend umherstreiften. Falls sie angegriffen wurden, gab es keinen Fluchtweg, kein Entkommen.

Corax stieß einen lang gezogenen, heiseren Schrei aus und ließ sich zu ihnen herab. Das Tier landete auf dem Ast eines Strauches und krächzte erneut. Der Novâl schlug unruhig mit den Flügeln und schwang sich wieder in die Lüfte. Mattes hob fragend eine Braue. Er wusste, dass Aerion verstand, was der Vogel ihnen berichtete.

»Nichts. Nur Schnee und Steine.« Sie ließ sich neben ihm nieder und schaute zu den im Sonnenlicht glänzenden Felsen empor, die sich weit in den Himmel erhoben.

Mattes konnte spüren, wie erschöpft sie war, wie verzweifelt sie versuchte, sich ihre Mutlosigkeit nicht anmerken zu lassen und fühlte sich verbunden mit diesem seltsamen Mädchen, dessen Kräfte ihn immer wieder überraschten. Das die dunkle Magie beherrschte, die er so sehr verachtete. Er wandte den Blick ab. Das Kind, das er töten sollte, wenn die Zeit gekommen war.

»Ich habe sie heute Nacht im Traum wieder gesehen. Die Stadt.« Aerion senkte den Kopf.

»Beschreib mir, was du erkennen konntest.«

»Da waren Zinnen einer Burg und Häuser, erbaut aus Stein. Es gab einen Fluss, der im Tal entlangfloss. Auf dem Wasser schwamm Eis.«

Mattes nickte nachdenklich. Die Festung in Ilroth lag nicht an einem Flusslauf, doch die Königsstadt war in der Nähe eines Wasserweges errichtet worden, der bis zur Talurischen See reichte.

»Wir werden nach Osten gehen. Nach Esgar.« Der Hauptstadt, über die das Auge wachte. Mattes erhob sich. »Wir sollten aufbrechen, bevor das Wetter umschlägt. Ich werde in der Nähe unseres Nachtlagers Schlingen auslegen. Vielleicht haben wir Glück«, er sah Aerion an, »und ein Schneehase ist wirklich so dumm, hineinzutappen.«

»Verdursten werden wir jedenfalls nicht. Hier gibt es genug Schnee zum Schmelzen, um damit ein paar Winter auszukommen.« Aerion stopfte das Fell zurück in ihr Gepäck und stand ebenfalls auf.

»Wir sollten nicht undankbar sein. Wäre Sommer und dies eine Wüste, würden wir uns wohl nach dieser weißen Pracht sehnen.« Mattes nickte ihr zu. »Geh du voraus, ich folge in deinen Spuren.« Sie hatten nur noch ein Paar Schneeschuhe, seines war mit dem Gepäck im See versunken.

»Kommst du zurecht?« Aerion beobachtete wachsam jeden seiner wackeligen Schritte.

Mattes warf sich die Armbrust über die Schulter. »Ich fühle mich wie ein junges Reh. Du solltest besser zügig voranschreiten, bevor ich dir davonlaufe.«

Aerion schulterte ihr Gepäck. »Das kalte Wasserbad hat anscheinend deinen Verstand getrübt. Selbst mit nur einem Bein wäre ich immer noch schneller als du, alter Mann.«

Mattes stieß schnaufend die Luft aus, doch seine ernste Miene wurde durch das Zucken seiner Mundwinkel Lügen gestraft. Er streckte den Rücken durch und baute sich vor Aerion auf. Er überragte sie um fast zwei ganze Kopflängen.

»Dann wird dieser *alte* Mann sich jetzt gerne in deinem Windschatten ausruhen.« Er machte eine auffordernde Handbewegung.

Aerion lachte leise und ging voran.

Mattes folgte ihr mit etwas Abstand und nutzte die tiefen Abdrücke, die ihre Flechtschuhe im Schnee hinterließen. Nach einer Weile wandte er sich um und warf einen Blick zurück. Ihre Fußspuren hatten eine schmale, dunkle Schneise hinterlassen, ein vergängliches Zeichen in diesem Niemandsland aus Schnee, Felsen und Eis, das genau wie der Tag bald verblassen würde.

Mattes kniete sich neben die Wurzeln eines Haselnussstrauches, dessen mit Eis bedeckte, dünne Zweige wie die erstarrten Beine einer Riesenspinne aus dem Boden wucherten. Die Spuren, die sich deutlich im Schnee abzeichneten, konnten nicht älter als einen Tag sein. Sein Blick wanderte zwischen den Büschen an der Felswand entlang. Außer den Fußabdrücken waren keine weiteren Spuren zu sehen. Doch irgendjemand war hier gewesen. Er strich sich die Kapuze zurück. Es dämmerte bereits und sie hatten ihr Lager am Rand der Felsen aufschlagen wollen. Stirnrunzelnd betrachtete er die Fußabdrücke, die hinauf in das Gebirge zu führen schienen, und sah zu den weißen Bergspitzen, die unter dem Dunst des Nebels verborgen lagen. Niemand wanderte ohne guten Grund während der Eismonde über das Gebirge oder wählte den ebenso gefährlichen Weg durch die Schlucht.

»Wir sollten besser weitergehen.« Er erhob sich und klopfte Schnee von seiner Kleidung.

Aerion schüttelte den Kopf. »Es wird bereits dunkel. Ich glaube nicht, dass wir einen besseren Platz finden, bevor die Nacht anbricht.«

Mattes antwortete nicht. Aerion hatte recht. Aber was würde geschehen, wenn sie hierblieben und die Fremden zurückkehrten? Unentschlossen sah er an den Felsen empor und wog das Risiko ab, dann senkte er seufzend den Blick.

»Gut, wir bleiben hier. Ich werde Wache halten in dieser Nacht.« Er stieß seine Armbrust in den Schnee und machte sich daran, die Felle für ihr Lager auszupacken.

Aerion begann in der Nähe der Felswand Schnee beiseitezuschieben und kurz darauf brannte ein Feuer, dessen Flammen tapfer gegen den Wind ankämpften.

»Du musst etwas essen.« Aerion teilte ein Stück dunkles Hartbrot und reichte Mattes die Hälfte.

Er nickte dankbar und begann auf dem trockenen Brot herumzukauen.

»Ich mache uns wohl besser etwas Tee dazu.« Sie zog eine Schale hervor und schmolz Schnee darin.

Eine Weile saßen sie schweigend neben dem Feuer. Die Flammen würden erlöschen, sobald die Nachtkälte an Stärke gewann und Mattes genoss die Wärme, welche das rußende Feuer ausstrahlte.

»Du kannst dich ausruhen und schlafen legen«, sagte er in die Stille.

»Ich bin noch nicht müde«, erwiderte Aerion und trank einen Schluck ihres Kräutertees.

Mattes starrte auf den Inhalt seines Bechers. Seine Gedanken wanderten zu seinem Sohn. Er versuchte die Sorgen abzuschütteln, die ihn jedes Mal befielen, wenn er an Ouwen dachte und wandte seinen Blick stattdessen dem Tal zu, das mittlerweile in tiefe Dunkelheit getaucht war. Die Tage während der Eismonde waren nur kurz und oft grau und wolkenverhangen, das Licht der Sonne schien sich – genau wie die Menschen – vor der tödlichen Kälte verbergen zu wollen. Er setzte das Trinkgefäß an die Lippen. Die warme Flüssigkeit rann durch seine ausgedörrte Kehle. Er war schon einmal hier gewesen, vor vielen Jahren. Damals hatte er drei Tage gebraucht, um die Schlucht zu durchqueren und noch einmal vier weitere Tage für das Gebirge, dessen Ausläufer sich weit über das Schwarze Tal hinaus erstreckten. Aber damals war Sommer gewesen. Und kein Schnee und keine Eisstürme hatten sich gnadenlos gegen sein Fortkommen gestemmt. Sein Blick fiel auf den Lederbeutel, in dem die kläglichen Reste ihrer Vorräte verstaut waren. Er hatte zwei Schlingenfallen in der Nähe ausgelegt, aber nur wenig Hoffnung, etwas darin zu fangen. Seit sie das Gebirge erreicht hatten, hatte er kaum etwas Lebendiges zu Gesicht bekommen. Seine Augen glitten zu den Sternen empor, die hell über ihren Köpfen funkelten. Die Heimat der Götter. Mattes schickte ein stummes Gebet gen Himmel.

Vihor und Mirhog, Aenai, Ilbar und Atorh, haltet eure schützende Hand über uns. Er griff nach dem Rest des Hartbrotes und sah zu Aerion, die in die langsam verlöschenden Flammen blickte.

»Wusstest du, dass ich Askaleth in all den Jahren kein einziges Mal verlassen habe?« Das Mädchen wandte den Kopf und schaute ihn an. »Die Grenzen des Waldes waren gleichzeitig auch die Grenze meiner Welt.« Ihre Hand glitt zu dem Mal, das sich unter ihrer Kleidung verbarg.

Über Mattes' Rücken rann ein Schauer, als er daran dachte, dass sich das Zeichen wie eine widernatürliche Kreatur über ihren ganzen Körper zog.

»Ich habe, als ich noch jünger war, den anderen manchmal heimlich dabei zugesehen, wie sie zusammen gespielt haben.« Aerion ließ die Hand sinken, als hätte sie seinen Blick bemerkt. »Ich habe immer gespürt, dass ich anders war. Selbst ohne …« Sie stockte. »Dieses Mal auf meinem Körper, selbst ohne diesen Fluch. Ich wusste, dass ich nie so sein könnte wie sie.«

Mattes schwieg. Das Mädchen verfügte über Kräfte, die er nicht verstand, Fähigkeiten, die er nie zuvor bei einem Menschen gesehen hatte. Er zog die Decke, in die er sich gewickelt hatte, fester um seine Schultern.

Aerions Blick schweifte ins Leere. »Und doch, es gab auch Momente, in denen ich es ertragen konnte. Das zu sein, was ich bin.«

Mattes dachte an das gleißende Licht, den hellen Schein, der Aerion umgeben hatte, als sie ihn aus dem Eis gezogen hatte. »Ich habe dir nie richtig gedankt«, sagte er. »Dafür, dass du mein Leben gerettet hast.«

Aerion hob das Kinn. »Und ich habe dir nie für deine Freundschaft gedankt. Und dass du mich begleitest, obwohl du von meinem Geheimnis weißt.« Sie verschränkte die Arme. »Ich denke, ich werde dein Angebot annehmen und schlafen gehen. Weck mich, wenn die Glut verloschen ist, dann übernehme ich die zweite Wache.« Sie stand auf und ging zu ihrem Schlafplatz.

Aerion legte sich unter die Felle und schloss die Augen, doch der Schlaf wollte nicht kommen. Der Nachtwind wisperte ihr zu und ließ sie schaudern. Das Kribbeln unter ihrer Haut verstärkte sich. Sie unterdrückte ein Stöhnen und rieb über ihren Arm. Das Mal war seit ihrer Kindheit gewachsen und bedeckte mittlerweile einen Großteil ihres Körpers. Es veränderte seine Form, wie eine Schlange, welche sich immer wieder häutet, bevor sie ihre volle Größe und Stärke erlangt. Sie biss sich auf die rauen Lippen, bis sie Blut schmeckte, und versuchte die Stimmen auszublenden, die nach ihr riefen. Sie würde nicht zulassen, dass die dunkle Gabe ihren Willen brach – dass der Abgrund sie verschlang, bis nichts mehr von ihr übrig war.

Mattes sah, wie Aerion sich unruhig auf die Seite drehte und senkte den Blick. Er wünschte sich, die Bürde von ihr nehmen zu können, die sie seit ihrer Kindheit trug. Aber das war unmöglich. Sie würden beide mit dem Schicksal leben müssen, das die Götter für sie vorherbestimmt hatten.

KAPITEL 16

Zarte, fast durchscheinende Schneeflocken schwebten in das Tal hinab, in dem die aufgehende Sonne die Felswände zum Leuchten brachte. Als einige der Eiskristalle auf seinem Gesicht landeten, schlug Mattes die Augen auf. Erschrocken blickte er sich um. Er hatte nicht einschlafen wollen, doch die Erschöpfung der letzten Tage hatte letztendlich ihren Tribut gefordert. Er sah zu Aerion, die bereits dabei war, ihre Sachen zusammenzupacken, und schob die Felle beiseite, in die er sich eingewickelt hatte.

»Guten Morgen.« Aerion wandte sich zu ihm um. »Ich hoffe, du hast gut geschlafen.«

Mattes nickte. Er hatte viel zu gut geschlafen. Er strich sich die Haare glatt und griff nach seinem Wasserschlauch.

»Du hättest mich eher wecken sollen«, murmelte er und trank einen Schluck.

»Der Schlaf hat dir gutgetan. Und auf eine Stunde mehr oder weniger kommt es nicht an.«

Mattes blinzelte in die Morgensonne. Die weichen Schneeflocken hinterließen einen feuchten Film auf seiner Haut.

»Ich werde nach den Schlingen sehen«, erwiderte er und erhob sich schwerfällig. Die Nachtkälte steckte noch in seinen Knochen und ließ seine Muskeln schmerzen.

»Gut, aber vergiss das hier nicht.« Aerion warf ihm sein Messer zu, welches in einer abgewetzten Lederscheide steckte. Sie hatte es benutzt, um einige der Haselzweige abzuschneiden.

Mattes fing es auf und steckte die Klinge in seinen Gürtel. In Gedanken versunken stapfte er an der Felswand entlang und versuchte, den Rest der Müdigkeit abzustreifen. Die hochgewachsenen Sträucher, die sich an der gesamten Flanke des Bergmassivs ausbreiteten, waren zu einer Wand aus Eis zusammengewachsen. Neben einem der Felsen, der fast komplett von Haselsträuchern umwuchert war, blieb er stehen. Mattes fuhr sich über das gerötete Gesicht. Das Schneegestöber nahm zu, sie sollten sich besser beeilen. Er schob die Zweige auseinander, um nachzusehen, ob sich etwas in der Falle verfangen hatte, als plötzlich ein Schwall nasskalter Schnee auf ihn herabrieselte. Überrascht hob er den Kopf und erstarrte. Über ihm, kaum sechs Fuß entfernt, stand ein Mann auf dem Felsvorsprung. Der Fremde griff, ohne den Blick von Mattes zu nehmen, nach seinem Schwert und zog es aus der Scheide.

»Du rührst dich besser nicht, außer du hast vor, an diesem schönen Morgen zu sterben.«

Mattes spannte die Muskeln an. Außer dem Messer trug er noch sein Handbeil am Gürtel, falls es zum Kampf kommen sollte, würde er nicht zögern.

»Wer bist du?« Der Fremde richtete die Schwertspitze auf ihn.

Bevor Mattes etwas erwidern konnte, erschien eine weitere Gestalt auf dem Felsvorsprung.

Der Mann wandte sich um. »Bleib zurück, Aris!«

Sein Kumpan blieb stehen und schob die fellbesetzte

Kapuze aus der Stirn. Er trug noch keinen Bart und schien um einiges jünger zu sein als der fremde Krieger.

Mattes zog die Brauen zusammen. Woher kamen diese Männer? Wenn sie durch das Tal gewandert waren, hätten Aerion und er sie kommen sehen müssen. Waren sie etwa an der Felswand *herunter*geklettert? Er warf einen ungläubigen Blick zu den Felsen empor.

»Antworte endlich!« Der Mann starrte ihn an und kam einen Schritt näher.

Mattes hob beschwichtigend die Hände. »Ich wurde von den Winterstürmen auf dem Gebirgspass überrascht«, erwiderte er und musterte dabei die beiden Männer, deren Kleidung mehrfach geflickt und abgerissen wirkte. »Ich bin Tischler und war auf dem Weg nach Esgar. Eine Lawine zwang mich, umzukehren und stattdessen den Weg durch das Schwarze Tal und die Schlucht zu nehmen.«

»Was für eine rührende Geschichte. Aber du hast etwas vergessen.«

Mattes drehte sich zu der fremden Stimme um und sah Aerion auf sich zukommen, gefolgt von einem dunkelhaarigen Mann, der sie mit der Schwertspitze vor sich hertrieb.

»Dieses bezaubernde Schneetäubchen gehört doch zu dir, oder nicht?«

Mattes' Magen verkrampfte sich. Es kostete ihn große Beherrschung, nicht nach dem Messer zu greifen. Stattdessen nickte er dem Fremden zähneknirschend zu.

»Ja, sie gehört zu mir. Was wollt ihr? Wir haben nichts von Wert, was wir euch geben könnten.«

»Das werden wir noch sehen.« Ein Lächeln glitt über

die Lippen des Schwarzhaarigen, der seine Waffe noch immer auf Aerions Rücken gerichtet hielt.

Mattes' Finger ballten sich zur Faust. In diesem Moment hob Aerion den Kopf und blickte ihn an. Ihm stockte der Atem. Die Augen des Mädchens waren unnatürlich dunkel, fast schwarz ... Er ließ die Hand sinken. Sein Blick wanderte zu dem Fremden. Er wusste nicht, um wen er sich mehr Sorgen machen sollte – um das Mädchen oder um den Mann, der keine Ahnung hatte, mit wem er sich gerade anlegte.

»Was ist denn jetzt? Nehmen wir sie mit?« Aris, der noch immer neben seinem Kumpan auf dem Felssims stand, begann unruhig mit den Fußspitzen zu scharren.

Der Mann, der die Waffe gegen Mattes gezogen hatte, schüttelte den Kopf. »Du kennst den Preis, Aris.«

»Wir könnten ihnen die Augen verbinden.« Der Junge sah seine Freunde fragend an und zog sich das verfilzte, graue Fell, welches über seiner Jacke hing, enger um die mageren Schultern.

»Hast du vergessen, dass wir für die Morgenwache verantwortlich sind?«, blaffte ihn der Dunkelhaarige an.

»Aber was wird Tikal dazu sagen, wenn wir ihm von den Fremden erzählen? Vielleicht haben sie Neuigkeiten aus der Stadt.« Aris' Gesicht war von der Kälte gerötet. Er wischte sich Rotz von der Nase.

»Wann wirst du endlich lernen, deine Körpersäfte bei dir zu behalten?« Der Mann, neben dem der Junge stand, knuffte ihm in die Seite. »Aber er hat recht. Soll Tikal entscheiden.« Er nickte in Richtung der Felsen, die sich über ihren Köpfen erstreckten. »Lass sie uns zu ihm bringen.« Er steckte sein Schwert zurück in die Scheide.

Der Schwarzhaarige starrte ihn wütend an. »Ihr vergesst wohl, wer hier das Kommando hat«, knurrte er.

»Ja, und das ist dir anscheinend zu Kopf gestiegen«, erwiderte der ältere Mann, dessen graue Haare zurückgebunden waren. »Morag, sei vernünftig!« Er trat einen Schritt vor. »Was willst du denn tun? Die beiden hier draußen befragen?« Er musterte Mattes und Aerion, bevor er wieder seinen Kumpan ansah. »Außerdem sehen sie nicht so aus, als würden sie irgendetwas bei sich haben, das für uns von Bedeutung sein könnte.«

Morag stieß sein Schwert in den Schnee. »Glaubt ihr ihnen wirklich diese Geschichte? Der Pass ist schon seit Tagen zugeschneit.« Er wandte den Kopf. »Vielleicht verstecken sie Gold in ihrem Gepäck oder haben etwas anderes dabei, das interessant für uns sein könnte.« Er bedachte Aerion mit einem zweideutigen Blick und wandte sich dann wieder den beiden Männern zu. »Du bist zu leichtgläubig, Haram, das warst du schon immer. Irgendwann wird dir das einmal das Genick brechen.«

Haram stieß eine Beleidigung aus, die Morag auflachen ließ. Die Männer redeten für einen Moment durcheinander und bemerkten dabei nicht, was Mattes längst entdeckt hatte: einen feinen Schneewirbel, welcher sich scheinbar aus dem Nichts gebildet hatte und langsam vom Boden aufstieg.

Wie aufgewirbelter Sand, der vom Wind durch die Lüfte getragen wird, legte er sich um die Beine des schwarzhaarigen Mannes, der kaum einen Schritt entfernt neben Aerion stand.

Mattes hielt den Atem an. Obwohl er bereits gesehen hatte, wozu das Mädchen fähig war, was sie mit ihren Kräften vermochte, machte ihn der Anblick sprachlos.

Vorsichtig tastete er nach dem kleinen Messer. In diesem Moment drang ein lang gezogenes Heulen durch die Schlucht.

Morags Kopf fuhr herum, sein Blick verriet Überraschung und noch etwas anderes. Furcht.

»Bei den Göttern«, murmelte er tonlos.

Mattes suchte ebenfalls mit den Blicken das Tal ab, doch er wusste auch ohne, dass er sie sah, was er gehört hatte. Woher dieser Laut stammte.

Morag fuhr zu ihnen herum und zog sein Schwert aus dem Schnee. »Los, macht dass ihr da hochkommt!« Er zeigte mit der Schwertspitze auf den Vorsprung. »Oder wollt ihr lieber hierbleiben und mit denen …« Er nickte mit dem Kopf in die Richtung, aus der das Heulen gekommen war. »… nähere Bekanntschaft schließen?«

»Das haben wir bereits«, erwiderte Mattes. Er ging zu Aerion und stellte sich beschützend vor sie.

»Lass uns mit ihnen gehen.« *Hier sind wir nicht sicher*, fügte Aerion stumm hinzu.

Morag lief an ihnen vorbei und kletterte auf den Felsvorsprung. »Wenn ihr bleiben wollt, bitte schön. Macht, was euch beliebt. Doch glaubt mir …« Sein Kopf fuhr herum. »Ihr werdet es bereuen. Das sind keine Tiere, die ihr mit Messern und einfachen Speeren bekämpfen könnt.«

Aris streckte ihnen auffordernd die Hand entgegen. »Worauf wartet ihr noch? Kommt schon!«

Mattes zögerte. Er vertraute den Männern nicht.

Aerions blaue Augen bohrten sich in seine. *Wenn wir hierbleiben, sterben wir.*

Er presste die Kiefer zusammen. Es gab keine Sicherheit, kein Entkommen vor diesen Bestien. Aber ein Blick in Aerions blasses Gesicht ließ ihn seine Antwort noch einmal überdenken.

»Gut, wir kommen mit euch.« Er half Aerion, auf den Felsvorsprung zu klettern, und zog sich danach selbst hinauf. Als er sich umdrehte und einen Blick in die Schlucht warf, sah er sie. Vier riesige Wölfe, deren Umrisse sich drohend gegen das Schneegestöber abhoben.

»Beeilt euch, hier entlang!« Harams gehetzter Befehl übertönte die Rufe der Jäger, die auf sie zugelaufen kamen. Mattes griff nach Aerions Schulter und folgte den Männern, die an der Felswand einem kaum sichtbaren Pfad aus hervorstehenden Steinen folgten. Der Weg war glatt und durch den Schnee rutschig und er hatte Mühe, nicht den Halt zu verlieren. Schritt für Schritt tastete er sich an dem Felsen entlang.

Aerion, die seinen besorgten Blick auffing, nickte ihm zu. »Halt nicht an! Ich komme zurecht.« Sie hatte ihre Fäustlinge abgestreift, um sich besser festhalten zu können, und lief dicht hinter ihm. Der Wind blies ihnen Eis entgegen. Die weißen Flocken wirbelten wie abgerissene Blütenblätter durch den Himmel und nahmen ihnen die Sicht. Als Corax' dunkler Schrei ertönte, wandte Mattes den Kopf. Unter ihnen war ein schabendes Kratzen an der Steilwand zu hören. Die Wölfe waren ebenfalls auf die Felsen gesprungen und folgten ihnen.

Aerions Augen weiteten sich vor Furcht. »Schnell«, flüsterte sie und zog sich an einer abgerundeten Felskuppe entlang. Mattes streckte ihr die Hand entgegen, um sie zu sich zu ziehen. Das Mädchen tastete sich zu ihm vor, doch ihre Finger waren von der Kälte völlig steif gefroren. Ihre Hand, mit der sie sich am Felsen abstützte, rutschte ab und sie verlor den Halt. Ein Schrei entfuhr ihren Lippen, während sie panisch versuchte, sich an dem glatten Stein festzuklammern.

Mattes machte einen Schritt auf sie zu, bekam ihren Arm zu fassen und drückte sie mit aller Kraft, die er aufbringen konnte, gegen die Felsen. Aerions Schultern bebten, ihr Atem entwich stoßweise in weißen Wolken und vermischte sich mit den Eiskristallen in der Luft. Mattes lehnte seine Stirn gegen die kalten Steine. Er konnte fühlen, dass sein Herz ebenso schnell wie das ihre schlug.

»Wir müssen weiter!« Er zog Aerion mit sich und folgte den Männern, die ein paar Schritte oberhalb von ihnen stehen geblieben waren. Mattes sah zu dem breiten Felsvorsprung empor, der sich über ihren Köpfen erstreckte. Als einer der Männer beiseitetrat, erkannte er, was dahinterlag. Es war der Eingang zu einer Höhle. Anscheinend hatten die Männer hier eine Art Lager, mitten im Gebirgskamm. Kein Wunder, dass weder sie noch Corax die Fremden hatten kommen sehen. Sie waren tatsächlich nicht durch das Tal gekommen, sondern aus dem Inneren des Berges. Er kletterte das letzte Stück empor und half dann Aerion hinauf. Corax' Schreie hallten vom Wind gedämpft von den Steinwänden wider. Der Wächter kreiste über ihren Köpfen, sein schwarzes Gefieder warf flüchtige Schatten auf die steil aufragenden, grauen Felsen.

Mattes wusste, dass ihnen nicht viel Zeit blieb. Er lief mit Aerion zur Höhle, vor dessen Eingang Morag und ein fremder Mann standen, die miteinander zu diskutieren schienen. Als sie näher kamen, wandte der blonde Mann sich um und versperrte ihnen den Weg.

»Sie dürfen sie nicht betreten!« Er hob sein Kurzschwert.

»Wir haben keine Zeit für so etwas!« Morag sah zu Aris und Haram, die im Inneren der Höhle auf sie warteten. »Sie sind fast hier.« Er schüttelte den Kopf. »Wir müssen den Eingang verschließen, Zane!«

»Ich habe meine Befehle, genau wie du. Niemand darf die Höhle betreten, ohne die Zustimmung des Königs.«

Mattes' Hand glitt an den Griff seines Handbeils.

»Ihr könnt gehen, aber die beiden bleiben hier«, sprach Zane weiter und machte einen Schritt auf Aerion zu.

Morag hielt ihn am Arm zurück. »Wir können sie nicht einfach zurücklassen! Ich übernehme die Verantwortung dafür. Lass uns gehen, bevor es zu spät ist.«

Ein leises Scharren ließ sie innehalten.

Mattes hob den Kopf und wich zurück. Über ihnen auf dem Felssims stand ein riesiger Wolf. Die Augen des Tieres waren unnatürlich rot und schienen blutunterlaufen zu sein. Sein Maul war zu einem hässlichen Fletschen verzogen.

»Atorh, steh uns bei.« Morags Klinge glänzte matt, als er sie aus der Scheide zog, doch Zane schob ihn beiseite.

»Ich kümmere mich darum.« Er nickte ihnen zu. »Sichert das Tor!«

Morag zögerte, seine Hand umklammerte den Schwertgriff.

Das Knurren des Schattenwolfes ließ ihn aufblicken. Das Tier verfolgte jede ihrer Bewegungen. Die Muskeln unter dem dunkelgrauen Fell waren angespannt, doch es schien auf irgendetwas zu warten.

Mattes' Blick glitt über die Felskuppe. Es würde nicht lange dauern, bis die anderen Jäger ebenfalls hier waren. Er zog sein Beil hervor und wappnete sich für den Kampf.

Zane wandte den Kopf. »Worauf wartet ihr noch? Macht, dass ihr von hier wegkommt!« Er nickte Morag zu. »Schützt das Lager!«

»Mögen die Götter mit dir sein, mein Freund.« Morag sah Mattes und Aerion an. »Folgt mir!«

Mattes zögerte nur einen kurzen Moment, bevor er nach Aerions Hand griff. Aus den Augenwinkeln sah er, wie der Wolf auf den Felsvorsprung sprang, Zane sein Schwert hob und sich mit der Waffe auf ihn stürzte.

»Verschließt den Eingang!« Morag lief zu einer Vorrichtung aus Holz, welche sich an der linken Seite des Höhleneingangs befand und half Haram dabei, einen Hebel hochzustemmen.

»Was ist mit Zane?« Aris sah sie entsetzt an. »Wir müssen ihm helfen!« Er machte einen Schritt auf den Ausgang zu.

»Er hat seine Entscheidung getroffen.« Morag presste die Zähne zusammen und schob den Hebel in eine Halterung des grob behauenen Steinrades, um dadurch die Vorrichtung in Gang zu setzen. Als Aris einen weiteren Schritt auf den Ausgang zumachte, hob er den Kopf. »Bleib zurück! Du kannst nichts für ihn tun.«

Mattes wandte sich um und sah, wie der Mann, der sie nicht hatte vorbeilassen wollen, nun sein Leben für sie aufs Spiel setzte und unter dem Gewicht des Schattenwolfes begraben wurde. Zane versuchte verzweifelt, sich freizukämpfen, und hieb immer wieder mit dem Schwert nach dem Tier, doch der Wolf drückte ihn zu Boden und schlug seine Reißzähne in die Brust des Mannes. Zanes Schmerzensschreie drangen Mattes bis ins Mark. Plötzlich stieß ein dunkler Schatten aus der Luft herab und grub seine Krallen in das Fleisch des Jägers. Der Wolf hob den Kopf und schüttelte knurrend den Wächter ab, der erneut angriff und nach den Augen des Jägers hackte. Der Schattenwolf schnappte nach ihm, doch Corax gelang es, seinen scharfen Zähnen auszuweichen. Zane hob den Kopf und sah dem Vogel nach, der krächzend wieder in die Lüfte stieg. Er versuchte, sich aufzurichten, aber es gelang ihm nicht. Der Schmerz schien ihn innerlich zu zerreißen. Er hob den Arm und stieß seine Waffe in die Flanke des Jägers, bevor er zurücksackte. Der Schattenwolf heulte auf, packte seinen Arm und zerrte Zane über den Felsvorsprung, verlor auf dem glatten Untergrund jedoch den Halt. Sie rutschten auf den Abhang zu und waren im nächsten Moment verschwunden.

»Schneller!« Moragს Gesicht verzerrte sich vor Anstrengung und schließlich gab der runde Felsbrocken nach und bewegte sich.

Mattes hörte nicht, was er seinen Kameraden zurief, sein Blick war noch immer auf den Felsvorsprung gerichtet, dessen schneebedeckte Steine sich rot verfärbt hatten.

Hinter einem der Felsbrocken war ein weiterer Wolf erschienen, sein helles Fell glänzte feucht vom Schnee. Der Jäger senkte den Kopf, ein Grollen entwich seiner Kehle und Mattes fühlte, wie etwas an ihm zog, als das Tier zu ihm hinübersah. Der Moment schien eingefroren zu sein, wie das Wasser im Schwarzen See.

Mattes' Finger schlossen sich um den Griff des Beils, sein Herz hämmerte in harten Schlägen gegen seine Rippen. Er hatte diesen Wolf schon einmal gesehen. Bilder von der Hetzjagd tauchten in seinen Gedanken auf. Er sah Alba vor sich, wie sie über das Feld lief, die brennende Fackel in der Hand und hörte ihre Stimme, die ihm etwas zuflüsterte.

Es ist zu spät.

Das schabende Geräusch des Schlusssteins, der an der Felswand entlanggeschoben wurde und mit einem lauten Poltern zum Stillstand kam, riss ihn aus seiner Starre.

Der Zugang war versperrt. Mattes hob den Blick und sah zu den Lichtstreifen, welche am Rand des Steinbrockens wie verglühende Boten der Sonne in die Höhle drangen und die Staubkörner in der Luft zum Leuchten brachten, bis schließlich auch diese erloschen. Ohne, dass er es merkte, machte er einen Schritt auf den Eingang zu. Es war ihm, als könnte er den weißen Wolf sehen, der auf der anderen Seite der Felswand stand.

Der auf ihn wartete.

»Mattes …« Aerion zog an seinem Ärmel. »Wir müssen gehen.«

Zögernd wandte er sich ab. »Bleib dicht an meiner Seite.« Er sah zu den Männern, die sich Fackeln von den Wänden gegriffen hatten und dabei waren, tiefer in die Höhle vorzudringen. Sein Blick fiel auf Aris, der wie versteinert auf den verschlossenen Eingang starrte.

»Alles in Ordnung, Junge?«

Aris senkte den Kopf. »Folgt mir«, erwiderte er.

Sie durchquerten die Höhle, die sich an ihrem schmalen Ende in mehrere Gänge verzweigte, und bogen in einen von ihnen ab. Mattes sah sich um. Es schien sich um ein altes Höhlensystem zu handeln, dieser Gang war jedoch von Menschenhand verbreitert worden, die Wände wiesen Spuren von Steinwerkzeugen auf.

»Es ist nicht mehr weit.« Aris deutete auf eine weitere Abzweigung, an deren Ende ein schwacher Lichtschimmer zu sehen war. »Tikal wird wissen, was zu tun ist. Er kennt diese Wesen.«

»Tikal?« Mattes sah den Jungen an.

»Unser König.«

Mattes bezweifelte, dass dieser Tikal königliches Blut in sich trug, wahrscheinlich war er einfach ein Gesetzloser – ein König von Halsabschneidern und Dieben.

Aris bemerkte seinen Blick und lächelte. »Nicht alle Könige tragen Kronen. Tikal besitzt etwas, das viel wertvoller als Gold oder ein Königreich ist.«

Mattes hob skeptisch eine Braue, folgte dem Jungen aber tiefer in den Berg hinein und lief dem flackernden Lichtschein entgegen, das wie ein Leuchtfeuer in der Dunkelheit war. Ein lockendes Versprechen auf Wärme und Zuflucht in der ewigen Finsternis.

KAPITEL 17

Totenviertel, hinter den Stadtmauern Esgars. Gegenwart

Hayden stieg über einen Berg Unrat hinweg, aus dem einige abgenagte Knochen ragten und bog in eine der engen, unscheinbaren Seitengassen ein. Seine Stiefel zerdrückten den Schnee, als er über das alte Steinpflaster schritt. Jede Straße, jeder Busch, jedes einzelne Haus war von einer dicken weißen Schicht bedeckt. Seit zwei Tagen hatte es fast durchgehend geschneit, als würde der Winter seine Kräfte bündeln, um das Land endgültig unter einer Decke aus Eis zu begraben. Er musterte die Hauseingänge, von denen die meisten heruntergekommen und halb verfallen wirkten, und blieb vor einer dunkel getünchten Tür stehen.

Sein Blick wanderte zu dem Schild empor, das über dem Eingang hing. »Sol-ha«, flüsterte er. Auch ohne, dass er einen Blick auf das Pergament warf, das in seiner Jackentasche steckte, wusste er, dass es dasselbe Symbol war. Hayden betrachtete das halbkreisförmige Zeichen. Es stellte die Sonne dar, welche über einer geraden Linie aufging. Im Inneren verliefen drei weitere Linien, die sich zur Mitte hin verbanden und das Rad in vier gleich große Teile gliederten. Sie standen für die bekannten

Jahreszyklen. Er sah sich um, doch ein kurzer Blick bestätigte ihm, was seine Sinne längst erkannt hatten. Niemand außer ihm war hier. Die schmale Gasse lag still und verlassen im Dämmerlicht der untergehenden Sonne, als hätten die Menschen vergessen, dass hier, unweit des alten Friedhofes, einmal Leben existiert hatte.

Hayden schlenderte zu dem Mauerstück, welches neben dem Haus begann und genauso baufällig wie das altersschwache Gebäude wirkte, und lehnte sich dagegen. Die Kälte, welche die feuchten Steine bis aufs Fundament durchdrungen hatte, griff mit eisigen Händen nach ihm und betäubte seine Sinne. Halbschattens Pupillen weiteten sich. Seine Finger glitten in die Manteltasche und zogen die Notiz hervor. Er faltete sie auseinander und sah dabei zu, wie ein Ende des Pergamentstückes zu glühen begann und schließlich Feuer fing. Er brauchte den Sand nicht, um den Zauber auszuführen. Nachdem das Pergament und damit auch die Nachricht, die ihm am Morgen überbracht worden war, vollständig verbrannt war, blies er die Asche fort, die träge durch die Luft wirbelte und zu Boden sank, und zog seine Handschuhe aus den Falten des Mantels. Nun hieß es, sich in Geduld zu üben.

Er musste nicht lange warten.

Als Cher in die Gasse bog, stieß Hayden sich von der Mauer ab und schlenderte dem Dieb entgegen. Das Abendrot tauchte die Häuser in ein trübes Licht und lockte die Schatten hervor, die wie hungrige Jäger durch die Straßen krochen und alles verschlangen, was sich ihnen in den Weg stellte.

Hayden musterte den Jungen, der den Kopf gesenkt hielt und in Gedanken vertieft wirkte. Es waren einige

Tage vergangen, seit sie sich zum ersten Mal in einer ähnlichen, einsamen Gasse außerhalb der Stadtmauern Esgars begegnet waren. Seitdem hatte er ein paar äußerst interessante Dinge durch seinen neuen Freund in Erfahrung bringen können. Doch bisher war nicht die Information darunter gewesen, auf die er hoffte. Es war, als könnte der Junge spüren, dass er ihn ansah. Cher hob den Blick und nickte ihm zu.

»Du wolltest mich treffen?« Hayden blieb stehen.

»Ja. Und ich bin mir sicher, dass es dich sehr interessieren wird.« Cher wandte sich unruhig um, als fürchte er, jemand sei ihm gefolgt. »Wir sollten uns beeilen.« Er ging auf das Haus mit der dunklen Tür zu und blieb vor dem Eingang stehen.

Hayden folgte ihm und sah, wie der Junge etwas aus seiner Tasche zog. Es war ein kleines Stück weiße Kreide.

Cher musterte das abgesplitterte Holz, dessen ehemals pechschwarze Farbe längst verblichen und einem schmutzig dunklen Grau gewichen war. Er zeichnete mit schnellen Strichen etwas auf die Tür. Es war dasselbe Symbol, das auf dem Schild über dem Eingang prangte – eine halbkreisförmige Sonne. Doch es gab einen entscheidenden Unterschied. Das Sonnenzeichen war nicht, wie auf dem Holzschild, geviertelt, sondern bestand aus nur einem einzigen leeren Feld, welches Cher mit der Kreide ausmalte.

»Falls du zur Abwechslung eine andere Farbe brauchst … Ich kenne da jemanden auf dem Schwarzmarkt, dessen Auswahl nicht zu verachten ist.« Hayden schob die Lippen vor.

Cher ignorierte seine Bemerkung, trat einen Schritt zurück und begutachtete das Zeichen, das auf dem dunklen Untergrund zu leuchten schien. »Die Götter können nicht jeden mit Erkenntnis segnen«, erwiderte er.

Hayden wölbte eine Braue, als die Farbe hell aufleuchtete. Es schien sich tatsächlich um einen Zauber zu handeln. Kopfschüttelnd ging er näher heran. Dieser Tag versprach tatsächlich interessant zu werden.

Es dauerte nicht lange, bis sich die Tür wie von Geisterhand öffnete. Es war niemand zu sehen und Cher schien darüber nicht im Mindesten verwundert zu sein. Er verstaute das Kreidestück in seiner Jackentasche, warf Hayden einen auffordernden Blick zu und betrat das Haus. Hayden betrachtete das Symbol, das bereits verblasste und fast verschwunden war. Um seinen Mund erschien ein breites Lächeln, als er dem Jungen nachging.

Ein Schutzzauber.

Dieser kleine Dieb überraschte ihn immer wieder aufs Neue.

Hayden trat über die Schwelle und sah sich neugierig um, während die Tür hinter ihm mit einem kaum hörbaren Klacken ins Schloss fiel. Die Fensterläden sperrten das schwindende Tageslicht aus und ließen das Haus in Dunkelheit versinken. Die Schatten legten sich wie ein vertrauter Umhang um seine Schultern.

»Wie es scheint, brauchen wir etwas mehr Licht«, murmelte er und griff in seinen Beutel. Vorsichtig zog er seine Hand heraus und zerrieb etwas blauen Sand zwischen den Fingern. Die Sandkörner stiegen in einem feinen Wirbel von seiner Handfläche auf und bildeten die Umrisse von Lichtern, die wie Laternen neben ihnen schwebten.

Hayden wandte den Kopf. Das Haus schien verlassen zu sein, es gab weder Möbel noch irgendein Anzeichen dafür, dass jemand hier lebte. Er betrachtete die dicke Staubschicht zu seinen Füßen und sah dann zu Cher, der ein paar Schritte vor ihm an der Wand lehnte.

»Ich wusste, dass dieser Sand mehr kann, als nur hübsch zu leuchten.« Cher legte den Kopf schräg. »Was kommt als Nächstes? Verwandelt er sich in ein nettes Mädchen mit strahlend blauen Augen?«

»Keine üble Idee«, erwiderte Hayden. Sein Mundwinkel hob sich. »Aber willst du mir nicht zuerst verraten, warum wir hier sind?« Er sah sich um und rümpfte die Nase. »Besonders gemütlich ist es hier nicht gerade.«

»Nein, das ist es wirklich nicht.« Cher ließ seinen Blick durch das Zimmer wandern. »Es ist eines der Verstecke, die wir benutzen, wenn wir vor den Wachen untertauchen müssen, oder aus einem anderen Grund nicht gefunden werden wollen.« Er klopfte sich Spinnweben von der Kleidung. »Ist 'ne Weile her, seit jemand von uns zuletzt hier war.« Auf seinem Gesicht erschien ein Grinsen. »Das ist aber nicht der Grund, weshalb ich dir die Nachricht geschickt habe. Dieses Haus besitzt einen Zugang zu dem Labyrinth, das sich unterhalb der Totenstadt erstreckt.«

»Sprichst du von den alten Katakomben?«

Cher nickte. »Es ist der sicherste Unterschlupf, den wir haben.« Er pustete sich ein paar Haare aus der Stirn.

Hayden starrte den Jungen an. »Ihr versteckt euch in den Tunneln?«, wiederholte er ungläubig. Niemand ging freiwillig – solange noch ein Funken Verstand in ihm steckte – dort hinunter, in diese Welt der Toten. Seit Jahrhunderten wurden dort die Gebeine Verstorbener aufbewahrt. Es war ein dunkles, verwinkeltes Massengrab, in dem die Lebenden nichts verloren hatten.

»Wenn man keine andere Wahl hat, lernt man, seine Ängste zu beherrschen«, erwiderte Cher und ging in ein kleines Nebenzimmer, das ebenso leer und staubig wie der Vorraum war. Er sah sich nach Hayden um, der ihm folgte, und lief zu der gegenüberliegenden Wand, an welcher der Putz bereits an mehreren Stellen herausgebrochen war.

Chers Hand fuhr suchend über die rauen Steine und kurz darauf schwang eine verborgene Tür in der Wand auf.

»Dieses Gebäude hat vor vielen Jahren einmal einem Totenwächter gehört. Nachdem er gestorben war, stand es eine Weile leer und ich habe dafür gesorgt, dass es ganz in Vergessenheit geriet.« Er wandte sich um. »Ich besitze nicht wie du die alte Gabe, aber sehr wohl das Talent, einige der kleinen Zauber einzusetzen, die man in Esgar, wenn man die richtigen Quellen kennt, für Silber oder Gold erwerben kann.«

Hayden bezweifelte, dass es sich um einen *kleinen* Zauber handelte, der das Haus so gekonnt vor unerwünschten Blicken schützte, und nahm sich vor, der Quelle von Chers magielarischen Hilfsmitteln auf den Grund zu gehen.

Er trat neben den Jungen und warf einen Blick durch die geöffnete Tür, hinter der nichts als gähnende schwarze Leere zu erkennen war. Auf seiner Stirn erschienen zwei tiefe Furchen. Es rankten sich viele Legenden um die Entstehung der Katakomben, die angeblich von den Geistern der Verstorbenen bewacht wurden, und es hieß, dass so manch einer, der es gewagt hatte, sich dort unten länger umzusehen, nie wieder aufgetaucht war. Hayden bereitete weniger der Zorn der Toten Sorgen, als die Gewissheit, dass es noch andere Gefahren gab, die in den Tunneln lauerten. Und die waren sehr wohl real.

»Dort unten gibt es also eine Verbindung zu den Totengängen, sagst du?«

»Das Gewölbe unter dem Haus war früher einmal mit dem Labyrinth verbunden, doch der Durchgang wurde vor vielen Jahren verschüttet oder absichtlich zerstört.« Cher stützte sich an der Wand ab. »Wahrscheinlich wollte man Neugierige davon abhalten, die Gänge zu erkunden. Nur Eingeweihte wie die Priester und Totenwächter dürfen sie heute noch betreten. Wer dieses Gesetz missachtet, kann weitaus mehr verlieren als ein Dieb, der beim Stehlen ertappt wird.«

Hayden schwieg. Er war vor vielen Jahren einmal dort unten gewesen und hatte seine Neugierde fast mit dem Tode bezahlt. Er war noch sehr jung, leichtsinnig und ohne Furcht. Sein Vater hatte ihm später erklärt, dass es in den engen Gängen kaum frische Luft zum Atmen gäbe. Die an den Wänden und in den ausgehobenen Wandnischen aufgestapelten Gebeine sonderten durch ihre Verwesung etwas ab, das für Menschen gefährlich werden konnte, wenn sie sich zu lange dort unten aufhielten. In dieser Hinsicht stimmte also das Gerücht, die Toten würden die Tunnel bewachen und keine Lebenden unter ihnen dulden.

»Und was jetzt? Willst du mich zu einem Ausflug in die Welt der Toten einladen?«

»Kein besonders angenehmer Gedanke, aber ja.« Cher rieb über sein Handgelenk. »Ich habe mich auf Esgar umgesehen, wie du es wolltest. Du hast mich gefragt, wo man auf der Burg am ehesten ein Geheimnis bewahren würde. Manuskripte, die so kostbar sind, dass sie vor den

Augen der Welt verborgen werden müssen. Hier hast du deine Antwort.« Er starrte auf den Eingang, als könne er erkennen, was hinter der Dunkelheit lag.

»Du hast die magielarische Bibliothek gefunden?« Hayden trat näher an die Öffnung.

»Zumindest weiß ich, wo sie sich befindet. Der Eingang ist durch ein magisches Zeichen versperrt.« Cher runzelte die Stirn. »Zudem waren die Wachen nicht dazu zu bewegen, ihren Posten aufzugeben.« Er sah Hayden an. »Das Fundament der Burg reicht tief in den Fels hinein. Unzählige verwinkelte Gänge, getaucht in ewige Finsternis … bewacht von den Lebenden und den Verstorbenen.«

»Du glaubst, es existiert eine Verbindung zwischen den Totengängen und der Königsburg?« Haydens Blick wurde nachdenklich. »Das würde in der Tat einiges ändern.«

»Ich bin mir nicht sicher, ob wir einen Zugang finden. Aber ich war schon oft dort unten, diese Gänge sind älter als alles, was ich kenne und verzweigen sich unter der gesamten Stadt.«

Haydens Gedanken wanderten zu den Schattenjägern, den Wolfswesen, und den Gerüchten, die man sich über sie erzählte. Er musste ihr Versteck finden und einen Weg, sie zu vernichten. Seit er zurück in Esgar war, war dies die erste wirkliche Spur, die er hatte. Er musterte Cher. Sollte er den Jungen einweihen und erzählen, dass er nicht nur nach den geheimen Schriften suchte? Wenn sie die Katakomben betraten und auf diese Wesen stießen, setzte er den Jungen einer großen Gefahr aus. Aber er brauchte einen Führer, jemanden, der sich dort unten auskannte.

Hayden ließ den Arm sinken und warf einen Blick zu den flackernden, blauen Flammen, die daraufhin hell aufleuchteten. »Zeig mir den Weg. Die Lichter werden dir folgen. Und ich ebenfalls.«

KAPITEL 18

Esgar, Königsstadt. Einige Tage zuvor

Reeva starrte auf die Mauern der Burg, die wie Wände eines Käfigs die Wolken zerteilten und sie zu verhöhnen schienen. Ihre Hände zitterten. Sie bemerkte weder die Kaskaden aus funkelndem Eis, die von den Zinnen herabwuchsen, noch die Menschen, die an ihr vorbeiliefen und geschäftig ihrer Arbeit nachgingen. Ihre Finger glitten über die grob behauenen Ziegel der Stallmauer. In Gedanken sah sie den Fluss vor sich, der sich während der Sommermonde am Fuße des Tals entlangwand, stark und unbeirrbar seinem Weg folgend. Wie eine verschwommene Erinnerung eines Traumes hörte sie das Wasser rauschen, kraftvoll, beständig. Sie schloss die Augen.

»Herrin?«

Reeva wandte den Kopf, als jemand ihren Arm berührte. Es war Freja, ihre Zofe.

»Euch ist gewiss kalt, lasst mich Euch hineingeleiten.« Das Mädchen legte einen Umhang um Reevas Schultern.

Reeva sah auf ihre Füße, die nackten Zehen waren mit Schnee bedeckt. Sie spürte die Kälte nicht, nur einen dumpfen Schmerz in ihrem Bauch, der sie von innen heraus auszuhöhlen schien.

Das Dienstmädchen knüpfte eine Schleife an ihrem Umhang zurecht und zog Reeva sanft in Richtung des Kücheneingangs. »Man hat Euer Fortbleiben von der Tafel noch nicht bemerkt, Herrin. Ich werde Euch ein heißes Bad einlassen und bei Eurem Vater entschuldigen.« Sie drückte Reevas Hand.

Reeva ließ sich von ihr weiterziehen. Es kümmerte sie nicht, ob sie fror, oder ob ihr Vater bei dem Abendmahl auf sie wartete. Und es war ihr egal, was die Menschen von ihr dachten, die ihnen verstohlene Blicke zuwarfen. Sie blieb stehen und strich über den Ring an ihrer rechten Hand. Er saß zu eng und schnürte in ihr Fleisch.

»Herrin, wir sollten in Eure Kammer, bevor ...« Freja warf einen Blick über ihre Schulter.

Reeva hob den Kopf. Das Rauschen des Wassers dröhnte in ihren Ohren. »Ich möchte zum Fluss«, erwiderte sie.

»Den Fluss?« Das Mädchen starrte sie an, als hätte sie den Verstand verloren. »Das Wasser ist längst zu Eis gefroren. Und ihr seid noch immer zu schwach ... für einen Ausflug.« Freja drängte sie, weiterzugehen. Als sie den Seiteneingang zur Küche erreichten, blieb sie stehen. »Wartet hier. Ich sehe nach, wo die Wachen sind.« Sie huschte davon.

Reeva stützte sich gegen die Mauer. Sie versuchte sich zu erinnern, wann sie ihre Kammer verlassen und hinuntergegangen war. Ihre Gedanken schienen ihr zu entgleiten, wie zerrissene Fasern einer Wollspindel. Als sie sich umdrehte, um ihrer Zofe zu folgen, stieß sie mit jemanden zusammen. Es war ein Junge, anscheinend einer der neuen Küchenjungen.

»Verzeiht, Herrin.« Er senkte den Kopf.

Etwas in seiner Stimme ließ Reeva aufhorchen. Er klang nicht wirklich so, als ob ihm etwas leidtun würde. Ihr Blick glitt über die schwarzen Haare des Knaben, die ihm wie störrische Grasbüschel vom Kopf abstanden. Er hatte anscheinend versucht, sie mit Bienenwachs zu bändigen. Es war ihm nicht geglückt.

»Möchtet Ihr vielleicht ein Glas heiße Milch? Wir haben gerade welche aufgesetzt.« Der Junge schaute sie aus seinen grünen Augen fragend an.

Reeva verspürte keinen Durst. Ihr Blick glitt unstet durch die Küche. Wo war die alte Köchin? Das schmerzhafte Ziehen in ihrem Bauch verstärkte sich. Etwas zehrte an ihr, eine schwache Erinnerung, die zu durchsichtigen Schatten verschwamm.

»Herrin!« Frejas Stimme riss sie aus ihren Überlegungen.

Reeva drehte sich zu ihr um.

»Ich bringe Euch in Eure Kammer.« Die Zofe ergriff ihren Arm. Reeva ließ es geschehen und folgte ihr. In Gedanken sah sie noch immer den Fluss vor sich und das Wasser, das alles mit sich riss und in Vergessenheit tauchte.

Cher hob den Kopf und sah ihr nach. Seine Miene verfinsterte sich, während er sich abwandte und die Küche durch den Seiteneingang verließ. Er hatte Gerüchte gehört, dass die junge Frau des angehenden Thronerben ein Kind verloren hatte. Anscheinend hatte man ihr etwas verabreicht, um sie ruhigzustellen. Etwas, das wesentlich stärker als ein gewöhnliches Schmerzmittel war. Er zog an seinem Hemdsärmel. Das ging ihn nichts an. Er war hier, um einen Auftrag auszuführen, nicht um sich in fremde Eheangelegenheiten einzumischen. Sein Blick streifte die Wachen, die auf dem Hof vor einer Tür standen, die in den äußeren Wall eingelassen war. Zwei Tage waren bereits vergangen, ohne dass er etwas Interessantes herausgefunden hatte. Nur das übliche Geschwätz der Dienstboten, die jedoch in Schweigen verfielen, sobald das Gespräch auf ihren Herrn oder seine Berater fiel. Furcht war ein stärkeres Argument als Treue.

Cher kaute auf seiner Unterlippe. Auf seinen Erkundungsgängen hatte er bislang nur zwei der königlichen Berater zu Gesicht bekommen, darunter Balian Ragal, die Krähe. Sein markantes Profil und Vorliebe für dunkle Kleidung hatte ihm nicht nur in der Totenstadt den wenig schmeichelhaften Spitznamen eingebracht. Ragal saß dem magischen Rat vor und lenkte als rechte Hand des Königs die Geschicke der Krone. Chers Versuche, ihm in die Katakomben zu folgen, die er fast täglich aufzusuchen schien, waren jedoch gescheitert. Die Zugänge wurden streng bewacht, und das, obwohl es angeblich kaum Gefangene innerhalb der Festung gab. Er wandte unauffällig den Kopf, als einer der Wachleute hinter der unscheinbaren Tür verschwand. Anscheinend gab es in Esgar mehr Geheimnisse, als es den Anschein hatte.

Und er würde ihnen auf den Grund gehen.

Balians Finger fuhren über die losen Pergamentblätter, die auf dem Tisch verteilt lagen. In den vergangenen Wochen hatte er fast täglich Uriel aufgesucht, um sich nach ihren Fortschritten zu erkundigen. Und war jedes Mal enttäuscht worden. Seine Lippen zogen sich zu einem schmalen Strich zusammen. Ein Teil des Wolfsrudels war bereits auf die Inseln entsandt worden, um ihr Heer an den nördlichen Grenzen zu unterstützen. Der König hatte seinem Wunsch, die Jäger persönlich auf die Ringolen zu bringen, nicht zugestimmt, sondern jemand anderes für den Auftrag ausgewählt. Rakul Lazar … Balians Blick verhärtete sich. Der Mann besaß starke Kräfte und sein Einfluss auf Ehgien wuchs mit jedem Tag, der verstrich. Wie eine Viper hatte Rakul dem König seine Lügen ins Ohr geflüstert und ihn dazu gebracht, ihm mehr Macht im Rat zu verleihen.

Balians Handflächen stützten sich auf das rissige Holz. Um zu beweisen, dass er weiterhin die Position des Ersten Beraters verdiente, brauchte er etwas, das eine größere Überzeugungskraft hatte als die Fähigkeiten seiner Konkurrenten. Etwas, das alles andere verblassen ließ. Seine Augen wanderten über das vergilbte Pergament. Er besaß weder die Gunst der Dreizehn noch die finanziellen Mittel einiger der Fürsten, die sich ihre Macht erkauft hatten. Alles was er bisher erreicht hatte, entsprang seinem Willen, sich zu beweisen. Seiner Fähigkeit, die Fäden, die man ihm gab, geschickt und gewinnbringend miteinander zu verknüpfen. Er brauchte nicht die Gabe, um zu bekommen, was er wollte. Er brauchte Ergebnisse. Und er würde dafür sorgen, dass er sie bekam.

Ein leises Klacken riss ihn aus seinen Überlegungen. Balian hob den Kopf und nickte Uriel zu.

»Ich habe bereits auf Euch gewartet.«

»Ich war im Wald, um Terkalbeeren für das Fest zu sammeln.« Sie ließ ihren Korb zu Boden gleiten und nahm das Wolltuch von den Schultern.

Balian musterte ihr Gesicht. Es war ihm nicht entgangen, dass die Hexe in den vergangenen Tagen stiller als gewöhnlich wirkte. Die Suche nach einem neuen

Mittel schien sie genauso zu erschöpfen wie ihn selbst. Doch er würde ihnen beiden erst eine Ruhepause gönnen, wenn sie endlich Fortschritte erzielten. Sein Blick glitt über die ledernen Einbände der Bücher, die sich auf den Stühlen stapelten. In den vergangenen Monaten hatte er jede bekannte Bibliothek in Aehdland aufgesucht und seine Gehilfen zu den entferntesten Landstrichen entsandt, um etwas Neues herauszufinden.

Vergeblich.

Balian hob eines der Pergamentblätter auf und zerknüllte es. Er würde nicht zulassen, dass Rakul ihm seine Position streitig machte. Lazar nutzte jede Schwäche, die man zeigte, um selbst weiter aufzusteigen. Er würde kämpfen. Und er war bereit, alle Mittel dafür einzusetzen, die nötig waren. Balian ließ das Pergamentstück achtlos zu Boden fallen. Es gab keine Spur von dem Buch, das sie suchten. Als hätte es nie existiert. Doch die Überlieferungen der Dreizehn waren real, Manuskripte, die die Chroniken der Götter enthielten. Formeln der Macht.

Er hatte die Schriften selbst in den Händen gehalten, sie viele Jahre studiert und sich ihre Geheimnisse angeeignet. Ein Wissen, das nur den obersten Beratern der Krone zustand. Das ihm Kräfte verlieh. Ohne die Gabe der Inrir war es ihm zwar nicht möglich, die mächtigsten Zauber selbst einzusetzen, aber die Kenntnis um die Existenz der Formeln verlieh ihm eine Stärke, die seine Feinde fürchteten. Nur eines war ihm verwehrt geblieben: Das dreizehnte Manuskript galt als verschollen. Das Buch der Toten, Atorhs Lehren. Man sagte, es beinhalte Geheimnisse, die kein Gelehrter und auch kein Magier je erfahren hatten. Dunkle Pfade, um mit den Toten zu kommunizieren. Und mehr als das.

Die Heiligen Schriften hatten viele Jahrhunderte lang im Verborgenen ausgeharrt. Nach Ehgiens Machtergreifung hatte der König seine Berater ausgesandt, um die Bücher aufzuspüren. Sie hatten die geheimen Ven-Rahs gefunden, genau wie die Manuskripte – bis auf das eine. Laut einiger Aufzeichnungen, die Balian entdeckt hatte, hatte es einst Abschriften gegeben. Der Berater leckte sich über die Lippen. Irgendjemand *musste* also wissen, wo sich die heiligen Verse befanden.

Er hob den Kopf. »Setzt Eure Visionen ein. Tut was immer notwendig ist, aber schafft mir endlich Ergebnisse heran!« Balian wandte sich ab und ging zur Tür. »Denkt daran, Ihr seid mir verpflichtet.« Seine Finger umschlossen die Klinke. »Mein Wohlergehen am Hof ist mit dem Euren verknüpft, vergesst das nicht.« Die Tür schloss sich mit einem stumpfen Knall, als der Berater das Zimmer verließ.

Uriel ging zum Fenster. Ihre Augen wanderten über den Himmel, der sich wie ein fein gewobenes Band über den Horizont spannte. Sie hatte nicht vergessen, was sie Balian schuldig war. Ihr Blick glitt zu dem Weidenkorb. Heute Nacht würde sie erneut zu Atorh beten und um seine Gunst bitten. Die Kräuter würden ihr dabei helfen, ihren Geist zu befreien. Der Zweigesichtige hatte sie bisher nicht erhört, obwohl sie fast jede Nacht seine Fürbitte erflehte. Anscheinend war sie nicht würdig genug, das Wissen des dunklen Gottes zu empfangen. Uriels Nägel bohrten sich in ihren Handballen. Sie sah zu den Manuskripten, die neben ihr auf dem Stuhl lagen. Bis zum Sonnenuntergang blieb noch genügend Zeit, um ihre Studien fortzusetzen. Aus einer Bibliothek in Argnar waren erneut Bücher eingetroffen. Vielleicht verbarg sich in ihnen das Wissen, das sie bisher vergeblich suchten.

»Mögen die Geister mir wohlgesonnen sein«, murmelte sie und griff nach dem obersten der Manuskripte.

KAPITEL 19

Esgar, Königsburg. Kurze Zeit später

Cher lehnte sich an die Mauer und rieb seine klammen Finger. Die grob verputzten Steine bohrten sich in seinen Rücken, wie Dornen einer Hecke. Aus den Augenwinkeln sah er, dass die beiden Wachen, die seit dem Morgengrauen vor der kleinen Tür verharrt hatten, ihren Posten verließen. Er senkte den Blick, aber die Männer schienen ihn nicht zu bemerken, als sie an ihm vorbeiliefen. Seine Aufmerksamkeit richtete sich wieder auf den Eingang. In den vergangenen Tagen hatte er seine Rolle als Dienstbote perfektioniert und vieles gesehen und gehört, das nicht für seine Ohren bestimmt gewesen war. Neben dem üblichen Klatsch am Hof hatte vor allem eines seine Aufmerksamkeit geweckt: die Treffen der königlichen Berater, die in Kammern innerhalb des Gewölbes stattfanden. Er war ihnen gefolgt, doch die Eingänge zu den Katakomben wurden zu jeder Tageszeit bewacht. Es war ihm nicht gelungen, an den Wachen vorbeizukommen. Bis jetzt.

Seine Hand tastete nach dem Messer, das versteckt unter seinem Gewand an seiner Hüfte hing. Falls er entdeckt wurde, durfte er sich nicht nur auf seine Schnelligkeit verlassen. Er würde seinem Glück jedoch ein wenig nachhelfen. Cher zog eine kleine Feder aus einer Seitentasche seines Gewandes und hielt sie vor den Mund. Als er seinen Atem darauf blies, stoben rote Funken auf. Die Feder begann zu glühen, doch das Feuer, das sie langsam verbrannte, strahlte keine Wärme aus.

Der junge Dieb öffnete die Hand und ließ die letzten Funken zu Boden fallen. Er musste sich beeilen, die Wachablösung würde bald hier sein. Vielleicht fand er hinter den Mauern einige der Antworten, nach denen er suchte. Der einfache Blendzauber, den er eingesetzt hatte, würde ihn schützen, wenn auch nur für kurze Zeit. Es war eine simple Beschwörungsformel, die er den Schwarzhändlern abgekauft hatte – aber sie war sehr wirksam.

Cher drückte den Knauf der Tür herunter, der Eingang war nicht verschlossen. Er schlüpfte hindurch und wandte sich der Treppe zu. Sein Blick glitt über die Stufen, die aus der Dunkelheit ragten. An den Wänden hingen vereinzelt Fackeln, aber das Licht schien sich in den Schatten zu verlieren, als würde es von ihnen verzehrt. Er zog die Klinge hervor und folgte der Treppe, die hinab in die Tiefe führte. Als er den untersten Absatz erreichte, blieb er stehen. Von hier zweigten mehrere Gänge ab. Cher zögerte kurz, dann wandte er sich nach links und folgte einem Weg, der sich wie der Schwanz eines Lindwurms unter der Burg entlangschlängelte. Als er das Geräusch von Schritten hörte, sah er sich nach einem Versteck um, doch es gab weder eine Tür, durch die er hätte entkommen können, noch einen anderen Gang. Er lief langsam weiter, bis eine Gestalt in Sichtweite kam. Nun würde sich zeigen, ob der Zauber, für den er fast einen halben Beutel Silber bezahlt hatte, seine Wirkung tat.

Es war Gain. Cher ließ die Waffe unter dem Saum seiner Kleidung verschwinden. Er hatte den Mann in den vergangenen Tagen beobachtet, ein schmieriger Kerl, dessen einzige Leidenschaft neben dem Trinken einige willige Dienstmädchen zu sein schienen. Anscheinend traute man ihm jedoch mehr zu, als nur einfachen Wachdienst zu verrichten. Seine Augen wanderten zu den zwei prall gefüllten Eimern, die der Mann mit sich schleppte. Als etwas von dem Inhalt auf den Boden schwappte, blieb Gain fluchend stehen.

Cher lief an ihm vorbei. Er durfte sich nichts anmerken lassen, sondern musste seine Rolle spielen. Er war nur einer der vielen Wachposten, die im Gewölbe ihre Runden drehten. Als der Wärter die schweren Eimer anhob und langsam weiterging, stieß Cher die Luft aus, die er unbewusst angehalten hatte, und wandte den Kopf. Der Mann musste eine besondere Befugnis haben, wenn er sich hier unten aufhalten durfte. Er hatte den Wärter mehrmals in Begleitung Balians gesehen. Anscheinend unterstand er dem Ersten Berater oder zumindest schien es eine Verbindung zwischen den beiden zu geben. Vielleicht hatte man Gain mit der Bewachung der Gefangenen betraut, die hier eingekerkert waren. Cher wollte weitergehen, aber etwas hielt ihn zurück. Ein eigenartiger Geruch, scharf und faulig zugleich, stieg in seine Nase. Seine Augen wanderten durch den Gang und blieben an etwas hängen, das ein paar Schritte entfernt auf dem Boden lag. Vorsichtig trat er näher heran. Es schienen Fleischbrocken zu sein, vermischt mit den Eingeweiden irgendeines Tieres. Er sah in die Richtung, in der der Wärter verschwunden war. Warum brachte der Mann den Gefangenen halb verfaulte Abfälle? Der junge

Dieb verkniff angewidert das Gesicht. Es gab Gerüchte über Folter, die an den Menschen vollzogen wurden, bevor sie am Strick oder unter dem Beil des Henkers auf dem Totenhügel ihr Leben beendeten. War dies eine besondere Methode, aus den Gefangenen den letzten Funken Widerstand zu pressen? Er verspürte nicht wenig Lust, dem Wärter nachzugehen und ihn für seine perfiden Bestrafungen zu entlohnen. Cher senkte den Kopf. Es half niemandem, wenn er etwas Unüberlegtes tat. Andererseits ... bisher hatte es keine Gelegenheit gegeben, mehr über Gain oder einen der anderen Wärter zu erfahren. Vielleicht bot sich ihm nun eine Möglichkeit, die er nutzen sollte. Er griff nach dem Obsidian, der in seinem Mantel steckte, und ein Lächeln legte sich über seine Lippen, während er dem Mann folgte, dessen Schritte durch das Gewölbe dröhnten.

Reeva blickte aus dem Fenster. Ihre Augen glitten über den Hof und die Menschen, die wie geschäftige Ameisen über den Platz eilten. Kleine, unbedeutende Punkte in einer Welt aus Eis und Kälte, die ihren Sinn für sie längst verloren hatte. Sie sah zu dem Krug, der neben ihr auf dem Tisch stand. Es war Zeit, sie sollte etwas von der Medizin zu sich nehmen, die Freja ihr gebracht hatte. Ihre Hand strich über ihren Bauch. Die Schmerzen waren längst abgeklungen, aber der Trunk half ihr dabei, einzuschlafen. Und zu vergessen. Reeva goss sich etwas von dem Inhalt in einen Becher und kostete davon. Der Kräutersaft schmeckte bitter und hinterließ einen scharfen Geschmack auf ihrer Zunge. Sie trank weiter und ließ sich auf der Bank nieder. Es waren Gäste eingetroffen und in den kommenden Tagen würden noch mehr Menschen nach Esgar reisen, um ihrem Vater die Ehre zu erweisen. Reeva starrte auf den trüben Inhalt ihres Trinkgefäßes. Das Fest zu seinem Kronjubiläum fand in zwei Tagen statt, auch sie selbst und ihr Ehegatte hatten Burg Lohleyn verlassen, um der Feier beizuwohnen. Aber es gab noch einen anderen Grund, der ihrem Gemahl weitaus wichtiger war. Ehgien würde ihm das Kommando für eines der Heere übertragen, welches im Norden gegen die Vahranger kämpfte. Es war eine große Auszeichnung, ein Zeichen des Vertrauens und Macht. Ihr selbst blieb nur eine weit unbedeutendere Aufgabe, nämlich die Rolle zu spielen, die man ihr aufgetragen hatte: die der Ehefrau und zukünftigen Mutter des Thronerben. Reeva lehnte den Kopf zurück. An jenem Tag, an dem sie erfahren hatte, dass sie ein Kind erwartete, war in ihr auch ein Funken Hoffnung gewachsen. Das erste Mal seit der Zeremonie, die sie und ihren Cousin unwiderruflich miteinander verbunden hatte. Doch diese Hoffnung war gestorben, zusammen mit dem Kind, das sie vor einigen Wochen verloren hatte. Sie schloss die Augen. In ihr war nichts mehr. Kein Licht, keine Hoffnung. Nur Trauer.

Ihr Ehegatte hatte darauf bestanden, dass sie ihn nach Esgar begleitete. Der Verlust eines ungeborenen Lebens kümmerte ihn weit weniger, als die Entscheidung seines Schwiegervaters, ihn mit einem Kommando zu betrauen. Er wollte seine Frau an seiner Seite, nicht aus Liebe oder Fürsorge, sondern aus Kalkül.

Kjartan hatte ihr das Versprechen abgenommen, ihn zu den Inseln zu begleiten. Sie würde auf dem Weg in den Norden an seiner Seite bleiben. Die Tochter des Königs und der Thronerbe … Reeva zog an dem schmalen Reif an ihrem Finger. Dafür tolerierte er ihre Eigenarten, wie er es nannte, und ließ sie ihre Zeit verbringen, wie auch immer sie wollte, solange sie bei offiziellen Anlässen an seiner Seite stand. Er mied ihr gemeinsames Schlafgemach, seit sie die Fehlgeburt erlitten hatte, angeblich, damit sie sich erholen konnte und um ihrem Körper Ruhe zu gönnen. Doch sie wusste es besser. Es war kein Geheimnis, wo er seine Nächte verbrachte. Sie strich sich eine dunkelbraune Haarsträhne hinter das Ohr. Er war in der ersten Nacht überraschend zärtlich gewesen, der rücksichtsvolle Ehemann, der seine Frau umwarb … Aber Reeva konnte nichts empfinden, weder bei seinen Berührungen, noch durch seine Worte, die so einschmeichelnd geklungen hatten. Sie nahm einen Schluck aus dem Becher. Es war ihre Pflicht, einen Erben auszutragen. Einen Thronfolger. Vielleicht würde ihr dieser Wunsch verwehrt bleiben, genauso wie ihrer Mutter, die so viele Fehlgeburten in ihrem Leben hatte ertragen müssen. Über Reevas Gesicht liefen Tränen. Sie war noch jung, ihr Körper war stark. Die Heiler hatten ihr versichert, dass es nicht an ihr gelegen hatte, dass das Kind nicht stark genug gewesen war, um weiter in ihr wachsen zu können. Sie würde sich wieder erholen und, so die Götter wollten, wieder guter Hoffnung sein.

Sie würde ihre Pflicht erfüllen und das Bett mit ihrem Gatten teilen, bis ihre Aufgabe erfüllt war.

Ihre Gleichgültigkeit ihm gegenüber hatte Kjartan verärgert. Es war seine Eitelkeit, die aus ihm sprach, sein Wunsch nach Bestätigung, der gestillt werden wollte. Aber Reeva verspürte kein Sehnen, keine Liebe, die man seinem Ehemann entgegenbringen sollte, und würde sie nie empfinden. Nachdem sie sich ihm nach der Hochzeit mehrmals verweigert hatte, war er eines Nachts betrunken zu ihr gekommen und hatte sich genommen, was ihm gehörte.

Ihre Finger gruben sich in den Bezug des Sessels. Sie hatte es über sich ergehen lassen. Sie war Kjartans Frau, sein angetrautes Weib, mit dem Segen Atorhs verbunden. Der Ring an ihrem Finger schien sich in ihr Fleisch zu brennen. Sie war dankbar für die Momente des Vergessens, die der Wein ihr schenkte, für den Schlaf, der sie erlösend in Dunkelheit bettete. Ihr Blick schweifte ins Leere. Alle ihre Pläne, ihre Hoffnungen, die sie einst gehabt hatte, waren zunichte. Es war, als würde sie an unsichtbaren Seilen hängen, wie eine Marionette, die einem fremden Willen folgt, ohne etwas daran ändern zu können.

Reeva griff nach ihrem Umhang, der über der Lehne hing und stand auf. Für einen Moment sah sie wieder den Fluss vor sich, der sich unbeirrbar seinen Pfad durch das Tal bahnte.

»Staub und Asche«, murmelte sie und ging auf die Tür zu. Es wurde Zeit, dass sie die Bänder durchschnitt, die sie hielten.

Cher drückte sich an die Steinwand. Der Wärter stand nur wenige Schritte entfernt am Fuß einer schmalen Treppe und nestelte an seinem Hosenbund. Anscheinend suchte er etwas. Ein helles Klirren ertönte und Cher sah, wie der Mann ein Schlüsselbund hervorzog und weiterlief. Vorsichtig folgte er ihm. Sie hatten fast das Ende des Ganges erreicht, als er etwas hörte. Ein leises Scharren, es klang fast wie Krallen, die über Steine glitten. Er wandte den Kopf und versuchte zu ergründen, woher das Geräusch gekommen war, doch es war nichts zu erkennen. Dann hörte er es wieder. Cher starrte zu den Kammern, die vor ihm lagen. In einer der Zellen, die mit massiven eisernen Gitterstäben gesichert war, leuchteten ein paar Augen auf. Es schienen Tiere zu sein, aber er konnte kaum mehr als die dunklen Umrisse erkennen.

Der Wärter war stehen geblieben und setzte die Eimer ab. »Geht beiseite, ihr Bastarde!« Gain schlug mit dem Knauf der Peitsche gegen die Gitterstäbe.

Noch mehr rote Augen flammten auf, wie glühende Holzkohlen, die mit ihrem Feuer die Dunkelheit durchbrachen. Sie schienen jeden der Schritte des Mannes zu verfolgen.

»Los, hört ihr nicht?« Der Wärter ging auf das Gitter zu.

Cher vernahm ein drohendes Knurren. Es klang Furcht einflößend und definitiv nicht nach Hunden. Seine Nackenhaare richteten sich auf.

Der Wärter öffnete die Zelle und ging zu einem Trog, der am Rand des Gitters stand. Er hob den Eimer an und ein schmatzendes, widerliches Geräusch erklang, als der Inhalt sich in das hölzerne Gefäß ergoss. Der Geruch schien die Tiere anzuziehen, sie traten langsam aus den Schatten.

Cher wich erschrocken zurück. Er konnte eines von ihnen deutlich sehen, das vor dem Trog stehengeblieben war. Es war ein riesiger, schwarzer Wolf. Fassungslos sah er mit an, wie Gain den Eimer absetzte und dabei die Tiere auf Abstand hielt. Was waren das für Kreaturen?

Eines der Tiere fletschte die Lefzen und schnappte nach einem Fleischbrocken. Chers Hand legte sich um den Griff seiner Waffe, als er die riesigen Reißzähne sah. Er spannte die Muskeln an. Er sollte besser verschwinden, bevor ihn eines dieser Wesen witterte. Als der Wärter die Zelle verschloss und Anstalten machte, den Weg zurückzulaufen, den er gekommen war, wandte Cher sich um und hastete den Gang zurück. Der junge Dieb bog in einen der Seitengänge ein und folgte dem Tunnel, der ihn fort von den dunklen Kreaturen führte. Nach einer Weile blieb er stehen. Es schien ihm niemand zu folgen.

Cher fuhr sich mit dem Handballen über das Gesicht. Niemals zuvor hatte er solche Augen gesehen – oder Wesen, die aus einem wahr gewordenen Albtraum zu stammen schienen. Er hob den Blick. Warum hatte man diese Kreaturen hier unten eingesperrt? Woher stammten sie? Wenn er Antworten wollte, musste er umkehren, doch der Gedanke zum Verlies zurückzukehren, war nicht besonders verlockend. Er schüttelte den Kopf. Seit wann war er so ein Hasenfuß? Unschlüssig lief er ein paar Schritte zurück. Die Luft war schneidend dick und dämpfte seinen Atem. Ein schabendes Geräusch durchschnitt die Stille. Cher verharrte angespannt. Irgendetwas bewegte sich durch die Dunkelheit. Er wandte den Blick und sah einen Schatten, der genau wie er der Biegung des Ganges zu folgen schien. Eine Silhouette schälte sich aus der Schwärze und Cher sog überrascht die Luft ein, als er das Gesicht der Kronprinzessin erkannte. Wie war sie an ihm vorbeigekommen? Er hatte keine Tür gesehen, die von dem Gang abzweigte. Der junge Dieb zog die Stirn kraus. Er konnte ihr folgen und herausfinden, was die Tochter des Königs hier unten verloren hatte, oder er kehrte um und stattete den Wesen einen weiteren Besuch ab.

Seine Augen versuchten das Dunkel zu durchdringen.

Vielleicht war sie einfach nur exzentrisch. Oder verrückt. Es ging ihn jedenfalls nichts an, was eine Dame von Stand in den Katakomben trieb, um sich die Langeweile zu vertreiben. Sein Bauch begann zu zwicken, wie immer, wenn etwas vor sich ging, das Scherereien bedeutete. Was, wenn sie nicht bei klarem Verstand war, sondern verwirrt durch die Gänge irrte? Er erinnerte sich an ihren verlorenen Blick, als er ihr in der Gesindeküche begegnet war.

Cher schlug gegen die Steine. Du bist nicht für sie verantwortlich, ermahnte er sich selbst. Aber die Ungewissheit ließ ihn nicht los. Er stieß sich von der Wand ab und folgte ihr. Der Gang schlängelte sich tiefer in die Katakomben hinab und stieg nach einer weiteren Kurve langsam wieder an. Cher hörte, wie Reevas Schritte verstummten und blieb stehen. Der Weg endete hier, wenige Fuß entfernt war eine Treppe, die zu einem Ausgang zu führen schien. Als er sah, wie Ehgiens Tochter die Stufen emporstieg, zögerte er nicht.

Der Wind flüsterte ihren Namen. Reevas Blick war auf den Fluss gerichtet, in dem sich die Umrisse der Festung spiegelten. Sie schienen aus der Tiefe emporzusteigen und nach ihr zu greifen. Ihr Abbild im Wasser begann zu verschwimmen. Sie hob den Kopf. Niemand hatte bemerkt, wie sie die Burg verlassen und den Weg eingeschlagen hatte, der hinunter zum Thane führte. Ihre Hände glitten über den weichen Stoff und lösten den Knoten, der den Umhang hielt. Er glitt geräuschlos zu Boden, während sie in das Wasser hineinwatete, auf dem eine dünne Eisschicht schwamm.

Der Fluss würde alles fortspülen. Ihre Qualen. Und

ihre Erinnerungen. Ihr Wollgewand sog sich schnell mit Wasser voll und zog an ihr, drängte sie weiterzugehen, hineinzutauchen und zu vergessen. Reeva ließ das Wasser durch ihre Finger rinnen.

Staub und Asche.

Alles war vergänglich, nichts bestand für ewig. Sie hob ihre linke Hand. Für einen Moment sah sie wieder das Blut, das daran klebte, und spürte das beißende Ziehen in ihrem Leib, den Verlust, der sie innerlich zu zerreißen schien. Sie blickte zu den Wolken empor, deren seltsame Formen zu einer Einheit verschwammen. Das kalte Wasser umspielte ihr Gewand, liebkosend wie ein Geliebter. Reeva hieß ihn willkommen und ließ sich fallen. Sie fühlte keinen Schmerz, als die Wellen über ihr zusammenschlugen, nur eine tiefe Zufriedenheit, mit der Stille vereint zu sein, nach der sie sich gesehnt hatte.

Etwas griff nach ihr. Reeva versuchte, den Widerstand abzuschütteln, ihr Verstand weigerte sich, nachzugeben, doch es gelang ihr nicht. Jemand hatte sie an den Schultern gepackt und schob sie unnachgiebig der Oberfläche entgegen.

Cher zog sie keuchend an Land. Seine Kleidung klebte an seinem Körper, die Kälte stach mit scharfen Messerspitzen durch seine Haut. Er strich sich die nassen Haare zurück und hob Reevas Oberkörper an. Ihre Augen waren geschlossen, das Gesicht wirkte wächsern, als wäre der Lebensodem bereits aus ihr entwichen.

»Atmet! Bei den Göttern, Ihr müsst atmen!« Seine Finger glitten an ihren Hals. Er konnte einen Puls fühlen, wenn auch nur schwach. Cher blickte sich um und entdeckte den Umhang, den sie am Flussufer zurückgelassen hatte. Behutsam legte er ihren Kopf zurück und stand auf, um ihn zu holen.

Er wickelte Reeva in den Stoff und umfasste ihre eisigen Hände. »Gebt nicht auf«, murmelte er und zog ihren Kopf auf seinen Schoß. Die Kälte ließ kleine Eisblumen auf seinem Gewand entstehen und drang ihm bis ins Mark. Cher beugte die Schultern vor. Als sich Reevas Augen öffneten, atmete er erleichtert aus.

»Erschreckt Euch nicht, Herrin. Ich habe gesehen, wie Ihr in den Fluss ... gefallen seid und bin Euch hinterhergesprungen.«

Reevas Blick wanderte verwirrt über seine Gestalt. »Wer seid Ihr?« Ihre Stimme brach.

»Niemand, nur einer der neuen Küchengehilfen. Bleibt liegen. Ihr müsst Euch ausruhen.«

Reeva schluckte. »Ich kann mich nicht bewegen.« Auf ihrem Gesicht erschien ein schmerzverzerrter Ausdruck. »Ich spüre meine Beine nicht.« Ihre Lider flatterten.

»Ihr dürft nicht einschlafen. Ich werde Euch für kurze Zeit allein lassen und hole die Wachen.«

»Nein.« Reeva wandte den Kopf zur Seite. »Sie dürfen es nicht erfahren.«

Cher zögerte. Neben dem Entsetzen, das ihn gepackt hatte, als Reeva in den Fluss gegangen war, fühlte er auch Bedauern. Und Mitleid. Wie elend und verzweifelt musste sich diese junge Frau fühlen, dass sie beschlossen hatte, ihrem Leben ein Ende zu setzen?

Reevas Finger schlossen sich um seine Hand. »Ich bitte Euch, geht nicht.«

»Eure Kleidung ist völlig durchnässt«, erwiderte er. »Wenn ich Euch nicht zurückbringe, wird die Kälte Euch umbringen.«

»Ich werde gehen. Allein.«

»Ihr seid zu schwach. Wie wollt Ihr es den Hügel hinaufschaffen, wenn Eure Beine Euch nicht tragen?«

»Mir geht es schon besser.« Reeva richtete sich mühsam auf. Ihr Arm, mit dem sie sich am Boden abstützte, zitterte.

Cher griff nach ihren Schultern und hielt sie fest. »Langsam, Herrin. Euch wird sonst schwindelig.«

Reeva sah zu der Burg, die auf der Spitze des Hügels thronte. Cher folgte ihrem Blick. Die dunklen Mauern schienen vorwurfsvoll auf sie herabzuschauen, als wüssten sie, wer er war und was die Kronprinzessin getan hatte.

»Lasst mich Euch helfen.« Cher sah, wie sie innerlich mit sich rang. »Ich weiß, ich bin nur ein Fremder für Euch, doch ich schwöre, Ihr könnt mir vertrauen.« Er ergriff ihre Hand.

Reeva blickte ihn an. Ihre braunen Augen musterten sein Gesicht. Ein Teil der Anspannung, die auf ihr lastete, schien zu weichen.

»Es reicht, wenn Ihr mich den Hügel hinaufbegleitet. Den Rest des Weges schaffe ich allein.«

Cher lächelte. »Lehnt Euch auf mich. Wir sollten keine weitere Zeit verlieren. Eure Haut ist eiskalt.«

Cher stützte sie, während sie langsam auf die Burg zuliefen. Der junge Dieb blickte zu den trutzigen Mauern, deren Ecktürme sich durch die Wolken fraßen. Die Königsburg wirkte wie ein hungriges Tier, das auf seine Beute wartete, und für einen Moment sehnte er sich nach seinem Versteck im Totenviertel zurück. Vor einigen Tagen waren seine größten Probleme noch die Händler gewesen, deren Geldbeutel mit Anbruch des Winters immer leichter wurden. Jetzt war er nicht nur ein Dieb, sondern auch ein Spion, der sich in mehr Schwierigkeiten brachte, als ihm guttat. Als sie den Trampelpfad erreichten, der zum inneren Burgring führte, blieb er stehen.

»Werdet Ihr zurechtkommen?« Er betrachtete Reevas Gesicht.

Die Prinzessin nickte, ihre Lippen bebten.

»Gebt auf Euch acht, Herrin.«

»Ich danke Euch.« Reeva zog den Umhang um ihren Körper und wandte sich zum Gehen.

»Wartet, da ist noch etwas, das ich Euch sagen möchte.« Cher kratzte sich an der Nase. »Die Medizin, die man Euch gibt, nehmt sie nicht.«

Reeva sah ihn überrascht an. »Woher wisst Ihr davon? Sie hilft mir gegen die Schmerzen.« Ihre Augen schimmerten dunkel, als läge ein Vorhang aus Regen davor.

»Sie vernebelt Euren Geist. Sie hilft Euch nicht, sondern hüllt Euch in Dunkelheit. Zu viel davon kann Euch schaden.«

Die Kronprinzessin senkte den Blick. Für einen Moment schienen ihre Gedanken an einem anderen Ort zu sein. »Ich muss gehen.« Sie zog die Kapuze ihres Umhangs tiefer und lief auf die Mauern zu.

Cher sah ihr hinterher. Er würde ihr nachgehen und sicherstellen, dass sie wohlbehalten die Festung erreichte. Vielleicht konnte er so auch herausfinden, welchen Weg die Prinzessin durch das Gewölbe genommen hatte. Die unterirdischen Gänge waren ihm immer noch ein Rätsel. Er fuhr sich durch die Haare. Es war ein Risiko, erneut die Katakomben zu betreten. Er hatte weder einen

Schutzzauber, der ihn tarnte, noch wusste er, auf wie viele Wachen er treffen würde. Aber er hatte sich immer schon nur schwer aus Dingen heraushalten können, die Ärger bedeuteten.

Er folgte ihr und tauchte in die Dunkelheit ein, die ihn wie einen alten Freund willkommen hieß.

KAPITEL 20

Esgar, Totenviertel. Gegenwart

Hayden musterte die Knochenberge, welche sich in den dunklen Nischen des Gewölbes bis unter die Decke türmten. Man konnte die Arbeit der Totengräber fast kunstvoll nennen. Die Gebeine waren säuberlich übereinandergelegt, ein schauriges Mosaik menschlicher Überreste. Sein Blick wanderte zu einer Erhebung in der Wand. Die dort aufgereihten, blank polierten Schädel schienen ihn anzustarren – einen unerwünschten Eindringling, der in ihrem unterirdischen Reich nichts verloren hatte.

Cher wandte sich zu ihm um. »Folge mir, es ist nicht mehr weit.«

Hayden senkte den Kopf, um nicht gegen einen der niedrigen, mit Holzbalken verstärkten Durchgänge zu stoßen, welche die Gänge in regelmäßigen Abständen durchbrachen. Er schickte Flammen voraus, damit sie ihnen etwas Licht in dieser Welt der Toten schafften. Die blauen Lichter schwirrten durch die Luft und verharrten vor einer Seitenkammer, in der sich Geröll und verschüttete Knochen sammelten. Anscheinend war der Weg an dieser Stelle einmal breiter gewesen.

»Hier ist es.« Cher war stehen geblieben und musterte schweigend die herabgestürzten Felsbrocken. »Als ich jünger war, führte dieser Gang tiefer in die Totenstadt hinab, doch der Zugang wurde vor langer Zeit versperrt.« Er hob einen zerbrochenen Schädel auf, dessen ausgehöhlte Augen sie vorwurfsvoll anzublicken schienen. »Wir haben uns oft hier unten versteckt. Ich habe nie Angst verspürt, obwohl es Geschichten über Geister gibt, die das Gewölbe bewachen.« Er setzte den Totenkopf vorsichtig auf einem der Felsbrocken ab. »Diese Welt folgt ihren eigenen Regeln und ich respektiere sie. Vielleicht ist das der Grund, warum uns nie etwas geschehen ist.«

Hayden trat näher. »Und du denkst wirklich, dass diese Gänge bis zur Königsburg führen?«

»Ja. Aber wir werden Hilfe brauchen, wenn wir den Zugang freilegen wollen.« Chers Augen glitten über den Geröllhaufen. »Jede Menge Hilfe.«

Hayden schüttelte den Kopf. »Je weniger davon wissen, desto besser.«

»Du willst dich also allein durch den Dreck graben? Nun, ich kann dir gern eine Schaufel besorgen. Hier müsste irgendwo noch eine herumstehen.«

»Ich habe andere Methoden, mein Freund.« Haydens Finger glitten an den Beutel, der um seinen Hals hing.

»Wir wissen nicht, wie stabil die Tunnel sind. Vielleicht hat der Einsturz das Gestein gelöst und wir kommen nicht hindurch.«

»Vielleicht.« Hayden knüpfte das kleine Säckchen auf. »Vielleicht auch nicht. Wir wissen es erst, wenn wir es ausprobieren.« Er warf etwas Sand auf die Erde, dann hob er die Hand und zeichnete einen Kreis in die Luft. Er wusste, dass Cher nicht verstehen konnte, was er flüsterte, aber der junge Dieb spürte genauso wie er selbst den Wind, der über den Boden zu ihren Füßen strich. Der Sand stob empor, feurigen Funken gleich, und legte sich wie ein fein gewebtes Netz um die Steinbrocken. Ein Beben ging durch die Wände und ließ den Boden des Gewölbes erzittern.

Er wandte den Kopf und sah, wie Cher erschrocken zurückwich. Die Augen des Jungen wanderten zu den Steinbrocken, die sich vom Boden lösten und zur Seite schwebten, als würden unsichtbare Helfer ihnen den Weg freiräumen.

»Wie ...?«

Hayden antwortete nicht, sondern richtete seinen Blick wieder auf die Steine, die einige Schritte hinter ihnen herniedersanken.

Cher starrte auf den Eingang des Tunnels, der nun eine große Öffnung aufwies. »Du beherrschst die Elemente?«

Hayden ließ die Hand sinken. Seine Pupillen waren geweitet, die Macht der Inrir floss durch seine Adern und brachte sein Blut zum Rauschen. Es kostete ihn große Kraft, die Energien zu bündeln und zurückzuhalten.

»Nein«, erwiderte er. »Aber die Götter haben mir ihre Gunst geschenkt und leihen mir ihre Stärke, wenn ich sie darum bitte.« Er lächelte schief. »Manchmal sind sie etwas ... ungestüm. Aber es hat durchaus Vorteile, wie du siehst.«

Cher nickte langsam. »Ja, das glaube ich dir sofort.«

Hayden musterte den Durchgang und lief darauf zu. »Bleib dicht hinter mir.«

»Warte. Ich habe sie gesehen.« Cher hob den Blick. »Ich denke, du weißt, wovon ich spreche.«

Hayden stockte, als er die Erinnerung des Jungen

wahrnahm. Er sah die Jäger vor sich, ihre Augen, die in der Dunkelheit wie Feuerringe glühten. Seine Lippen pressten sich zusammen. Er hatte nicht vorgehabt, Cher in alles einzuweihen. Allerdings machte es keinen Unterschied, das Wissen, das er besaß, zu teilen, da dieser Dieb anscheinend über mehr Informationen verfügte, als ihm gut bekam.

»Ja. Ich weiß, wovon du sprichst«, antwortete er.

»Das dachte ich mir. Was weißt du über diese Wesen?«

»Nicht viel, nur dass sie durch dunkle Magie erschaffen werden. Ich bin nach Esgar gekommen, um mehr herauszufinden.«

»Du willst also doch nicht nur nach ein paar angestaubten Büchern suchen.«

Hayden blickte den Jungen an. »Du musst nicht mit mir gehen.« Er zog einen Beutel aus seiner Tasche und warf ihn Cher zu. »Hier, für deine Mühe. Ich bin dir zu Dank verpflichtet, für alles was du getan hast. Kehr zurück. Ich werde nach dir rufen lassen, wenn ich dich brauche.«

»So einfach wirst du mich nicht los.« Cher ließ das Ledersäckchen in seinem Mantel verschwinden und schlenderte auf ihn zu. »Als du mir den Obsidian gabst, war ich mir sicher, dass mehr dahintersteckt. Alris hat dich aus nur einem Grund zu mir geschickt. Er weiß, wie sehr ich den Rat hasse. Die Berater missbrauchen ihre Macht und sie lassen Unschuldige dafür leiden. Wenn ich etwas dazu beitragen kann, ihnen zu schaden – indem ich dich zu der Bibliothek oder diesen Kreaturen führe, werde ich es tun.«

»Bei unserer ersten Begegnung wirktest du wesentlich skeptischer.« Hayden neigte den Kopf.

»Vorsicht ist die Mutter der Diebe.« Cher sah zu der Öffnung. »Ich kann es kaum abwarten zu sehen, welche Kunststücke du noch aus deinem Säckchen zauberst.«

Hayden grinste. Die Flammen über seinem Kopf verblassten und tauchten in der Tiefe des Tunnels wieder auf, wo sie die Steinwände zum Leuchten brachten.

»Worauf warten wir dann noch?«

Esgar, Königsburg. Zur gleichen Zeit

Reevas Finger fuhren über die Einbände der Bücher, die dicht aneinandergereiht auf dem Regal standen. So viel Wissen, so unendlich viele Geschichten verbargen sich zwischen den Seiten, deren alter Pergamentduft etwas Tröstliches hatte. Nachdenklich zog sie einen der Folianten heraus, er enthielt einige ihrer Lieblingsgedichte. Geflügelte Worte, die vor über hundert Jahren auf Pergament gebannt worden waren. Sie schob das Buch zurück an seinen Platz. Sie war nicht hierhergekommen, um sich eines der Manuskripte zu holen. Die Bibliothek ihres Vaters gehörte zu den wenigen Orten in Esgar, an denen sie sich nie einsam gefühlt hatte. Als Kind hatte sie sich geschworen, jede beschriebene Seite, jedes einzelne Geheimnis, welches die Bibliothek bewahrte, zu erforschen. Der Gedanke, dieses Versprechen an sich selbst vielleicht niemals einlösen zu können, stimmte sie traurig. Ihr Arm sank herab. Sie hatte schon immer die Gelehrten beneidet, die ihr ganzes Leben ihren Studien widmeten, ohne an Verpflichtungen gebunden zu sein, die Normalsterbliche wie sie an ihren Alltag ketteten.

Reeva setzte sich auf den ausgeblichenen Sessel neben dem Tisch und sah zur Tür. Selbst für den kurzen Weg zur Bibliothek hatte man ihr Wachen zugeteilt. Nachdem sie vor zwei Tagen auf dem Geheimpfad zurück in ihre Kammer gelangt war, hatte sie geglaubt, ihr Geheimnis verbergen zu können. Doch die Dienstmädchen hatten ihre völlig durchnässte Kleidung entdeckt. Reevas fadenscheinige Ausrede, sie wäre im Schnee gefallen, hatte sowohl ihre Zofen als auch ihren Ehegatten in Besorgnis versetzt und es verwunderte sie nicht, dass ihr seitdem zwei Leibwachen ihres Mannes folgten, die jeden ihrer Schritte überwachten. Angeblich um sie vor Schaden zu bewahren. Viel wahrscheinlicher war jedoch, dass man vor dem Hofstaat verbergen wollte, dass die einzige legitime Tochter des Herrschers von Aehdland langsam den Verstand verlor. Sie lehnte sich erschöpft zurück. Ihr Körper fühlte sich steif und schwer an, als würde das Wasser des Thane ihn noch immer auf den Grund ziehen. Als ein leises Klopfen ihre Gedanken unterbrach, wandte sie den Kopf.

»Ree, ich dachte mir, dass ich dich hier finde.« Eihra schloss die Tür hinter sich.

Reeva antwortete nicht. Sie hatte ihre Mutter in den vergangenen Tagen kaum gesehen, sondern sich von der großen Tafel ferngehalten und die meiste Zeit in den Gemächern verbracht, die man ihr und ihrem Gemahl zugeteilt hatte.

Eihra warf einen kurzen Blick auf die deckenhohen Regale und kam auf ihre Tochter zu. »Ich habe nie verstanden, was du an diesen alten Pergamenten findest, aber jeder Mensch ist nun einmal anders.« Sie wiegte den Kopf. »Du ähnelst deinem Vater mehr, als er weiß. Zumindest was seine guten Eigenschaften betrifft.«

Reeva starrte auf ihre Hände. Nachdem ihr Vater sie gewinnbringend in ihre Ehe verkauft hatte, hatte sie mit ihm kaum ein Wort gewechselt. Kurz nach der Hochzeit war sie gemeinsam mit ihrer Tante und ihrem Gatten zur Burg Lohleyn gereist, wo sie die vergangenen Monate verbracht hatte. Monate, die sich wie Jahre angefühlt hatten.

»Ich denke nicht, dass uns noch viel miteinander verbindet«, erwiderte sie.

Eihra schob eine lange Haarsträhne, die sich aus ihrer Flechtfrisur gelöst hatte, zurück und ließ sich auf dem Hocker nieder, der neben dem Sessel stand.

»Dein Vater ist ein Gefangener seines Machthungers. Doch immer wenn ich dich sehe, erinnere ich mich an seine guten Seiten und warum ich ihm einst mein Herz geschenkt habe.« Ihre Augen wanderten durch den Raum. »Es gab eine Zeit, in der wir uns nahestanden. Ich hüte diese Bilder wie einen Schatz. Auch wenn es lange vergessen ist.« Sie griff nach Reevas Hand. »Doch genug von meinem sentimentalen Geschwätz. Margard hat mir heute Morgen von deinem Unfall berichtet. Es tut mir leid, dass ich nicht früher gekommen bin, aber deine Zofen sind anscheinend nicht so klatschhaft wie die meinen.« Sie musterte aufmerksam Reevas Gesicht. »Erzähl mir, was geschehen ist.«

»Es ist nichts.« Reeva wich ihrem Blick aus. »Ich war unvorsichtig und habe nicht auf den Weg geachtet. Du musst dir um mich keine Sorgen machen.«

»Aber das tue ich. Und das werde ich immer tun, denn du bist mein Kind, mein Fleisch und Blut.« Eihra streckte die freie Hand aus und streichelte Reevas Haar. »Du bist das kostbarste Geschenk, was Ehgien mir je gemacht hat.«

Reeva sah stumm zu den Regalen, die lange Schatten auf den Boden warfen.

Ihre Mutter seufzte. »Ich fühle, dass du leidest. Mache nicht denselben Fehler wie ich, Ree. Du weißt, dass du mit mir über alles sprechen kannst, was dich bedrückt.«

»Ich erfülle meine Pflichten, wie ihr es mir aufgetragen habt.«

Eihra zog die Hand zurück. »Du weißt, es war nicht mein Wille, dich Kjartan zu versprechen, sondern der deines Vaters.«

»Aber du hast auch nichts getan, um es zu verhindern.« Reeva sog die Luft ein. Sie war überrascht von ihren eigenen Worten. Doch die Bitterkeit, die sie tief in sich eingeschlossen hatte, schmerzte wie eine offene Wunde.

»Es stand nicht in meiner Macht, die Entscheidung deines Vaters zu ändern.« Eihra verschränkte ihre Finger. »Ich hoffe, du kannst mir eines Tages verzeihen.« Sie sah ihre Tochter an. »Es tut mir leid, dass du dein Kind verloren hast. Ich habe jeden Tag zu den Göttern gebetet, dass sie deinen Schmerz lindern mögen.« Eihra zog den Anhänger mit dem Symbol Atorhs hervor. »Der Glaube hat mir in den vergangenen Jahren Trost gespendet, vielleicht kannst auch du in ihm Hoffnung finden.«

»Die Dreizehn interessieren sich nicht für uns einfache Menschen, Mutter. Erst recht nicht für das Leid, das wir erdulden müssen.«

»Ree …« Eihra griff erneut nach ihrer Hand, aber Reeva entzog sich ihr. »Ich kann deine Trauer verstehen, mehr als jeder andere.« Sie seufzte. »Die Götter bestimmen vielleicht unser Schicksal, aber wir können die Pfade, die sie für uns ersinnen, auf unsere Weise beschreiten.« Sie griff in die Falten ihres Gewandes.

Reeva starrte auf den Beutel, der zum Vorschein kam und mit einer dünnen Schnur zusammengebunden war.

»Was ist das?«

»Diese Kräuter stammen von meinem Leibarzt. Ich selbst habe sie viele Jahre genommen. Ich kann dir nicht den Kummer nehmen, der an deiner Seele reißt, aber ich kann dir etwas geben, das dir viel Leid ersparen wird. So wie mir.« Eihras Blick glitt unruhig zur Tür. »Ich habe viel zu lang in den Schatten gelebt. Ich habe die Dunkelheit gesehen, die sich dort verbirgt. Sie ernährt sich von unserem Schmerz.« Sie drehte den Kopf. »Nach den ersten Fehlgeburten sprach ich mit einem der Heiler, ich erkaufte mir sein Schweigen und sein Wissen. Dann kamst du und ich beschloss meinem Leiden ein Ende zu bereiten, auf meine Weise. Dein Vater entschied sich nicht mehr das Bett mit mir zu teilen. Seine Liebe ist seit Langem verloschen. Doch ich war bereit, diesen Preis zu zahlen. Nach Corans Tod hätte ich es nicht ertragen, noch ein weiteres Kind zu verlieren.« Sie hielt inne und betrachtete den Leinenbeutel. »Du musst alle drei Tage einen halben Teelöffel davon nehmen, aufgelöst in etwas Wasser. Wenn du alles aufgebraucht hast, sende mir eine Nachricht. Vielleicht findest du auf Lohleyn auch jemanden, dem du vertrauen kannst und der dir die Zutaten besorgt. Es enthält Awankraut und Alraune. Sie verhindern, dass du erneut empfängst.« Eihra hielt Reeva den Beutel entgegen. »Ich bin mir sicher, dass die Götter dich mit einem gesunden Kind segnen werden. Doch falls sich die Anzeichen wiederholen … erspare dir das Leid, Ree.«

»Warum hast du mir nie etwas davon erzählt?«

»Du warst noch ein Kind, als ich mich dazu entschied. Und ich wollte dich nicht mit meinem Schmerz belasten.«

Reeva griff zögernd nach dem Säckchen.

»Es ist deine Entscheidung, du musst die Kräuter nicht nehmen. Auch wenn uns mittlerweile viele Meilen voneinander trennen, möchte ich, dass du weißt, dass ich für dich da bin.«

»Was ist mit dir? Wirst du zurechtkommen, wenn wir abreisen?«

Eihra lächelte, als sie Reevas besorgte Miene sah. »Mach dir um mich keine Gedanken. Ich habe gelernt, meine Rolle zu spielen und glaube mir, ich bin gut darin.« Sie strich sich eine Falte ihres blauen Gewandes zurecht. »Ich bin die Tochter von Elisaah und Varar, Herrin über Esgar, Königin von Aehdland und den Nordmeerinseln. Niemand wird mir die Krone oder meinen rechtmäßigen Platz streitig machen. Auch nicht der Bastard einer Hexe.« Eihra erhob sich. »Und nun entschuldige mich. Ich bin dabei, die letzten Vorbereitungen für das Fest zu Ehren meines Gemahls zu treffen.« Sie musterte Reevas einfaches, dunkles Gewand. »Du solltest dich umziehen, ich erwarte dich später zum Essen in der Halle.«

Eihra küsste Reevas Scheitel und ging zur Tür, wo sie sich noch einmal umwandte. »Du wirst feststellen, dass du über mehr Macht verfügst, als du denkst, mein Kind.« Sie nickte ihr zu und trat hinaus in den Flur.

Reeva wog das Leinensäckchen in der Hand. Es war leicht, als wäre der Inhalt nur eine gewöhnliche Kräutermischung und nicht mit der Bürde verbunden, über künftiges Leben zu richten. Ihr Blick fuhr zur Tür. Anscheinend hatte ihre Mutter ihren Kampfgeist noch nicht verloren. Der Gedanke spendete ihr Trost, aber sie war sich nicht sicher, ob sie selbst auch die Stärke zurückgewinnen konnte, die sie brauchte, um dieses Spiel, in dem sie alle nichts weiter als austauschbare Figuren waren, zu überstehen.

KAPITEL 21

Nordpass, unterhalb des Grauen Gebirges.
Einige Zeit zuvor

Der Mann, der auf einem Stuhl aus dunklem Holz saß, dessen Armlehnen den Tatzen eines Löwen nachempfunden waren, beugte sich neugierig vor.

»Das sind also unsere Gäste.« Sein Blick wanderte von Mattes zu Aerion. »Ihr müsst wissen, wir haben nur selten Besuch.« Er lehnte sich wieder zurück.

Mattes hob eine Braue. Er wusste nicht, was seltsamer war – der unterirdische Saal, dessen steinerne Wände von innen heraus zu leuchten schienen, oder das gebieterische Auftreten des Mannes, der vor ihnen auf einer aus Fels gehauenen Empore thronte. Gekrönt von einer eisernen, aus ineinander verflochtenen Dornen geschmiedeten Krone.

Aerion trat einen Schritt vor und ergriff das Wort. »Wir danken Euch für Eure Gastfreundschaft.«

Tikal nickte bedächtig und strich über den Saum seines Mantels. Sein Gesicht lag im Schatten, doch Mattes konnte sehen, dass die Klappe, mit der sein rechtes Auge bedeckt war, aus einem dunklen Metall bestand.

Er runzelte die Stirn. War das der berüchtigte *Schwarze Schakal*, jener Anführer der Gesetzlosen, die das Grenzgebiet jenseits des Gebirges heimsuchten und deren Ruf selbst bis nach Askaleth vorgedrungen war?

Auf Tikals Gesicht erschien ein schmales Lächeln. »Ich muss mich für meine Männer entschuldigen. Wie ich hörte, war euer Empfang ein wenig … unterkühlt. Wir gewähren nur selten Fremden Zutritt zu unserem Reich.« Seine Finger trommelten auf der Lehne. »Man wird euch Kammern zuweisen, in denen ihr euch von den Strapazen eurer Reise erholen könnt. Ich würde mich freuen, wenn ihr mir später Gesellschaft leistet, dann könnt ihr berichten, was es in den Städten Neues gibt.«

»Wir stammen nicht aus Esgar oder einer der anderen großen Städte«, erwiderte Mattes. »Unsere Siedlung liegt westlich des Gebirges, nahe des Flusses Atana.« Er warf einen Blick zu den Männern, die sie hierhergebracht hatten. Sie standen in der Nähe des Eingangs und schienen auf irgendetwas zu warten. »Wir wollten den Pass überqueren, als uns der Sturm überraschte.«

»Ja, so erzählte man mir.« Tikals dunkles Auge funkelte belustigt. Er winkte einem Jungen zu, der neben ihm stand, und ließ sich Wein nachschenken. »Warum habt ihr euch während der Winterstürme auf den Pass gewagt? Seid ihr Händler? Verzeiht die Frage, doch meine Männer haben keine Waren bei euch entdecken können.«

»Leider haben wir das Gebirge zu spät erreicht, die Stürme hatten bereits begonnen. Wir mussten unsere Route ändern und ein Teil unseres Gepäcks ist auf dem Schwarzen See verloren gegangen.« Mattes sah zu Aerion. »Ich bin Tischler und Bootsbauer. In Esgar wartet ein wichtiger Auftrag auf mich. Meine Nichte …«, er nickte Aerion zu, »begleitet mich auf der Reise.«

Tikal zog eine dunkle Braue empor. »Ihr seid auf dem Eis eingebrochen? Die Götter müssen es gut mit euch meinen, wenn ihr den kalten Tod überlebt habt.« Er schien einen Moment zu überlegen, dabei streifte sein Blick erneut über Aerions Gestalt. »Ruht euch eine Weile aus, ich werde später nach euch rufen lassen.« Tikal machte eine einladende Handbewegung. »Ihr seid meine Gäste. Ich freue mich darauf, dieses Gespräch bei einem gemeinsamen Essen fortzuführen.« Er hob den Becher an die Lippen. »Ein wahrlich guter Tropfen. Ihr solltet davon kosten, wenn ihr mir bei unserem Abendmahl Gesellschaft leistet.« Tikal klopfte auf seinen Bauch.

Mattes verspürte keine Lust, die Einladung anzunehmen, aber Aerions Blick brannte sich in seinen Nacken.

»Das ist sehr großzügig von Euch«, erwiderte er zögernd.

»Aris wird sich eurer annehmen. Wenn ihr etwas braucht, wendet euch an ihn.« Tikal schnipste mit den Fingern.

Der Junge trat hervor und verbeugte sich. »Folgt mir«, sagte er mit einem leichten Nicken und wandte sich ab.

Mattes sah es als Zeichen, dass diese Audienz nun beendet war und lief auf die hölzerne Tür zu, die Aris bereits geöffnet hatte. Er ignorierte die bewaffneten Männer, die schweigend zur Seite traten, um ihnen Platz zu machen. Es gefiel ihm nicht, dass sie auf die Gnade eines Mannes angewiesen waren, der als selbst ernannter König unter dem Gebirge hauste. Noch viel weniger gefiel ihm, dass jeder der Krieger, der ihm bisher begegnet war, über ein ganzes Arsenal an Waffen zu verfügen schien und dass sie in diesem dunklen Labyrinth nur geduldete Gäste waren.

Er sah sich um. War dies derselbe Weg den sie genommen hatten, als man sie hergebracht hatte? Die Gänge waren kaum voneinander zu unterscheiden, verzweigte Glieder einer steinernen Kreatur, von denen er nur vermuten konnte, wohin sie führten. Mattes seufzte. Hoffentlich verfügte Aerion über einen besseren Orientierungssinn.

Nach einer Weile blieb Aris stehen und deutete auf eine Einbuchtung in der Felswand, es wirkte fast wie ein natürlich geformter Alkoven.

»Ich habe euch Felle und Decken bringen lassen, die Nächte können ziemlich kalt werden.« Er nickte in Richtung eines Korbes, der am Boden stand. »Bis zum Abendmahl sind es noch einige Stunden. Stärkt euch und ruht euch aus. Ich werde euch holen, wenn das Essen beginnt.« Er nickte ihnen zu und verschwand in der Dunkelheit.

Mattes warf einen unschlüssigen Blick zu Aerion, die die Kammer betrat und einen Wasserschlauch aus dem Korb zog.

»Vielleicht sollten wir das Angebot annehmen und ein wenig schlafen, bevor er zurückkommt.«

»Es wird uns nichts anderes übrig bleiben.« Aerion wischte sich über den Mund und sah ihn an. »Die Ausgänge werden bewacht. Wir werden kaum an ihnen vorbeispazieren können.«

»Ich traue diesem Mann nicht.« Mattes setzte sich auf eines der Felle, das auf dem behauenen Steinsims lag.

»Tikal? Nun, anscheinend verfügt er über mehr Macht als so manch anderer Banditenkönig.«

»Er ist ein Gesetzloser … ein Ausgestoßener.« Mattes' Blick schweifte durch den Gang. Auch hier schienen seltsame Lichter durch das Gestein hindurchzuschimmern, fast als würden Fackeln hinter den Steinwänden leuchten. »Wir sollten uns in Acht nehmen. Seine Männer führen mehr Waffen mit sich, als die Söldner, die in Askaleth leben.«

»Ich befürchte, das ist nicht unser einziges Problem.«

»Was meinst du damit?«

Aerion reichte ihm den Schlauch. »Trink, es ist verdünnter Wein. Und auf jeden Fall besser als geschmolzener Schnee.«

Mattes nahm das Ledergefäß aus ihren Händen und setzte den Schlauch an seine Lippen. Es schmeckte herrlich süß und wärmte seine Kehle. Vielleicht brachte dieser Aufenthalt doch gewisse Vorteile mit sich.

»Ich kann es spüren.« Aerions Stimme riss ihn aus seinen Gedanken.

»Was meinst du?« Er senkte die Hand.

»Die Magie.« Aerions Augen schienen ins Leere zu blicken. »Da ist etwas an Tikal, das ich nicht fassen kann. Als würde er etwas vor uns verbergen.«

Mattes runzelte die Brauen. »Hast du seine Gedanken gelesen?«

»Nein, das konnte ich nicht.« Aerion schenkte ihm ein unsicheres Lächeln. »Es gelingt mir nur manchmal und dann auch nur bei Menschen, die mir vertrauen.« Sie trat in den Gang hinaus. »Es ist, als würde etwas in der Luft liegen. Etwas, das sich nicht greifen lässt. Es ist schwer zu erklären. Doch ich habe es schon oft gespürt, auch auf dem Pass, kurz bevor die Gestalt im Nebel erschien.« Sie verstummte.

Mattes stand auf und ging zu ihr. »Ruh dich ein wenig aus, ich werde Wache halten. Mir ist nicht wohl beim

Gedanken daran, zu schlafen, während seine Männer hier ihre Runden drehen.«

Aerion nickte. Mattes sah, wie sie den Ärmel ihres Hemdes tiefer zog, um das Zeichen zu bedecken.

Es vergingen mehrere Stunden, bis Aris zurückkehrte. Mattes erhob sich von ihrer Schlafstatt. Er hatte kein Auge zugetan, obwohl Aerion ihm angeboten hatte, die zweite Wache zu übernehmen. Zu vieles war durch seinen Kopf gegangen. Er fuhr sich durch die rotbraunen Haare und sah dem Jungen entgegen, der am Eingang ihrer Steinkammer stehen geblieben war.

»Ich hoffe, ihr konntet euch etwas ausruhen.« Aris lächelte schüchtern.

Mattes nickte und griff nach seinem Mantel. Er wusste nicht, wohin man sie bringen würde und hatte keine Lust, den restlichen Abend frierend zu verbringen.

Aerion zog sich ebenfalls ihren Mantel über die Schultern und folgte ihnen. Während sie den Gang entlangliefen, entdeckte Mattes weitere Kammern, die in das Gestein geschlagen worden waren.

»Wohin gehen wir?« Er sah den Jungen an.

»Das Essen findet in der großen Halle statt.« Aris deutete den Gang entlang.

Mattes saugte an seinen Zähnen. »Ich habe einen Bärenhunger. Speist ihr dort immer zusammen?«

»Nur zu besonderen Anlässen. Meist bleibt jeder für sich.« Der Junge verfiel in Schweigen.

Sie erreichten einen breiten Durchgang, von dem mehrere Gänge abzweigten. Das irisierende Gestein tauchte die Tunnel in ein seltsames, kühles Licht.

»Diese Wände … wie habt ihr es geschafft, dass sie leuchten?«

Aris' Gesicht hellte sich für einen Moment auf. »Es ist ein besonderes Mineral, welches die Steine durchsetzt. Das Virit ersetzt unsere Fackeln, wir benutzen es auch als Tauschgut. Es ist sehr begehrt.«

Mattes erinnerte sich dunkel, in Askaleth einige Händler über Zaubersteine reden gehört zu haben, die selbst in der schwärzesten Nacht ihren Glanz nicht verloren. Doch er hatte dem Gerede keine weitere Beachtung geschenkt. Seine Augen fuhren bewundernd über das Gestein. Der dunkle Schimmer erinnerte ihn an das Licht, das er am Grund des Sees gesehen hatte.

»Es ist sehr selten«, fuhr Aris fort. »Virit kommt nur im Inneren einiger Gebirgsketten vor. Wir haben das Glück, dass unsere Höhle direkt an eine Ader gebunden ist.« Der Junge bog in einen der Seitengänge ab und blieb vor einer massiven Tür stehen. Seine Finger legten sich um die Klinke. »Wir sehen uns später«, sagte er und öffnete die Tür.

»Wirst du nicht mit uns speisen?«

»Nein, ich muss zuerst noch etwas erledigen.« Aris senkte den Blick und verschwand.

Mattes trat durch den Eingang der großen Halle, gefolgt von Aerion, und blieb neben einem der Tische stehen. Das Geräusch von Krügen, die gegen Becher stießen, hallte ihnen lautstark entgegen. Ein Mann eilte auf sie zu, dessen wollener Umhang bereits bessere Tage gesehen hatte.

»Willkommen. Ich bringe euch zu eurem Tisch.«

Mattes sah Aerion an und folgte dem Mann, der sie quer durch den Saal führte, vorbei an Kriegern, die ihnen verstohlen nachschauten. Sein Blick fuhr über die Menge. Er konnte keine einzige Frau unter den Feiernden ausmachen. Gab es in Tikals Gefolge nur Männer?

Sie blieben vor einem der Tische stehen, die in der Nähe des Thrones standen. Der Mann, der sie hergeleitet hatte, nickte ihnen zu.

»Man wird gleich das Essen auftragen und so viel Wein, wie ihr vertragen könnt.« Er lachte. »Tikal wird bald hier sein.«

Mattes setzte sich und Aerion nahm den Platz ihm gegenüber ein. Ihr Gesichtsausdruck wirkte entspannt, doch er wusste, dass dieser Eindruck täuschte. Sie traute den Banditen nicht. Genauso wenig wie er.

Es dauerte nicht lange, bis sich die Tür zur Halle erneut öffnete. Mehrere bewaffnete Männer traten ein, gefolgt von Tikal. Die hagere Gestalt des Königs unter dem Gebirge ragte wie ein Schilfrohr zwischen seinen Begleitern hervor. Mattes setzte den Becher ab, von dem er getrunken hatte, und sah ihnen entgegen.

»Wie ich sehe, hat man euch gut versorgt.« Tikal warf einen Blick auf die Speisen, die man an den Tisch gebracht hatte.

»Ihr wart sehr großzügig, wir danken Euch.«

»Wenn ihr erlaubt?« Tikal nahm einen der Hocker und setzte sich.

Mattes musterte unauffällig die Männer, die ihren König flankierten. Die Waffen, die sie mit sich führten, würden selbst adligen Kriegsherren alle Ehren machen.

Ein Junge näherte sich und schenkte ihnen Wein ein.

»Ah, genau richtig.« Tikal kostete von der hellroten Flüssigkeit und nickte zufrieden. »Ein wirklich guter Tropfen. Wir haben unsere Vorräte erst vor Kurzem neu bestückt.« Ein schelmisches Grinsen stahl sich auf seine Lippen.

»Wollt Ihr damit andeuten, der Wein stammt nicht von den Märkten in Esgar?«

»Nun, ich nehme an, dass seine Reise dort enden sollte, aber meine Männer haben dem Händler einen Teil seines Weges, sagen wir … abgenommen.«

»Und Ihr habt einen Sondernachlass auf seine Waren erhalten?« Mattes' Blick glitt zu den Schwertern, die an den Gürteln der Banditen hingen.

»Wir haben ihm den besten Preis gezahlt, den wir anbieten konnten. Sein Leben.« Tikal nickte dem Jungen zu, der erneut herbeieilte, um ihm nachzugießen. »Wir sind keine Unmenschen, auch wenn uns dieser Ruf vorauseilt.« Er hob den Blick.

Mattes erkannte erst jetzt, dass auf der Klappe, die sein rechtes Auge bedeckte, winzige Muster eingeritzt waren. Er saß jedoch zu weit entfernt, um zu erkennen, was sie bedeuteten.

»Dann seid Ihr also der Schwarze Schakal, von dem behauptet wird, dass er bei seinen Plünderungen selbst vor den Soldaten des Königs nicht haltmacht.«

Tikal grunzte. »Wir nehmen uns, was wir brauchen und wir verteidigen, was wir besitzen.« Er stützte seinen Arm auf. »Es spielt für mich keine Rolle, ob ein königliches Siegel auf den Waren prangt, die wir einfordern. Ich mache keine Standesunterschiede. Doch ich muss zugeben, dass Ehgien über ausgezeichnete Weinlieferanten verfügt. Und ich bin mir sicher, für ihn und seinen Hofstaat bleibt immer noch genug übrig, selbst wenn ein paar Fässer auf dem Weg nach Esgar verloren gehen.«

Mattes starrte auf den Inhalt seines Trinkgefäßes. Falls Tikal erwartete, dass er guthieß, was er und seine Männer taten, irrte er sich.

»Vieles, was euch vielleicht zu Ohren gekommen ist, entspricht nicht unbedingt der Wahrheit.« Tikals Blick richtete sich auf die Feiernden. »Wir alle müssen einen Preis zahlen, um das, was uns teuer ist, zu beschützen.« Ein nachdenklicher Ausdruck glitt über sein Gesicht. »Ehgien weiß, dass wir uns im Gebirge verstecken, doch wo sich die Zugänge zu den Höhlen befinden, konnten wir bisher vor ihm geheim halten. Unsere Späher sind überall und ihre Pfeile tödlicher als die Eisstürme. Seine Aufmerksamkeit gilt zudem eher den Brandherden an den Grenzen, nicht bescheidenen Männern wie uns.« Er hob seinen Becher. »Um euch zu überzeugen, dass wir nicht die ruchlosen Räuber sind, als die man uns darstellt, möchte ich euch etwas anbieten. Vielleicht hört ihr dann auf, euren Wein zu betrachten, als sei er mit Gift versetzt.« Er hielt einen Moment inne. »Wir werden euch mit Proviant und Ausrüstung versorgen und einen Weg zeigen, der sicherer ist als die Route über den Kamm. Sobald der Schneefall in den kommenden Tagen nachlässt.«

Mattes sah fragend zu Aerion, die bisher geschwiegen hatte. Er wusste, dass sie kaum eine andere Wahl hatten, als das Angebot des Schakals anzunehmen.

Tikal prostete ihnen zu. »Dankt mir später, jetzt lasst uns erst einmal anstoßen. Euer Eintreffen fällt auf ein besonderes Datum. Wir feiern das Mondfest, zu Ehren des Einäugigen.« Er nahm eine der Brotscheiben, die vor ihnen auf einem Brett lagen. »Greift zu, unser Koch hat es heute Morgen frisch zubereitet. Und erzählt mir noch ein wenig mehr von eurer Reise. Woher sagtet ihr, stammt ihr?«

»Jenseits des Gebirges, am Rande der Nordinger Wälder, liegen einige kleinere Siedlungen. Unser Dorf handelt mit verschiedenen Waren, darunter Harz und Felle.« Mattes' Finger umfassten das Trinkgefäß. Was würde geschehen, wenn Tikal das Vertrauen in sie verlor? »Wir hätten den Weg über die Berge zu dieser Jahreszeit nicht gewagt«, fuhr er fort. »Doch man machte mir ein Angebot, eine Lieferung nach Esgar zu bringen, zu einem guten Preis. Ich wollte von dort an die Küste weiterreisen. Es werden Tischler gesucht, um die Boote fertigzustellen, die Ehgien für seine Flotte bauen lässt.« Er schob den Becher zurück. »Wir verloren auf dem See unsere Waren, aber ich bin dankbar, dass unsere Leben verschont wurden. Ich bin für meine Nichte verantwortlich. Ich hätte mir nie verzeihen können, wenn ihr etwas zugestoßen wäre.«

»Wohl wahr, ein Leben ist nur schwerlich ersetzbar.« Tikal sah sie abwägend an. »Beabsichtigt ihr eure Reise trotzdem fortzusetzen oder wollt ihr in euer Dorf zurückkehren?«

Mattes fuhr sich über den Bart. »Unsere Handelspartner wissen nicht, was geschehen ist. Ich werde ihnen von dem Verlust berichten und um Aufschub bitten. Vielleicht können wir in Esgar auch neue Waren erwerben und mit zurücknehmen.«

»Was ist mit Eurer Nichte? Die Reise über die Berge ist beschwerlich für eine Frau.«

»Ich werde meinen Onkel begleiten.« Aerion nahm den Becher und ließ sich ebenfalls nachschenken. »Als Teil dieser Familie bin ich genauso verantwortlich, wie er es ist.«

»Weise Worte für einen so jungen Menschen.« Tikal wandte sich Mattes zu. »Ihr könnt Euch glücklich schätzen. Wir alle fallen und bestehen mit denen, die an unserer Seite sind.«

»Ist es deshalb nötig, bewaffnet zu speisen? Traut Ihr Euren eigenen Leuten so wenig?«

Tikals Blick wanderte über die Männer, die an den Tischen verteilt saßen. »Es dient eher der Warnung«, antwortete er. »Sie sollen nicht vergessen, wem sie Gehorsam gelobt haben. Und wem sie verpflichtet sind.«

»Und wem dient Ihr?«

»Ihr meint, ob ich jemanden Rechenschaft schuldig bin?« Tikal lehnte sich zurück. »Ich diene keinem König. Ich bin mein eigener Herr.« Er hob die Hand und machte eine ausschweifende Geste. »Der Herrscher der Grauen Berge!« Er schnaufte und schlug mit der Hand auf die Tischplatte. »Der Einzige, dem ich huldige, ist der Gott der zwei Gesichter. Er allein verfügt über die Macht, die Fäden der Welt zu lenken.«

Mattes verzog keine Miene. Viele Menschen in Aehdland verehrten den Einäugigen als wahren Gott. Er war der Lenker des Lebensrades und Bewahrer der Schlüssel zum Reich der Toten. Seine Kraft schien allumfassend, genau wie sein Wissen. In Gedanken vertieft trank er einen Schluck des Weins. Er selbst vertrat die Ansicht, dass es ein Gleichgewicht unter den Dreizehn geben musste, wenn auch ein Gleichgewicht unter den Menschen herrschen sollte. Sein Blick streifte Aerion. Sie hatte das Essen kaum angerührt. Ihre angespannten Schultern verrieten ihre Sorge, aber er wusste nicht, wie er sie ihr nehmen konnte.

»Dieses Höhlensystem, reicht es weit in den Berg hinein?« Er wandte den Kopf.

Tikal nickte. »Es sind unterirdische Adern, die sich durch das ganze Gebirge ziehen. Wir haben sie erweitert und nutzen sie, um den Pass über das Gebirge zu umgehen. Zudem ist es ein wesentlich sichereres Lager als draußen in den Wäldern.«

Mattes senkte den Blick. Wenn das bekannt wurde, würde Tikal seinen Berg nicht nur vor den Soldaten des Königs verteidigen müssen.

Tikal schien seine Gedanken zu erraten. »Wir hüten unser Geheimnis gut. Ihr werdet den Pfad nicht sehen, auf dem wir euch hinausführen. Man wird euch die Augen verbinden. Ein kleiner Preis, dafür, dass ihr euer Leben behaltet.«

Mattes presste die Lippen zusammen und nickte schweigend.

»Wir können euch mit neuen Pfeilen ausstatten, wenn ihr es wünscht.« Tikals Finger glitten über den Tisch. »In den Bergen gibt es bedeutend größere Gefahren als königliche Soldaten, die umherstreifen.«

Mattes lehnte sich vor. »Aris sagte, ihr kennt die Wesen, die uns angegriffen haben?«

»Nun, ich würde es nicht *kennen* nennen. Leider haben wir schon mehrfach das zweifelhafte Vergnügen gehabt, ihnen zu begegnen.« Tikals Blick schweifte ins Leere. »Wir haben gute Männer an sie verloren und bis auf das Tier, das mit Zane in den Tod gestürzt ist, war es uns nicht möglich, sie ernsthaft zu verletzen. Allerdings sind sie unserem Versteck noch niemals zuvor so nah gekommen. Es scheint fast, als hätten euch die Kreaturen für ein besonders schmackhaftes Futter gehalten.« Sein Lächeln hatte etwas Dämonisches. »Wir haben die Wachen an der westlichen Plattform verstärkt, falls sie zurückkehren sollten. Dieser Angelegenheit werde ich mich jedoch erst nach dem Fest widmen.« Der Schwarze Schakal stand auf. »Ich denke, es wird Zeit, um unsere Becher zu erheben.« Er wandte sich seinen Männern zu. »Stoßt mit mir an! Möge der Mond noch in tausend Jahren scheinen und sein heiliges Licht zu uns herabschicken.«

»Auf den Einäugigen!«, kam es aus Dutzenden Kehlen zurück.

Aerion und Mattes hoben ihre Becher.

»Und jetzt lasst uns trinken!« Tikal setzte das Gefäß an die Lippen und leerte es vollständig, was für begeistertes Gelächter sorgte.

Die Stunden schienen in den steinernen Hallen langsamer zu vergehen, wie flackerndes Feuer, dessen letzte Glutreste ewig zu glimmen scheinen. Das Nichtvorhandensein der Sterne ließ Mattes vergessen, wie lange sie bereits unter dem Gebirge weilten, doch sein Körper sehnte sich nach Schlaf.

»Ihr müsst erschöpft sein.« Tikal winkte einen seiner Männer heran. »Es ist bereits spät, man wird euch zu eurer Kammer bringen.«

Mattes sah in Aerions müdes Gesicht und nickte. »Wir danken Euch.«

Tikal wandte sich seinem Gefolgsmann zu. »Bring unsere Gäste zu Aris, er führt sie zu ihrer Schlafkammer.«

Der Mann nickte ergeben.

Mattes reichte Aerion ihren Mantel und erhob sich. Gemeinsam liefen sie zur großen Eingangstür, wo Aris sie bereits erwartete.

»Folgt mir.« Der Junge ging auf einen der Tunnel zu.

Mattes konnte nur mühsam ein Gähnen unterdrücken. Er war dankbar, dass Tikal ihnen Hilfe angeboten hatte, aber er war noch dankbarer, dass sie den Rest der Nacht ohne den Banditenkönig und sein Gefolge verbringen konnten.

Aris führte sie durch einen schmalen Gang, der sich scheinbar endlos unter dem Fels entlangzog und verharrte neben dem Eingang einer Kammer.

»Wir sind da. Wir haben eure Sachen hierherbringen lassen. Dieses Gelass ist wesentlich geräumiger.« Er hob die Hand. »Seht selbst.«

Mattes trat ein und sah hinauf zur Decke. Der Raum schien genau wie die Kammer zuvor in den Felsen geschlagen worden zu sein. Die einzige Lichtquelle stammte von den Steinwänden, die ihren kühlen Schimmer auf ihre Gesichter warfen. Verwirrt wandte er den Kopf. Er konnte weder eine Liege noch ihre Sachen entdecken. Sein Blick glitt zu Aerion, die ihm gefolgt war. Der Ausdruck in ihrem Gesicht wirkte eigenartig starr.

»Es tut mir leid.« Aris trat einen Schritt zurück.

»Was …« Doch Mattes kam nicht dazu, seine Frage zu beenden.

Ein metallisches Kratzen ertönte. Er hob den Blick und erkannte ein Gitter, das aus einer Öffnung der Wand herabschoss und mit einem dumpfen Hammerschlag auf dem Boden aufschlug. Seine Hand fuhr an das Messer an seiner Hüfte. »Lass uns sofort heraus!«

Aris schüttelte den Kopf. »Ich habe meine Befehle.« Sein Gesicht lag im Schatten.

»Was heißt das? Sind wir etwa eure Gefangenen?«

»Ihr habt nicht die Wahrheit gesagt, Tikal weiß das. Er weiß immer, wenn man ihm etwas verschweigt.« Aris' Stimme zitterte. »Er möchte, dass ihr in Gewahrsam bleibt, solange er es für nötig erachtet.«

Mattes trat an das Gitter. Seine Finger schlangen sich um die kalten Stäbe. »Du musst das nicht tun. Lass uns gehen!«

»Ich kann nicht.« Der Junge wandte sich ab. »Es würde euch besser bekommen, wenn ihr euch Tikals Willen beugt.«

Mattes schlug gegen das Gitter. »Verdammter Narr!« Er sah sich um. Es gab keinen anderen Weg hinaus, die Felsen schlossen sie vollständig ein. Sein Blick blieb an Aerion haften.

»Nein«, beantwortete sie seine stumme Frage. »Wir sind in einer Art Hohlraum. Ich habe Angst, dass die Wände einstürzen, wenn ich es versuche.«

Mattes' Hände sanken herab. »Wir hätten nicht mit ihnen gehen sollen«, brummte er.

»Wir hatten keine Wahl. Wären wir auf dem Plateau geblieben, hätten wir nicht überlebt.«

»Mir wäre es lieber gewesen, zu kämpfen als hier unten zwischen kalten Felsbrocken eingesperrt zu sein.«

Aerions Finger fuhren unter den Ärmel ihres Mantels. »Ich denke nicht, dass wir lange hierbleiben werden.«

Mattes' Augen gruben sich in die Dunkelheit. »Ich hoffe, dass du recht behältst«, erwiderte er.

KAPITEL 22

Insel Eilos, Festung Arbenrah. Gegenwart

Die Wölfin wandte den Kopf. Ein leises Raunen drang an ihr Ohr, ein Flüstern, als würden die Schatten, die durch die Gänge glitten, von ihren Geheimnissen erzählen. Sie erhob sich von den Steinen, auf denen sie gelegen hatte. Es waren nicht die Schatten oder der Wind, den sie hörte, oder das Gelächter der Männer, die ein paar Kammern weiter einen Sieg feierten, den das Heer errungen hatte.

Die Fähe lief zum Gitter. Auch wenn die Zelle, in die man sie gebracht hatte, zu weit entfernt war, um etwas sehen zu können – sie konnte sie verstehen. Sie winselte. Man würde sie nicht zu den Läufern lassen, solange sich der Berater ihrer nicht sicher war. Er misstraute ihr.

Ihre Lefzen öffneten sich zu einem Knurren. Der Ruf des Blutes brannte in ihren Adern und spülte ihre Zweifel fort. Ihre Brüder und Schwestern brauchten sie und forderten ihren Tribut. Die Gedanken des Rudels bohrten sich wie scharfe Widerhaken in ihren Geist. Die Wölfin schüttelte sich und wich langsam zurück. Erinnerungen flackerten in ihr auf, verblichene Bilder eines anderen Lebens. Man hatte ihr viele Namen gegeben, sie aus ihrem Zuhause gerissen, ihren Willen gebeugt und als Waffe benutzt. Ein dunkles Grollen stieg aus ihrer Kehle. Sie sah sich als Mädchen, während ihre Mutter ihre Hand hielt, sah den Kerker, in den man sie gesperrt hatte, und fühlte erneut die Schmerzen der Verwandlung, die ihr Inneres in Flammen gesetzt hatten.

Ihre Pupillen weiteten sich. War sie wirklich einmal ein Mensch gewesen, oder war es nur ein Traum, ein Trugbild, das sie wie ein Nachtmahr in der Dunkelheit verfolgte? Während der vergangenen Tage waren immer wieder Gesichter und Orte in ihren Gedanken aufgetaucht, doch dieses Leben schien so weit fort zu sein, so unwirklich, als wäre es die Erinnerung einer Fremden, die sie sah.

Die Wölfin hob die Schnauze. Seit man sie hierhergebracht hatte, schien ihr Geist wie in einem undurchdringlichen Nebel gefangen zu sein. Ihre Gedanken entglitten ihr, je mehr sie versuchte, sie wieder zu entwirren.

Im Gang erklangen schwere Schritte. Noch bevor der Mensch die Kammer erreichte, roch sie seinen Gestank. Die Fähe senkte den Kopf und zog sich knurrend in einen dunklen Winkel der Zelle zurück.

»Hallo, meine Schöne.« Rakul blieb vor der Kammer stehen und betrachtete die Fähe. Seine Geschäfte hatten ihn bisher davon abgehalten, sich näher mit ihr zu befassen, doch das würde sich nun ändern. Seine Augen glitten über ihr graues Fell. Diese Läuferin, welche Uriel auf den Namen Ethel getauft hatte, wies einige seltsame Eigenarten auf. Sie hatten gedacht, das Tier wäre tot, ein Irrtum, der einige höchst interessante Fragen aufwarf. Er hatte bereits einen Raben nach Esgar gesandt.

Rakul kräuselte die Lippen. Welcher Zauber auch immer schuld an ihrem Verhalten war, er würde ihn brechen.

Seine Gedanken wanderten zu dem Jungen, dem er an Bord der Alvar begegnet war. Es war vorschnell gewesen, sich seiner zu entledigen. Es wäre gewiss interessant geworden, einige Antworten aus ihm herauszupressen. Er schob den Ärmel seines Umhangs zurück und griff in den Eimer, der neben dem Gitter stand.

»Friss das, du musst zu Kräften kommen. Bald wirst du wieder mit deinen Brüdern laufen.« Der Berater warf einen Fleischbrocken durch das Gitter und strich sich die Finger am Stoff sauber. »Du wirst vergessen, was mit dir geschehen ist.« *Ich werde dafür sorgen.* Rakul lächelte. Manchmal waren die einfachen Mittel die besten und das Kraut, das dem Fleisch beigemengt war, hatte ihm bisher gute Dienste geleistet. Er würde der Hexe seinen Dank aussprechen, wenn er nach Esgar zurückkehrte. Die Fähe war äußerst fügsam gewesen und es dauerte gewiss nicht mehr lange, bis er ihren Willen in dienstbarere Bahnen gelenkt hatte. Sein Blick schweifte durch den Korridor. Sie hatten einige Tiere des Rudels bereits auf die Inseln gebracht, der Rest würde nachfolgen. Die Stärke der Läufer war vielleicht der entscheidende Vorteil gegenüber dem gegnerischen Heer, den Ehgien sich ersehnte.

»Es wird Zeit, die Meute jagen zu lassen.« Er warf einen letzten Blick in die Zelle und zu der Fähe, deren Augen wachsam leuchteten, und ging davon.

Die Wölfin trat aus den Schatten. Der Geruch von frischem Blut stieg in ihre Nase und weckte den Hunger, der wütend an ihren Eingeweiden riss. Ihr Instinkt drängte sie, sich das Fleisch zu holen und ihre Zähne hineinzuschlagen, bis nichts mehr davon übrig war.

Doch etwas hielt sie zurück. Ein Zittern lief durch ihren Leib. Die Dunkelheit schien nach ihr zu greifen und legte sich wie ein zweites, schweres Fell auf ihre Knochen. Sie fürchtete den Mann und die Macht, die er über sie hatte. Seine Stimme verursachte ihr Schmerzen und schnitt Wunden auf, die längst verheilt waren. Ein anderes menschliches Gesicht erschien in ihren Gedanken. Graue Augen blickten sie an und die vertraute Witterung des Mannes überdeckte für einen Moment den Geruch der Beute. Sie erinnerte sich, wie er ihre Wunden gepflegt und ihr Nahrung gegeben hatte, wie er seinen Kopf an sie gelehnt und mit ihr gemeinsam gekämpft hatte. An die Zuflucht in den Wäldern und an ein Schiff, das über die Wellen des Ozeans geglitten war. Ein Name tauchte aus dem weißen Nebel auf und drängte in ihr Bewusstsein.

Ouwen.

Die Fähe sah zum Eisengitter. Es war nicht von Bedeutung, was einmal gewesen war, *wer* sie einmal gewesen war. Nur eines zählte – sie würde nicht mehr vergessen. Nie mehr.

Wald von Igrim, Nordeiland. Zur selben Zeit

Die Nachtkälte war durch die Ritzen des Unterstandes gedrungen, auf dem Stoff waren ihre Spuren zu sehen, eine dünne Schicht Reif, die im Licht der Laternen funkelte. Ouwen drehte den Kopf. Die Plane hatte sich an einer Seite gelöst und schlug immer wieder gegen den Eingang.

Seine Finger fuhren über die Wolldecke. Es war noch dunkel, die Sonne hatte ihre neue Bahn noch nicht begonnen. Er sah zu Argos, der auf einer Liege neben ihm lag. Das Schnarchen des Wandlers hatte ihn geweckt, wahrscheinlich war das laute Grunzen auf der gesamten Lichtung zu hören.

Er strich sich über das Gesicht. Die Müdigkeit ließ ihn nicht los und lähmte seine Muskeln. Ouwen erhob sich schwerfällig und griff nach seinem Mantel. Von draußen drang Lärm herein, ein paar der Männer schienen ebenfalls bereits auf den Beinen zu sein. Er schob die Plane beiseite und trat aus dem Zelt. Bevor der Tag vorüber war, würden sie nach Eilos aufbrechen. Er war froh, dass sie die Insel bald verlassen würden. Trotz aller Dankbarkeit für die Gastfreundschaft, die Fünffinger ihnen gewährte, das ungute Gefühl, zwischen Soldaten Esgars eingepfercht zu sein, hatte sich seit dem Zwischenfall im Wald noch verstärkt.

Er zog den fellbesetzten Mantel über die Schultern und stapfte durch den Schnee. Seine Beine liefen wie von selbst auf das Gatter zu, in dem die Pferde untergebracht waren.

»Kann ich mich irgendwie nützlich machen?« Er nickte Kayse zu, der dabei war, frisches Heu in die Krippe zu schütten.

Der Junge schüttelte den Kopf. »Ich bin fast fertig. Einige der Pferde werden später zum Strand gebracht, ich habe mit dem Schiffsmeister schon gesprochen. Er wird dafür sorgen, dass es ihnen an nichts fehlt.« Seine Hand glitt über den Hals eines der Tiere.

Ouwen sah zu der braun gefleckten Stute, die etwas abseits stand. »Geht es ihr gut?«, fragte er.

»Sie ist noch etwas scheu, aber ihre Wunden werden heilen.« Ein Lächeln erschien auf Kayses schmalem Gesicht. »Ich wollte mich noch bei dir und deinem Freund bedanken, dafür, was ihr für Nemu getan habt.«

»Das ist nicht nötig. Ich bin froh, dass sie gut versorgt wird.«

»Werdet ihr sie später holen und nach Hegar bringen?«

Ouwen runzelte die Stirn. Er hatte nicht darüber nachgedacht, was mit der Stute geschehen sollte. Seine Augen blieben an dem Verband hängen, den man dem Tier angelegt hatte.

»Ein Seelentausch kann eure Energien miteinander verbinden, euch gegenseitig stärken. Doch wenn man während dieser Verbindung zu viel Lebenskraft entzieht …«

Er wandte den Blick ab. »Sie gehört dir«, sagte er.

Kayse riss die Augen auf. »Was?«

Ouwen grinste. »Nemu. Ich schenke sie dir.« Er steckte seine Hände in die Taschen. »Auf unserer Reise können wir sie nicht mit uns nehmen. Sie wird es besser haben, wenn sie hierbleibt. Bei dir.«

Der Junge starrte ihn sprachlos an. »Ich … das kann ich nicht annehmen.«

»Doch, das kannst du.« Ouwen spürte, dass er die richtige Entscheidung getroffen hatte. »Gib gut acht auf sie. Und auch auf dich.«

»Das werde ich.« Kayse nickte.

Die aufgehende Sonne tauchte die Lichtung in ein warmes Licht. Ouwen sah zu den Männern, die dabei waren, einige der Zelte abzubauen.

»Ich denke, ich sollte zurückgehen. Vielleicht ist Argos mittlerweile aus dem Tiefschlaf erwacht und kann eine helfende Hand gebrauchen.« Er wandte sich um.

»Gute Reise«, rief Kayse ihm nach. »Mögen die Götter nicht von eurer Seite weichen.«

Ouwen hörte, wie er den Eimer absetzte und durch den Pferch lief. Kurz darauf erklang ein leises Wiehern. Er senkte lächelnd den Kopf. Als ihr Unterstand in Sichtweite kam, trat ihm Argos entgegen.

Der Gestaltwandler stemmte die Hände in die Hüften. »Gut, ich dachte schon, ich müsste eine Suchmannschaft losschicken.« Er tippte auf die Tasche, die an seiner Hüfte hing. »Ich habe unser Frühstück bereits geholt. Bevor wir zum Schiff aufbrechen, hätte ich da noch einen Vorschlag.« Er brach ein Stück Brot entzwei und stopfte es sich in den Mund.

»Und der wäre?« Ouwen verschränkte die Arme.

Argos' Blick blieb an einem der Soldaten hängen, der fluchend an den Seilen seines Unterstandes zerrte. Er verdrehte die Augen.

»Wir sollten die Zeit nutzen und etwas trainieren. Die Männer haben gerade erst begonnen, die Ladung an Deck zu bringen. Das Schiff legt frühestens nach Mittag ab.«

Ouwen nickte langsam. Seine Muskeln schmerzten schon bei dem Gedanken daran. Aber Argos hatte recht. Sie hatten ihre Übungen viel zu lange vernachlässigt.

»Lass uns zusammenpacken und auch ein paar der Decken mitnehmen, die man uns gebracht hat. Ich bin sicher, die Männer haben nichts dagegen.« Der Wandler sah in Richtung der Bäume. »Im Wald sind wir ungestört. Wir können nach den Übungen direkt zur Wyvern aufbrechen.« Er zog die Stirn in Falten. »Ich will hoffen, dass ich heute meine Axt zurückbekomme, sonst werde ich dem Kerl eine persönliche Erinnerung schicken.«

»Ich bin sicher, dass das nicht nötig sein wird.« Ouwens Blick fuhr zum Zelt. Es gab nicht viel, das er mitnehmen konnte. Außer dem Talisman und seiner Schleuder besaß er kaum etwas von Wert. Die meisten seiner persönlichen Dinge waren an Bord der Alvar geblieben.

Es dauerte nur ein paar Minuten, ihre Habseligkeiten zusammenzusuchen. Ouwen band sich das Bündel auf den Rücken und ließ seinen Blick über den Lagerplatz wandern. Er konnte es kaum erwarten, aufzubrechen. Seit sie hier waren, hatten sie keine Informationen über die Alvar erhalten. Sie wussten weder, ob das Schiff einen sicheren Hafen erreicht hatte, noch was mit Grey geschehen war. Er tastete nach der Schleuder, die zwischen seinen Sachen steckte, und folgte dem Gestaltwandler in den Wald, bis sie eine Stelle fanden, die für ein Training geeignet schien.

Ouwen musterte die umgestürzten, halb verfaulten Stämme, die zwischen den Waldriesen am Boden lagen. Ein Sturm schien einige der Bäume gefällt zu haben, doch was zuerst wie eine Verschwendung der Natur wirkte, schuf auch Platz für neues Leben. Er nahm sein Bündel vom Rücken und verstaute es zwischen den Wurzeln einer Tanne, auf dessen aufgeplatzter Rinde Farne sprossen.

Argos entledigte sich seines Mantels und hob seinen Stab.

»Bereit?« Er nickte Ouwen zu. »Nachdem ich dich wie eine nasse Katze aus der See gefischt und wieder aufgepäppelt habe, darfst du nun deine Krallen wetzen.«

Ouwen nahm einen Ast vom Boden und wischte ihn an seiner Kutte trocken. »Ich kann es kaum erwarten«, erwiderte er.

Argos kam auf ihn zu, dabei drehte er den Stab zwischen seinen Fingern. »Dann wollen wir mal sehen, was du von unseren Lektionen noch behalten hast.«

Ouwen verfolgte jede seiner Bewegungen. Er hatte viel von seinem Mentor gelernt, auch, dass man seinen Gegner niemals unterschätzen durfte. Als Argos einen Ausfallschritt nach vorn machte und den Stab gegen Ouwens Brust stieß, wich er geschickt aus und konterte mit einem Hieb seines Stockes.

Argos wich lachend zurück. »Anscheinend bist du doch nicht so vergesslich, wie ich dachte.« Er umrundete Ouwen und beäugte kritisch dessen Haltung. »Glaub ja nicht, dass ich dich schone, nur weil du dein Schwert nicht zur Hand hast.« Seine Augen blieben an dem Ast hängen, den Ouwen fest umklammert hielt. »Das Stöckchen wird auch seinen Dienst tun.«

Ouwen lächelte selbstbewusst. »Das wird es.« Er wartete den nächsten Angriff des Gestaltwandlers nicht ab, sondern stürzte auf ihn zu. Sein Mentor sprang zur Seite, doch Ouwen war schneller. Seine Faust schnellte hoch und traf den Wandler an der Schulter. Argos stolperte keuchend zurück. Anscheinend hatte er für einen Moment nur auf den Stock geachtet, den Ouwen als Waffe führte. Ein fataler Fehler.

»Du hast wahrhaftig dazugelernt, Junge.« Er schüttelte den Kopf.

Ouwen deutete eine Verbeugung an. »Ich hatte den besten Lehrmeister.«

»Nun, wir werden sehen.«

Eine Weile setzten sie ihre Übungen fort, bei denen der Gestaltwandler meist die Oberhand gewann. Argos quittierte jeden einzelnen Treffer seines Stabes mit einem selbstgefälligen Grinsen. Schließlich blieb er schnaufend stehen und zog den Weinschlauch hervor.

»Wir sollten eine Pause machen.« Sein Blick wanderte zum Himmel. Die Sonne hatte sich hinter dichten Wolken verborgen, es war kaum heller als einige Stunden zuvor.

Ouwen nickte. Er war dankbar, sich eine Weile ausruhen zu können. Er lief zu einer der Tannen, deren krumme Äste den Boden berührten, und setzte sich davor. Die Zweige rasselten leise, der Wind ließ sie nicht zur Ruhe kommen.

Argos nahm einen Schluck vom Met. »Wir sollten bald aufbrechen.« Er sah in Richtung einiger Bäume. »Es ist nicht weit. Der Treffpunkt für die Männer befindet sich etwas weiter nördlich von uns.«

Ouwen hob den Kopf. »Ich habe vorhin Kayse besucht. Der Stute geht es besser. Ich habe sie ihm überlassen.«

Argos nickte, scheinbar wenig überrascht. »Eine gute Entscheidung. Der Junge trägt das Herz auf dem rechten Fleck.«

Ouwen lehnte sich erleichtert zurück. Seine Gedanken glitten zu dem Mann, dessen Augen ihn seit Tagen in seinen Träumen verfolgten. Hayden hatte recht gehabt, er war angreifbar. Niemals zuvor hatte er sich so hilflos gefühlt wie in jenem Moment, als der Fremde ihn an Bord der Alvar mithilfe seiner Seherkräfte kontrolliert hatte. Seine Hand ballte sich um den Stoff seiner Kutte, als er Grey vor sich sah, verängstigt und geduckt in einer Ecke des Käfigs.

»Alles gut, Junge?« Argos kam auf ihn zu und setzte sich ebenfalls. »Gib es zu, du vermisst eine Klinge in deiner Hand. Sobald wir die Alvar gefunden haben, bekommst du dein Schwert wieder. Und ich kann unseren Vorrat an Münzen aufstocken. Ein Teil davon liegt immer noch unter den Planken.« Er ließ seinen Kopf gegen den Stamm sinken. »Wir werden es gebrauchen können, wenn wir nach Argipe reisen.«

»Zuerst müssen wir Grey suchen«, erwiderte Ouwen. »Es ist meine Schuld, dass man sie eingesperrt hat. Wenn meine Kräfte stärker wären ...« Er starrte auf seine Hände.

»Gegen ein ausgebildetes Ratsmitglied können nur wenige bestehen. Wenn Grey wirklich bei einem der königlichen Berater ist, werden wir jede Hilfe brauchen, die wir bekommen können.«

Ouwen schüttelte den Kopf. »Wir verlieren nur weitere kostbare Zeit.«

»Und gewinnen dafür Verbündete, die uns helfen können.«

»Argipe ist mehr als zwei Tagesreisen von Eilos entfernt!« Ouwen sah ihn wütend an. »Ich lasse Grey nicht zurück.«

»Das verlangt auch niemand, doch wir sollten uns an den Plan halten, der mit Hayden ausgemacht war«, beharrte der Wandler. »Auf Argipe wärst du in Sicherheit. Deine Tante gehört dem Widerstand an und würde dich beschützen. Zudem können wir dort deine Ausbildung fortsetzen, die noch lange nicht abgeschlossen ist. Auch wenn du zugegebenermaßen im Zweikampf Fortschritte machst.« Er verzog den Mund.

»Und wie willst du dorthin gelangen? Meine Tante weiß nichts von unserem Schiffbruch, ihr Boot wird nicht auf uns warten. Oder wirst du ihr einen Raben senden?«

»Nein, das wäre zu gefährlich. Wir werden einen der Kapitäne bestechen und für die Überfahrt in Gold bezahlen. Hayden hat uns aus gutem Grund so großzügig ausgestattet. Gold und Silber sind Waren, die niemand leichtfertig ausschlägt, schon gar nicht während des Winters.«

Ouwen senkte den Kopf. »Ich kann mein Versprechen nicht brechen. Es tut mir leid, Argos.«

Der Wandler rieb mit dem Finger über die Kerbe auf seinem Nasenrücken. »Alria Fehd gehört zu deiner Familie. Auch wenn du es nicht wahrhaben willst, sie ist die beste Wahl, die du hast.« Er ließ die Zunge schnalzen. »Was willst du denn tun, ohne dein Schwert und ohne Unterstützung, die wir uns von deiner Familie erhoffen?« Argos seufzte, als Ouwen nicht antwortete. »Ich werde dir beistehen, Junge. Egal welchen Weg du wählst. Doch ich hoffe, du wählst weise.« Er stand auf und streckte sich. »Bevor wir Eilos erreichen, können wir sowieso nichts tun. Lass uns diese Entscheidung vertagen.«

»Nein.« Ouwen wandte den Kopf. »Ich werde mein Wort halten. Bevor ich nach Argipe gehe, suche ich Grey.«

Argos' Blick wanderte über Ouwens Gesicht. »Nun gut, dann ist es beschlossen.« Er hielt Ouwen die Hand entgegen. »Lass uns gehen.«

Ouwen hob den Arm und ergriff seine Hand. »Ich danke dir.«

Der Gestaltwandler nickte und zog ihn auf die Beine. »Fall ja nicht erneut von Bord, Junge. Meine Muskeln schmerzen immer noch von dieser unsäglichen Ruderei.«

Sie liefen die Böschung hinab auf den Strand zu, bis das Schiff in Sichtweite kam, das sie nach Eilos bringen würde. Am Ufer waren Männer damit beschäftigt, die Ladung auf Beibooten zu verstauen, um sie an Bord des Schoners zu bringen.

Ouwen blieb stehen. Sein Blick wanderte zu der Wyvern, deren Silhouette wie ein gekrümmtes Seeungeheuer die Wellen durchbrach. Die Segel des Schiffes waren noch nicht gesetzt worden, doch das Banner des Königshauses wehte bereits über dem Hauptmast. Ein Symbol der Macht Aehdlands.

»Bleib in meiner Nähe. Wir wissen nicht, wem wir vielleicht an Bord begegnen.« Argos nickte ihm zu.

Ouwen zurrte das Bündel auf seinem Rücken fest und stakte durch den feuchten Sand. Das Rauschen der Brandung übertönte die Rufe der Besatzung. Er hoffte, einer erneuten Begegnung mit Kelan und seinen Kumpanen aus dem Weg gehen zu können. Seine Hand fuhr an den Anhänger, der sich warm zwischen seine Finger schmiegte.

Leite uns durch die Stille der Nacht und den lichten Tag.

KAPITEL 23

Esgar, untere Totenstadt

Haydens Finger glitten über die kalten Steine. Cher folgte ihm und musterte ebenfalls die mit Lehm verstärkte Wand, doch weder eine Erhebung noch etwas anderes Auffälliges waren erkennbar. Der Gang schien an dieser Stelle zu enden, eine Sackgasse, die nur eine Möglichkeit zuließ. Umkehren.

Sein Begleiter hob die Hand und eine der Flammen, die hinter ihnen schwebte, erschien direkt neben seinem Kopf. Ihr Schein warf tanzende Flecken auf Haydens Gesicht.

»Vielleicht sollten wir es in einem der anderen Gänge versuchen.« Cher hob die Arme vor die Brust. Sie waren bereits seit Stunden unterwegs, die feuchte Kälte war längst in seine Knochen gedrungen. Wenn sie noch länger hier unten blieben, würden sie wahrscheinlich so enden wie die vermoderten Leichen, deren Einzelteile säuberlich aufgebahrt in den Nischen der Steinwände lagen.

Seine Miene verfinsterte sich. Sie hatten alle möglichen Gänge erkundet, alte Pfade, die sich unterhalb der Stadt entlangzogen und anscheinend die Heimstatt sämtlicher Ratten Esgars waren. Er hätte längst die

Orientierung verloren, aber Hayden schien einem inneren Kompass zu folgen, der ihn in Richtung der Burgmauern Esgars führte. Zumindest behauptete er das.

Der junge Dieb hauchte in seine Hände. Sie waren eiskalt. »Bewunderst du die ausgefallene Architektur? Glaub mir, von diesen hübschen Steinen gibt es hier unten jede Menge.«

Hayden schüttelte den Kopf. »Deine Ungeduld ist wirklich erstaunlich.«

Cher rümpfte die Nase. »Wenn du so frieren würdest wie ich, wärst du auch ungeduldig.« Missmutig schaute er zu Hayden, der an der Wand entlanglief. Seinem Begleiter schienen die Temperaturen nichts auszumachen, während seine eigenen Füße längst zu Eisklumpen erstarrt waren. Sein Blick blieb an einigen Steinen hängen, die im Schein der Lichter seltsam glänzten. Er ging darauf zu und streckte die Hand aus. Als er Feuchtigkeit fühlte, zog er sie hastig zurück.

Cher starrte auf seine Handfläche, an der einige Tropfen hingen. »Atorh, steh uns bei ...«

»Über uns verläuft der Fluss. Der Thane fließt unterhalb der Burg im Tal entlang. Vielleicht gibt es hier einen Zugang, der uns über die Ostseite ins Innere der Festung führt.«

Cher hob beunruhigt den Kopf und sah an die Decke.

»Dir wird schon nicht gleich der ganze Fluss auf den Kopf fallen.« Hayden lachte.

»Ach, ja?«

Statt einer Antwort klopfte Halbschatten erneut die Steine ab. Die Lichter folgten ihm, als wären sie mit unsichtbaren Fäden an ihn gebunden.

»Was wirst du machen, wenn wir den Zugang entdecken? Wir sind nur zu zweit.« Cher sah zu ein paar Schädeln, die zu ihren Füßen lagen, und machte vorsichtig einen Bogen darum. »Von diesen Toten einmal abgesehen. Du kannst es nicht mit den Wachen und dem Rat gleichzeitig aufnehmen.«

»Ich habe nicht vor gegen sie alle zu kämpfen.« Hayden blieb stehen.

Plötzlich erklang ein leises Klicken. Cher wandte den Kopf. Die Steine schienen auf Haydens Ruf zu antworten. Die Wand hinter seinem Begleiter hatte sich einen Spaltbreit geöffnet. Er trat näher heran. Ein Schwall modriger Luft wehte ihm entgegen, während seine Augen zu erkennen versuchten, was sich hinter der Öffnung verbarg.

Hayden schickte eine Flamme voraus und kurz darauf tauchten die Konturen von massiven, steinernen Wänden aus der Dunkelheit auf.

Cher zog die Hände aus den Taschen. Sie hatten die Festung erreicht. Er konnte Türen erkennen, die von dem Gang abzweigten, und eine Treppe, die anscheinend tiefer in das Gewölbe hinabführte.

»Ich würde sagen, die Frostbeulen haben sich bezahlt gemacht.«

Hayden grinste. »Tut mir leid, wenn ich deine Ausdauer strapaziert habe.« Sein Blick wanderte zu der Tür, die sich am Ende des Ganges befand. »Ab hier sollten wir auf unsere kleinen Flammenfreunde besser verzichten.«

Cher widersprach nicht, auch wenn der Gedanke ihm nicht besonders behagte, sich von jetzt an im Dunkeln durch die Katakomben bewegen zu müssen.

Hayden hob die Hand und die Lichter verblassten. Als die Schwärze sie einhüllte, trat er durch den Spalt.

»Folge mir.«

Chers Augen gewöhnten sich nur allmählich an die Finsternis, die jedes Geräusch, jeden Atemzug, den er tat, zu ersticken schien. Obwohl er sich nie vor der Dunkelheit oder dem, was sich vielleicht in ihr verbarg, gefürchtet hatte, war er dankbar für Haydens Anwesenheit und dafür, dass sein Begleiter zielstrebig einen Weg durch die labyrinthartigen Gänge fand.

Als Hayden stehen blieb, lief Cher gegen ihn.

»Pass auf deine Füße auf!« Halbschatten drückte den jungen Dieb gegen die Wand. »Siehst du das Licht dahinten? Mit etwas Glück finden wir hier heraus, ohne dass man uns sieht. Zumindest hören sollte man uns aber nicht.«

Cher wandte den Kopf und starrte zu dem roten Schimmer, der schwach in der Ferne leuchtete. »Lass mich vorausgehen. Vielleicht erkenne ich den Weg wieder, wenn ich mich umsehe.«

Hayden zögerte. »Gut, aber sei vorsichtig.«

Cher tastete sich an der Wand entlang, dem Licht entgegen, und blendete die Angst aus, die sich durch seinen Magen wand, wie Schlangen, bevor sie zubissen. Der Weg durch das Gewölbe schien kein Ende zu nehmen und er gab den Versuch auf, die Abzweigungen zu zählen. Es war, als bewegten sie sich im Inneren eines Spinnennetzes. Seine Augen verengten sich. Sie konnten nur darauf hoffen, den Erbauern nicht zu begegnen. Doch die Götter schienen auf ihrer Seite zu sein. Es gelang ihnen, den Wachen auszuweichen, deren Stiefel wie Schläge durch die Tunnel hallten. Als Cher die schmale Treppe wiedererkannte, deren Stufen er vor Kurzem schon einmal herabgestiegen war, blieb er stehen.

»Wir sind fast da.« Er wandte sich unruhig um, aber es war niemand zu sehen. »Die Männer sind fort. Es wird eine Weile dauern, bis sie ihre Runde wiederholen.« Cher strich durch sein wirres Haar. Der Gedanke, erneut den Wesen zu begegnen, die dunkle Glut zu sehen, die in ihren Augen brannte, machte ihn nervös.

Hayden trat neben ihn und schaute in die Tiefe hinab. »Wir sollten keine Zeit verlieren. Lass mich vorausgehen.«

Cher widersprach nicht. Seine Finger schlossen sich um die Klinge in seiner Hand.

Der Gang, der sich am Fuße der Treppe erstreckte, war kaum breiter als die Tunnel, die sie zuvor erkundet hatten. Die Fackeln an den Wänden warfen schmale Lichtkegel auf die Zellen, die durch Eisengitter voneinander abgetrennt waren.

Cher sah sich um. Es war still. *Zu still.*

Hayden ging auf eine der Kammern zu und blieb davor stehen. Als er die Hand ausstreckte und nach den kalten Streben griff, hielt Cher den Atem an.

»Sie sind fort.« Halbschatten senkte den Kopf.

Cher sah, wie ein Zittern durch seinen Körper lief. »Was ist mit dir?«

Haydens Hand löste sich vom Gitter. »Erzähl mir, was du gesehen hast.«

Chers Blick wanderte zu den abgenagten Knochen, die am Boden der Zelle lagen. »Ich bin einem der Wärter durch das Gewölbe gefolgt. Ich dachte, dass er mich vielleicht zu den Kerkern führt.«

»Wie bist du hineingelangt? Ich dachte, die Zugänge zu dem Gewölbe werden bewacht.«

»Das ist wahr.« Cher grinste. »Es wäre mir nicht gelungen, sie zu betreten, wenn ich nicht ein wenig nachgeholfen hätte.«

»Mit ein wenig verbotener Magie, nehme ich an.« Hayden sah ihn an.

Cher hob abwehrend die Hände. »Nicht alle von uns verfügen über das glückliche Los, mit der Gabe gesegnet zu sein.« Er schaute sich um. »Ich bin dem Mann gefolgt, um Antworten zu bekommen. Ich wollte sehen, wo die Gefangenen untergebracht sind.«

Haydens Augen glitten durch den Gang. Seine Sinne tasteten nach dem, was im Verborgenen lag. In seinen Gedanken erblickte er die Kreaturen, wie sie in der ewig währenden Finsternis warteten, und die Menschen, die man hierhergebracht hatte, um zu sterben. So viel Tod und Leid ... Die Bilder strömten wie dunkle Tagträume auf ihn ein.

»Dein Vater war nie hier«, erwiderte er. »Man hat ihn in das Stadtgefängnis gebracht, bevor ...«

»Woher weißt du das?«

»Ich habe die Fähigkeit, Dinge zu sehen, die längst vergangen sind.« Hayden wandte den Blick. »Manchmal sind es die Erinnerungen anderer, die es mir erlauben, daran teilzuhaben.«

»Soll das etwa heißen, du hast in meinen Kopf geblickt?«

Hayden lächelte schief. »Verzeih mir, aber ich musste bei unserer ersten Begegnung sicher sein, dass ich dir trauen kann.«

»Und, bist du dir sicher?«

»Wäre ich dir sonst in die Katakomben gefolgt?«

Cher lehnte sich an die Stäbe. »Nachdem das ja nun

geklärt ist, würde ich dich bitten, derartige Einblicke zu unterlassen. Mein Kopf – und alles was darin herumschwirrt –, gehören mir.« Er sah zu den Gittern. »Was hat es mit diesen Kreaturen auf sich? Warum hält man sie hier unten versteckt?«

»Sie wurden erschaffen, um der Krone zu dienen«, antwortete Hayden.

Der junge Dieb pfiff durch die Zähne.

»Sie verfügen über immense Kräfte und auch wenn sie äußerlich Wölfen ähneln, gleichen sie vom Wesen eher Dämonen, die in Atorhs Unterwelt leben.« Hayden ließ die Hand sinken. »Was hat der Wärter getan, als er hier unten war?«

»Er hat ihnen ... Futter gebracht. Es sah aber nicht so aus, als ob er sie besonders in sein Herz geschlossen hätte.«

»Weißt du, von wem er den Befehl erhalten hat?« Haydens Finger glitten über die Narbe auf seiner Wange.

»Nicht direkt. Aber Gain, der Wärter, untersteht dem Ersten Berater. Ich habe sie mehrmals zusammen gesehen.«

»Balian«, entfuhr es Hayden.

Cher nickte.

»Als ich Esgar vor Jahren verließ, war er nur einer der jungen Venguren. Sein Ehrgeiz war schon damals größer als seine magischen Fähigkeiten.« Haydens Blick blieb an einer der Zellen hängen, die von dem Gang abzweigten. Seine Hand wanderte an den Beutel, der um seinen Hals hing.

»Ava-le-Fes!« Eine einzelne, blaue Flamme erschien und schwirrte durch die Luft, bevor sie zwischen den Stäben hindurchglitt und ihr Licht auf die grauen Steinwände warf. Hayden ging zu der Kammer und verharrte schweigend.

»Bei den Göttern.« Cher war ihm gefolgt und starrte auf die beiden Toten, deren Körper auf dem Boden der Zelle lagen. Er wich zurück.

»Der Tod kann eine Erlösung sein.« Hayden betrachtete die Toten. Es war nicht mehr zu erkennen, welches Geschlecht oder Alter die Gefangenen gehabt hatten. Ihre Gesichter waren zerfetzt. Die aufgerissenen Leiber verströmten einen unerträglichen Gestank. »Wir müssen sie vernichten«, sagte er und lief auf die Treppe zu.

»Wie willst du das anstellen?« Chers Stimme klang seltsam dünn. »Ich habe ihre Macht gespürt, Hayden! Das sind keine Tiere, das ist schwarze Magie. Glaubst du wirklich, dass wir sie mit unseren Klingen bezwingen können?«

»Diese Wesen haben bereits mehr Leid über dieses Land gebracht, als du ahnst.« Hayden wandte sich zu ihm um. Seine Augen begannen sich zu verdunkeln. »Die Kreaturen wurden von jemanden erschaffen. Ich werde diejenigen vernichten, die die Macht über sie haben. Und damit den Fluch brechen.«

»Du willst dich also wirklich mit den königlichen Beratern angelegen?« Cher neigte den Kopf. »Ich weiß, dass du über besondere Kräfte verfügst, aber zum Rat der Sieben gehören die besten Magier dieses Landes.«

»Das ist wahr. Ich kann allerdings etwas tun, womit sie nicht rechnen. Ihre Macht schwächen … indem ich die Bücher vernichte, aus der sie einen Teil ihrer Stärke beziehen.«

»Du willst die magielarische Bibliothek *zerstören*?«

Hayden nickte. »Es wird sie nicht aufhalten, aber uns

etwas Zeit verschaffen. Ich weiß, dass der Kreis geheime Abschriften besitzt, die das Wissen der Götter enthalten. Magische Formeln von unermesslichem Wert.« Er sah Cher an. »Ich werde die Manuskripte mit den geheimen Versen vernichten. Ein für alle Mal.«

Cher blickte auf das Messer in seiner Hand. »Dazu müssen wir die Bibliothek erst einmal betreten können.«

Hayden antwortete nicht. Nur wenige Schritte entfernt schälte sich aus dem Dunkel des Gewölbes eine Gestalt, ein Schemen, der sich wie schwarzer Dunst in die Luft erhob.

Flieh, bevor es zu spät ist.

Die Augen des Mannes schienen ihn anzublicken. Der Fremde hob den Arm, als wollte er ihm etwas zeigen, doch die Erinnerung begann sich bereits aufzulösen.

Ein kalter Luftzug strich über Halbschattens Gesicht. Er wandte den Kopf ab und ging auf die Zellen zu. Am Boden einer der Kammern kauerte ein Junge, sein dünner Körper zitterte. Haydens Herz zog sich schmerzhaft zusammen.

Caleb … Hayden streckte die Hand aus. Die Vision verblasste, bis nichts außer Dunkelheit zurückblieb.

Er biss die Zähne zusammen. »Es muss uns gelingen. Nur aus diesem Grund bin ich nach Esgar gekommen. Und ich werde die Königsstadt nicht verlassen, ohne es versucht zu haben.« Sein Blick wanderte zu dem Dieb, der ihn hinab in die Welt der Toten geführt hatte. »Mein Vater gehörte einst zum Rat des Hofes. Ich war noch ein Kind, aber er hat mir gezeigt, wie man das magielarische Siegel benutzt, das jedes Mitglied bei der Initiierung erhält. Der Ring der Sieben … Ich bin mir sicher, dass wir damit die Bibliothek öffnen können.«

»Dein Vater war ein Ratsmitglied? Dieses interessante Detail hättest du vielleicht etwas eher erwähnen sollen.«

Hayden brauchte nicht seine Gedanken zu lesen, um den Argwohn des Diebes zu spüren.

»Nicht die Heiligen Bücher sind schlecht oder das Wissen, das sie enthalten. Die Menschen entscheiden mit ihren Taten, was sie damit anfangen. Mein Vater war ein rechtschaffener Mann. So wie die meisten Mitglieder des Rates. Er hätte niemals die Macht missbraucht, die er erhalten hatte.«

»Ich nehme nicht an, dass du seinen Ring noch besitzt?«

»Nein, aber ich denke, ich weiß, wo ich ihn finden kann.«

»Nun, dann ist die Entscheidung wohl gefallen«, erwiderte Cher und steckte das Messer zurück an seinen Gürtel. »Vielleicht kann ich einen kleinen Beitrag dazu leisten, damit sich dein aberwitziger Plan nicht schon zu Beginn in Luft auflöst.« Er sah zur Treppe. »Es gibt einen geheimen Gang, der uns in die oberen Stockwerke führt, ohne dass wir an den Wachen vorbeimüssen.«

»Wie hast du ihn entdeckt?«

»Ich habe ihn nicht entdeckt. Er wurde mir gezeigt.« Cher nestelte an seinem Mantel. »Prinzessin Reeva hat mir ihr Geheimnis anvertraut.«

»Sprichst du von Ehgiens Tochter?«

»Sie wird uns helfen«, erwiderte der junge Dieb.

»Ehgiens Fleisch und Blut? Da wäre ich mir an deiner Stelle nicht so sicher.«

In Chers Augen trat ein seltsamer Glanz. »Sie hat nichts mit ihrem Vater gemein.«

»Tatsächlich? Anscheinend hat dir dein Aufenthalt

auf der Burg ganz besondere Einblicke gewährt.« Hayden kniff die Brauen zusammen, während Chers Gesicht eine unnatürliche Rotfärbung annahm. »Sie muss wahrhaftig über besondere Qualitäten verfügen, wenn es ihr gelungen ist, dich zu überzeugen.«

»Ich bin kein Narr. Nur ein Dieb, der gelernt hat, auf seine Instinkte zu hören.«

»Nun, dann beantworte mir eine Frage, Meisterdieb. Warum sollte die Thronerbin dir einen Weg zeigen, der die Feinde der Krone ungesehen an den Wachen vorbeiführt?«

»In Aehdland erben nur die männlichen Nachkommen den Thron.«

»Das ist wahr, doch es ändert nichts daran, wer sie ist.« Hayden senkte kopfschüttelnd den Blick. »Ist dir nie in den Sinn gekommen, dass sie ihre eigenen Interessen verfolgt?«

»Nein, das glaube ich nicht. Ich habe sie in den vergangenen Tagen beobachtet.« Cher hob trotzig das Kinn. »Ich vertraue ihr.«

»Glaub mir, Ehgiens Sippschaft ist nicht zu trauen.«

»Du traust auch mir, obwohl wir uns erst vor Kurzem begegnet sind.«

Hayden seufzte. »Du bist wirklich hartnäckig.« Er schob den Beutel unter sein Gewand. Die blau leuchtende Flamme über ihren Köpfen verlosch. »Solange wir keine bessere Option haben, könnten wir es auf einen Versuch ankommen lassen.« Seine Augen glitten zu der Treppe, deren Stufen sich in der Finsternis verloren. »Bist du dir wirklich sicher?«

»Ja, das bin ich.«

Hayden hob einladend die Hand. »Dann überlasse

ich dir gern die Führung, Bezwinger der Katakomben … Kenner der Frauen.«

Cher zog eine Grimasse und stieg die grob behauenen Steine empor. Hayden ging ihm nach, lautlos und schweigend, ein Schatten, der sich in der Dunkelheit verlor.

Esgar, Königsburg. Einen Tag zuvor

Die Gestalt löste sich aus dem Durchgang, in dem sie verharrt hatte, und blieb vor einer der Türen stehen, das dunkel gestrichene Holz unterschied sich kaum von den Steinwänden, aus denen die Burg erbaut worden war. Der Junge sah sich kurz um und drückte die breite Klinke herunter. Die Tür gab ohne Widerstand nach und er betrat die Kammer, deren einzige Lichtquelle ein Feuer darstellte, welches in einem offenen Kamin brannte. Sein Blick wanderte durch den Raum und glitt zu einem der Sessel. Vorsichtig trat er näher. Der Wind rüttelte an dem Fenster, das in die Mauer eingelassen war, und blies Eis gegen die Scheibe. Die hauchdünnen Kristalle ließen das Buntglas erblinden.

»Herrin?« Der Junge blieb stehen.

Reeva hob den Kopf. Als sie Cher erkannte, richtete sie sich überrascht auf. Ihr Blick fuhr zur Tür.

»Wie seid Ihr an den Wachen vorbeigekommen?«

»Ich habe für etwas Ablenkung gesorgt«, erwiderte er und setzte sich auf die kleine Bank neben dem Fenster. »Geht es Euch gut? Ich habe Euch nicht mehr gesehen seit unserer Begegnung am Fluss.«

»Man hielt es für besser, wenn ich in meiner Kammer bleibe, um mich zu erholen.« Reeva verschränkte die Hände.

»Dann hat man Euch also entdeckt bei Eurer Rückkehr?«

»Nein, aber meine Mägde haben Verdacht geschöpft, als sie die durchnässte Kleidung fanden.« Reeva sah, wie Chers Blick zu dem Krug schweifte, der neben ihr stand. Er griff danach und roch daran.

»Es ist nur Wein.« Sie nickte in Richtung einer kleinen Anrichte. »Ich rühre die Medizin nicht mehr an, seit …« Reeva verstummte.

Cher schenkte sich ein. »Möchtet Ihr auch?«

Sie schüttelte den Kopf. Ihr stand weder der Sinn nach Wein noch nach dem Essen, das man ihr in regelmäßigen Abständen in die Kammer brachte.

»Warum seid Ihr gekommen?«

Der junge Dieb trank einen Schluck. »Ich bin ein neugieriger Mensch. Und jemand, der sich Gedanken um jene macht, die er unverhofft aus eisigen Fluten zieht.«

»Ein Küchenjunge, der sich um seine Herrin sorgt?«

»Darf sich ein Küchenjunge nicht sorgen?«

Reeva wand eine braune Haarsträhne um ihre Finger. Dieser Junge war wirklich seltsam.

»Wann wart Ihr das letzte Mal an der frischen Luft?«

Sie zuckte mit den Schultern. »Ich werde an dem Festessen teilnehmen, das morgen stattfindet, und wohl nicht darum herumkommen, auch den Hofspielen beizuwohnen.«

»Es wird Euch sicher guttun, dieses Zimmer einmal zu verlassen.« Cher grinste. »Und ich habe etwas, das

Euch vielleicht ein Lächeln in Euer hübsches Gesicht zaubern wird.«

»Ein Geschenk?« Reeva hob verwundert eine Braue.

»Eher eine kleine Aufmerksamkeit.« Cher griff in seine Tasche und zog etwas heraus. »Schon bevor ich meinen Dienst auf Esgar begann, habe ich von Euch gehört. Ihr seid ein guter Mensch, Herrin. Das Volk schätzt Euch.«

»Sie kennen mich nicht.«

»Nun, das mag sein. Aber wer kennt schon wirklich jemanden, wenn man nicht direkt in sein Innerstes blicken kann?« Er öffnete die Hand und ein schmales Armband mit gläsernen Perlen kam zum Vorschein.

»Was ist das?« Sie beugte sich vor.

»Reicht mir Eure Hand.«

Reeva zögerte.

»Vertraut Ihr mir?«

Ihre Augen glitten über das Gesicht des Jungen, der sie erwartungsvoll anblickte. Statt einer Antwort hob sie ihren Arm. Cher legte vorsichtig das Armband darum und verknüpfte die Enden.

»Diese Perlen mögen aus einfachem Glas sein, aber ihnen wohnt ein Zauber inne. Sie verändern ihre Farbe, wenn Euer Körper mit Gift in Berührung kommt.«

Reeva sah auf das Schmuckstück herab. Die Perlen fingen das Licht des Feuers ein. Die Flammen darin tanzten, wie winzige, gefangene Irrlichter.

»Woher stammt dieses Zauberband?«

»Spielt das eine Rolle? Niemand, der das Armband sieht, wird die Kraft erkennen, die sich in ihm verbirgt. Ihr solltet es immer bei Euch tragen. Wenn sich die Steine dunkel verfärben, wisst Ihr, dass man Euch vergiften will. Verfärben sich alle schwarz ...« Cher hielt inne. »Zerreißt es und zerstoßt das Glas. Es enthält ein Gegenmittel, das Euch das Leben retten kann.«

Reevas Finger glitten über das Schmuckstück. Es war lange her, dass sie jemandem vertraut hatte. Dass sie einen Freund gehabt hatte.

»Ich danke Euch.«

»Jedes Leben ist kostbar, auch das Eure. Vergesst das nie.« Cher lehnte sich zurück. »Nachdem wir nun schon ein Geheimnis miteinander teilen, verratet Ihr mir vielleicht noch ein weiteres? Ich habe Euch gesehen ... in dem alten Gewölbe. Bevor Ihr zum Fluss gewandert seid.«

»Ihr seid mir nachgegangen?« Reeva hob den Kopf.

»Ich habe mir Sorgen um Euch gemacht. Und ich war zugegebenermaßen etwas neugierig, was Ihr dort unten zu suchen hattet. Als ich Euch zur Burg zurückbrachte, folgte ich Euch in die Katakomben, doch Ihr wart plötzlich ... verschwunden.« Er schob die Brauen zusammen. »Wie habt Ihr es geschafft, unbemerkt an den Wachen vorbeizugelangen? Oder ist es der Tochter des Königs gestattet, das Gewölbe zu betreten?«

Ein trauriger Zug legte sich um Reevas Mund. »Niemand darf die Katakomben betreten ohne die Erlaubnis des Königs. Auch seine Tochter nicht.« Sie ergriff einen Zipfel ihres Gewandes und sah zum Fenster. »Diese Mauern waren schon immer ein Gefängnis.«

Der junge Dieb legte den Kopf schief. »Aber Ihr lebt nicht länger auf Esgar. Und wenn die Gerüchte stimmen, die ich gehört habe, werden Euer Mann und Ihr die Burg schon bald wieder verlassen.«

»Das ist wahr.« Reeva blickte ihn an. »Genauso wahr,

wie, dass Ihr kein Küchenjunge seid. Sagt mir, warum Ihr wirklich auf Esgar seid, und ich beantworte Euch vielleicht Eure Fragen.«

Cher lächelte. »Ich wollte Euch nicht belügen. Ihr habt recht, ich gehöre nicht zur Dienerschaft ... zumindest nicht wirklich. Rüben schälen und Böden schrubben lagen mir noch nie. Ich bin hier, weil ich nach Informationen suche.«

»Informationen? Dann solltet Ihr Euch besser unter den Hofstaat mischen, dem Klatsch entgeht nichts, was auf Esgar vor sich geht.«

»Es sind nicht diese Art Informationen, die ich suche.«

Reeva zögerte. Ihre Gedanken glitten zu den Furcht einflößenden Wesen, die unter den Burgmauern hausten.

Cher warf einen Blick zur Tür. »Ich kann nicht länger bleiben, die Wachen werden bald zurück sein.«

»Wartet. Ich weiß nicht, ob ich Euch helfen kann ... ob ich es sollte«, fügte sie leiser hinzu. »Aber ich weiß, dass Esgar viele Geheimnisse verbirgt.« Sie sah ihn unsicher an. »Einige davon befinden sich in den unterirdischen Kammern.«

Cher nickte. »Das habe ich bereits vermutet.« Seine Augen fuhren über Reevas Gesicht. »Leider werden die Zugänge streng bewacht, dabei würde ich mich zu gern ein wenig mehr dort umschauen.«

Reeva fasste an das Armband, das sich an ihr Handgelenk schmiegte. Sie schob die Zweifel beiseite, die ihre Seele vereinnahmten und mit Angst erfüllten. Der Junge hatte sie schon einmal gerettet und er hatte ihr Geheimnis nicht verraten. Sie vertraute ihm, einem Fremden, dessen Namen sie nicht einmal kannte.

»Ich kenne einen Weg, der Euch in die Katakomben führt.« Reeva ließ die Hand sinken. »Ich habe ihn als Kind entdeckt. Niemand außer mir weiß davon.« Sie stand auf und schob entschlossen eine Haarsträhne aus ihrer Stirn. »Ich werde Euch den Zugang zeigen, wenn Ihr mir Euer Wort gebt, dass Ihr weder meiner Familie noch den Menschen die hier leben, schaden werdet.«

»Ich bin nicht Euer Feind. Ihr könnt auf mein Wort bauen.«

»Dann sollten wir keine Zeit verlieren.«

Cher grinste und erhob sich ebenfalls. »Ich wusste, es war die richtige Entscheidung, Euch aus dem Fluss zu fischen.« Er verbeugte sich. »Euer untertänigster Diener, Herrin Reeva. Ich werde Euch folgen, wohin auch immer der Weg uns führen wird.«

KAPITEL 24

Esgar, Königsburg. Gegenwart

»Ist alles bereit?« Árdis wandte sich zu ihrem Sohn um.

»Die Männer warten auf den Befehl zum Aufbruch. Sie können es kaum erwarten, endlich wieder ihre Klingen zu ziehen.« Kjartan schenkte sich Wein nach.

»Die meisten von ihnen sind Schwachköpfe.« Die Herrin von Lohleyn schüttelte den Kopf. »Es ist eine gefährliche Reise zu den Inseln. Wir können nur zu den Göttern beten, dass unsere Schiffe sicher ihr Ziel erreichen.«

Kjartan nippte an seinem Becher. Er würde es nicht riskieren, mit seiner Mutter einen Streit anzufangen. Schon gar nicht, wenn sie so aufgebracht war wie jetzt.

»Möchtest du auch etwas?« Er hob die Karaffe an.

»Nein, einer von uns beiden sollte bei klarem Verstand sein.«

»Glaube mir, mein Verstand wird klar sein, wenn Ehgien heute Abend die gute Nachricht verkündet.« Kjartan setzte erneut das Gefäß an die Lippen.

»Manchmal wünschte ich, du würdest weniger deinem Vater ähneln.«

»Nun, ich bin ebenso sein Sohn wie der deine, vergiss das nicht.« Kjartan ließ sich auf einem der Sessel nieder und stellte den Trinkbecher ab. Wein schwappte heraus und hinterließ auf dem Holz des kleinen Tisches dunkelrote Flecken. Er war es leid, wie ein unmündiges Kind gemaßregelt zu werden. Er hatte alles getan, was seine Mutter von ihm verlangt hatte, doch anscheinend würde das niemals genügen. Er hob den Blick und musterte Árdis, die noch immer aus dem Fenster blickte. Der Geisteszustand seiner Gattin warf ein schlechtes Bild auf das Haus Nerup und auf seine Ehe. Doch es gab noch einen weiteren Grund für ihre Verstimmung. Es war kein Geheimnis, dass Ehgien einen weiteren Bastard bekommen hatte, auch wenn die Geliebte des Königs das Kind anscheinend lieber in ihren Gemächern verbarg, als es dem Hofstaat zu präsentieren. Angeblich hatte dieses Weib einen Sohn geboren und stand somit hoch in der Gunst des Königs. Ein Ärgernis, das nicht nur seine Mutter beunruhigte, denn es warf auch die Frage auf, wen Ehgien als künftigen Nachfolger für den Thron bestimmen würde.

»Es tut mir leid.« Árdis kam zu ihm und griff nach seiner Hand. »Du weißt, ich habe es nicht so gemeint.«

Kjartan seufzte. Er lag ihm nichts daran, mit seiner Mutter zu streiten. Diesen Kampf würde er kaum gewinnen.

Ihr Blick glitt über sein Gesicht. »Es wird Zeit, dass du Esgar verlässt und zu den Inseln aufbrichst. Der Krieg wird alles verändern. Der Ruhm unseres Hauses wird wachsen, so wie der deine.« Sie sah zu der Weinpfütze auf dem Holz. »Wie geht es deiner Gattin? Hat sie sich von ihrem Missgeschick erholt?«

»Ich habe ihr Wachen zugeteilt, die sie nicht aus den Augen lassen. Sie verlässt nur selten ihre Kammer.«

»Dieses Vorkommnis kommt zu einem denkbar ungünstigen Zeitpunkt.« Árdis wandte den Kopf. »Ich dachte, sie wäre stark genug, an deiner Seite zu bestehen. Als Kind war sie an Starrköpfigkeit kaum zu überbieten. Doch sie ist schwach, genau wie Ehgiens Gemahlin. Es ist gut, dass du sie bewachen lässt. Es lässt dich ebenfalls schwach aussehen, wenn deine Frau wie ein Geist umherirrt und dabei zu Schaden kommt.«

»Ich versichere dir, noch einmal wird so etwas nicht geschehen.« Kjartan erhob sich. Die Mahnung seiner Mutter war überflüssig. Er selbst war ebenfalls nicht angetan von dem Geisteszustand seiner Gattin, der sich seit Wochen nicht zu verbessern schien. Er brauchte eine gesunde Frau an seiner Seite, wenn er bald einen Erben zeugen wollte. »Ich werde eine Lösung finden, sobald wir abgereist sind.« Sein Blick wurde nachdenklich. »Sagtest du nicht, du hättest ihr eine Medizin verabreicht, um sie ruhigzustellen?«

»Es ist ein Trank, den mir der Priester gab. Halldor hat sich als sehr nützlich erwiesen, auch wenn seine Predigten ermattend sind. Er wird sie mit der Medizin weiter versorgen, während ihr auf den Inseln seid und mir berichten, ob sie neu empfangen hat.« Árdis zupfte an ihrem Ärmel. »Du teilst doch regelmäßig das Bett mit ihr? Ich muss dich sicherlich nicht daran erinnern, dass wir alle unsere Verpflichtungen haben, auch wenn sie uns nicht immer mit Freude erfüllen.«

Kjartan nickte langsam. Er war sich durchaus bewusst, was von ihm erwartet wurde. Zudem ihn seine Mutter stetig daran erinnerte.

»Ich werde noch eine Weile auf Esgar bleiben«, fuhr

Árdis fort. »Es ist besser, wenn man seine Feinde kennt, bevor man sie vernichtet.«

»Sprichst du von dieser Frau? Wir haben Männer, die wir mit Angelegenheiten wie diesen betrauen.«

»Manche Dinge erledigt man besser selbst.«

Kjartan runzelte die Brauen.

»Wusstest du, dass man sie in einer Bauernkate gefunden hat? Die Entscheidungen meines Bruders waren schon immer unberechenbar, doch dass er dieser Frau erlaubt, mit uns an einer Tafel zu speisen, zeigt wie verkommen er ist.« Árdis' Hand glitt an ihre Kette, deren feine, goldene Glieder wie Mosaiksteine zusammengesetzt waren. »Ich werde diese Angelegenheit bereinigen. Wenn alles getan ist, reise ich euch nach. Ortos wird dir so lange bei deinen Entscheidungen zur Seite stehen. Du weißt, du kannst ihm vertrauen. Er ist unserem Haus treu ergeben.«

»Was ist mit Brjánn?«

»Deinem Bruder wird es an nichts fehlen. Ich habe dafür gesorgt, dass man sich in unserer Abwesenheit um ihn kümmert.«

»Gut. Ich schicke dir Nachricht, sobald wir das Heerlager erreicht haben.« Kjartan griff nach ihrer Schulter. »Ich hätte dich gern an meiner Seite, Mutter. Dein Rat ist für mich von unschätzbarem Wert.«

»Wir werden uns bald wiedersehen«, erwiderte sie lächelnd. »Ich habe in der Vergangenheit Fehler begangen, die ich zutiefst bereue, aber du und dein Bruder seid mein kostbarstes Gut.« Ihre Finger strichen über seine Wange. »Sorg dich nicht um mich, oder Brjánn. Du musst deine Kräfte für etwas anderes aufsparen. Wir dürfen nicht riskieren, dass Reeva eine weitere Torheit begeht, oder sich gegen dich wendet. Wir brauchen sie, um deine Position zu festigen. Zumindest bis du den Thron besteigst.«

»Sie ist meine Frau. Sie weiß, wem ihre Loyalität gilt.«

Árdis nickte. »Sorg dafür, dass sie das niemals vergisst.«

Esgar, Halle der Dreizehn Götter. Zur selben Zeit

Das Feuer brannte hell und spie goldfarbene Funken in den Saal, an dessen steinernen Wänden Fackeln hingen.

Uriel starrte auf den Pergamentfetzen, der aus den Flammen im Kamin emporstieg und zu schwarzer Asche zerfiel. Ihre Hand schloss sich um die Lehne des Stuhls, auf dem sie saß. Ein weiterer Tag war vergangen, ohne dass sie die Antworten gefunden hatte, nach denen sie suchte. Die Zeit rann ihr durch die Finger. Heute Abend musste sie Balian Ergebnisse präsentieren, der Erste Berater duldete keinen weiteren Aufschub. Sie schloss die Augen. Die Wärme der Flammen erhitzte ihr Gesicht und verdrängte die Kälte, die sie in ihrem Inneren fühlte. Was würde er tun, wenn er die Wahrheit erfuhr? Sie hatte weder die geheime Formel entdeckt, nach der er verlangte, noch besaß sie die Macht, das, was keinen Odem mehr in sich trug, erneut zum Leben zu erwecken. Ihre Fingernägel gruben sich in das Holz.

In den vergangenen Jahren hatte sie ihre Fähigkeiten erweitert. Jede Formel, jedes magielarische Geheimnis, das ihr in die Hände gefallen war, wurde von ihr erprobt. Verbessert. Sie beherrschte die Verwandlungen wie kein anderer. Doch die eine Fähigkeit, die sie sich wünschte, die sie als Kind besessen und gefürchtet hatte, hatte sie verlassen. Es war ihr nicht möglich, totem Fleisch Leben einzuhauchen, sosehr sie es auch versuchte.

Balian glaubte, sie benötige nur einen Zauber, um ihre Kräfte zu stärken, doch die Wahrheit war eine andere.

Es lag außerhalb ihrer Macht.

Warum hatten die Götter sie verlassen? Wenn es ihr nicht gelang, das verlorene Manuskript zu finden, musste sie einen anderen Weg suchen, um an ihr Ziel zu gelangen. Ihr Blick glitt zu den Kräutern, die auf dem Tisch verstreut lagen. Sie hatte schon immer gewusst, dass sie anders war, dass es etwas gab, eine Kraft, die sie nur in sich anzurufen brauchte, um ein neues Gleichgewicht zu schaffen. Uriel betrachtete ihre Hände. Sie hatte bereits als Kind die Gegenwart ihres Zwillings gespürt, jedoch erst verstanden, was es bedeutete, als die Träume begannen.

»Mein Fleisch, mein Blut«, murmelte sie. An manchen Tagen war die Verbindung zu ihrer Schwester so stark gewesen, dass sie fühlen konnte, was das andere Mädchen empfand … was sie sich wünschte. Sie hatte niemandem davon erzählt. Es war eines der Geheimnisse, die sie sorgfältig bewahrte, bis sie ihr von Nutzen waren. Vor einiger Zeit hatte sie die junge Frau erneut in einer ihrer Visionen gesehen. Uriel hatte sich ihr nicht zu erkennen gegeben, sondern stattdessen die Gabe ihrer Schwester erprobt. Sie hatte eine Kraft in ihr gespürt, die ihrer ebenbürtig war. Eine Kraft, die ihr nützlich sein konnte.

Uriel lehnte sich zurück. Sie brauchte nichts anderes tun, als zu warten. Ihr Zwilling würde zu ihr kommen.

Sie sah zu der Abschrift, die neben ihr auf dem Tisch lag. Angeblich enthielt sie einige Formeln, die aus dem Dreizehnten Buch stammten. Doch die magielarischen Texte waren unvollständig. Sie hatte sie studiert, der Funke, der die Kraft verlieh, war nicht stark genug. Es fehlten wichtige Formeln. Wörter der Macht. Ihre Augen fixierten den leblosen Körper des Hundes, der vor dem Kamin lag. Als würde er schlafen, dachte sie. Aber es war ein Schlaf, aus dem es kein Erwachen mehr gab. Sie hob die Fingerspitzen an ihren Mund. Nicht mehr lange und sie würde die Kraft in den Händen halten, die ihm den Lebensfunken wieder verlieh.

»Lemoria ta Etach«. Uriel starrte in die Flammen. *Die Toten zum Leben.* Sie würde nicht eher aufgeben, bis sie die Macht zurückerlangte, die man ihr gestohlen hatte. Ein leises Wimmern riss sie aus ihren Überlegungen. Raegon verlangte ihre Aufmerksamkeit, der Säugling war in seiner Wiege erwacht. Bevor sie ihren Mutterpflichten nachkam, gab es jedoch noch etwas anderes, was zu Ende gebracht werden musste. Uriel musterte das Tuch, in das sie ihren Sohn gewickelt hatte. Das Leinen verdeckte das dunkle Mal, welches den Leib des Jungen überzog, und schützte ihn vor neugierigen Blicken. Seit seiner Geburt war es gewachsen, wie eine unheilbare Krankheit, die sich nicht eindämmen lässt. Sie hatte Nachforschungen angestellt, aber nicht herausfinden können, was das Zeichen bedeutete, ob es an der Magie lag, die durch seine Mutter floss oder durch eine andere Kraft verursacht wurde. Furcht stieg in ihr auf. Wie lange konnte sie sein Geheimnis noch vor den anderen verbergen? Ihr Blick fuhr zu der Schale, die am Rand des Tisches stand. Sie würde ihre Studien fortsetzen, für sich selbst und für ihren Sohn. Und sie würde Balian etwas geben, das den Berater – zumindest für den Moment – zufriedenstellte.

Uriel erhob sich und ging zum Tisch. Ihre Hand griff nach dem ehernen Deckel eines kleinen Gefäßes. Vorsichtig schob sie ihn zur Seite und tastete mit der Hand hinein, dann zog sie sie wieder heraus und öffnete die Faust. Zwischen ihren Fingern kam eine schwarze Arachne zum Vorschein. Eine Waldspinne, deren Netze im Sommer wie Takelagen eines Schiffes zwischen den Bäumen hingen. Sie ließ das Tier in die Schale gleiten, in der sich bereits einige Kräuter, getrocknetes Blut und kleine, weiß glänzende Knochen befanden, und zog ein Messer hervor. Ihre Augen wanderten über die Beine der Spinne, die sich ihren Weg durch die unerwarteten Hindernisse bahnte.

»Ruhig, meine Gute. Ich werde dir eine Kraft verleihen, die dich erstarken lässt.« Uriel zog die Klinge über ihre Handfläche und sah dabei zu, wie ein dünnes Rinnsal herabtropfte und in das Gefäß fiel. Die Verwandlung der Wolfswesen erforderte keinen Blutzauber, doch das Risiko, einen menschlichen Körper – eine Seele – zu verändern, sie vergessen zu lassen, war weitaus schwieriger und verlangte große Kraft. Während der vergangenen Monde war es nur zweimal gelungen, eine Verwandlung ganz zu vollziehen. Die meisten hatten die Prozedur nicht überlebt. Und sie mussten die Wölfe mit jedem Mond, der verstrich, neu mit einer Mixtur versorgen, um ihre Erinnerungen zu unterdrücken. Uriel biss sich auf die Unterlippe. Sie benötigten etwas, das leichter zu erschaffen und ebenso robust wie die Läufer war. Uriel sah zu dem Kadaver des Hundes. Falls es ihnen gelingen sollte, den Totenzauber zu entfesseln, wäre keine

Macht der Welt in der Lage, sich ihnen entgegenzustellen. Denn was sollte stärker sein als totes Fleisch, das weder Schmerz noch Verlust empfand? Das keine Seele besaß? Über ihre Lippen glitten leise Worte, während sie den Arm sinken ließ. Das Feuer im Kamin loderte hell auf. Sie betrachtete das Blut, das auf die Blütenstängel, verblichenen Knochen und den Körper der Arachne fiel und schließlich verschwand, als würde es von ihnen aufgesogen. Sie beugte sich vor und blies ihren Atem auf das kleine Wesen, das vor ihr in der Schale zappelte.

»Blut und Knochen … Herz aus Schatten.« In dem Gefäß begann sich ein dunkler Wirbel zu bilden. Die einzelnen Komponenten erhoben sich in die Luft, von einer unsichtbaren Kraft gelenkt, und verschmolzen miteinander. Knochen verband sich mit Fleisch und warmem Blut, während Uriel neben dem Tisch stand und ihr Werk betrachtete.

Der Körper der Arachne veränderte sich. Die Gliedmaßen wurden größer und kräftiger, der schwarze, runde Kopf wuchs in die Länge, bis er dem Schädel der Ratte ähnelte, dessen Gebeine und Haare mit in der Schale gelegen hatten. Uriels Pupillen weiteten sich. Der Zauber gelang. Die Chimäre würde an Kraft gewinnen, wenn sie ihr Nahrung gab. Ein Mischwesen, das die Stärke und Eigenschaften von beiden Kreaturen in sich trug. Und dank des Blutzaubers auch ihren eigenen Überlebenswillen. Sie ballte ihre Hand zusammen, die immer noch blutete, hob den Käfig vom Boden, aus dem quiekende Laute drangen, und zog zwei der Mäuse an ihren Schwänzen hervor. Die Tiere zappelten verängstigt und versuchten zu entkommen. Sie hielt den Arm über das Gefäß und ließ sie hineinfallen.

»Du musst hungrig sein, stärk dich. Ich werde mich um dich kümmern.« Zufrieden sah sie dabei zu, wie sich das Wesen erhob. Seine Glieder wirkten seltsam verkrümmt, doch sie würden wachsen, genau wie der schwarze Körper, auf dem gerade erst Fell zu sprießen begann.

Die Chimäre wandte den Kopf und packte eine der Mäuse, bevor sie sie im Ganzen verschlang. Als die andere am Rand der Schale emporkroch, um zu fliehen, sprang sie ihm nach und stach mit ihrem langen Stachel zu, der aus einer Hautfalte unter dem Kiefer hervorragte. Der spitze, knochenartige Fortsatz bohrte sich durch den Körper des Tieres, das quiekend aufschrie, und riss ihn zurück.

Uriel lächelte. Sie würde Balian nicht enttäuschen.

KAPITEL 25

Esgar, Königsburg

»Warte.« Hayden hielt Cher am Arm zurück. »Wir können nicht einfach so da rausmarschieren.« Er lehnte sich gegen eines der Regale, die an den Wänden der Bibliothek aufgereiht standen.

»Ach, wirklich? Und das fällt dir jetzt erst ein?«

Hayden verdrehte die Augen. »Selbst wenn ich meine Kräfte einsetze, es wird mir nicht gelingen, den gesamten Rat zu täuschen. Sie werden erkennen, wer ich bin.«

Chers Hand glitt an seine Hosentasche. »Ich habe da vielleicht etwas, um dieses Problem zu beheben.«

Hayden starrte auf die schwarze Feder, die der Junge hervorzog. Ein Zauber schien darauf zu liegen, doch er konnte nicht bestimmen, um welchen es sich handelte.

»Du musst nicht mit deinem eigenen Gesicht die Burg betreten.« Cher grinste ihn an.

»Ein Blendzauber?« Hayden streckte die Hand aus und nahm die Feder entgegen.

Der junge Dieb nickte. »Er wirkt jedoch nicht sehr lange, ein Stundenglas vielleicht, mehr Zeit hast du nicht.«

»Was ist mit dir?«

»Ein Küchenjunge wird kaum auffallen.«

»Dann bleibt nur noch die Frage, wie ich an den Siegelring gelange.«

»Freiwillig werden sie ihn dir kaum aushändigen.«

»Du unterschätzt meinen Charme.« Hayden spitzte den Mund, was der junge Dieb mit einem Schnaufen quittierte.

»Vielleicht findet sich eine Gelegenheit auf dem Fest. Heute ist der Tag des Kronjubiläums, oder hast du das vergessen?«

»Wie könnte ich. In der Stadt redet man seit Tagen von nichts anderem.«

Cher nickte. »Wahrscheinlich sind sie alle zur Feier in der Halle versammelt. Ehgiens Männer, der Hofstaat und …«

»Balian.«

Cher kniff die Augen zusammen. »Was genau willst du tun, wenn du ihn gefunden hast?«

»Ich werde seine eigenen Kräfte gegen ihn einsetzen«, erwiderte Hayden. Er schloss die Hand um die Feder.

»Aliah Vit«, beantwortete Cher seine stumme Frage.

Hayden hob die Hand an die Lippen und flüsterte die Formel. Ein sanftes Flimmern ging von der Feder aus und stieg empor, bis sein Gesicht völlig eingehüllt war.

»Auf uns wartet ein Fest, mein Freund. Wir sollten keine Zeit verlieren.« Er schenkte Cher ein Lächeln.

»Vielleicht hättest du eine weniger auffälligere Form für den Zauber wählen sollen.« Der Junge musterte die blonden Locken, die über Haydens Schultern fielen.

»Manchmal ist ein wenig äußere Ablenkung durchaus hilfreich.« Hayden hob die Mundwinkel und nickte in Richtung der Tür. »Lass uns gehen. Ich kann spüren, dass der Weg frei ist. Misch dich unter die Gäste, vielleicht hörst du etwas, das uns nützlich sein kann. Sobald der Zauber verblasst, treffen wir uns wieder in der Bibliothek. Falls ich nicht hier sein sollte, warte nicht auf mich. Kehre zurück in die Totenstadt.« Cher nickte, doch Hayden konnte ihm seine Bedenken am Gesicht ablesen. »Nun gut.« Er schlug den bestickten Saum seiner Uniform zurück, den die Illusion geschaffen hatte. »Ich kann es kaum erwarten, der königlichen Familie wiederzubegegnen.«

Cher öffnete die Tür, die mit einem quietschenden Knarren aufschwang. »Ich gehe voraus.« Er trat in den Gang und war kurz darauf in der Dunkelheit verschwunden.

Hayden folgte ihm langsam. Er hatte keine Eile und es war besser, wenn man sie nicht zusammen sah. Er lief zu der Treppe, welche die oberen Stockwerke miteinander verband, und durchquerte einen der lang gezogenen Korridore, der an einer weiteren Treppe endete. Die breiten, aus Stein geschlagenen Stufen glänzten im Schein der Fackeln. Stimmengewirr hallte zu ihm hinauf, das Fest schien bereits begonnen zu haben. Hayden folgte den Lichtern, die ihm den Weg zum Thronsaal wiesen. Am Eingang zur Halle blieb er stehen. Cher hatte recht gehabt, der halbe Hofstaat drängte sich zwischen den opulent eingedeckten Tischen und Bänken. Sein Blick wanderte über die Krieger, Adeligen und ihre Bediensteten, deren aufgeregtes Geschnatter bis in das zweite Stockwerk gedrungen war. Zwischen all den Menschen würde er kaum auffallen. Er nickte den Wachen zu, die an der Flügeltür standen, und betrat den Saal. Seine Sinne versuchten in der Menge diejenigen auszumachen, nach denen er suchte. Als er etwas am Rande seines

Sichtfeldes wahrnahm, wandte er den Kopf. Der Mann, der ihm den Rücken zugedreht hatte, schien zum Rat zu gehören. Hayden blieb stehen und griff nach einem der mit Wein gefüllten Becher, welche von Dienstboten auf schmalen Holzbrettern gereicht wurden. Scheinbar gelangweilt trank er einen Schluck und ließ seinen Blick dabei durch den Saal gleiten. Er musste äußerst vorsichtig sein. Wenn der magische Verbund seine Tarnung durchschaute, konnten selbst die Götter ihn nicht mehr beschützen. Er sah zu dem schwarzen Banner, das an der Stirnseite des Thronsaales hing. Das darauf abgebildete Auge schien ihn zu verfolgen, als ahne es, dass er weder zu der königlichen Wache noch zum Hofstaat gehörte.

Hayden drehte sich zu einem der Tische um, auf denen Speisen standen. Sie waren mit Zweigen des Terkalbaumes verziert. Die roten Beeren, welche an den Blättern hingen, bildeten einen starken Kontrast zu dem weißen Leinen, auf dem sie lagen. Es war eine Dekoration, die dem Totengott würdig war. Selbst im Winter verloren die Terkale ihre Früchte nicht, die Beeren waren jedoch nicht essbar, sondern hochgiftig. Er schlenderte weiter und tastete unauffällig mit seinen Sinnen nach den Gedanken der Menschen. Hayden nahm drei Mitglieder des Rates wahr, deren Präsenz sich deutlich von den anderen unterschied. Sie schienen sich im Saal aufgeteilt zu haben, wie Wachhunde, die ihren Herrn beschützen. Als er die Gedanken von einem der Magier auffing, senkte er den Blick. Fareyd. Er hatte einst mit seinem Vater zusammen dem alten König gedient. Vor seinem Verrat. Genau wie Yemolar.

Hayden trank den Becher leer und griff nach einem neuen. Er hatte nach dem Mann Ausschau gehalten, doch anscheinend weilte er nicht in der Halle. Der Rat der Sieben schien nicht vollständig anwesend zu sein, was ihm nur zum Vorteil gereichen konnte. Die Menge vor ihm teilte sich und gab die Sicht auf die königliche Tafel frei, die für das Bankett festlich geschmückt war. Die verstreuten Beeren auf der Seide erinnerten an Blutflecke, als hätte man dem Zweigesichtigen ein Opfer dargebracht.

Haydens Augen glitten über die schwarz gewandete Gestalt des Mannes, der an der Seite des Königs Platz genommen hatte und verharrten bei dem Siegelring an dessen Finger, der ihm nicht nur Stärke verlieh, sondern auch deutlich machte, welche Position der Berater am Hof innehatte. Das Oberhaupt des magischen Verbunds. Die rechte Hand des Königs.

Hayden spürte Zorn in sich aufwallen. Seine Gabe begann sich zu regen und er war versucht, in die Gedanken des Mannes einzudringen, der in ein Gespräch mit einem der Soldaten vertieft war. Doch er hielt sich zurück. Die anderen Seher würden bemerken, wenn er sich seiner Kräfte zu früh bediente.

Halbschatten setzte ein Lächeln auf, zog den Stoff seiner Uniform zurecht, auf der das Symbol des Hauses Taran prangte, und schritt auf die Tafel zu. Nun würde sich zeigen, ob Chers Zauber wirklich hielt, was er versprach.

Aehdland, unterhalb des Grauen Gebirges.
Einige Zeit zuvor

Die junge Frau hob den Kopf und sah dem Nebel entgegen. Aus dem Dunst begann sich ein Schatten zu formen, der den Umriss eines Menschen annahm. Das Gesicht war kaum mehr als ein unscharfes Abbild, aber Aerion erkannte goldenes Haar und Augen, die die Farbe des Himmels trugen. Ein Flüstern drang durch die Stille und obwohl sie die Worte nicht verstand, wusste sie, wer es war, der zu ihr sprach. Aerions Herz flatterte wie ein eingesperrter Vogel in ihrer Brust.

Schwester.

»Ich kann dich spüren. Wir gehören zusammen, du und ich. Wir sind von einem Blut.«

Aerion wollte antworten, doch der Schemen löste sich auf.

Ein Brennen fuhr durch ihre Venen. Sie fühlte, wie das Mal über ihren Körper glitt. Wispernd, lockend.

Ein Versprechen, das nach langer Zeit eingelöst wurde.

Aerion schlug die Augen auf und starrte in die Schwärze, die sie umgab. Auf dem Gang vor der Kammer erklangen schwere Schritte. Sie stützte sich an der Wand ab und richtete sich auf. Man hatte ihnen weder Decken noch Stroh in die Zelle gebracht. Ihre Glieder waren von der Kälte völlig steif. Ihr Blick fiel auf Mattes, der noch immer schlief. Aerion wollte ihn wecken, aber ihre Hand verharrte unschlüssig in die Luft. Sie konnte es spüren.

Er war hier.

Die Schritte kamen näher und verstummten vor der Zelle.

»Ihr seid wach, gut. Ich hoffe, Ihr konntet Euch ein wenig ausruhen, trotz der misslichen Umstände.« Tikal bleckte die Lippen. Seine Augen wanderten zu Mattes, der zusammengerollt auf dem Boden lag, und musterten dann abwartend ihr Gesicht. »Anscheinend habe ich Euer Missfallen erregt, weshalb Ihr mich mit Schweigen straft.« Er trat an das Gitter heran.

Aerion wich seinem forschenden Blick nicht aus. In dem dunklen Auge, das sie anstarrte, waren weder Mitgefühl noch Sorge zu erkennen. Sie hatte bereits in der Halle vergeblich versucht, in Tikals Gedanken einzudringen. Auch jetzt war es ihr nicht möglich.

»Sollen wir uns für Eure Gastfreundschaft bedanken? Ihr hattet uns ein Versprechen gegeben. Und habt es gebrochen.« Sie lehnte sich zurück. »Ihr sagtet, es gäbe einen Weg durch das Gebirge, den Ihr uns zeigen würdet. Stattdessen habt Ihr uns einsperren lassen, ohne uns dafür die Gründe zu nennen.«

Tikal löste die Hand vom Gitter. »Ihr kennt den Grund. Ihr habt uns etwas Entscheidendes verschwiegen und ich dulde keine Unehrlichkeit.« Aus seiner Kehle drang ein Laut, der an ein Knurren erinnerte. »Anfangs war ich mir nicht sicher, doch die Runen haben mir bestätigt, was ich vermutet habe. Ihr seid Trägerin der Inrir, und da ist noch etwas anderes in Euch … etwas, das ich sehr begehre.«

Aerion ballte die Finger zusammen.

»Eure Gefühle verraten Euch. Schon als ich Euch das erste Mal sah, ahnte ich es. Ich konnte die dunkle Kraft riechen.« Tikals Gesicht wurde von den Schatten verschluckt. »Sie strömt aus jeder Eurer Poren. Ich werde Euch nicht gehen lassen, bis Ihr mir die Wahrheit über Euch und Eure Absichten sagt. Sagt mir, wer Ihr seid.«

»Wir haben Euch alles erzählt, was Ihr wissen müsst.«

Tikal schüttelte lächelnd den Kopf. »So hübsch. Und so störrisch. Wisst Ihr, ich habe es schon immer als sehr ungerecht betrachtet, dass die Gabe nicht zu jedem kommt, dass sie über das Blut vererbt wird, wie eine Krankheit. So viele sind ihrer nicht würdig. Dass es immer weniger Menschen gibt, die Träger sind, beweist, dass die Götter uns verlassen haben. Sie trauen uns nicht.« Er tippte auf das Metall, das sein rechtes Auge verdeckte. »Ich habe Atorh den Blutschwur geleistet. Ich war bereit, den Preis zu zahlen, den die Dreizehn fordern und ich habe mehr als nur dieses Auge geopfert, um sehen zu können, was anderen verborgen bleibt.« Er trat erneut näher. »Ich gehöre vielleicht nicht zu den Gesegneten, die mit der Kraft geboren wurden, aber die Götter selbst haben mir einige ihrer Geheimnisse offenbart.« Tikal nickte, als würde er zu sich selbst sprechen. Seine Zunge glitt über seine Unterlippe. »Worte können sehr viel Macht haben, sie sind Schwerter, deren Klingen niemals ihre Schärfe verlieren.«

Eine Erinnerung flammte in Aerions Gedanken auf. Sprach er etwa von den heiligen Schriften? Ihre Augen glitten über sein Gesicht. Auf der Metallklappe waren Symbole eingeritzt, doch die Zeichen waren ihr nicht bekannt.

Ihre Ziehmutter hatte ihr als Kind von den Chroniken erzählt, auch, dass einige der Überlieferungen als verschollen galten. Die Lehren Atorhs und seiner Schwester Aenai ... Ein Schauer überzog ihren Nacken. Hatte Tikal eines der Bücher gefunden und war im Besitz geheimen Wissens? In der Vergangenheit hatten immer wieder Menschen versucht, an die Schriften zu gelangen. Die

Texte und darin enthaltenen Formeln standen jedoch nur einem kleinen Kreis zu – den Beratern des Königs. Niemandem sonst. Es war verboten, nach ihnen zu forschen. Es war bereits verboten, auch nur daran zu denken, sich das Wissen aneignen zu wollen.

Tikal setzte ein schmales Lächeln auf. »Was auch immer es ist, das Ihr vor mir verbergt ... ich bin mir sicher, es würde den Rat der Sieben brennend interessieren. Doch es liegt mir fern, das Königshaus oder die Speichellecker zu unterstützen, die ihm untertänig sind.« Er wandte sich ab. »Vielleicht braucht Ihr ein wenig mehr Ruhe, um Euch zu besinnen. Ich werde Euch etwas Bedenkzeit geben. Nutzt sie weise.« Seine Schritte verklangen in den Gängen.

Aerion schloss die Augen, doch die Anspannung ließ nicht nach. Sie versuchte, ihren Atem zu beruhigen und dachte an ihr Zuhause, an Askaleth. Daran, dass sie als Kind gehofft hatte, eines Tages vielleicht so sein zu können wie die anderen. Ohne die dunkle Gabe, die von ihr zehrte – ein hungriges Tier, das nie zur Ruhe kam. Als sie hörte, wie Mattes sich auf die Seite drehte, wandte sie den Kopf.

»Aerion?« Seine Stimme war schlaftrunken. »Es tut mir leid. Ich wollte nicht einschlafen, aber anscheinend hatte mein Körper einen stärkeren Willen als mein Geist.« Er fuhr sich über die Stirn.

»Es ist gut, dass du dich ausgeruht hast. Wir werden beide unsere Kräfte brauchen.«

»Wie lange sind wir bereits hier?« Mattes richtete sich auf und stöhnte leise. Anscheinend schmerzten seine Muskeln genauso wie die ihren.

»Fast einen ganzen Tag.«

Mattes blickte sich um. »Wir haben weder Wasser noch Essen bekommen. Wollen sie uns aushungern?«

Aerion schwieg. Ihre Augen wanderten zu dem Eimer aus Zinn, der in einer Ecke der Zelle stand. Es war widerlich, ihre Notdurft so verrichten zu müssen, aber wenigstens gab es ein Behältnis und nicht nur den nackten Boden. Unschlüssig, ob sie Mattes von Tikals Besuch berichten sollte, verschränkte sie die Finger. Sie fühlte sich hilflos und ausgeliefert, sowohl den Fremden gegenüber als auch den Kräften, die in ihr brodelten. Zorn kroch in ihr empor, eine schwelende, heiße Glut. Sie bemerkte nicht, wie die Erde neben ihr zu flimmern begann und in einem schwarzen Wirbel vom Boden aufstieg.

»Aerion, nicht!« Mattes beugte sich zu ihr und ergriff ihre Hände. »Du hast es selbst gesagt, die Kammer würde deinen Kräften nicht standhalten.«

»Vielleicht sollten wir es auf einen Versuch ankommen lassen«, erwiderte sie.

»Vielleicht. Wenn in den nächsten Stunden niemand kommt, nehme ich dein Angebot gerne an.« Mattes stand auf und ging zum Gitter.

Aerion sah, wie sein Blick durch den Gang glitt. Das Virit tauchte den Weg vor der Kammer in ein unwirkliches Licht. Sie versuchte zu erkennen, was tiefer in den Schatten verborgen lag, aber es war zwecklos.

»Ich war noch nie ein sehr geduldiger Mensch. Und daran wird sich heute nichts ändern.« Mattes kam zurück und glitt neben ihr zu Boden.

»Alba nannte mich immer ›kleines Wiesel‹, weil ich nie still sitzen oder darauf warten wollte, bis sie sich Zeit für mich nahm.« Aerion lächelte. Die Erinnerung weckte eine schmerzhafte Sehnsucht in ihr.

»Anscheinend müssen wir beide lernen, an unserer Einstellung zu arbeiten«, erwiderte Mattes.

Es vergingen mehrere Stunden, bis erneut Schritte zu hören waren. Doch während Tikals Stiefelschritte sein Erscheinen lange im Voraus angekündigt hatten, schien dieses Mal jemand darauf bedacht zu sein, nicht aufzufallen. Es war kaum mehr als ein Scharren, das sich in der Dunkelheit erhob.

»Wer ist da?« Mattes erhob sich von seinem Platz und sah zu der Gestalt, die sich außerhalb ihres Sichtfeldes verborgen hielt. »Komm heraus und zeig dich.«

Aris trat näher. In seiner Hand hielt er etwas, das wie ein Weinschlauch aussah.

»Bringt ihr uns endlich etwas zu trinken?«

Der Junge schob den Lederschlauch durch die Gitterstäbe. »Es war nicht erlaubt, euch früher zu sehen.«

»Schon gut, Junge.« Mattes griff nach dem Schlauch und gab ihn Aerion. »Trink du zuerst.«

Sie zögerte nur einen kurzen Augenblick, bevor sie ihn ergriff und an die Lippen hielt. Sie war völlig ausgedörrt.

Aerion reichte das Trinkgefäß Mattes zurück. »Danke.«

Er nahm es und trank in schnellen Zügen. »Wird man uns auch etwas zu Essen bringen?« Mattes blickte den Jungen an.

Aris schüttelte den Kopf. »Es tut mir leid.«

»Was denn? Dass ihr gelogen habt? Oder dass man uns hier eingesperrt hat, als wären wir Tiere?«

Der Junge zuckte zusammen. »Ich wollte das nicht«, stammelte er.

»Er kann nichts dafür.« Aerion schloss müde die Augen. Die ständige Dunkelheit, die sie umgab, erschöpfte sie und sie sehnte sich danach, erneut zu schlafen.

»Sie werden euch später holen.« Die Stimme des Jungen war kaum mehr als ein Flüstern.

Aerion schaute ihn an. Sie konnte sehen, dass der Junge zitterte.

»Was meinst du damit?« Mattes ließ den Weinschlauch in seiner Hand sinken.

»Das Fest … heute Abend ist die letzte Nacht. Wir ehren Atorh und bitten um seinen Schutz.«

»Auch wenn ich mich nach einem anständigen Mahl und warmem Met sehne, statt dieses lauwarme Wasser trinken zu müssen, kann ich gut darauf verzichten, an einem derartigen Spektakel teilzunehmen.« Mattes warf dem Jungen einen unwirschen Blick zu, anscheinend in der Hoffnung, ihn dadurch vertreiben zu können.

»Ich …« Der Junge stockte. Auf seinem Gesicht begannen sich nervöse Flecken zu bilden. »Ich muss gehen.« Er wandte sich um und lief davon.

Mattes schnalzte mit der Zunge und sah ihm nach.

»Er hat Angst. Ich konnte es fühlen. Er fürchtet sich.«

»Vor uns?« Mattes runzelte die Stirn. »Vielleicht hat er ja übersehen, dass wir es sind, die hinter den Gittern sitzen.«

»Nein, es ist etwas anderes.«

Mattes stopfte den Pfropfen zurück auf die Öffnung des Schlauchs. »Und wovor fürchtet sich dieser kleine Handlanger eines selbst ernannten Königs?«

»Davor, was er gehört hat.« Aerions Blick wurde starr. »Ich konnte seine Gedanken lesen. Sie bringen in dieser Nacht Atorh ein Opfer dar.«

»Es wundert mich nicht, dass sie dem Einäugigen huldigen. Sie versprechen sich Macht. Doch letztendlich sind sie nur Diebe, die sich wie Ungeziefer unter der Erde verkriechen.«

»Sie werden das Alderahzeremoniell vollziehen.«

Mattes schüttelte den Kopf. »Bei den Göttern, es ist lange her, dass ich davon gehört habe.«

»Tikal glaubt, dadurch Atorh beschwören zu können und seine Gunst zu erhalten.«

»Dieser Narr. Seine Gier nach Macht ist anscheinend noch größer, als ich dachte.«

Aerion blickte auf ihre Hände. In ganz Aehdland war es verboten, ein menschliches Leben zu opfern, die Krone hatte bereits vor Jahrzehnten derartige Blutgaben untersagt. Doch es hieß, dass in den Sümpfen des Landes immer noch mehr verschwand als Göttergaben aus Silber und Gold.

»Ein Blutzauber fordert auch von ihm ein Opfer.«

Aerion nickte. Alba hatte ihr erzählt, wie gefährlich das Ritual war und welchen Preis man dafür zahlen musste.

»Ich denke, er ist bereit dieses Opfer zu bringen«, erwiderte sie. »Er hat Atorh bereits eines seiner Augen gegeben. Seine Männer … sie werden mich holen, sobald es Nacht wird.«

Mattes starrte sie entsetzt an. »Was?«

»Tikal weiß, dass ich die Gabe in mir trage. Und er spürt, dass es noch etwas anderes gibt. Etwas, das ich vor ihm verberge.« Sie zog den Ärmel ihres Hemdes zurück. »Was wäre ein besseres Opfer als das Blut einer Gesegneten? Vielleicht hat er recht, vielleicht verleiht ihm mein Blut die Stärke, nach der er verlangt.«

»Das ist völliger Irrsinn!«

»Er war hier, während du geschlafen hast. Er wollte,

dass ich ihm von meinen Kräften erzähle, doch ich habe mich geweigert. Tikal hat mir Bedenkzeit angeboten. Anscheinend ist seine Geduld aufgebraucht.«

Auf Mattes' Stirn bildete sich eine tiefe Furche. »Warum hast du es mir nicht erzählt?«

Aerion hatte keine Antwort auf diese Frage. Ihre Gedanken wanderten zu dem Saal, in dem Tikal sie empfangen hatte. Sie hatte den Altar gesehen, der in eine Nische der Felsen eingelassen und dem Einäugigen geweiht war. Das in die Steine geritzte Augensymbol hatte sie wachsam angestarrt.

Erschöpft ließ sie ihren Kopf zurücksinken. Es wäre eine Möglichkeit, alles zu beenden. Die Stimmen, die nach ihr riefen, würden endlich verstummen. Mattes hatte alles riskiert, um sie zu begleiten. Indem ihr Leben verlosch, würde sie seines retten können. Und auch die Verbindung zu der anderen Frau würde mit ihr sterben. Ihrer Schwester.

»Wage es ja nicht, daran zu denken.« Mattes musterte sie. »Ich werde nicht zulassen, dass das geschieht.« Seine Hand wanderte an die Klinge.

Aerion lächelte müde. »Du hast gesehen, wie viele Männer er befehligt. Diesen Kampf können wir nicht gewinnen.«

»Vielleicht nicht. Aber ich werde nicht einfach aufgeben. Du bist stärker, als du glaubst. Und du bist nicht allein.« Mattes ging zu ihr und nahm auf dem kalten Boden Platz. »Und wenn du alle Wände dieser verdammten Höhlen einstürzen lassen musst, Tikal wird dich niemals bekommen.«

KAPITEL 26

Esgar, Königsburg. Gegenwart

Hayden schritt durch den Saal, vorbei an festlich gekleideten Menschen, deren Gedanken wie gläserne Echos durch seinen Geist irrten. Zerrissene Bruchstücke eines überladenen Gemäldes. Er versuchte, sich nichts anmerken zu lassen, und blendete die Bilder und Worte aus. Es war klüger, seine Gabe vorerst nicht einzusetzen.

Seine Augen wanderten über die große Tafel an der Stirnseite des Saals. Neben dem König und seiner Gemahlin, die in der Mitte Platz genommen hatten, saßen einige ihrer engsten Vertrauten. Hayden betrachtete das Gesicht des Mannes, dessen Hunger nach Macht so viele Leben zerstört hatte. Seine Finger glitten an den Umhang, in dessen Falten ein Dolch versteckt war. Heute würde es nicht nur auf seine Schattenkräfte ankommen, sondern darauf, den richtigen Zeitpunkt zu wählen. Als ihn nur noch wenige Fuß von den Feiernden trennten, setzte die Musik der Flötenspieler aus, deren helle Klänge das Geräusch der Stimmen überlagerten, und König Ehgien erhob sich von seinem Platz. Halbschatten blieb stehen und senkte ehrerbietungsvoll den Kopf, so wie es von den Menschen erwartet wurde, wenn der Herrscher von Aehdland zu ihnen sprach.

»Habt Dank für Euer Kommen.« Ehgien hob die Hand. »Dies ist wahrlich ein besonderer Abend, nicht nur für das Haus Taran.« Sein Blick schweifte über die Menge. »Mein Thronjubiläum jährt sich in diesem Winter zum achtzehnten Mal. Ich sehe heute viele Weggefährten hier versammelt. Männer, die mir treu ergeben sind und denen ich mein Leben anvertrauen würde.« Begeisterte Rufe drangen durch die Halle. Ehgien winkte beschwichtigend ab.

»Auf dem Hof werden Gaukler ihr Können zeigen, die ich für dieses Fest von den teadischen Inseln habe kommen lassen. Doch bevor ich die Spiele eröffne, möchte ich meinen Becher erheben und etwas verkünden.« Er nickte einem der Diener zu, der ihm Wein nachschenkte. »Mit der Verbindung meiner Tochter zum Geschlecht Nerup habe ich auch einen Sohn gewonnen. Mein Schwiegersohn Kjartan wird im Krieg gegen die Vahranger das Kommando über das erste Regiment auf den Nordinseln übernehmen, als mein Befehlshaber und Vertrauter.« Er senkte das Kinn. »Das Haus Denarien wird unterliegen. Meine Schwester Muriel …« Ehgien verzog den Mund. »*Amuriela* wird ihren Frevel bereuen und in Feuer und Blut untergehen, zusammen mit allen, die sich dem aehdanischen Heer widersetzen.« Er nahm einen großzügigen Schluck aus seinem Trinkbecher. »Aber nun genug der Worte, tanzt und trinkt, auf mein Wohl und das des Einäugigen!«

Die Menge lachte und hob ebenfalls die Becher. »Auf das Wohl des Königs!«, erklang es einstimmig.

Ehgien stützte sich mit den Händen auf dem Tisch ab. Sein Gesicht hatte eine fleckig rote Farbe angenommen. Anscheinend feierten er und seine Männer schon eine geraume Weile. Hayden sah, wie sich ein junger Mann erhob und nach dem Arm einer Frau griff, die neben ihm saß. Ihr Haupt war mit einer Stirnkrone aus silbernen Blüten geschmückt.

Seine Augen verengten sich. Ehgiens Tochter. Sie war noch nicht geboren gewesen, als er Esgar verlassen musste. Seine Augen glitten über Reevas zierliche Gestalt. Sie wirkte seltsam unbeteiligt, als wären ihre Gedanken an einem anderen Ort, was ihrer Schönheit jedoch keinen Abbruch tat. Hayden war versucht, in ihre Gedanken einzudringen, um mehr über sie zu erfahren, hielt sich jedoch zurück. Der neue Heerführer geleitete seine Frau durch den Saal auf den Ausgang zu. Die Menschen folgten ihrem Beispiel und gingen lachend hinaus, in freudiger Erwartung, gut unterhalten zu werden. Die Spiele würden bald beginnen. Haydens Blick wanderte zu den verbliebenen Gästen an der Tafel. Die meisten hatten ihre Plätze ebenfalls verlassen, darunter auch der Erste Berater des Königs. Als er sah, wie Balian auf den Ausgang zulief, folgte er ihm. Seine Augen bohrten sich in den Rücken des Mannes. Vielleicht war dies der Moment, auf den er gewartet hatte.

Die Dämmerung senkte sich herab und Nachtschwärze kroch über die Steine und Mauern. Auf dem Burghof waren Fackeln entzündet worden, ihre Flammen ließen die Zelte der Schausteller, über denen bunte Wimpel hingen, aus dem Dunkel auftauchen. Halbschatten wandte sich suchend um. Sein Blick streifte Gaukler und Tänzer, die ihre Kunststücke zeigten und ihre Augen hinter farbenfrohen Masken verbargen. Ehgien hatte nicht zu viel versprochen. Das Fest war eine perfekte Ablenkung, in diesem Treiben würde man ihn kaum bemerken. Er strich sich die Locken zurück. Seine Sinne waren bis aufs Äußerste geschärft. Er konnte Balian in der Menge nicht ausmachen, spürte aber eine Präsenz, die eindeutig magischen Ursprungs war.

Hayden schlug den Weg zum großen Tor ein und umrundete Menschen, die ehrfürchtig zu den Tänzerinnen hinaufsahen, die hoch in der Luft auf Seilen balancierten. Er fixierte einige der Soldaten, die über den Platz liefen. In ganz Esgar wimmelte es vor Söldnern und Kriegern. Ehgien hatte ein neues Heer aufstellen lassen, die Männer würden in den kommenden Tagen zur Küste aufbrechen. Während er langsam weiterlief, nahm er erneut die Magie wahr, ein Raunen, das mit dem Wind durch die Lüfte strich. Hayden blieb abrupt stehen. Hinter einem der Zelte, dessen ausgefranste Wimpel aufgeregt flatterten, war ein Mann hervorgetreten. Die langen, roten Haare leuchteten im Widerschein der Feuer.

Es war Yemolar. Hayden spannte die Schultern an. Wie oft hatte er sich in den vergangenen Jahren vorgestellt, wie er dem Mann gegenübertreten würde, der verantwortlich für das Leid seiner Familie war.

»Welyns Sohn.« Der Berater schüttelte den Kopf. »Die Geister der Vergangenheit sind anscheinend doch noch nicht ganz in Vergessenheit geraten.« Sein Blick glitt über Haydens Gestalt. »Ich konnte es zuerst nicht glauben, als ich deine Gedanken gespürt habe. Aber ich erkenne dich selbst in dieser Maskerade wieder.«

Hayden schwieg. Er hatte geahnt, dass er sich nicht lange würde verbergen können. Er musterte die Menschen, die an ihnen vorbeiliefen. Yemolar schien allein zu sein.

»Ich bin nicht mehr der Junge, den du kanntest.«

Seine Augen verengten sich. »Der Junge, der hilflos mit ansehen musste, wie du seinen Vater umgebracht hast.«

»Du weißt, warum ich es tun musste. Ich hatte meinen Weg gewählt und dein Vater einen anderen.«

»Zählt dein Verrat deshalb weniger? Ihr habt die Menschen hintergangen, die euch vertraut haben. Und dabei zugesehen, wie man sie getötet hat.« Haydens Hand fuhr an seinen Gürtel. Er verdrängte das Bild seines blutüberströmten Vaters, das aus seiner Erinnerung aufstieg. Während seine Finger nach dem Dolch griffen, versuchte er die Barrieren zu durchdringen, die der Berater vor seinem Geist errichtet hatte, aber Yemolar wehrte den Angriff ab.

»Willst du wirklich gegen mich kämpfen?« Der Magier hob einen Mundwinkel. »Der Rat ist fast vollständig versammelt. Es käme dich teuer zu stehen, wenn sie bemerken, wie du deine Kräfte einsetzt.«

»Dieses Risiko werde ich wohl eingehen müssen.«

»Dein Vater hat auch geglaubt, er könnte uns aufhalten. Aber wir beide wissen, wie die Geschichte geendet hat. Und wie sie für dich enden wird.«

Die beiden Feuerschlucker, die nur wenige Fuß entfernt auf dem Hof ihre Kunst zeigten, wandten sich zu ihnen um. Ihre Gesichter hatten jedwede menschlichen Züge verloren. Ein schwarzes Feuer schien in ihren Augenhöhlen zu brennen, als käme es direkt aus der Unterwelt.

Hayden wusste, dass es nur eine Illusion war. Yemolar versuchte ihn abzulenken.

»Ich kann deinen Tod sehen, durch ihre Augen. Ihre Flammen werden dich verbrennen, bis nichts mehr von dir übrig ist.«

Hayden fühlte die Magie, die ihm entgegenwogte, kühl und berechnend, widerstand jedoch. Aus den Augenwinkeln sah er, wie die beiden Gaukler langsam näher kamen. Die Kraft, die nach ihm griff, verstärkte sich.

»Was ist mit dir? Bist du so schwach, dass du noch nicht einmal versuchst, dich zu wehren?«

Hayden hob den Blick. Seine Augen waren vollkommen schwarz. Der Zorn floss in heißen Wellen durch seinen Körper. Über seine Lippen glitt ein Gebet, ein Ruf, den nur die Götter erhören konnten. Die Erde unter seinen Füßen erzitterte leise. Der Wind bauschte seine Uniform, während die Macht der Dreizehn durch seine Venen in sein Herz drang und sich mit seinem Hass verband. Die Menschen um sie herum verblassten zu durchsichtigen Figuren, stattdessen wuchsen Bäume in den Himmel empor, deren Kronen sich über ihren Köpfen zu einem Baldachin verbanden. Der Boden brach auf, fahle Wurzeln schossen hervor und wanden sich auf den Berater zu.

Yemolar malte ein Zeichen in die Luft, das rot aufglühte. Die Wurzeln verharrten, als gäbe es eine unsichtbare Linie, die sie nicht überqueren konnten. Wütend peitschten sie immer wieder gegen den Widerstand.

Er wandte den Blick und sah Hayden an. »Ist das alles, was du zu bieten hast?«

Halbschatten antwortete nicht. Die Magie kostete ihn viel Kraft, aber er war bereit, den Preis dafür zu bezahlen.

Eine schattenhafte Gestalt erhob sich hinter Yemolars Rücken und trat auf ihn zu. Der Schemen streckte die Hand aus und tauchte sie tief in den Leib des Beraters.

Hayden krümmte seine Finger und ballte sie zusammen. In Gedanken sah er das Herz vor sich und hörte das rhythmische Schlagen, das immer leiser wurde.

Der Magier erstarrte. Ungläubig fuhr er an sein Gesicht und sah auf das Blut, das an seinen Fingern klebte. Es sickerte aus seinen Augenwinkeln und rann wie vergossene Tränen über seine Wangen.

»Was hast …« Es gelang ihm nicht, zu Ende zu reden. Keuchend beugte er sich vor, seine Kehle war voll Blut.

Er sah nicht, wie Hayden auf ihn zutrat.

»Für meinen Vater.« Halbschatten stieß seinen Dolch tief in die Brust des Mannes und riss die Klinge hoch. Für einen kurzen Moment konnte er die Kraft fühlen, die den Magier umgab, seine Seele, die eng mit den Inrir verbunden war. Doch das Leben wich bereits aus dem verwundeten Körper, wie Sand, der durch ein Stundenglas rann.

Er griff nach Yemolars Hand und zog ihm den Siegelring vom Finger. Als der Mann zu Boden sackte, fühlte er keine Befriedigung. Nur Leere.

Aufgeregte Stimmen erklangen, anscheinend hatte man entdeckt, was geschehen war. Hayden wandte sich ab und tauchte in der Menge unter. Doch die Magie, die er entfesselt hatte, forderte ihren Tribut. Er sah an sich herab. Der Tarnzauber war verflogen. Jeder, der ihn anblickte, würde erkennen, wer er wirklich war.

Halbschatten lief auf den Eingang zur großen Halle zu, vorbei an Menschen, die das Jubiläum eines Mannes feierten, dessen magischer Rat das Land ins Unglück gestürzt hatte. Seine Finger schlossen sich um den Dolch. Die anderen Ratsmitglieder würden längst bemerkt haben, dass er hier war. Was er getan hatte. Er konnte nur zu den Dreizehn beten, dass die Zeit sein Verbündeter war. Hayden drängte sich durch eine Gruppe von Gästen, die vor einem Zelt standen. Hinter ihm erklangen laute Rufe. Er drehte den Kopf und erkannte ein paar von Ehgiens Soldaten, die in seine Richtung liefen.

Seine Hand zeichnete schnelle Linien in die Luft. »Karche Vit!« Die Wolken am Himmel begannen sich zusammenzuziehen. Dunkle Fäden lösten sich daraus und nahmen die Umrisse von Krähen an, deren Flügel wie Rauchschwaden Spuren am Himmel hinterließen. Einer der Soldaten hob die Hand und deutete hinauf. Die Männer wandten die Köpfe und starrten zu den Vögeln, die kreischend auf sie zugeflogen kamen. Es schienen Hunderte zu sein. Das schrille Krächzen peitschte durch die Luft.

Hayden senkte den Blick. Er würde die Illusion nicht lange aufrechterhalten können. Hinter ihm erklangen Schreie, als sich die Krähen auf die Männer stürzten und versuchten, ihnen die Augen herauszureißen. Panik breitete sich in der Menge aus, die Menschen drängten auseinander, um Schutz zu suchen. Hayden hastete weiter und blieb vor dem Eingangstor abrupt stehen. Die beiden Männer, die den Zugang bewachten, hatten ihre Schwerter gezogen und traten ihm entgegen. Seine Hand glitt an den Gürtel. Nach Guttorms Tod hatte er zwischen den Habseligkeiten des Mönchs einige Waffen entdeckt, die aus Ekambrien stammten. Er wusste, dass es seinem alten Freund recht gewesen wäre, dass er sie an sich genommen hatte. Er zog zwei der Salvare hervor, deren Oberflächen matt schimmerten. Die Wurfsicheln besaßen messerscharfe Klingen, doch das Material, aus dem sie gefertigt waren, verfügte noch über eine andere

Eigenschaft, die es zu einem der wertvollsten Handelsgüter Aehdlands machte. Ekambrischer Stahl galt als unverwüstlich und trotzte selbst widrigsten Bedingungen.

Hayden hob die Hand. Es war eine schnelle, fließende Bewegung. Der Mann, der ihm am nächsten stand, griff an seine Kehle, aus der ein dunkler Schwall Blut quoll, und sackte zusammen. Die Wache, die hinter ihm lief, reckte abwehrend den Arm, doch es war zu spät. Der Salvar zerfetzte seine Kleidung und durchschnitt seine Brust. Ein erstickter Schrei glitt über seine Lippen, als die Sichel sein Herz entzweite, bevor er sein Schwert fallen ließ und zu Boden ging. Hayden achtete nicht weiter auf ihn, zog den anderen Salvar aus dem Körper des Mannes, der vor ihm am Boden lag, und trat durch das Eingangstor. Sein Blick wanderte durch den Saal, der verlassen wirkte. Erleichtert lief er zu der Treppe und stieg die Stufen zur Galerie empor. Als er das obere Stockwerk fast erreicht hatte, verharrte er. Auf dem Gang vor ihm stand jemand. Seine Augen glitten an dem Saum des bestickten Gewandes empor und über das Gesicht, in dem sich keine Furcht abzeichnete. Nur Neugier.

Die Prinzessin musterte ihn schweigend. Ihr Blick schweifte zu dem Dolch in seiner Hand, an dessen Klinge noch immer Blut haftete. Doch sie wich nicht zurück.

»Wer seid Ihr?«

»Verzeiht, Prinzessin, aber ich habe leider keine Zeit, um Höflichkeiten auszutauschen.« Er ging auf sie zu.

»Nun, dann sollte ich wohl besser die Wachen rufen. Oder was meint Ihr?«

Hayden blieb stehen. »Ihr habt die Hartnäckigkeit von Eurem Vater geerbt.«

»Genau wie seinen Namen.« Reeva zog ein kleines Messer hervor. »Wagt es nicht, näher zu kommen. Glaubt nicht, ich wäre nicht in der Lage, mich zu wehren.«

Über Haydens Lippen huschte ein Lächeln. Er begann zu verstehen, warum der kleine Dieb angetan von ihr war.

»Lasst mich vorbei und Euch wird nichts geschehen.«

»Beantwortet meine Frage.«

Hayden seufzte und überlegte kurz, sie mit der Gabe zu beeinflussen. Aber seine Kräfte waren erschöpft. Er musste seine letzten Reserven aufsparen.

»Mein Name ist Hayden. Und ich wäre Euch äußerst verbunden, wenn Ihr den Weg freimachen würdet, bevor die Männer Eures Vaters mir die Kehle aufschneiden.«

»Haben Sie denn einen Grund dafür?«

»Nun, ich bin kein Freund des Rates oder ihrer Methoden, die sie für die Krone einsetzen.«

Reeva ließ langsam die Hand sinken. »Genauso wenig wie ich.«

Hayden drehte den Kopf. Aus der unteren Halle waren Schritte zu hören, die sich der Treppe näherten.

»Ihr solltet mich gehen lassen, außer Ihr wollt, dass ...«

»Ihr solltet beide gehen.« Aus der Dunkelheit schälte sich eine Gestalt. »Die Soldaten wissen, wohin du gegangen bist. Sie werden bald hier sein.«

»Ich habe mich schon gefragt, wo du steckst.«

»Hast du den Ring?«

Hayden nickte. »Ich konnte eines der Ratsmitglieder überreden, mir seinen zu überlassen.«

»Gut.« Cher sah die Prinzessin an. »Es wäre besser, wenn man Euch nicht hier oben sieht ... zusammen mit einem Geächteten.« Er warf einen Blick zur Treppe. »Ihr solltet gehen. Ich lenke sie ab.«

Hayden steckte die Klinge an seinen Gürtel. »Noch ist genug Zeit, wir werden zusammen von hier verschwinden.«

Cher schüttelte den Kopf. »Geh zur Bibliothek und nimm den geheimen Gang. Vergiss nicht, weswegen wir hierhergekommen sind. Du darfst diese Chance nicht verspielen.«

»Ihr habt ihm die Treppe zum Gewölbe gezeigt?«

Der junge Dieb wandte sich um. »Verzeiht mir, ich tat es aus gutem Grund.« Cher zog etwas aus seiner Hose und drückte es Hayden in die Hand. »Verwahre es gut. Gib es mir zurück, wenn wir uns wiedersehen. Ich werde euch beiden etwas Zeit verschaffen.«

Hayden starrte auf das Glasstück. Es war der Obsidian, den er Cher bei ihrer ersten Begegnung in der Totenstadt gegeben hatte. Als er wieder aufsah, war der Junge verschwunden.

»Verdammter Narr.« Er wandte sich Reeva zu. »Verschwindet von hier! Cher hat recht, wenn man Euch hier oben entdeckt, wird man Fragen stellen, die Euch nicht gefallen werden.« Er wartete ihre Antwort nicht ab und setzte sich in Bewegung.

Balian hob die Hand und signalisierte den beiden Männern, die hinter ihm gingen, stehen zu bleiben.

»Seid Ihr Euch sicher, dass er die Halle betreten hat?« Seine Augen glitten über die Empore.

»Meister Embrien hat ihn gesehen, Herr. Er ist zu der Treppe gelaufen.«

Der Berater nickte. »Gut, die anderen werden bald

hier sein.« Er stützte sich am Geländer ab. Sie würden den Eindringling finden und auch diejenigen, die ihm geholfen hatten, ungesehen in die Burg zu gelangen. Es fiel ihm schwer, seinen Zorn zu zügeln. Wie war es möglich gewesen, dass dieser Fremde an all ihren Wachen vorbeigelangt war? Als sein Blick auf die Gestalt fiel, die am oberen Treppenansatz stand, blieb er stehen.

»Mein Herr.« Cher neigte den Kopf.

Balians Blick wanderte über den Jungen. Der Kleidung nach zu urteilen, die der Knabe trug, schien es sich um einen Dienstjungen zu handeln. Doch ihn hier oben anzutreffen, war ein zu großer Zufall, als dass es nicht sein Misstrauen geweckt hätte.

»Was treibst du hier oben?«

»Ich dachte, ich hätte etwas gehört, und wollte mich umsehen.«

Um Balians Mund bildete sich ein dünnes Lächeln. »Soso. Ein Junge, der den Helden spielen will.« Er stieg eine Stufe empor. »Sag die Wahrheit oder du wirst es bereuen.«

»Ich bin nur ein unbedeutender Diener. Ich würde mich nie erdreisten, ein Mitglied des heiligen Rates anzulügen.«

Etwas in seiner Stimme ließ Balian aufhorchen. Der Tonfall des Knaben strafte seine demütige Haltung Lügen.

»Deine Anmaßung kann dich teuer zu stehen kommen. Geh beiseite oder du wirst meinen Zorn zu spüren bekommen.«

Als der Berater auf ihn zuging, griff Cher in seinen Mantel. In seinen Zügen malten sich Trotz und Entschlossenheit.

Balians Augen verengten sich, als er die schmale Klinge sah. Er brauchte weder seine Männer noch die Kraft der Inrir, um den Jungen aus dem Weg zu räumen. Nur einen Zauber, der ebenso unbedeutend wie dieses Kind war. Flüsternd rief er die Macht an und sah dabei zu, wie sich die Waffe in der Hand des Knaben veränderte und zu einer schwarz gefleckten Schlange wurde. Die Kreatur hob den Kopf und entblößte drohend die Fangzähne. Der Junge ließ sie fallen und starrte zu dem Tier, das sich am Boden wieder in ein Messer zurückverwandelte.

»Die Magie dient jenen, die ihrer würdig sind.« Balians Arm schnellte vor, die gebogene Klinge seiner Waffe drang tief in Chers Schulter und riss eine klaffende Wunde.

Ein Ausdruck des Schmerzes glitt über das Gesicht des Jungen. Er wich zurück und versuchte sich abzustützen, aber seine Hand griff ins Leere. Taumelnd verlor er das Gleichgewicht und stürzte die Treppe hinab, wo er mit einem stumpfen Geräusch auf den Steinen aufschlug.

Balian musterte das leblose Bündel, das seltsam verdreht am Fuß der Treppe lag. »Törichter Knabe.«

Er wandte sich zu dem älteren seiner beiden Begleiter um. »Schaff ihn weg, ich möchte nicht, dass die Gäste ihn sehen. Finde heraus, wer der Junge war. Und wer ihn eingestellt hat.«

Der Mann nickte und lief die Stufen hinab.

Hayden war wie erstarrt. Seine Finger umklammerten den Dolch. Alles in ihm drängte danach, das Versteck zu verlassen und die Klinge in den Leib des Mannes zu stoßen, der seinem Freund das Leben genommen hatte.

Die Schatten, die ihn einhüllten, begannen sich zu bewegen und glitten auf den Berater zu. Hinter ihm erklangen leise Schritte, die sich auf der Galerie näherten, doch er konnte den Blick nicht von Balian nehmen, der in seine Richtung sah. Der Erste Berater war nicht fähig, die Dunkelheit zu durchdringen, aber er ahnte anscheinend, dass noch jemand hier war. Als jemand hinter ihn trat, fuhr Hayden herum.

»Warum seid Ihr noch hier?« Seine schwarzen Augen bohrten sich in Reevas Seele. Er sah den entsetzten Ausdruck auf ihrem Gesicht und wusste, dass sie die Kraft spüren konnte, die sich durch sein Innerstes fraß.

»Ich habe seinen Schrei gehört«, flüsterte sie.

Hayden blickte über die Galerie hinab zur Treppe. Das Gefühl der Schuld grub sich wie scharfes Eisen durch seinen Leib. Der Junge hatte sich geopfert. Seinetwegen.

Er wandte den Kopf. Der Berater kam auf sie zu, gefolgt von dem Söldner, der seine Waffe gezogen hatte.

»Man darf Euch hier nicht finden«, zischte Hayden und zog sie mit sich. Er trug keine Verantwortung für sie, doch Reeva hatte weder ihn noch Cher verraten. Und ihm wäre es sicher nicht egal gewesen, was mit ihr geschah.

»Nein, wir müssen ihm helfen.« Über Reevas Gesicht liefen Tränen, als sie vorwärtsstolperte.

»Es gibt nichts, was wir noch für ihn tun können.« In Haydens Augen war jegliches Licht erloschen. Der Schmerz in seinem Inneren verzehrte seinen Verstand. Seine Finger griffen nach Reevas Handgelenk. Ihre Gedanken fluteten auf ihn ein, ohne dass er es verhindern konnte. Wie Meerwasser, das ihn in die Brandung zog, hüllte ihre Trauer seine Seele ein, kühl und beruhigend, und dämpfte den Zorn, der ihn gefangen hielt. Haydens Griff um ihren Arm verstärkte sich, während die Finsternis sie beide verschlang, ohne Spuren zurückzulassen.

Die Tür öffnete sich mit einem leisen Knarren. Hayden trat hindurch, gefolgt von Reeva, die am Eingang der Bibliothek stehen blieb. Sie ließ die Tür vorsichtig ins Schloss fallen und sog den vertrauten Duft ein. Der Geruch von alten Büchern, vermischt mit dem Staub, welcher sich auf den Regalbrettern angesammelt hatte. Reeva sah zu Hayden, dessen Gestalt mit der Dunkelheit zu verschmelzen schien. Als wäre sie ein Teil von ihm, dachte sie.

»Wir müssen uns beeilen.« Hayden lief auf die hintere Wand zu, hinter der sich die geheime Treppe verbarg.

»Ich bleibe hier.«

Hayden wandte sich zu ihr um.

Reeva verschränkte unruhig die Finger. »Ich kehre zurück in meine Gemächer. Falls ich dabei einem von Balians Männern begegne, werde ich behaupten, mir eines der Manuskripte geholt zu haben.« Ihr Blick streifte das Regal, neben dem sie stand. »Sie werden es nicht anzweifeln.«

»Seid Ihr Euch sicher?«

Reeva nickte. »Ihr solltet gehen. Ich weiß nicht, was Ihr getan habt, oder wer Ihr seid, aber in den Katakomben habt Ihr zumindest eine Chance, zu entkommen. Die unterirdischen Gänge sind wie ein Labyrinth.«

»Ihr lasst mich also gehen und ruft nicht nach den Wachen?«

»Nein, das werde ich nicht. Der junge Diener ... war er Euer Freund?«

»Das war er.« Hayden sah sie an. »Ihr könntet mit mir kommen und die Fesseln, die Euch binden, zerschneiden. Ich weiß, dass Ihr hier nicht glücklich seid.«

»Das ist nicht möglich. Ich kann vor meinen Verpflichtungen nicht davonlaufen.« *Auch wenn ich es mir oft wünsche.* »Ich werde Esgar bald verlassen, mein Gatte und ich reisen zu den Nordinseln.« Reeva versuchte den Widerwillen auszublenden, den sie dabei empfand. Als Hayden lächelnd näher kam, runzelte sie die Stirn. Es war, als könnte er ihre Gedanken lesen. Er blieb vor ihr stehen und streckte die Hand nach ihr aus. Reeva wollte zurückweichen, aber ihre Beine schienen einem anderen Willen zu folgen. Da war etwas Vertrautes an diesem Fremden, als würde sie ihn seit Langem kennen.

Hayden umfasste ihre Finger. Ein Gefühl der Wärme breitete sich in Reevas Körper aus und vertrieb die Angst, die sie seit Wochen lähmte. Verwirrt drehte sie den Kopf. In der Kammer schwebten plötzlich kleine, blaue Lichter, wie Glühwürmchen, die sich in der Finsternis verirrt hatten. Sie sah zu Hayden, sein Gesicht war von Schatten verhüllt.

»Fürchtet nicht die Dunkelheit. Sie wird vergehen.« Er ließ ihre Hand los und trat zurück.

Reeva wollte etwas erwidern, aber Hayden war bereits verschwunden. Ein kühler Luftzug streifte ihr Gesicht. Die Geheimwand hatte sich geöffnet und gab den Blick auf die Treppe frei, die sich hinab in die Tiefe wand. Ein Abgrund, der nichts von seinen Geheimnissen preisgab. Schweigend sah sie dabei zu, wie sich die Wand wieder schloss und mit einem gedämpften Klacken zum Stillstand kam.

Die Prinzessin hob die Hand, die noch immer von Haydens Wärme glühte, und schloss ihre Finger darum. Für einen kurzen Augenblick bedauerte sie, nicht mit ihm gegangen zu sein. Überrascht von sich selbst senkte sie den Arm, doch Haydens Worte ließen sich nicht abschütteln.

Reeva griff nach einem der Bücher, die auf dem Tisch lagen. Sie musste ihren Verstand nutzen und durfte sich nicht ablenken lassen. Sie drückte den Einband eng gegen ihre Brust, dessen ledriger Duft etwas Tröstendes hatte, und hastete zur Tür.

KAPITEL 27

**Aehdland, unterhalb des Grauen Gebirges.
Einige Zeit zuvor**

Mattes hob den Kopf. Auf dem Gang vor der Zelle waren Schritte zu hören. Er sah Aerion an, deren Haupt auf seiner Schulter ruhte. Sie war endlich eingeschlafen. In den vergangenen Stunden hatten sie gemeinsam gewartet, doch außer einigen Ratten, deren Schatten wie unruhige Geister durch die Gänge huschten, hatte sich niemand blicken lassen. Die Zeit war zäh dahingeflossen, unendliche aneinandergereihte Minuten der Stille. Er hatte aufgegeben darüber nachzudenken, ob es bereits Nacht oder immer noch Tag war. Vorsichtig legte er das Mädchen auf den Boden, stand auf und trat an das Gitter heran. Seine Augen glitten forschend über die Wände der Höhle, bis er die Gestalt ausmachte, die sich langsam näherte.

Aris' Gesicht tauchte aus der Finsternis auf. »Ich bin es.« Die Finger des Jungen umfassten die Eisenstäbe. »Wir müssen uns beeilen.«

Mattes musterte den Jungen, dessen Stimme seltsam gepresst klang, und holte sein Messer hervor. Wenn Tikal glaubte, dass es reichte, diesen Jungen zu schicken, um sie zu überwältigen, war er dümmer, als er gedacht hatte.

Er wandte sich zu Aerion um, die sich hinter ihm regte. »Wir haben Besuch. Vielleicht solltest du dazukommen, um ihn in Empfang zu nehmen.«

»Ihr seid hier nicht sicher.« Aris stützte sich am Gitter ab und warf einen Blick über seine Schulter. Sein Atem ging schwer. »Sie werden bald hier sein ... uns bleibt nicht viel Zeit.«

Mattes zögerte. Wenn das ein übler Trick war, würde er dem Jungen eine Lehre erteilen, dass dieser noch Tage danach um jede Minute froh sein würde, die er stehend verbringen konnte.

»Nicht.« Aerion trat neben ihn und legte eine Hand auf seinen Arm. Er ließ die Klinge sinken.

»Was hast du getan?« Sie sah den Jungen an, der stöhnend zu Boden glitt.

Mattes bemerkte erst jetzt, dass sein Hemd dunkle Flecken aufwies, die sich weiter ausbreiteten.

»Bei den Göttern«, murmelte er und kniete sich neben das Gitter. Vorsichtig schob er seinen Arm hindurch und drehte Aris zur Seite. Blut rann über seine Finger und tropfte auf den Boden. Die Wunde musste sehr tief sein. »Was ist geschehen?«

Aris lehnte seinen Kopf an das kühle Metall. »Ich habe ihn«, flüsterte er. Er hob die linke Hand an, in der ein kleiner Schlüssel lag. »Der Mechanismus kann nur von außen betätigt werden, aber man muss zusätzlich das Gitter öffnen, sonst funktioniert es nicht.«

Mattes starrte den Jungen ungläubig an. »Du hast den Schlüssel gestohlen?«

»Ich dachte, Haram würde es verstehen, aber ich habe mich geirrt. Er dient dem Zweigesichtigen, so wie die anderen auch.« Aris begann zu husten. »Tikal sagt, wir müssen Atorh Opfer bringen. Zu unserem Schutz, um unser Geheimnis zu bewahren. Doch ich wusste nicht …« Er hustete erneut.

Mattes sah, wie ein rotes Rinnsal über seine Lippen lief. »Du musst dich ausruhen.«

Aris schüttelte den Kopf. »Es tut mir leid, was geschehen ist. Ihr müsst von hier verschwinden!« Er zog sich an dem Gitter hoch. »Da war dieser Mann … vor einigen Monden. Er hatte den Pass überqueren wollen und war verletzt. Unsere Männer brachten ihn hierher. Ich habe geglaubt, er wäre wieder zu seiner Siedlung zurückgekehrt. Doch das ist nicht wahr.« Der Junge sah Mattes an. »Er hat diese Höhlen nie verlassen.« Sein Atem rasselte. »Ich habe seine Überreste … gefunden.« Aris' Finger glitten über die Wand und verharrten schließlich. Ein leises Klacken ertönte. »Ihr dürft keine Zeit verlieren. Sie werden euch ebenfalls töten, wenn ihr nicht flieht. Ich wollte mit euch gehen … zurück zu meiner Familie, nach Ilroth. Sie verehren den Kreis der Dreizehn, so wie ich auch. Aber die Götter haben anders entschieden.« Er sank zurück.

Mattes streckte die Hand aus und half dem Jungen, sich aufzurichten.

»Ihr müsst den Weg allein finden. Es gibt einen Ausgang, ein weiteres Tor. Dahinter beginnt ein Pfad, der euch über die Berge führen wird. Gen Osten.« Aris rang nach Luft. »Eure Sachen … ich habe sie am Tor versteckt. Und Felle, gegen die Kälte.« Er ergriff Mattes' Arm. »Verzeiht mir.«

Mattes drückte seine Hand. Er hatte dem Jungen längst vergeben. Er warf einen hilflosen Blick zu Aerion. Selbst wenn sie es schafften, die Tunnel zu durchqueren, ohne dabei auf Tikals Männer zu stoßen – wie sollten sie das Tor finden, von dem Aris gesprochen hatte? Sie hatten bisher kaum mehr gesehen, als das Innere dieser Zelle.

»Ich werde euch den Weg beschreiben. Es ist nicht weit.« Aris' Gesicht verzerrte sich vor Schmerz. »Ich werde …« Sein Blick wurde starr. Die Hand des Jungen fiel erschlafft herab.

Die plötzliche Stille riss an Mattes' Herz. »Mögen die Götter dich auf deiner Reise in die Andere Welt sicher geleiten.« Er ließ den Kopf sinken. Wären sie in Askaleth, hätte er für den Jungen ein Gebet gesprochen, doch sie mussten sich entscheiden. Entweder warteten sie darauf, dass Tikals Männer sie holten oder sie nutzten die Chance, für die der Junge sein Leben gegeben hatte. Seine Finger griffen nach dem Schlüssel, der neben Aris auf den Steinen lag. »Ich weiß nicht, wie es dir geht. Aber ich verspüre nur wenig Lust, hier zu verweilen, bis man uns eine persönliche Einladung zum Fest überbringt.« Er sah Aerion an. »Lieber sterbe ich beim Versuch, hier herauszukommen, als Tikals selbstgefälliges Grinsen noch ein einziges Mal ertragen zu müssen.«

»Wir werden es ohne ihn nicht schaffen.« Ihr Blick war auf Aris gerichtet, dessen Körper zusammengekrümmt neben den Gitterstäben kauerte. »Wir haben keine Zeit, um die Gänge zu erkunden. Sie werden bald hier sein. Wir brauchen den Jungen … als Führer.«

Mattes strich sich über den Bart und erhob sich. »Er kann uns nicht mehr helfen. Wir werden es ohne ihn versuchen müssen.« Er steckte den Schlüssel in das kleine Schloss, das in einem Zwischenraum des Gitters angebracht war, und öffnete die Tür. »Den Dreizehn sei Dank.« Er wandte sich zu Aerion um, die sich neben den

Jungen gekniet hatte. »Wir müssen gehen! Du kannst nichts mehr für ihn tun.«

Sie antwortete nicht, sondern streckte ihre Hand durch die Stäbe und berührte den Jungen an der Wange.

»Was tust du da?«

Aerion blickte zu ihm auf. In ihren Augen lag ein eigenartiger Ausdruck, den er nicht zu deuten vermochte. »Du musst mir vertrauen. Vielleicht gibt es einen anderen Weg.«

Mattes steckte das Messer an seinen Gürtel und sah zu dem toten Jungen. Das Gesicht des Knaben war aschgrau, als wäre das Leben schon vor Stunden aus dem dünnen Körper gewichen. Sosehr er es auch bedauerte, dass Aris nicht mehr lebte, so sehr drängte jede Faser seines Körpers danach, endlich aufzubrechen. Sie verschwendeten kostbare Zeit.

»Wir können nicht ohne ihn gehen.« Aerion legte erneut ihre Hand auf die Wange des Toten. Sie schien etwas zu flüstern, aber Mattes konnte nicht verstehen, was sie sagte. Als ihr Körper zu zittern begann, ging er auf sie zu und griff nach ihrer Schulter.

»Geht es dir gut?«

Sie hob den Kopf und sah ihn an. Ihre Pupillen waren geweitet, das Schwarz der Iris hatte das Blau ihrer Pupillen fast vollständig verdrängt. Ihr Gesicht wirkte seltsam verzerrt, als hätte sie Schmerzen oder würde sich vor etwas fürchten, das nur sie allein sehen konnte.

Mattes spürte ihre Angst, die wie ein eisiger Hauch über seinen Körper kroch. Er zog den Arm zurück.

»Ich kann es fühlen.« Aerion schloss die Augen. »Es ist so stark.« Sie leckte sich über die Lippen. »Es verbrennt mich.« Ihre Schultern sanken herab.

Mattes wusste nicht, was er erwidern sollte. In diesem Moment hörte er es. Sein Magen zog sich zusammen, während er zu dem Jungen sah, der gerade noch leblos auf dem Boden gelegen hatte.

Aris' Hand bewegte sich. Der Junge hob den Arm und stützte sich auf dem Boden ab.

»Das ist unmöglich.« In Mattes' Gesicht spiegelte sich das Entsetzen wider, das er empfand. Als Aris den Kopf drehte und sich erhob, stieß er einen Fluch aus und trat einen Schritt zurück. »Bei Mirhogs Stab!« Furcht stieg in ihm empor.

Aerion wich seinem Blick aus. »Ich werde dir alles erklären, sobald wir einen Weg hier heraus gefunden haben.«

Mattes schüttelte den Kopf. Er hatte gewusst, dass das Mädchen über besondere Kräfte verfügte. Aber Atorhs Gabe? Als der Junge näher kam, zog er die Klinge.

»Wir haben nichts zu befürchten. Er wird uns helfen.«

»Ist er ...« Es fiel Mattes schwer, auszusprechen, was er dachte. Er sah den Jungen an, dessen Augen unnatürlich schwarz waren. In ihnen waren keinerlei Gefühle erkennbar.

»Zeig uns den Weg zum Tor.« Aerion trat an Mattes' Seite.

Der Junge nickte und lief an ihnen vorbei.

»Wenn du ihm nicht vertraust, vertraue mir.« Aerion warf Mattes einen bittenden Blick zu und folgte Aris, dessen Gestalt sich nur schemenhaft in der Dunkelheit abzeichnete.

Mattes zögerte einen Moment, dann ließ er die Waffe sinken und ging ihnen nach. Die Tunnel zogen sich quer durch den Gebirgskamm, wie ein Geflecht aus versteinerten Wurzeln. Seine Augen wanderten über den Rücken des Jungen, dessen Schritte ein seltsames, schleppendes Echo durch den Gang warfen. Das Virit spendete ihnen etwas Licht, aber er hatte längst die Orientierung verloren und konnte nichts anderes tun, als Aerion und diesem wiedererweckten Jungen zu folgen. Er spannte die Kiefermuskeln an. Es war ihm nicht wohl dabei, daran zu denken, wer – oder was – der Junge jetzt war. Oder dass sie ihm noch tiefer in den Fels hinein folgten, ohne zu wissen, wohin er sie führte. Als sie um eine weitere Ecke bogen, blieb er stehen. Es war widernatürlich. Dunkle, verbotene Magie.

Mattes blickte sich um, seine Hand fuhr nervös über sein Gesicht. Was hatte das Mädchen sich nur dabei gedacht?

Bleib nicht zurück. Aerions Gedanken drangen in seinen Geist. *Es ist hier nicht sicher.*

Das ist es auch nicht, wenn wir diesem toten Jungen folgen, erwiderte er wortlos, lief aber weiter. Als sie in einen der Seitengänge bogen, hörten sie Schritte, die sich näherten.

Aerion hob die Hand. Aris wandte sich zu ihr um und blieb stehen. Mattes packte den Griff seines Messers und trat neben sie. Er konnte die Umrisse von zwei Männern ausmachen, die ihnen entgegenkamen. Die beiden schienen sie im fahlen Licht der Steinwände noch nicht bemerkt zu haben.

Aerions Arm sank herab, ihre Augen glitten durch den Gang. Der Sand zu ihren Füßen begann sich zu bewegen und formte sich zu Wirbeln. Schwarzen, dünnen Klauen gleich wand er sich über den Boden auf Tikals Gefolgsleute zu, bereit, seine Opfer zu packen.

Mattes hörte einen dumpfen Aufschrei und das Geräusch von brechenden Knochen, als einer der Männer gegen die Wand geschleudert wurde und zu Boden fiel. Der Kumpan des Mannes zog seine Waffe und wich zurück, bevor er ebenfalls von den Füßen gerissen und in die Dunkelheit gezerrt wurde. Die Klinge des Kriegers fuhr kratzend über die Steine und verstummte. Dann herrschte Stille.

Aerion wandte den Kopf. In ihren Augen schien ein Fieber zu glühen. Mattes konnte das Mal auf ihrem Hals erkennen, das unter ihrer Kapuze hervorschaute. Es war gewachsen.

»Aerion ...«

»Es geht mir gut.« Sie nickte dem Jungen zu, der weiterlief, und folgte ihm.

Die Götter schienen sie noch nicht ganz verlassen zu haben, denn kurz darauf erreichten sie eine Vertiefung in der Wand, an deren Ende ein großer Steinquader lehnte. Es sah fast aus wie der Stein, der den Ausgang auf dem großen Plateau verschlossen hatte, nur dass diese Kammer hier viel kleiner war. Als Mattes sich umsah, entdeckte er ein paar Bündel, die an der Felswand lehnten. Er erkannte seine Armbrust, die auf einem der zusammengebundenen Felle lag. Erleichtert ging er darauf zu und nahm sie in die Hand. Es war die Waffe seines Vaters und das einzige Erinnerungsstück, das er noch von ihm besaß.

Ein kratzendes Schaben erklang. Mattes wandte sich um und sah, wie sich der Schlussstein von der Wand löste und den Blick auf Felswände freigab, die dahinter lagen. Er griff nach den Sachen und ging zu Aerion, deren Augen auf die Berge gerichtet waren.

»Ein Sturm zieht auf, ich kann den Schnee bereits riechen.« Sie sah zu den Wolken hinauf, deren Schatten drohend über den Himmel wanderten. »Wir müssen uns beeilen. Wenn wir das Tal nicht erreichen, bevor das Unwetter losbricht, werden wir uns wünschen, diesen Berg nie verlassen zu haben.«

»Was ist mit ihm?« Mattes' Blick glitt zu dem Jungen, der keine Anstalten machte, ihnen zu folgen.

»Das Tor muss von innen verschlossen werden«, erwiderte Aerion und sah zu Aris, der dabei war eine Verriegelung an der Wand zu lösen.

»Das können wir nicht tun! Tikals Männer werden ihn kaum verschonen, wenn sie entdecken, was er getan hat.« Was er *war.*

»Es gibt keine Rettung für ihn. Die Kraft, die in ihm wirkt, wird bald verlöschen.« Aerion wandte den Kopf. »So war es schon immer.« Sie griff sich ihr Bündel und band das Gepäck auf den Rücken. Ohne seine Erwiderung abzuwarten, schritt sie durch das Tor. Am Rand des schmalen Felsüberhangs blieb sie stehen und sah sich nach Mattes um.

Sein Blick fuhr zu dem Jungen, der am Ausgang stand und ihnen nachschaute. Die Heilige Gabe ... Atorhs Segen. Die wohl mächtigste Götterkraft von allen. Er presste die Handfläche zusammen. Es war nicht richtig, was sie hier taten. Sie hatten nicht das Recht, über Leben und Tod zu entscheiden oder diesen Jungen für ihre Zwecke zu benutzen und ihn dann zum Sterben zurückzulassen.

Der Eingang begann sich zu schließen. Der Quader glitt über den Felsen und stoppte knirschend in der Verankerung.

»Mögen die Dreizehn uns verzeihen.« Mattes zurrte den Gurt seines Gepäcks fester und wandte sich ab.

»Du musst mich verachten.« Aerion sah ihm entgegen. »Ich verkörpere all das, was du hasst.«

»Ich könnte dich niemals hassen. Und das weißt du.« Er blieb vor ihr stehen.

»Was ich getan habe, ist ...« Sie stockte und schlug die Hände vors Gesicht. »Ich bin verantwortlich für seine Qualen.«

Mattes griff nach ihren Händen und drückte sie sanft beiseite. »Du hast uns gerettet. Du hast mich gerettet. Ich schulde dir mehr als nur ein Leben.« Er warf einen kurzen Blick auf die Felsen, die im Licht der aufgehenden Sonne erglühten. Es sah fast aus, als wären die Steinwände mit Blut durchtränkt. Er erschauderte.

»Wir sollten aufbrechen.« Mattes hob die Armbrust vom Boden, die er für einen Moment abgesetzt hatte. »Ich verlasse dich nicht, Mädchen. Gewöhn dich lieber an den Gedanken. Wir gehen gemeinsam nach Esgar und werden die Antworten finden, die du suchst.«

Aerion schenkte ihm ein trauriges Lächeln. »Ich gehe voraus«, antwortete sie.

Mattes nickte und folgte ihr auf dem Pfad, der hinab in das Tal führte, einer ungewissen Zukunft entgegen.

Aris wandte den Blick von dem Felsen ab, der den Eingang versperrte, und setzte sich auf den Boden. Sein Körper fühlte sich eigenartig steif an. Er lehnte sich zurück und sah dabei zu, wie die leuchtenden Staubkörner, die über seinem Kopf durch die Luft schwebten, langsam verloschen. Bilder flackerten vor ihm auf. Einzelne, verschwommene Erinnerungen, die wie der Staub verblassten. Doch er empfand nichts dabei, obwohl er spürte, dass diese Gesichter ihm einst etwas bedeutet hatten.

Seine Hand fuhr an sein Herz. Es verharrte still in seiner Brust. Zitternd senkte er den Arm. Er verstand nicht, was geschehen war, doch die Kälte, die durch seine Adern rann, hüllte ihn tröstend ein und tauchte alles in Vergessenheit. Er schloss die Augen und ergab sich dem Schlaf, der alles in eine ewige Dunkelheit riss.

Esgar, Katakomben der Königsburg. Gegenwart

Hayden starrte auf seine Hand. Die blauen Flammen züngelten über seine Haut und wanden sich an den Fingern entlang, begierig seinem Befehl Folge zu leisten. Wispernd stiegen sie empor. Ihr Licht überzog die Regale, die bis zur gewölbten Decke der Kammer reichten, mit linienförmigen Schatten, fast als würden Wellen darübergleiten.

Sein Blick fuhr über die Pergamentrollen und Buchrücken, deren Silhouetten aus dem Dunkel auftauchten. Es war nicht schwer gewesen, die magielarische Bibliothek zu finden. Der Siegelring hatte ihm den Weg gewiesen. Er hatte nur dem Flüstern der Magie zu folgen gebraucht, das die unterirdischen Kammern wie ein Rauschen durchdrang. Er drehte den Kopf und sah zu den beiden Männern, die in der Nähe der Tür am Boden lagen. Nicht mehr lange und die Wachen würden das Gewölbe durchkämmen, um den Mann zu finden, der es gewagt hatte, ein Mitglied des Rates anzugreifen. Doch bis dahin würde die Magie längst verklungen sein.

Ein Zischen erklang, als würde Wasser in großer Hitze verdampfen. Die Flammen gewannen an Stärke, der Strom aus kaltem Feuer ergoss sich über die Bücher, die übereinandergestapelt in den Fächern lagen, eisig und unerbittlich, und tauchte alles in einen blauen, leuchtenden Schein. Sie würden die Kammer nicht verlassen, der Zauber würde nur das vernichten, was im Inneren verborgen lag.

Das kalte Licht spiegelte sich in Haydens Augen. Er ließ die Hand sinken und sah dabei zu, wie die Macht Esgars in Flammen aufging. Das Feuer fraß sich durch seine Beute und riss wütend an den Seiten der Manuskripte. Das Flüstern schwoll an und brandete ihm entgegen, die mit Magie erfüllten Pergamente schienen zu erzittern und erglühten für einen Moment, ein schwaches Aufbäumen des Widerstands, bevor sie zu Asche zerstoben und in grauen Flocken zu Boden fielen.

Fast wie Schnee, den der Winter brachte.

Hayden wehrte die Bilder ab, die sich ihm aufdrängten, Gesichter und Orte, vergessene Geschichten, gefangen zwischen alten Buchseiten. Er sah auf den Siegelring an seinem Finger und hob den Arm. Die Tür der Kammer schwang krachend zu und Dunkelheit überzog die Stille. Er konnte die Macht spüren, die durch das Schmuckstück floss, die Kraft, die sich mit seiner Gabe verband, ein nährendes Wesen aus Energie. Seine Augen wanderten durch das Gewölbe. Ein Teil von ihm bedauerte, was er getan hatte. Das Wissen ganzer Generationen, wertvolle Kenntnisse und Abschriften weiser Gelehrter – waren unwiederbringlich verloren. Er würde mit der Verantwortung leben müssen, so wie sie alle die Lasten der Taten trugen, die sie auf ihre Schultern luden.

»*Vorsicht ist die Mutter der Diebe.*«

Chers Gesicht verblasste, ein flüchtiger Schemen, dessen Konturen sich in der Finsternis verloren, wie all die anderen Erinnerungen, die Hayden sicher verwahrte.

Er ballte die Finger zusammen. Der junge Dieb hatte ihm das Leben gerettet, eine Schuld, die er niemals würde begleichen können. Hayden senkte den Blick und folgte dem Pfad durch das Labyrinth, der ihn tiefer in die Katakomben führte, zurück in das Reich der Toten.

KAPITEL 28

Nordinseln, Hafen von Eilos

Ouwen lehnte an der Reling und sah zum Kai, auf dem sich unzählige Menschen drängten. Die Wyvern hatte an einem der wenigen freien Liegeplätze festgemacht, deren Stege weit in das Wasser reichten. Sein Blick schweifte über die Besatzung, die dabei war, die Ladung zu löschen. Die Überfahrt nach Eilos hatte weniger als einen halben Tag gedauert, doch die schweren Wolken, die am Himmel hingen, machten deutlich, dass sie gerade noch rechtzeitig die Insel erreicht hatten. Der Wind hatte zugenommen, ein Vorzeichen des Sturms, der die Küste bald erreichen würde. Er musterte die stolzen Masten der Schiffe, die neben ihnen am Kai lagen. Der Hafen war fast doppelt so groß wie der von Ragohn und bot mehr als einem Dutzend Schiffe Ankerplatz. Hinter der steilen Uferböschung ragte eine knapp zehn Fuß hohe Befestigungsanlage aus Lehm und gebrannten Ziegeln empor, die zum Schutz der Siedlung errichtet worden war.

»Du solltest den Stein besser verbergen.« Argos stützte sich auf dem polierten Holz der Reling ab. »Falls wir auf der Insel einem Ratsmitglied begegnen, wird er erkennen, dass es ein Siegel der Omar ist.«

Ouwen schob den Talisman zurück unter seine Kutte,

er musste herausgerutscht sein, während er sich vorgebeugt hatte. Von der Schaluppe, die backbords angelegt hatte, drang Lärm herüber. Seine Augen glitten über das königliche Banner und das frisch geschrubbte Deck. An Bord befanden sich mindestens ein Dutzend Söldner und noch einmal so viele Männer, die das Zeichen der Krone auf ihren Uniformen trugen. Eilos war der Hauptstützpunkt des aehdanischen Heeres, von hier aus wurde die Nachhut auf die Inseln verteilt. Hier traf angeblich auch bald ein Teil des königlichen Rates zusammen, um Pläne für die kommenden Kämpfe zu schmieden. Ouwen drehte den Kopf. In der Ferne konnte er die Umrisse der Festung erkennen, von der Fünffinger gesprochen hatte. Arbenrah. Die Burg war auf der Nordseite der Insel an einer steil abfallenden Klippe errichtet worden. Selbst aus der Distanz wirkten die Mauern mit ihren dunklen Zinnen Ehrfurcht gebietend und er fragte sich, wie viele Kämpfe vor ihren Toren wohl schon ausgefochten worden waren.

»Du musst das nicht tun.«

»Ich weiß.« Ouwen strich sich das Haar zurück. Der Kommandant hatte ihm kurz nach ihrer Ankunft eine Nachricht von Fürst Alrich überbracht, als Gast zusammen mit einem Teil der Besatzung auf die Festung zu kommen. Anscheinend war der Mann ein Verfechter des wahren Glaubens und wollte den Novizen kennenlernen, der in der Gunst des Einäugigen zu stehen schien. Ouwens Sturz in das Eismeer und seine Rettung hatten sich längst herumgesprochen. Auch wenn die Einladung eher wie eine höflich formulierte Forderung geklungen hatte, war Ouwen keine andere Wahl geblieben, als anzunehmen. Ein Ruf des Herrn von Arbenrah galt als große Ehre. Es wäre einer Beleidigung gleichgekommen, wenn er abgelehnt hätte. Fünffinger hatte diesen Aspekt während des Gesprächs nachdrücklich erwähnt.

»Mir ist nicht wohl bei der Sache. Hier treiben sich eine Menge Soldaten herum und wer weiß, was noch für Gestalten.« Argos spuckte über die Reling. »Vielleicht sollten wir einfach verschwinden, solange die Männer mit der Ladung beschäftigt sind.«

Ouwen sah aus den Augenwinkeln, wie einer der Männer, die Taue am Bug aufwickelten, in ihre Richtung sah. Seit sie an Bord gegangen waren, hatte er das Gefühl, dass sie beobachtet wurden. Weder er noch Argos gehörten zur Besatzung – oder zum Heer – und erweckten allein dadurch schon Neugierde unter den Männern. Trotzdem war das Grummeln in seinem Magen nicht gewichen, sondern hatte sich seit dem Gespräch mit dem Kommandanten noch verstärkt. Ouwen senkte den Kopf. Er verspürte keinerlei Neigung, die Schwarze Festung zu sehen, oder gemeinsam mit Fünffinger an einem Fürstlichen Bankett teilzunehmen. Genauso wenig wollte er auf eines der Ratsmitglieder treffen, das vielleicht ebenfalls auf der Burg weilte. Doch wenn sie das Schiff einfach verließen, würde das mehr Aufmerksamkeit erregen, als ihnen beiden guttat.

»Es könnte nützlich sein, etwas über den Burgherrn und seine Männer zu erfahren«, sagte er und behielt seine Zweifel für sich. »Zudem fährt heute kein Boot mehr, das uns nach Hegar bringen könnte. Die Schiffe warten das Unwetter ab, daran lässt sich nichts ändern.« Sie hatten sich umgehört und erfahren, dass die Alvar den Sturm überstanden hatte und am Hafen der Schwesterninsel Reparaturen abwartete.

»Dann lass mich dich wenigstens begleiten.«

»Die Einladung galt nur für mich.« Er wich Argos' Blick aus. Das Interesse des Fürsten an einem einfachen Tempelnovizen war in der Tat wenig vertrauenerweckend, aber er wollte seinen Freund nicht mit seinen Sorgen beunruhigen. »Falls neue Nachrichten vom Schiff eintreffen, ist es besser, wenn sich zumindest einer von uns bereithält.«

Der Gestaltwandler knirschte mit den Zähnen. »Ich vermisse meine Kriegergestalt. Meine Knochen knacken wie morsche Zweige.« Argos griff in seinen Nacken und streckte sich. »Nun denn, während du dir bei einem opulenten Mahl den Bauch vollschlägst, werde ich weitere Nachforschungen anstellen. Es gibt hier eine Schenke, die für ihren selbst gebrauten Met berüchtigt ist. Angeblich lockert er den Gästen bereits nach zwei Bechern die Zunge.« Sein Blick wurde nachdenklich. »Ich werde uns für morgen eine Überfahrt besorgen. Ihr kehrt am Mittag zum Hafen zurück, Aye?«

Ouwen nickte.

»Gut. Wird interessant werden, mit Kapitän Thyrin zu sprechen. Vielleicht ist Grey noch an Bord der Alvar. Wir können nicht wissen, was mit ihr geschehen ist.«

»Ich weiß nicht warum, aber ich kann fühlen, dass man sie fortgebracht hat.« Ouwens Blick umwölkte sich. Er musste eine weitaus schwerwiegendere Entscheidung fällen, als die, den Herrn von Arbenrah zu treffen. Der Gedanke, einen weiteren Tag zu verlieren, bevor er seine Suche fortsetzen konnte und die Wölfin ihren Feinden zu überlassen, ließ ihn nicht zur Ruhe kommen.

Argos nahm einen Schluck aus dem Weinschlauch.

»Wir bekommen Besuch.« Er wischte sich über den Bart, an dem noch einige Tropfen hingen.

Ouwen wandte den Kopf und erkannte einen der jungen Offiziersanwärter, mit dem er während der Überfahrt ins Gespräch gekommen war.

Valor blieb vor ihnen stehen und senkte grüßend das Haupt. »Wir brechen in einer halben Stunde auf. Wenn Ihr wollt, können unsere Leute Euer Gepäck holen und es zu den Pferden bringen.« Er sah Ouwen fragend an.

»Ich danke Euch für das Angebot, aber ich werde nur wenig mitnehmen.« Ouwen sah an sich herab. »Viel mehr als diese Kleidung besitze ich nicht.«

Valor wischte sich mit dem Ärmel Schweiß aus dem Gesicht. Anscheinend hatte er den Männern dabei geholfen, die Ladung an Land zu schaffen.

»Gut, ich werde es Ecember ausrichten.« Sein Blick glitt zu den Kisten, die noch an Bord standen. »Ich werde Euch ebenfalls begleiten. Auf der Burg steht eine Ladung mit Waffen für das neue Heer bereit, die der Kommandant niemand anderem anvertrauen möchte.« Er lächelte, sichtlich stolz. »Wir erwarten Euch dann unten am Kai.« Der Offiziersanwärter wandte sich ab und ging davon.

Argos schüttelte den Kopf. »Was machen sie nur mit diesen Jungen? Anscheinend gibt es für sie nichts Schöneres, als im Namen der Krone auf dem Feld zu fallen.« Er strich über seinen Wanst. »Wir sollten uns besser stärken, bevor wir aufbrechen. Der Koch hat noch einige Rationen an gekochten Bohnen übrig, wenn ich mich nicht irre.«

»Was meinst du mit *wir*?« Ouwen blickte ihn an.

»Glaubst du wirklich, ich bleibe an Bord und überlasse dir den ganzen Spaß?« Argos sah zu der Festung, deren Mauern sich dunkel gegen den Horizont abhoben. »Ich habe versprochen, dich nicht aus den Augen zu lassen, Junge. Und ich bin nicht dumm. Ich kann dir an der Nase ablesen, dass du dem Ganzen genauso misstraust, wie ich es tue. Außerdem wollte ich immer schon einmal so eine hübsche Burg von Nahem sehen.« Er wandte den Blick. »Denk daran, vertraue niemandem. Und bleibe bei der Geschichte, die wir auch dem Kommandanten erzählt haben. Du bist ein Lehrjunge des Einäugigen, der der Krone überdies großen Dank schuldet für seine Errettung.« Argos rollte mit den Augen. »Es wird Zeit, dass ich etwas zwischen die Zähne bekomme, diese Seeluft macht mich einfach hungrig. Und ich bekomme schlechte Laune, wenn dieser Zustand zulange andauert.«

Weniger als eine halbe Stunde später schritt Ouwen die Kaitreppe hinab. Er wusste, dass Edevind in der Gestalt des alten Mannes am Bug des Schiffes stand und ihm nachschaute, wandte sich jedoch nicht zu ihr um. Sie würde ihnen folgen, sobald Ouwen und seine Begleiter den Hafen verlassen hatten. Sein Blick glitt zu den vier Männern, die bereits aufgesattelt hatten und auf ihn warteten.

»Kommandant.« Er nickte grüßend.

Ecember lächelte. »Die Seeluft scheint Euch zu bekommen. Ihr seht erholt aus.«

»Das verdanke ich der reichhaltigen Schiffsverpflegung.«

Ecember lehnte sich schmunzelnd zurück und warf einen Blick in den Himmel. »Wir sollten aufbrechen. Mit etwas Glück erreichen wir die Festung, bevor der Himmel seine Schleusen öffnet.«

Valor reichte Ouwen die Zügel der Stute, die er neben seinem eigenen Pferd führte. »Sie wird dir keine Schwierigkeiten bereiten.« Er klopfte auf den Rücken des Tieres. »Zirah ist äußerst folgsam.«

Ouwen ergriff das Halfter und stieg auf. Der kleine Tross setzte sich in Bewegung. An der Spitze ritten Ecember und einer seiner Offiziere, gefolgt von einem weiteren Mann, dessen Kleidung auf einen einfachen Söldner schließen ließ. Ouwen und Valor bildeten die Nachhut.

»Ich kann es nicht erwarten, die Festung einmal mit eigenen Augen zu sehen.« Der Offiziersanwärter blickte ihn an. »Seit ich dem Heer diene, habe ich immer wieder Geschichten über sie gehört. Es ist eine große Ehre, den Fürsten kennenlernen zu dürfen.«

Ouwen erwiderte sein Lächeln, auch wenn er die Begeisterung des jungen Mannes nicht teilen konnte. Der Gestank nach Abfall und vergorenem Obst drang in seine Nase. Er hielt sein Pferd zurück, um zwei alte Frauen vorbeizulassen. Ihre Rücken krümmten sich unter der Last, die sie schleppten, zu Boden, wie zu stark gespannte Bögen. Stirnrunzelnd beobachtete er, wie einer der Männer, die am Kai Wache hielten, ihnen Befehle zurief. Die meisten der Menschen, die am Hafen arbeiteten, schienen Sklaven zu sein. Unfreie, die ihren Herren gehorchen mussten, bis ihre Körper die Arbeit nicht mehr verrichten konnten. Wenn sie Glück hatten, schickte man sie danach in die Minen oder man erlöste sie von den Qualen mit einem noch schnelleren Tod. Ouwen gab der Stute ein Zeichen, weiterzutraben, und ritt durch die Menge, die ihm respektvoll Platz machte. Die Männer, die ihn begleiteten, trugen das Königsemblem auf ihren

Schultern und Abgesandten der Krone stellte man sich nicht in den Weg. Er ließ die aus Holz errichteten, flachen Lagerhäuser hinter sich und ritt die Böschung hinauf. Der Weg grenzte an ein Waldstück, welches sich über den gesamten Hügel erstreckte. Ouwen meinte einen Schatten zwischen den Stämmen zu sehen, der sich in ihre Richtung bewegte, war sich jedoch nicht sicher.

Mögen die Götter uns wohlgesonnen sein, mein Freund.

Seine Hacken drückten sich in die Flanken des Pferdes. Er folgte dem Tross den Abhang hinauf, an dessen Spitze die Schwarze Festung thronte.

Nordinseln, Wald von Fahdra. Zur selben Zeit

Die alten Baumriesen neigten ihre Kronen, die Äste schlugen knarrend gegeneinander, wie Hände, die Halt suchten. Der Wind kam von Osten, kalt und fauchend eilte er der Nacht voraus und wanderte über die Insel, deren Schatten das Ende des Tages verkündeten. Eine Böe fuhr unter die Plane und riss an dem dunklen Stoff, der den Wagen bedeckte. Eines der Seile löste sich aus der Verankerung, an der es festgemacht war, und Eisengitter wurden sichtbar, während der Karren weiter über den schlammigen Pfad rumpelte.

Gudan fluchte leise. Er hatte vor zwei Tagen den Auftrag erhalten, einen Transport zum Heerlager auf Fahdra zu leiten und erst auf dem Schiff erfahren, um welche spezielle Art der Ladung es sich handelte. Sein Lehrherr, Meister Rakul, hatte ihm eingeschärft, mit niemandem darüber zu sprechen, bis sie ihr Ziel erreicht hatten.

Er lenkte sein Pferd dichter an den Karren heran und gab dem Wagenführer ein Zeichen, anzuhalten. Der Alte riss an den Zügeln der beiden gescheckten Stuten, die das Gespann lenkten, und wandte mürrisch den Kopf.

»Warum halten wir an?« Der Kutscher strich sich den geflochtenen Bart glatt, der bis auf seine Brust reichte. »Es wird bald dunkel und ich will verdammt sein, wenn wir in diesem Wald rasten müssen, ohne ein Dach über dem Kopf zu haben.«

Gudan nickte in Richtung des Wagens. »Vorher müssen wir das reparieren.«

Corcho stöhnte, als er die abgedeckte Plane sah. »Verfluchter Wind.« Er stieg vom Wagen und reckte die Muskeln. »Mein Rücken fühlt sich an, als wäre eine Herde Ochsen darübergetrampelt.« Seufzend ging er zum Käfig und begutachtete den Schaden.

»Was ist? Kannst du es reparieren?« Gudan ritt dichter heran, doch als sein Pferd den Geruch witterte, der vom Käfig ausging, begann es unruhig zu tänzeln. Er tätschelte dem Wallach besänftigend den Hals.

»Kommt darauf an.« Corcho hob eine Braue. »Wie wichtig ist es Euch, dass das da …« Seine Augen wanderten zu der Kreatur, die sich in einen Winkel des Käfigs zurückgezogen hatte. »Nicht von den Männern gesehen wird?«

»Wichtig genug, dass ich dir drei weitere Silbermünzen gebe, wenn du es vor der Dämmerung schaffst, den Schaden zu beheben.«

Corcho nickte. »Zwei der Bolzen haben sich gelöst, genau wie die Seile.« Er beugte sich vor und stieß einen Fluch aus. »Ich habe von Anfang an gesagt, dass diese Dinger nicht halten werden. Aber auf mich hört ja niemand«, knurrte er und zog die Peitsche aus dem Gürtel.

Gudan sah besorgt mit an, wie er sich an dem Gitter zu schaffen machte. Die Tiere waren eine Waffe, von der niemand erfahren durfte. Nur der Kommandant wusste, welche Ladung sie mit sich führten und dass die Läufer den Angriff auf das vahranger Heer unterstützen würden.

Der Kutscher schlug mit der Peitsche gegen die Stäbe. »Bleib ja brav, oder du wirst die Riemen zu spüren bekommen.« Er ließ die Hand sinken. »Warum ist er überhaupt eingesperrt? Sagtet ihr nicht, diese Wolfshunde folgen eigenständig den Befehlen, die man ihnen gibt?«

»Dieses Exemplar ist eine Ausnahme. Im Lager warten bereits andere, darunter auch das Leittier. Die Fähe wird ihm gehorchen. Und sie wird ihre Pflicht erfüllen.«

»Sie?« Corchos buschige Brauen wölbten sich. Über seine Lippen glitt ein ungläubiges Grunzen und er gab sich keine Mühe, es zu verbergen.

Gudan konnte sich denken, was in seinem Kopf vorging. Corcho hatte als junger Mann selbst lange Jahre im Heer gedient, zu einer Zeit, in der es nur Schwerter und Eisen gegeben hatte, auf die man vertraut hatte. Keine Tiere, die einen ansahen, als wäre man eine vielversprechende Zwischenmahlzeit. Sein Blick fuhr zu der Wölfin.

»Wir müssen diesen Krieg gewinnen. Und wir werden dafür jedes Mittel einsetzen, das uns zur Verfügung steht.«

Als der Mann den Käfig öffnete, wich die Wölfin weiter zurück, dabei ließ sie den Alten nicht aus den Augen.

Rakul hatte sie mit einem Zauber ruhiggestellt und sie war den Männern wie befohlen gefolgt. Die Fähe wandte den Kopf und sah zu den Bäumen. Vielleicht war das ihre letzte Chance, zu entkommen. Man hatte sie auf diese Insel gebracht, um zu kämpfen. Doch sie würde nie wieder mit dem Rudel laufen. Ein wütendes Knurren stieg aus ihrer Kehle empor. Sollte der Mann es wagen, mit seiner Peitsche nach ihr zu schlagen, würde er es bitter bereuen.

»Da hat aber jemand schlechte Laune.« Corcho zog die Hand zurück, mit der er nach dem Bolzen hatte greifen wollen. Stattdessen tastete er seine Manteltasche ab und nahm ein Stück getrocknetes Fleisch heraus. »Schau, was ich hier habe. Wäre das nicht ein feiner Leckerbissen?« Er warf den Fleischstreifen in den Käfig.

Die Fähe rührte sich nicht. Der Mann redete, als wäre sie ein Hund, der seinem Herrchen Gehorsam schuldete. Wachsam verfolgte sie, wie er näher kam.

Der Alte zog sich keuchend am Käfig hoch und streckte erneut den Arm aus. »Wenn du brav bist, bekommst du noch mehr«, murmelte er und griff gleichzeitig nach dem Metallkeil, der neben den Stäben lag.

Die Jägerin wartete nicht auf eine bessere Gelegenheit, sondern sprang auf ihn zu und riss das Maul auf. Der Mann wich erschrocken zurück und holte mit der Peitsche aus, doch bevor die Riemen sie erreichen konnten, packte die Wölfin seinen Arm und vergrub ihre Zähne darin.

Ein Schmerzensschrei drang aus Corchos Kehle, seine Finger verkrampften sich und ließen die Waffe fallen. Er hielt sich an der Klappe fest und blockierte so den Ausgang, aber nach einem weiteren Biss der Jägerin stolperte er schreiend zurück und fiel auf die vom Schnee aufgeweichte Erde.

»Bei Atorhs Gunst!« Gudan sprang vom Pferd und zog sein Schwert. Aber die Fähe war längst aus dem Käfig gesprungen und zwischen den Bäumen verschwunden. Er lief zu dem Kutscher, der noch immer am Boden lag und jammernd seine Hand auf die Wunde am Arm presste.

»Lieg still! Ich werde dir einen Verband anlegen.« Gudan ließ die Waffe auf den Boden fallen und schob den Stoff des Ärmels beiseite, um sich die Wunde genauer anzusehen. Dunkles Blut quoll hervor und Corcho schrie erneut auf, als Gudans Finger über die Bissspuren glitten. »Der Knochen scheint nicht verletzt zu sein. Im Lager gibt es einen Heiler, er wird sich darum kümmern.« Er hob den Kopf und sah sich um. Aber die Fähe war fort. »Möge der Zweigesichtige mir beistehen.«

Die dürren Zweige glitten über ihr Fell, wie Finger, die nach ihrer Beute griffen. Die Wölfin hielt nicht an, sondern hastete durch das Dickicht und folgte dem Geruch des Wassers, der mit dem Wind durch das braune Geäst zog. Sie musste so viel Abstand wie möglich zwischen sich und das Heerlager bringen. Vielleicht gelang es ihr, am Strand auf eines der Schiffe zu kommen, die zu den Schwesterninseln fuhren. Sie nahm die fremde Witterung erst wahr, als sie den Schatten entdeckte, der sie verfolgte.

Arkan! Der Leitwolf war vor ihr auf die Insel gebracht worden, doch sie hatte gehofft, dass er bei den anderen im Lager war. Sie ignorierte seinen Ruf und den Schmerz, der sich zusammen mit seinen Gedanken in ihren Schädel bohrte. Ihr Blut begann zu rauschen. Es war eine starke Kraft, die das Rudel verband, eine uralte Hierarchie, die jedes Mitglied des Packs kannte und instinktiv verstand. Der Drang nachzugeben wuchs mit jedem Atemzug, der verstrich, aber sie widerstand dem Impuls und lief weiter.

Neben dem verwitterten Stamm einer Eiche, auf dessen Überresten riesige, weiß gefleckte Pilze wuchsen, holte das Leittier sie schließlich ein.

Arkan sprang über die Äste, deren schwarze Enden sich gen Himmel reckten, und verbiss sich in ihre Flanke.

Die Fähe verlor den Halt und rollte auf die Seite. Ein scharfer Schmerz durchzog ihren Leib. Der weiße Wolf stand über ihr und riss die Lefzen zurück.

Ich habe dich gerufen. Warum schweigst du?

Die Wölfin fletschte das Maul und schnappte nach ihm. Arkan wich ihren Zähnen aus und es gelang ihr, ihn abzuschütteln. Knurrend kam sie auf die Beine. Die Jägerin wusste, dass sie der Kraft des Leittieres nichts entgegensetzen konnte, trotzdem floh sie nicht. Ihr Nackenfell richtete sich auf.

Ich schweige nicht.

Schnee fiel in zarten Flocken vom Himmel herab und legte sich auf ihren Pelz, die Nässe kühlte ihre Wunden.

Die beiden Wölfe umkreisten einander, abwartend, lauernd. *Unterwerfe dich!* Arkan starrte sie zornig an.

Doch die Wölfin beugte nicht das Haupt oder bot dem Rüden die Kehle dar, wie es im Rudel üblich war, wenn man dem Anführer Respekt zeugte. Stattdessen entblößte sie die Reißzähne und griff an. Die beiden Tiere verbissen sich ineinander und Schnee wirbelte auf, als ihre Körper zusammen über die Erde rollten. Die Fähe schaffte es, dem Leitwolf einen Biss an seiner Schulter zuzufügen, doch der Rüde entwand sich ihr und drückte sie zu Boden.

Ein Brennen fuhr durch die Venen der Wölfin. Der Ruf hallte durch ihre Gedanken und für einen Moment vergaß sie, wer sie gewesen war. Aber die Erinnerung kehrte zurück, zusammen mit den Qualen, die sich wie Klauen durch ihr Fleisch gruben.

Du wagst es, dich mir zu widersetzen? Arkan biss in ihren Nacken und schüttelte sie.

Die Wölfin winselte vor Pein, als der Rüde erneut seine Zähne in ihrem Fell vergrub. Sie wehrte sich nicht, sondern ließ ihn gewähren. Trotz allem was geschehen war, war er ihr Anführer. Sie schuldete ihm nicht nur Gehorsam, sondern auch ihr Leben. Zitternd schloss sie die Augen. Der Schmerz pulsierte durch ihren Körper, aber ihr Wille war ungebrochen.

Lass mich gehen. Sie hob den Kopf.

Von Arkans Maul tropfte Blut. *Du gehörst zum Rudel,* erwiderte er.

Nicht … mehr. Die Fähe stieß ein tiefes Grollen aus.

Das Leittier beugte sich zu ihr herab. *Dann musst du den Preis zahlen, den dein Verrat fordert.*

Töte mich, denn ich werde dir nicht länger folgen. Die Bindung existiert nicht mehr. Die Pupillen der Wölfin begannen sich zu weiten. *Ich erinnere mich. Ich hatte ein Leben, Arkan. Man hat es mir genommen.* Sie sah ihn an. *Lass mich frei.*

Arkans Augen glühten. Er wollte seine Zähne in das Fell der Fähe graben, sie zum Schweigen bringen. Nie zuvor war es geschehen, dass jemand der ihren die Regeln brach, die Gesetze, die alle befolgen mussten. Alles in ihm drängte danach, das unfolgsame Weibchen zu töten. Aber da war etwas an ihr, das ihn innehalten ließ. Er starrte in ihre Augen. In der braunen Iris schienen sich Gesichter zu spiegeln, wie unscharfe Teile eines Bildes. Arkan ließ von ihr ab und drehte den Kopf. Der Ruf des Blutes wurde übermächtig. Seine Brüder warteten auf ihn. Er wusste, dass die Wölfin die Stimmen ebenfalls hörte. Es war ein wütender Sturm des Zorns, als wollten sie die Fähe in Stücke zerfetzen.

Die Magie wirkt nur, weil wir vergessen haben, was wir waren. Wer wir sind. Die Wölfin erhob sich, über ihr Fell rann warmes Blut. *Erinnere dich … und du wirst erkennen, dass ich die Wahrheit sage.*

Nebel kroch über den Boden und bedeckte das Moos zu ihren Pfoten. Arkan sah schweigend zu den Bäumen, deren Konturen im Dunst verblassten. Es war Zeit, er musste zurückkehren.

Löse deine Fesseln, Arkan. Erster des Rudels.

Die Jägerin wich zurück. Als Arkan keine Anstalten machte ihr zu folgen, drehte sie sich um und lief davon, bis der Wald sie verschluckt hatte.

Der Leitwolf blieb zurück und hob witternd den Kopf. Die kalte Luft trug neue Gerüche zu ihm und strich lockend über sein Fell und die vernarbten Male, die sich in seine Haut gegraben hatten. Wunden, die er im Kampf davongetragen hatte, aber auch Zeichen der Bestrafung, von Menschen denen er Gehorsam schuldete. Ein Zittern durchlief seine Flanken. Etwas schien in ihm zu zerreißen und entzündete ein Feuer in seiner Seele. Er konnte die Dunkelheit fühlen, die seinen Geist gefangen hielt. Und noch etwas anderes.

Bedauern.

Ein Stimme durchdrang seine Gedanken, stärker als der Ruf des Blutes, stärker auch als die Erinnerungen, die seinen Geist mit Schmerz überfluteten. Sie flüsterte einen Namen, den er vor langer Zeit vergessen hatte.

Seinen menschlichen Namen.

Der weiße Wolf stieß ein klagendes Heulen aus, das weithin zu hören war und mit dem Nordwind über die Insel strich.

KAPITEL 29

Aehdland, Königsburg Esgar

Balian trat an den Tisch heran, auf dem ein verschlossener Korb stand. Ein leises Rascheln drang durch das Strohgeflecht. Das Tier, das hinter den eng verflochtenen Baststäben kauerte, stieß ein Zischen aus und zog sich weiter in die Dunkelheit seines Gefängnisses zurück.

Der Berater tippte gegen das eingelassene Gitter und sah bewundernd zu, wie das Geschöpf hervorsprang, auf der Suche nach vermeintlicher Beute, den Stachel in Angriffshaltung. Er musterte den mit Fell bedeckten, gedrungenen Leib und die Zähne, die sich wie spitze Widerhaken aus dem Maul der Kreatur schoben, während die Chimäre durch den Korb wanderte. *Was für ein absonderliches Tier.*

Das Mischwesen schien keine Angst zu empfinden, stattdessen verfolgten die vier dunklen Augen wachsam, was geschah, als wartete es darauf, dass der Mensch, der vor ihm stand, einen Fehler beging. Balians Blick glitt zu den Kratzspuren, die das Innere des Korbes durchzogen. Es wäre klüger, wenn sie das künstlich erschaffene Wesen in ein anderes Behältnis umsiedelten, die Krallen der Kreatur hatten bereits tiefe Risse in die Wände gezogen. Wenn sie nicht aufpassten, würde es ihnen entkommen. Und das wäre äußerst bedauerlich.

Die Chimäre stieß ein hohes Kreischen aus und riss ihren Stachel zurück, der unter ihrem Kiefer in einer braunen Fellfalte verschwand.

Balian zog einen der Stühle heran und setzte sich. Seine Gedanken glitten zu dem Vorfall, der den gesamten Hofstaat in Aufruhr versetzt hatte. Er lehnte sich zurück. Welyns Sohn … Er hätte nie geglaubt, dass der Junge überlebt hatte. Und nun zum Mann gereift war. Der ihnen mehr Schaden zugefügt hatte, als es ein feindliches Heer an den Grenzen vermochte. Die magielarische Bibliothek war zerstört. Unschätzbare Kenntnisse und Formeln, die über Generationen verwahrt worden waren. Bisher war es dem Rat gelungen, das Geschehene vor der Außenwelt zu verbergen, der Tod Yemolars wurde als tragisches Attentat abgetan. Doch die Wahrheit würde schon bald hindurchsickern, und auch, dass das Wissen Esgars in Rauch aufgegangen war.

Der König hatte ein hohes Kopfgeld ausgesetzt, das mit dem Versprechen auf eigenes Land verbunden war. Sie würden den Abtrünnigen finden und er würde dafür bezahlen, was er getan hatte. Auch wenn er Balian in gewisser Weise einen Dienst erwiesen hatte. Der Berater lächelte. Nun, da die Abschriften nicht mehr existierten, kam es mehr denn je darauf an, Mittel und Wege zu finden, um die Macht Esgars aufrechtzuerhalten. Man würde seine Kenntnisse benötigen. Seine Erfahrung. Balian betrachtete den Siegelring an seinem Finger. Er hatte schon vor vielen Jahren dafür gesorgt, für sich selbst einige Kopien der Manuskripte anzufertigen, eine äußerst weise Vorsichtsmaßnahme. Auch Yemolars Tod war kein Verlust, er würde jemand anderes in den Kreis erheben, jemanden, der ihm treu ergeben war.

Er besaß die Macht, die Geschicke am Hof nach seinem Willen zu lenken, eine Macht, für die er hart gekämpft hatte.

Balian zog ein Tuch aus seiner Tasche und faltete es auseinander. Ein daumenlanger Schmuckstein kam zum Vorschein, der das Antlitz einer Frau zeigte, das in den Achat geritzt war. Seine Mutter hatte zum Stand der Urai gehört. Jenen Unberührbaren, die am Rand von Esgars Gesellschaft lebten und die niedersten Arbeiten verrichteten. Sie hatte jede Münze, die sie verdient hatte, für ihren Sohn zur Seite gelegt, um ihm ein besseres Leben zu ermöglichen. Letztendlich war es die Magie gewesen, die ihn aus seinem Elend befreit hatte, aber der Mut und die Verzweiflung seiner Mutter hatte Balian etwas Wichtiges gelehrt. Er musste sich die Chancen nehmen und durfte nicht darauf warten, dass man sie ihm gab.

Er schloss seine Hand um das Schmuckstück. Für die Adligen war er nur ein Emporkömmling, sie fürchteten ihn, da er mehr Macht besaß als jeder andere im Rat. Für die Magier war er etwas viel Schlimmeres, ein *Moktar* – jemand, der die Gabe nicht im Blut trug, sondern sich ihre Geheimnisse durch Wissen und magielarische Formeln angeeignet hatte. Balian hob den Kopf. Seine Mutter weilte schon lange in der Anderen Welt. Sie war der Fieberepidemie erlegen, die vor zwölf Jahren durch das Land gezogen war. Er hatte sich weder von ihr verabschieden können, noch wusste er, auf welchem Teil des Armenfriedhofs man ihre sterblichen Überreste begraben hatte. Neben der Schuld, die nur ein Kind spüren kann, das sich von seinen Eltern losgesagt hatte, fühlte er auch Erleichterung. Mit dem Tod seiner Mutter war auch die letzte Verbindung zu seiner Vergangenheit gestorben. Er war nicht länger der Sohn einer Unberührbaren, sondern die Hand des Königs, Erster Berater am Hofe Esgars. Und er würde alles dafür tun, damit es so blieb. Sein Blick wanderte zum Korb. Die Chimäre war ein Geschenk, so wie es die Wolfsläufer gewesen waren. Wenn Uriel recht behielt, waren diese Kreaturen, die die Hexe Krawlar getauft hatte, leichter zu erschaffen – und zu kontrollieren, und konnten der Krone überaus nützlich sein. Genauso wie ihm.

Es war ein vielversprechender Schritt auf seiner Suche, die er jedoch nicht eher beenden würde, bis er gefunden hatte, was er schon lange begehrte.

Steinwüste von Taluha, Kloster Arhengam.
Einige Tage zuvor

Die Finger des Mönchs fuhren über den Einband des Manuskriptes. Der Buchrücken bestand aus mehrfach verstärktem Pergament, trotzdem zeigten sich bereits erste feine Risse. Er musste äußerst behutsam vorgehen.

Elrend ließ es zurück auf den Tisch gleiten. Nach Abschluss seiner Studien würde er es zu Meister Abacus bringen, der die Aufsicht über die Manufaktur vertrat. Das zweistöckige Gebäude war direkt an das Kloster angeschlossen und für die Pflege und Reparatur der Manuskripte verantwortlich. Sein Blick schweifte über die Dokumente und Bücher, die er aus Ragohn mit hierhergebracht hatte. Die Nachricht, dass sein Lehrherr den Kampf nicht überlebt hatte, hatte ihn tief getroffen. Am Morgen war ein Rabe aus Ragohn eingetroffen, von dem alten Ven-Rah standen nur noch abgebrannte Mauern.

Der Novize zog die Hand zurück. Meister Guttorm war schon immer ein unberechenbarer Geist gewesen. Der Krieger in ihm war nie zur Ruhe gekommen, trotz der vielen Jahre, die er als Mönch gedient hatte. Doch Elrend hatte ihn stets bewundert. Das Wissen und die Erfahrungen seines Lehrmeisters waren für ihn wertvolle Wegweiser gewesen.

Sein Blick glitt erneut zu den Manuskripten. Er hatte den Auftrag ausgeführt, wie Guttorm es gewollt hatte. Die Pergamente waren in Sicherheit. Hier in Arhengam, einer der ältesten Heimstätten der Dreizehn, würden die Magielarien sicher verwahrt sein. Die Worte seines Meisters geisterten durch seine Gedanken. »*Diese Bücher sind wertvoller als das Leben eines alten Mönchs.*«

Elrends Augen verweilten auf dem dunklen Einband, der unter ein paar anderen Manuskripten hervorschaute. Nichts deutete darauf hin, welche Bedeutung dem Buch innewohnte. Nur ein einzelnes, gezeichnetes Auge auf dem Buchrücken war ein Hinweis auf seine Herkunft.

Auf seine Macht.

Er seufzte. Außer ihm wusste niemand, dass eine Abschrift der Lehren Atorhs unter den aus dem Feuer geretteten Aufzeichnungen war. Selbst dem Abt von Arhengam hatte er verschwiegen, welches Wissen sich zwischen den vergilbten Seiten verbarg. Ein Wissen, von dem nie jemand erfahren durfte. Er würde es den Blicken der Welt entziehen und damit den letzten Willen seines Mentors erfüllen.

Elrend stand auf und schob den Stuhl zurück. Je eher er sich dieser Aufgabe annahm, desto besser. Ein eisiger

Windzug fuhr durch das Zimmer und unter die Seiten eines der Bücher. Der junge Mönch blieb überrascht stehen. Die Holzläden der Fenster waren geschlossen. Nur den Hütern war es gestattet, die Räume des Klosters zu lüften. Mitten im Winter und dazu mit den kostbaren Manuskripten, die in den Kammern aufgebahrt lagen, wäre jedoch niemand auf den Gedanken gekommen, ein Fenster zu öffnen. Ein leises Flüstern erhob sich, es klang, als würde jemand nach ihm rufen. Elrends Blick wanderte durch den Raum, es war niemand zu sehen. Er wandte den Kopf und erstarrte. Das schwarze Buch war unter dem Stapel hervorgerutscht, als hätte eine unsichtbare Hand danach gegriffen.

Ohne, dass er wusste, warum er es tat, beugte er sich vor. Das Verlangen, das Buch zu berühren, war plötzlich schier übermächtig. Seine Finger strichen über das gemalte Zeichen, welches sich seltsam erhaben anfühlte. Vorsichtig nahm er das Manuskript in die Hand. Es wäre so einfach, das Siegel zu brechen und die Schnüre zu lösen, mit denen es zusammengebunden war. Er könnte die Texte entschlüsseln, die vor Jahrhunderten verfasst worden waren, und all jene Geheimnisse offenbaren, nach denen viele Gelehrte strebten. Seine Hand begann zu zittern. Elrend blickte auf das Buch. Was tat er hier? Er hatte nie das Bedürfnis verspürt, Atorhs Lehren zu ergründen, im Gegensatz zu seinem alten Meister. Dieses Manuskript war gefährlich, gefährlicher als ein Heer Esgars. Er durfte nicht länger zögern, sondern musste es in den Zerbrochenen Turm schaffen, wie er es bereits bei seiner Ankunft hätte tun sollen. Das Buch in seinen Händen schien plötzlich schwerer zu werden, als würden die Seiten sich wehren, fortgebracht zu werden.

Der Mönch starrte auf das Augensymbol. Das schwarze Lid bewegte sich und begann sich langsam zu öffnen. Entsetzt schlug er das Buch in den Saum seiner Kutte ein und hastete zur Tür. Niemand sollte über die Macht verfügen, die in dem Buch beschrieben war. Für die Lebenden war es besser, genauso wie für die Toten.

Elrend presste das Buch an sich. Das *Buch der Toten* musste ein Geheimnis bleiben. Ein Geheimnis, das er auch vor sich selbst sicher verwahren würde.

Die Glocke zur Mittagsandacht schlug bereits zum sechsten Mal, als der Mönch die schmale Treppe erreichte, die hinauf in den Turm führte. Er verharrte auf der untersten Stufe und drehte den Kopf. Die Novizen und Meister waren in der Kapelle versammelt, er hatte diesen Moment bewusst gewählt. Seine Hand legte sich um den Schlüssel. Meister Abacus hatte ihm den Zutritt zu der Turmkammer gestattet, unter der Bedingung, die Schlüssel ohne Verzögerung zu ihm zurückzubringen. Elrend begann die Stufen emporzusteigen. Er würde die Manuskripte wie vereinbart in den Räumen verwahren, in denen die wertvollsten Manuskripte des Klosters untergebracht waren. Doch das Buch unter den Falten seines Gewandes benötigte eine besondere Form des Schutzes. Das Ven-Rah von Arhengam unterstand der Krone. Der König duldete, dass die Mönche dem Kreis der Dreizehn huldigten, solange Atorhs Machtposition nicht infrage gestellt wurde. Elrend senkte die Mundwinkel. Ehgiens Interesse galt nicht den Menschen, die in Arhengam lebten. Er schätzte einzig und allein das Wissen, welches die

Mönche besaßen, und noch mehr schätzte er, dass sie es stetig erweiterten und ihm von ihren Fortschritten und Erkenntnissen berichteten. Um dies zu gewährleisten, beherbergte Arhengam fast ein Dutzend Krieger, deren einzige Aufgabe darin bestand, die kostbaren Bücher des Klosters vor Schaden zu bewahren.

Der Mönch schob die schmalen Schultern zurück. Seine Loyalität galt weder dem König, der die Krone Aehdlands zu Unrecht trug, noch dem Abt dieses Klosters. Er unterstand nur einer einzigen Gewalt – den Lehren der Dreizehn, denen auch sein alter Lehrherr gefolgt war. Elrend schritt schneller aus. Er hatte Vorkehrungen getroffen, niemand würde ihn stören, während er in der Bibliothek weilte.

Die Stufen wanden sich in die Höhe und der junge Mönch begann zu schnaufen, als er ein weiteres Stockwerk hinter sich ließ. Er war froh, wenn der Tag vorüber und sein Versprechen, das ihn seit seiner Abreise aus Ragohn viele schlaflose Nächte gekostet hatte, endlich erfüllt war. Er beugte sich über das Geländer und sah hinauf. Der Zerbrochene Turm war das höchste Gebäude des Klosters und besaß einen separaten Zugang, zu dem nur einige wenige Mönche, darunter der Meister der Manufaktur und seine Schreiber, Zutritt hatten. Vor einigen Wintern hatte ein Blitz einen Teil der Zinnen zerstört und das äußere Mauerwerk beschädigt. Seitdem wurde er, zumindest was die Meinung Außenstehender anbelangte, nicht mehr genutzt.

Als Elrend den obersten Absatz erreichte, blieb er erleichtert stehen. Vom langen Aufstieg erschöpft musterte er die kleine, unscheinbare Tür, hinter der sich einige der am besten gehüteten magielarischen Geheimnisse des Landes verbargen. Der Schlüssel in seiner Hand glänzte wie poliertes Silber, doch er hatte keinen Blick dafür, sondern zog die Tür auf, die knirschend über den Boden schabte, und trat hindurch. Ein vertrauter Duft nach altem Pergament, Leder und Buchleim schlug ihm entgegen. Elrend folgte dem gewundenen Korridor und ignorierte das Verlangen, sich näher mit den Manuskripten zu befassen, deren Einbände einladend aus den Fächern der Regale hervorschauten. Neben einem runden Tisch blieb er stehen und legte drei der Bücher darauf, die er mitgebracht hatte. Er würde sich später damit befassen, sie dem Inhalt und Wissen nach zuzuordnen. Zuerst musste er sich mit etwas anderem beschäftigen. Sein Blick schweifte über die deckenhohen Schränke, die in ein gräuliches Licht getaucht waren. Aus Furcht vor einem Feuer verzichteten die Mönche in den Räumen der Bibliothek auf Kerzen. Das Virit, das in den gläsernen Laternen an den Wänden leuchtete, war ein ausgezeichneter Ersatz. Eine kostbare Handelsware, für die die Mönche bereit waren einen hohen Preis zu zahlen. Sie tauschten das seltene Mineral gegen das Wertvollste ein, was sie besaßen. Wissen.

Elrend ging zu einer der Lampen und betrachtete das künstliche Feuer, welches hinter dem Glasfenster brannte. Das Virit flimmerte in einer Art geschliffenen Kristall und brach sich hundertfach in dunkel schimmernde Lichtpunkte. *Ein wundersames Werk der Götter,* dachte er und fuhr mit der Hand an dem Glas entlang.

Den Mönchen Arhengams war es untersagt, die Geheimnisse, die sich in den unzähligen Manuskripten des Ven-Rahs verbargen, Fremden zu offenbaren. Ein Zuwiderhandeln führte nicht nur zu einem Ausstoß aus der Gemeinschaft, sondern konnte, je nach Schwere der Anklage, auch den Tod bedeuten. Doch der alte Abt des Klosters hatte angeblich vor vielen Jahren einen Pakt geschlossen, um die Sicherheit der Manuskripte zu gewähren, und einem Handel zugestimmt. Das Kloster erhielt die künstlichen Feuer, welche an nur wenigen Orten der bekannten Welt vorkamen, und gab im Gegenzug etwas von dem preis, das sie seit Jahrhunderten bewahrten – etwas, das für die Händler von unschätzbarem Wert war. Abschriften aus den heiligen Texten.

Elrend warf einen Blick zurück. Der Turm besaß mehrere Verbindungen zum Hauptgebäude, doch dieser Raum war nur von einer Seite über die gewundene Treppe erreichbar. Er war sich sicher, dass ihm niemand gefolgt war, trotzdem würde das Zittern seiner Hände erst nachlassen, wenn er wieder in der Kammer war, die man ihm für die Zeit seiner Lehre zugeteilt hatte. Er kratzte sich nervös die Stirn. Als er den schmalen Steinsockel neben einem der Regale entdeckte, ließ er sich auf die Knie herab. Die Vitrine, die darauf aufgebahrt stand, beherbergte eines der heiligsten Schätze des Klosters. Eine Abschrift aus dem zwölften Buch. Doch Elrend interessierte sich nicht für die Formeln und Überlieferungen, die auf dem Pergament niedergeschrieben waren. Seine Finger tasteten den schwarzen Sockel ab, der aus dem Stein eines weit entfernten Gebirges geschlagen und mit großer Anstrengung hierhergebracht worden war. Als er die kleine Erhebung fand, nach der er gesucht hatte, drückte er den Hebel, der sich dahinter verbarg, und ein Fach wurde sichtbar.

Der Mönch lehnte sich zurück. Meister Guttorm hatte

ihm das Geheimnis offenbart, sein Lehrherr hatte einst in Arhengam gelebt. Außer ihm und dem alten Abt des Ven-Rahs, der längst in der Anderen Welt weilte, wusste niemand um das Versteck im schwarzen Stein. Angespannt zog er das Buch unter seinem Gewand hervor. Meister Guttorm war wie ein Vater für ihn gewesen. Der einzige Mensch, den es gekümmert hatte, was mit ihm geschah, als die Welt ihn längst vergessen hatte. Elrends Finger umklammerten das Manuskript. Es gab eine Zeit, in der er jede Hoffnung, seinem elenden Leben jemals entfliehen zu können, begraben hatte. Doch Guttorm hatte ihn aufgenommen und ihn gelehrt, was er wusste. Und er hatte Elrend etwas gegeben, das weitaus wertvoller war. Ein Zuhause.

Elrend legte das Manuskript in das geöffnete Fach. Er musste die wenige Zeit nutzen, die ihm blieb. Die Messe würde bald enden. Ein Lächeln überzog sein Gesicht. Wo, wenn nicht hier könnte das Buch sicherer sein – direkt vor der Nase der Krone, beschützt von seinen eigenen Söldnern? Als der Mönch die Hand von dem Einband nehmen wollte, geschah etwas Seltsames. Seine Finger schienen daran haften zu bleiben. Die schwarze Farbe, mit der das Leinen einst gefärbt worden war, begann sich von dem Einband zu lösen. Lange, dunkle Fäden krochen über das Buch und wanden sich über seine Haut. Entsetzt nahm er die andere Hand zu Hilfe und löste seine Finger aus der zähen Masse.

Elrend schüttelte den Arm, als die Farbe nicht verschwand, wischte er sie hektisch an seiner Kutte ab. Aber das Schwarz ließ sich nicht abstreifen, genauso wenig wie die Furcht, die nach ihm griff.

»Bei den Göttern«, murmelte er. Sein Blick fiel auf das

Manuskript, das noch immer in dem geöffneten Fach lag. Er stieß die Schublade zu und wankte zurück.

Elrend starrte auf die Masse, die wie klebrige Spinnfäden sein Handgelenk umschloss. Sie schien zu pulsieren, ein lebendiges Wesen, das erstarkte und sich weiter ausbreitete. Die Fäden begannen sich in seine Haut zu brennen und er schrie auf, als sich ein Mal auf seinem Arm bildete, nur um kurz darauf wieder zu verblassen.

Elrend presste die Finger zur Faust und keuchte, er fühlte die Kälte, die unaufhaltsam durch seinen Körper kroch.

Der junge Mönch zog mit seiner linken Hand einen Kreis in die Luft, ein Schutzzauber, der die Dreizehn anrief, und flüsterte ein Gebet. Er würde die Götter bitten, dass die dunkle Kraft ihn verschonte, und konnte nur darauf hoffen, dass sie sein Flehen erhörten.

KAPITEL 30

Insel Eilos, Festung Arbenrah. Gegenwart

»Hier, das sollte genügen.«

Ecemba nahm den Lederbeutel entgegen, dessen Inhalt vielversprechend klirrte, und nickte. »Was ist mit der anderen Sache?«

»Ich werde beim König ein Wort für Euch einlegen. Er weiß Männer zu schätzen, die der Krone treu ergeben sind.« Rakul musterte den Mann, dessen Haltung Stolz ausstrahlte. Trotz seiner Einschränkung hatte es den Kommandanten nicht daran gehindert, im Heer aufzusteigen. »Es gibt Land im Süden von Aehdland«, sprach er weiter. »Dessen Anspruch neu entschieden werden muss.«

Ecemba lächelte erfreut. »Es wäre mir eine Ehre, König Ehgien als Landherr zu dienen.«

»Vielleicht überträgt man Euch nicht nur die Verantwortung über die Pächter, sondern auch eine Position im inneren Kreis von Ehgiens Vertrauten.«

Fünffinger senkte ergeben den Kopf. »Ich würde mein Leben dafür geben, unserem Herrscher und dem Geschlecht Taran meine Ergebenheit beweisen zu können.«

»Ich bin Euch für die Nachricht sehr dankbar, die Ihr

mir geschickt habt.« Rakul schritt zum Fenster, dessen Klappen geöffnet waren. »Dass der Junge überlebt hat, ist erstaunlich.«

»Ich war mir nicht sicher, ob er der Gesuchte ist. Nachdem ein paar Männer im Lager von einem Jungen berichteten, der über besondere Fähigkeiten zu verfügen scheint, war es jedoch meine Pflicht, Euch darüber in Kenntnis zu setzen.«

»Ihr habt recht daran getan. Ist er allein gekommen?«

»Ja. Ich habe ihm die Einladung persönlich überbracht, wie Ihr es gewünscht habt.«

»Der Gestaltwandler wird ihm gefolgt sein.« Der Berater sah auf den Hof hinaus. »Ich habe seine Kraft bereits an Bord der Alvar gespürt, obwohl er es geschickt verstand, sie zu verbergen. Man sollte ihn nicht unterschätzen.«

»Meine Männer haben das Schiff bewacht, seit wir aufgebrochen sind. Der alte Mann, der mit ihm gereist ist, hat es nicht verlassen.«

»Er wird nicht so dumm gewesen sein, Euch in einer Gestalt zu folgen, die Euch bekannt ist.« Rakul wandte sich um. »Schickt zusätzliche Männer auf die Zinnen. Und erstattet mir Bericht, wer auch immer sich an diesem Abend der Burg nähert.«

Der Kommandant nickte und wandte sich zum Gehen.

»Wartet.« Rakuls Finger trommelten auf den Fenstersims. »Sagt den Bogenschützen, sie sollen auf Tiere achten, die sich widernatürlich verhalten. Falls sich eines den Burgmauern nähert, zögert nicht.«

»Ihr könnt Euch auf mich verlassen, Herr.«

Der Berater strich zufrieden über seinen Ärmel und

ging zu der mit Intarsien verzierten Flügeltür, welche den Raum von zwei weiteren Kammern trennte.

Sein Besuch erwartete ihn bereits.

Ouwen musterte die grob verputzten Wände, in denen kein einziges Fenster eingelassen war. Stattdessen blickten ihm die starren Gesichter von Göttern entgegen, die mit Ölfarbe auf Leinen gebannt worden waren. Szenen aus der Mythologie, Bilder, die die Schaffenskraft der Dreizehn preisten. Es war bereits die dritte Kammer, die er betrat, doch außer ihm schien sich niemand in diesem Seitentrakt aufzuhalten. Sein Blick schweifte durch das Zimmer. Nach ihrer Ankunft hatte man ihn durch die Burg geführt und in einen Raum im Nordflügel gebracht. Die Wachleute hatten Ouwen kaum Beachtung geschenkt. Er hatte die Gelegenheit genutzt und versucht, sich einzuprägen, wie viele Gänge und Treppen der Sitz des Fürsten umfasste und wie viele Soldaten die Festung bewachten. Nach dem dritten Stockwerk hatte er das Unterfangen jedoch aufgegeben. Die Burg glich einem Ameisenbau, es war schier unmöglich, sich jede der verwinkelten Abzweigungen einzuprägen.

Ouwens Hand glitt über den Stoff seiner Kutte. Er hatte darauf gewartet, dass man ihn zum Empfang rief, doch mit jeder Minute die verstrich, war seine Unruhe gewachsen. Sich etwas umzusehen, erschien ihm eine bessere Wahl, als abwartend gegen die Wände zu starren. Je mehr er über die Schwarze Festung in Erfahrung bringen konnte, desto besser. Seine Finger legten sich um den Türknauf, die zu einer weiteren Kammer führte. Die Angeln quietschten leise, während er über die Schwelle trat. Sein Blick schweifte zu den Regalen, die die Wände ausfüllten. Außer ein paar Stühlen beherbergte der Raum keine weiteren Möbelstücke. Anscheinend diente er allein dazu, die Kunstwerke zur Schau zu stellen, welche auf den Holzbrettern aufgereiht waren, darunter seltsam anmutende Skulpturen aus Ton.

Ouwen durchmaß die Kammer mit schnellen Schritten und zog die schmale Tür an deren Ende auf. Als er den Tisch sah, an dessen abgerundeten Ecken zwei einzelne Stühle standen, blieb er stehen. Es war derselbe Raum, in den man ihn vor einer Weile – oder waren es Stunden? – gebracht hatte. Er warf einen Blick zurück. Wie konnte es sein, dass er im Kreis gewandert war, obwohl die Zimmer in Richtung Osten geführt hatten? Er zog das Messer hervor, das er unter seiner Kleidung verborgen hatte. Nur eine starke Illusion brachte es fertig, jemanden derart zu täuschen.

Ouwen sah zu der Flügeltür aus Ebenholz, deren Schatten über den Boden wanderten, und ging darauf zu, doch bevor er sie erreichen konnte, schwang einer der Flügel auf und jemand trat in die Kammer. Er senkte den Arm und schob die Klinge zwischen die Falten seines Gewandes.

»Verzeiht, ich habe Euch lange warten lassen.« Rakul schloss die Tür hinter sich. »Der Herr der Burg lässt sich entschuldigen. Es gibt dringende Geschäfte, die seine Aufmerksamkeit fordern.« Auf seinen Lippen erschien ein Lächeln, als er Ouwens Reaktion bemerkte. »Ich hoffe, Ihr seid nicht allzu enttäuscht, stattdessen mit mir vorliebnehmen zu müssen.«

Ouwen zwang sich, stehen zu bleiben, und schirmte seinen Geist ab, wie Hayden es ihn gelehrt hatte.

»Ihr braucht keine Gedanken auf eine Flucht verschwenden. Meine Männer bewachen die Ausgänge.« Rakuls Blick glitt an Ouwens Kutte herab. »Meine Diener werden Euch mit frischer Kleidung versorgen, wenn Ihr es wünscht. Oder wollt Ihr weiterhin diese Maskerade aufrechterhalten?«

»Was wollt Ihr von mir?«

»Eine berechtigte Frage.« Der Berater schmunzelte. »Wisst Ihr, ich habe mich gefragt, wie es Euch gelingen konnte, dem sicheren Tod zu entgehen.« Er machte einen Schritt auf Ouwen zu. »Vielleicht könnt Ihr mir dieses Rätsel beantworten.«

Ouwen hob die Klinge. Er musste einen Weg finden, hier heraus zu kommen. Und er musste Edevind warnen.

»Tut nichts Unüberlegtes. Ich möchte einfach nur ein wenig mit Euch plaudern, wenn Ihr gestattet.« Der Berater ließ seine Fingerkuppen über den Tisch wandern, der neben ihm stand. »Nachdem Euer Freund das Schiff verließ, um nach Euch zu suchen, habe ich Raben ausgesandt. Als ich erfuhr, dass Ihr überlebt habt, war ich, sagen wir … überrascht.« Er wandte den Blick ab. »Ich habe Euch unterschätzt. Glaubt mir, das geschieht nicht sehr oft.«

»Vielleicht habt Ihr das«, erwiderte Ouwen. Er hielt das Messer vor sich und sah zur Tür.

Rakul schüttelte den Kopf. »Ihr glaubt noch immer, gegen mich kämpfen zu können?« Die Kerze auf dem Tisch begann zu flackern und erlosch.

Ouwen dachte daran, was Hayden ihm beigebracht hatte. Er konnte jedes Bild, jeden Gedanken durch seine

Vorstellungskraft lebendig werden lassen, wenn es ihm gelang, sich zu konzentrieren. Er sah seine Mutter vor sich, leblos und mit Asche bedeckt, doch er verdrängte die Erinnerung und bündelte stattdessen all seine Kraft, seine Wut und seine Verzweiflung, um sie dem Berater entgegenzuschleudern. Ouwen blickte zu den Wänden, deren Konturen sich aufzulösen begannen. Der mit Streu ausgelegte Boden unter seinen Füßen wurde durchscheinend und gab den Blick auf den Abhang frei, der sich unter ihnen erstreckte. Die Burg war kaum mehr als ein farbloser Umriss, stattdessen rückten die Felsen näher, grau und abweisend, in der Bewegung erstarrte Riesen. Wind kam auf und trieb Eis vor sich her, die Schneeflocken fielen zu Tausenden vom Himmel und nahmen ihnen die Sicht.

Rakul hob die Hand und fing einige davon auf. Seine Augen glitten über das schmelzende Eis, das einen feuchten Film auf seiner Haut hinterließ.

»Was für eine nette Spielerei.« Er ließ den Arm sinken.

Ouwen sah zum Himmel empor. Vielleicht konnte er den Berater nicht besiegen, aber für eine Zeitlang ablenken. Doch er musste ihm etwas entgegensetzen, das wirksamer war als Wind oder Schnee. Eine Schneeflocke verharrte vor seinem Gesicht und begann sich langsam zu drehen, aus dem zarten Gebilde wurde gefrorenes Eis, dessen gezackte, sechsfache Kanten scharf glänzten. Ouwen drehte die Handfläche und die Schneeflocken in der Luft begannen sich ebenfalls zu verändern, bis der Himmel nur noch aus funkelnden Eissternen bestand.

Führe meine Augen, leite meine Hand.

Er bat Aenai stumm um ihre Gunst und schob beide Arme vor. Die Eissterne schossen auf den Berater zu, ein

Sturm aus durchscheinenden Klingen, die geräuschlos durch die Luft glitten. Einer der Sterne streifte das Gesicht des Beraters und hinterließ einen dünnen Kratzer.

Rakul fuhr mit den Fingern über seine Wange. Auf seiner Stirn erschien eine Furche. »Ihr wagt es …« Er zog mit der Hand eine Linie über den Himmel. Die Blutspur auf seiner Haut verblasste, genau wie die Flocken, die um ihn herumwirbelten. Der Berater machte einen Schritt auf Ouwen zu, geriet jedoch ins Schwanken. Sein Körper begann sich aufzulösen, die Haut seiner Arme und Hände wurde schwarz, genau wie sein Fleisch, das zu Asche zerfiel und verging, dem Rauch eines Feuers gleich, der vom Wind davongetragen wird.

Er fletschte die Lippen, unter denen bereits der blanke Knochen seines Schädels zu sehen war. »Ihr vergesst anscheinend, wer ich bin. Ihr könnt mich nicht besiegen.« Seine dunklen Augen fixierten Ouwen, während er einige Worte sprach, um die Illusion zu brechen.

Der Zauber verblasste, genau wie die Felsen und der herabfallende Schnee, und die Wände der Kammer erschienen.

Ouwen spürte einen harten Druck auf seiner Brust, als würde ihm jemand die Luft abschnüren. Er hob die Hände, um den unsichtbaren Gegner abzuwehren, und wich zurück. Als er den Kopf drehte, sah er eine schmale, längliche Klinge, die aus gefrorenem Wasser zu bestehen schien. Sie schwebte vor ihm in der Luft und glitt auf ihn zu. Er versuchte, zur Tür zu gelangen, doch sein Körper verharrte starr, als wäre er selbst aus Eis. Die Spitze bohrte sich durch seine Kleidung unter seine Haut, löste sich auf und wurde zu reinem Schmerz, der unaufhaltsam durch seinen Körper fuhr.

»Eure Schwächen verraten Euch. Ihr müsst den Tod wirklich wollen, den Ihr jemand anderem wünscht.«

Ouwen krümmte sich und sank zitternd in die Knie.

»Ich verspreche Euch, das ist nur der Anfang. Ihr werdet mir jetzt genau zuhören, denn es gibt einiges, was wir zu bereden haben.« Rakul deutete auf einen der Stühle. »Setzt Euch doch. Es war unhöflich von mir, Euch keinen Platz anzubieten.«

Aus den Schatten trat ein Mann hervor. Ouwen sah zu der Armbrust, die auf ihn gerichtet war, und presste die Zähne zusammen, als er erkannte, wer der Schütze war.

»Ihr solltet meine Geduld besser nicht strapazieren. Ebenso wenig wie seine. Ihr habt ja bereits am eigenen Leib erfahren können, wie hitzköpfig er sein kann.«

Ouwen starrte angewidert zu Halvad. Der Söldner war seinem Herrn anscheinend auf die Schwarze Festung gefolgt.

Der Berater ließ sich auf einem der Stühle nieder, zog ein kleines Tuch hervor und tupfte sich über das Gesicht.

»Leistet mir Gesellschaft. Ich bin wirklich neugierig zu erfahren, wie es Euch seit Eurem kleinen Unfall ergangen ist.«

Wachturm von Arbenrah, Insel Eilos. Zur selben Zeit

Der Söldner zog die Schnüre am Kragen seines Mantels zusammen. Der Geruch von frischem Schnee lag in der Luft, ein kalter Eishauch, der sich in sein gerötetes Gesicht brannte. Er trat dichter an die Zinnen heran und sah über den Burggraben hinweg zum Wald, der in der

Dämmerung zu einer grauen Masse verschwamm. Als er den Schatten entdeckte, der sich der Burg näherte, stieß er den Mann an, der zusammen mit ihm am Nordturm Wache hielt.

»Gib den anderen ein Zeichen. Sie dürfen ihn nicht verfehlen.« Er zog einen Pfeil hervor.

Der Mann trat zurück und ging davon.

Der Wind kroch wimmernd über die alten Mauern und riss an dem Banner, das über den Turmspitzen wehte. Darian nahm die Armbrust von der Schulter und hob den Blick. Der Einäugige wachte über sie. Durch die Bewegungen des Stoffes schien sich das darauf abgebildete Auge zu schließen und wieder zu öffnen, als würde es beobachten, was sie taten.

»Steh mir bei, Herr«, flüsterte er. Er würde für Atorh eine Kerze entzünden, bevor die Nacht vorüber war. Seit Stunden hatten sie in der Kälte ausgeharrt und darauf gewartet, dass etwas geschah. Der Söldner drehte den Kopf. Mehrere Männer hatten auf den Mauern Position bezogen und legten die Waffen an. Von außen war nicht zu erahnen, dass die Schützen ihre Waffen luden. Die schmalen Schießscharten verbargen die Nischen und auch die Menschen, die dahinter standen.

Als der Kommandant das Zeichen gab, zögerte er nicht, sondern schoss. Der Pfeil schwirrte durch die Luft, schnell und unaufhaltsam, als hätten die Götter selbst seine Bahn vorherbestimmt. Ein Pfeilregen schoss surrend durch die Luft und fiel herab. Wie Regen, der den Boden benetzt.

Der Wolf sprang zur Seite, aber es gab keine Deckung auf dem Abhang, der zur Schwarzen Festung führte. Der

Burgherr hatte alle Bäume fällen lassen, die zu dicht an den Mauern wuchsen. Als der erste Pfeil ihre Schulter durchbohrte, wand sich ein Jaulen aus der Kehle des Tieres, doch die Gestaltwandlerin lief weiter, bis zwei weitere Pfeilspitzen ihre Seite aufrissen. Edevind geriet ins Straucheln und senkte hechelnd das Maul. Ein weiterer Pfeil traf ihren Hinterlauf, durchschnitt ihre Sehnen und grub sich wie glühendes Eisen durch ihren Leib. Sie fiel auf die Seite, Schnee stob empor und bedeckte ihr dunkles Fell.

Die Wandlerin blickte in den Himmel hinauf. Die Wolken zogen vorbei, als wären sie auf der Flucht vor dem Sturm, der von Norden herannahte. Ein Beben lief durch ihren geschundenen Körper. Der Waldrand lag nur wenige Schritte entfernt, aber ihr fehlte die Kraft, um aufzustehen. Warmes Blut sickerte aus ihren Wunden und schmolz den Schnee um ihren Körper. Die Dunkelheit griff nach ihr und mit jedem Atemzug, der verstrich, schienen ebenso wie das Licht auch die Schmerzen zu schwinden. Die Augen der Wandlerin schlossen sich, Schwärze hüllte sie ein und jeder Gedanke verlor an Bedeutung.

Fünffinger hob die Hand. »Wartet.« Der Schütze neben ihm hielt inne. »Bringt ihn zu mir.«

Der Mann senkte den Bogen und nickte ergeben.

Ecemba trat näher an die Mauer heran und stützte seine gesunde Hand auf. Der Berater hatte recht gehabt, sie hatten nicht lange warten müssen. Hatte dieses Wechselwesen wirklich geglaubt, einfach so in die Festung eindringen zu können? Er legte die Stirn in Falten. Als die Nachricht auf Igrim eintraf, ein Verräter der

Krone wäre auf der Flucht und würde sich auf einer der Inseln verbergen, hatte er nicht geahnt, dass sich diese Botschaft als Segen erweisen würde. Nachdem sich seine Vermutung, was den Jungen und seinen Begleiter betraf, bestätigte, hatte er die Festung auf Arbenrah verständigt und um weitere Befehle gebeten.

Das Geräusch des Fallgitters drang zu ihm empor. Der Kommandant beugte sich vor und sah zu den Männern, die durch das Tor schritten. Falls der Gestaltwandler noch lebte, würde er ihn zu Rakul bringen lassen. Wenn nicht, wäre sein Auftrag trotz allem erfüllt. Er schob den fellbesetzten Überwurf seines Mantels zurück. Seine Loyalität galt dem König und die Aussicht, vielleicht in den inneren Kreis des Adels aufzusteigen, war überwältigend und erfüllte ihn mit Stolz.

Sein Blick glitt zu dem Tier, dessen dunkler Umriss sich einsam im Schnee abhob. »Ihr hättet diese Insel niemals betreten sollen«, murmelte er und wandte sich um.

KAPITEL 31

Esgar, Totenstadt

Hayden senkte den Blick. Die Vision war so deutlich, dass er einen Moment brauchte, um zu begreifen, dass es nicht eine kalte Klinge war, die er auf seiner Haut spürte, sondern der Schnee, der langsam seinen Mantel durchweichte. Er streifte das Eis von dem Kragen und wandte sich um. Die Dämmerung raubte dem Himmel die Farben und ließ die Gasse in Zwielicht versinken. Die Erinnerung begann bereits zu verblassen, doch die Furcht, die er gespürt hatte, klammerte sich noch immer um sein Herz. *Ouwen brauchte ihn.* Die Schlieren, die seine Iriden verdunkelten, verflüchtigten sich.

Halbschattens Augen schweiften über die Häuser, deren abgeblätterte Fassaden im Abendlicht noch einsamer wirkten. Seit Tagen hielt er sich hier versteckt, das verfallene Haus des Totenwärters bot ihm Unterschlupf. Es war der perfekte Ort, sich vor den Häschern der Königsburg zu verbergen, die auf der Suche nach ihm durch die Stadt streiften. Haydens Finger glitten über seinen Mantel und verharrten bei der Tasche, in der er das Glasstück aufbewahrte. Dass er den Jungen nicht hatte schützen können, nagte an ihm, wie ein Stachel, der sich in sein Fleisch gebohrt hatte und nun stetig schmerzte. Doch

Cher war tot und der Rat hatte erfahren, dass Hayden noch am Leben war. Der Sohn Welyns, oberster Berater des alten Hofes … Auf seinen Kopf war ein Preis ausgesetzt, er war ein gesuchter Verbrecher – ein Vogelfreier.

Er ließ das Glasstück zurück in die Tasche gleiten. Er hatte abgewartet, bis die Wachen verschwunden waren, die in regelmäßigen Abständen die Totenstadt durchkämmten, und würde die Stadt verlassen, auch wenn die Aufgabe, wegen der er nach Esgar gekommen war, noch nicht zur Gänze erfüllt war. Er hatte die Wesen nicht vernichten können, aber die heiligen Schriften zerstört und damit zumindest einen Teil einer alten Schuld beglichen. Die Visionen hatten sich verstärkt, er durfte nicht länger in Aehdland bleiben. Seine Freunde waren wichtiger als die Erfüllung seines Plans. Er würde nicht zulassen, dass der Tod sich noch mehr Menschen nahm, die ihm etwas bedeuteten.

Halbschatten lief auf die kleine Mauer zu, an deren Ende eine weitere Gasse abzweigte. Seine Stiefel hinterließen tiefe Spuren, die jedoch bald verschwinden würden. Die Totenstadt würde vergessen, dass er hier gewesen war, so wie sie jedes Leben, das einst etwas bedeutet hatte, in Vergessenheit tauchte. Zögernd blieb er vor einem der Häuser stehen. Doch die Schritte, die er gehört hatte, verklangen in einer der Nebengassen. Hayden holte den kleinen Beutel hervor, der Sand war fast aufgebraucht. Vorsichtig schüttete er einen Teil der verbliebenen Körner heraus und wog sie in der Hand. Sie würden für einen weiteren Zauber genügen. Bevor er zu den Inseln aufbrach, musste er jedoch einen Umweg in Kauf nehmen.

»Mirhog … Vihor, erhört meinen Wunsch.« Er hob

die Hand in die Höhe und warf den Sand in die Luft. Die blau leuchtenden Sandkörner stiegen zu den Wolken empor und verbanden sich mit den Schneeflocken, die durch den Himmel segelten. Gemeinsam bildeten sie einen Kokon aus Eis, der jedem die Sicht nahm, der sich ihm näherte.

Die Gestalt des Ersten Beraters glitt flüsternd durch Haydens Gedanken. Er sah das kalte Lächeln, als Balian seine Klinge in Chers Körper gestoßen hatte, und wie der Körper des Jungen die Stufen hinabfiel. Hayden schloss die Augen. Er hatte das Schicksal der Hand des Königs vorausgesehen und würde auf die Götter vertrauen, dass sie es besiegelten.

Halbschatten lief weiter. Der Wirbel aus Schnee hüllte ihn ein und verbarg ihn vor neugierigen Blicken, während er durch die Gassen schritt und Esgar und die dunklen Mächte, welche die Stadt beherrschten, hinter sich ließ. So viel Leid und Schmerz waren über die Menschen gekommen, seit der falsche König die Macht an sich gerissen hatte und der Rat nur noch dem Willen des Einen folgte. Aber er wusste, dass die Wurzel des Übels tiefer wucherte, wie ein Geschwür, dessen Größe man erst erkennt, wenn man den Leib des Kranken öffnete. Sie mussten den Rat vernichten, der von Habgier und Machthunger durchdrungen war. Doch dafür würde er Hilfe benötigen. Er konnte den Kreis der Sieben nicht allein besiegen.

Hayden tauchte in den Wald ein und lief zwischen den mit Moos bedeckten Stämmen entlang, deren verkrüppelte Äste wütend knarrten. Es war, als konnten sie spüren, wer er war und welcher Kampf in seinem Inneren tobte.

Er sah auf seine Hand, die noch immer den Beutel umklammerte, und hob den Kopf. Die Nachtkälte wand sich unter seine Haut und verdrängte das Feuer, das in ihm brannte.

Ava-le-Re, Kirande.

Er würde dem Pfad folgen, den die Dreizehn für ihn vorherbestimmt hatten.

Insel Eilos, Festung Arbenrah

Ouwen hob den Kopf. Er musste eingeschlafen sein, durch das Fenster der Kammer fiel Mondlicht. Die dünnen Strahlen tasteten sich durch die Dunkelheit an den Wänden empor. Sein Blick blieb an dem kleinen Tisch haften, der vor ihm stand. Anscheinend hatte man ihm Wasser gebracht und etwas zu Essen. Er setzte sich auf und nahm den Kanten Brot, der auf einem Teller lag. Nach dem Verhör hatten Rakuls Handlanger ihn hierhergeführt und allein gelassen. Man hatte ihn nicht in Ketten gelegt, doch an eine Flucht war ohnehin nicht zu denken. Der Raum gehörte zu einem der Türme, die sich an der Nordseite der Festung befanden. Es gab nur einen einzigen Zugang, der streng bewacht wurde. Ouwens Augen fuhren zum Fenster. Solange ihm keine Flügel wuchsen, sah er keine andere Möglichkeit, als abzuwarten, bis man nach ihm schickte.

Er sank zurück und lehnte sich gegen die Steine. Er hatte versucht, den Wachposten an der Tür zu beeinflussen, aber es war, als wäre nicht nur sein Körper, sondern auch sein Geist hinter Mauern gefangen. Jedes

Mal, wenn er sich auf seine Gabe konzentrierte, drang ein pochender Schmerz in seine Gedanken und lähmte ihn. Was auch immer Rakul getan hatte, um seine Kräfte zu blockieren – er hatte ganze Arbeit geleistet. Seine Gedanken wanderten zu Edevind und Hayden. Er würde nicht aufgeben, egal was geschah. Er war es seinen Freunden schuldig.

Das Geräusch von näher kommenden Schritten erklang. Ouwen wandte den Kopf und sah zur Tür, die sich knarzend öffnete.

»Nun, ich hoffe Eure kleine Ruhepause konnte Euch zur Besinnung bringen.« Rakul setzte die Laterne, die er bei sich trug, auf einem der Stühle ab.

»Ihr kennt meine Antwort bereits. Ich werde weder Euch noch dem König dienen.«

Der Berater kräuselte abschätzig die Lippen. »Euer Hochmut kann Euch teuer zu stehen kommen. Was glaubt Ihr, damit zu gewinnen? Ist Euch Euer Leben so wenig wert, dass Ihr es einfach wegwerft?«

Ouwen hielt den Blick auf den Boden gerichtet.

»Ihr verschwendet meine Zeit. Glaubt mir, sie ist begrenzt.« Rakul kam näher. »Ihr seid mir zudem noch eine andere Antwort schuldig.« Seine Finger fuhren über das königliche Symbol auf seinem Siegelring. »Sagt mir, wer Euch trainiert hat. Eure Fähigkeiten sind ungewöhnlich, zumindest für jemanden, der keine Ausbildung des Kreises genossen hat. Jemand muss Euch geholfen haben und Ihr werdet mir sagen, wer es war.«

Hinter Ouwens Augen blitzte Schmerz auf. Er versuchte sich zu wehren, den fremden Willen zu bekämpfen, der seinen Geist beherrschte, aber Rakuls Stärke zwang ihn nieder. Die Kammer um ihn herum verschwamm zu grauen Schatten. Er sah Hayden vor sich, der mit ihm auf dem Waldboden saß. Sein Lehrmeister hob die Hand und zarte Schneeglöckchen brachen aus dem Boden hervor. Die Landschaft begann sich zu verändern, der Winter verblasste, Gras wuchs empor und wand sich im Wind, der die Wolken wie Geisterschiffe über den Himmel trieb. Purpurrot, blau, grün … die Farben schienen unendlich, bis der Himmel sich aufzulösen begann.

»Sagt mir, wo er ist. Und ich höre auf, Euch zu bedrängen.« Der Berater zog sich aus seinen Gedanken zurück.

Ouwen presste die Lippen zusammen. Ihm war schwindlig, aber er würde vor diesem Mann keine Schwäche zeigen.

»Ihr seid genauso störrisch wie dieses abtrünnige Weibchen, das bei Euch war.«

Ouwen hob den Kopf. »Wo ist sie? Tut mit mir, was Ihr wollt. Aber lasst sie gehen.«

»Ihr wisst, was sie ist. Oder sollte ich besser sagen, was sie war?«

»Ich weiß, wozu Ihr sie gemacht habt.«

»Jeder hat sein Schicksal zu erfüllen. Ihr, ich und auch die Läufer.« Der Berater wandte den Kopf. »Ich spüre das Mitleid, das Ihr für sie empfindet. Eine sinnlose Verschwendung Eurer Kräfte. Es gibt keine Rettung für sie. Nur der Tod erlöst die Schattenwölfe von ihrem Schicksal.«

Ouwens Blick glitt an Rakul vorbei zur Tür.

»Ich befürchte, ich muss Euch enttäuschen. Sie ist nicht hier.« Der Berater hob scheinbar bedauernd die Schultern. »Aber ich bin kein Unmensch, ich habe eine andere Gesellschaft für Euch angedacht. Wie es scheint, habt Ihr sie noch nicht bemerkt.« Er hob die Laterne an und leuchtete in eine Ecke der Kammer. »Eure Vorliebe für besondere Begleiter ist bemerkenswert.«

Ouwen erkannte die Konturen eines Tieres, das in einer Nische der Wand lag. Schwarzes Fell wurde im Schein der Lampe sichtbar und der Kopf eines Wolfes tauchte aus der Dunkelheit auf. Er erstarrte. *Edevind …*

Das Gesicht der Wandlerin erschien vor seinem geistigen Auge, bevor er die Erinnerung unterdrücken konnte.

»Wie überaus interessant.« Rakul blickte auf das blutverkrustete Fell des Tieres. Zwei Pfeile hatten die Flanke durchbohrt, ein weiterer, abgebrochener Schaft steckte tief in der Schulter des Wolfes. »Dieses Detail ist meinen Informanten wohl entgangen.« Er neigte den Kopf. »Ich musste die Männer zurückhalten, sie wollten ihm die Kehle durchschneiden. Oder sollte ich besser sagen, ihr?« Er nickte bedächtig. »Vielleicht hätte ich sie nicht daran hindern sollen. Ein toter Wolf ist besser als ein heulender, sagt man so nicht? Es wäre ein Gnadenakt gewesen, denn ohne einen Heiler wird sie diese Nacht sicher nicht überstehen.«

Ouwen starrte auf den Körper der Gestaltwandlerin. Edevind hatte ihr Leben riskiert, um ihn zu schützen, und dafür einen hohen Preis bezahlt. Er grub seine Finger in den Handballen und versuchte, den Hass zu unterdrücken, der in ihm aufstieg.

Rakul schloss die Augen. »Eure Gefühle sind genauso unnütz, wie Eure Gabe, die Ihr nicht richtig einzusetzen wisst.« Er musterte Ouwen. »Ich werde Euch ein Angebot unterbreiten, überlegt es Euch gut, bevor Ihr antwortet.« Das Licht in der Laterne flammte unruhig auf.

»Was wärt Ihr bereit zu tun, um das Wechselwesen zu retten?«

Die Furcht kroch wie Gift durch Ouwens Körper. Der Funken Hoffnung, den er bei ihrer Abreise aus Ragohn gefühlt hatte, war zu Staub zerfallen.

Er hob den Blick. »Alles«, erwiderte er leise.

»Nun«, der Berater lächelte, »wir werden sehen.«

KAPITEL 32

Esgar, Königsburg

Der Feuerschein tauchte die Wände der alten Kapelle in ein rötliches Licht. Uriel sah zu Balian, der die Abschriften musterte, die vor ihm ausgebreitet lagen.

»Ist das alles?«, fragte er und hob den Blick.

Sie nickte. »Einige der Formeln sind vielversprechend, aber keine davon stammt aus dem Dreizehnten Buch. Ich erwarte in den kommenden Tagen eine weitere Lieferung aus Arhengam. Angeblich haben die Mönche einige Manuskripte gefunden, deren Inhalt uns interessieren könnte.« Als der Berater nichts erwiderte, strich sie sich eine goldblonde Strähne zurück. »Die Chimäre, sie ist noch am Leben. Der Zauber wirkt.«

Balian nahm die Hand von dem Manuskript, in dem er geblättert hatte. »Ich muss zugeben, dass Ihr mich damit überrascht habt. Sie ist wirklich ...« Er befeuchtete seine Lippen. »Einzigartig. Doch wir sollten nicht vergessen, weshalb wir hier sind. Was unser Ziel ist.« Er wandte sich wieder den Manuskripten zu. »Es gibt nur eine Kraft, die ich begehre. Eine Macht, die alles andere in den Schatten stellt.«

»Ich werde alles tun, um Euch zufriedenzustellen«, entgegnete Uriel.

»Nun, das hoffe ich.« Balian ließ das Blatt auf den Tisch fallen. Seine Augen glitten über ihr Gesicht und wanderten dann zu der Wiege, die neben ihnen stand. »Die Mutterschaft scheint Euch zu bekommen.« Er trat an das Holzbettchen heran. »Ein hübsches Kind. Der Knabe kommt ganz nach Euch, wie es scheint.« Balian streckte die Hände aus und griff nach dem schlafenden Knaben. »Und doch sieht man Euch nur selten mit ihm zusammen. Es scheint fast, als würdet Ihr den Säugling vor dem Hofstaat verstecken und ich frage mich, warum.«

Uriel spürte, wie die Angst an ihr riss, blieb jedoch ruhig.

Der Berater hob den Jungen empor und betrachtete ihn. »Kinder sind so zarte Wesen, nicht wahr? So unschuldig.« Seine Finger fuhren über die Wange des Knaben. »Manche sterben unverhofft, an Krankheiten oder im Schlaf. Findet Ihr das nicht auch bedauerlich?« Er nickte gedankenversunken, ohne ihre Erwiderung abzuwarten. »Sollte ich herausfinden, dass Ihr mir etwas verschweigt, dass Ihr Atorhs Lehren bereits gefunden habt, aber mir die Geheimnisse verweigert … werdet Ihr es bereuen.« Auf seinem Gesicht breitete sich ein Lächeln aus, als das Kind in seinen Armen die Augen aufschlug. »Wie schade, dass Euer Sohn noch nicht sprechen kann. Vielleicht könnte er mir verraten, was seine Mutter vor mir verbirgt.« Er wandte sich Uriel zu. »Vergesst niemals, wem Ihr Gehorsam schuldet. Alles, was Ihr heute seid, was Ihr besitzt, verdankt Ihr nur mir.« Balian legte das Kind zurück in sein Bett. »Denkt immer daran, ich kann Euer schlimmster Feind sein, der Albtraum, aus dem es kein Erwachen gibt. Oder Euer Vertrauter, der Eure Geheimnisse mit Euch teilt. Es ist Eure Entscheidung.«

Uriel antwortete nicht. Ihre Hände, die sie unter den Falten ihres Gewandes verborgen hielt, zitterten.

Balian sah auf die Wiege herab. »Ich sollte das Kind öfter besuchen. Dabei können wir dann auch besprechen, wie wir weiter mit den Krawlarn verfahren. Ich will ausprobieren, wozu sie fähig sind. Anfang des kommenden Mondes reise ich zu den Nordinseln, bis dahin brauche ich Ergebnisse.«

Als er sich hinunterbeugte und an der Decke zog, in die der Knabe eingewickelt war, hob Uriel den rechten Arm.

»Ihr habt etwas Entscheidendes vergessen.« In ihren Augen glomm Hass. »Es ist mein Blut, mit dem sie erschaffen wurden. Nicht Eures.« Sie bog die Finger, als würde sie jemanden heranwinken.

Ein leises Rascheln war zu hören. Etwas bewegte sich in der Dunkelheit. Hinter einer der Säulen wurde ein Umriss sichtbar, ein weiterer kroch hinter dem Regal hervor, das unzählige Schalen und andere Gefäße beherbergte. Uriel lächelte. Es waren zwei Krawlar, doch diese hier waren wesentlich größer als jene Chimäre, die sie Balian vor ein paar Tagen präsentiert hatte. Ihr Blick wanderte an den gebogenen, behaarten Vorderbeinen entlang, an deren Enden sich Krallen abzeichneten. Die spinnenartigen Gliedmaßen der Wesen waren gewaltig.

»Ihr habt noch mehr erschaffen?« Der Berater blickte Uriel an und sah dann wieder zu den Kreaturen, die ihn aus ihren kleinen, dunklen Augen anzustarren schienen.

»Ja, ich habe sie genährt. Und sie gedeihen prächtig, findet Ihr nicht auch?« Zufrieden sah sie dabei zu, wie die Wesen langsam näher kamen. Die lang gezogenen Köpfe ähnelten denen von Ratten, aber die Chimären verfügten nicht nur über eine, sondern zwei Reihen von spitzen Zähnen, die sich wie Messer übereinander aus dem eckigen Kiefer schoben.

»Es ist so viel leichter, sie zu erschaffen, als den Wolfsläufern Leben einzuhauchen. Sie besitzen keine menschliche Seele, dafür aber einen überaus starken Willen.«

»Ihr hättet mir von dieser Entwicklung berichten müssen.«

Uriel wiegte den Kopf. »Ich habe es mir für einen besonderen Moment aufgespart. Ich denke, er ist nun gekommen.« Sie lehnte sich an den Tisch.

Die Kreaturen liefen an ihr vorbei auf Balian zu, der einen Schritt zurücktrat.

»Wollt Ihr mir etwa drohen?« Er kniff die Brauen zusammen. »Ihr habt mir einen Schwur geleistet, oder habt Ihr das vergessen? Ihr könnt mich nicht verletzen. Selbst wenn Ihr es Euch manchmal wünscht.«

»Es ist wahr. Ich habe den Blutschwur abgelegt und es jeden Tag in den vergangenen Jahren bereut.« Aus Uriels Stimme sprach eine Kälte, die sich in ihrem Gesicht widerspiegelte. Sie sah zu den Chimären. »Ich kann Euch nichts tun, doch die Krawlar beschützen das Kind. Ich habe sein Blut mit dem meinen vermischt, als ich sie erschaffen habe. Wenn etwas den Säugling bedroht, kann selbst ich sie nicht davon abhalten, ihre Pflicht zu erfüllen.«

»Ihr wagt es nicht!« Balian wich weiter zurück, aber als er sich umwandte, um zur Tür zu fliehen, war der Weg versperrt. Eine dritte Chimäre war aus dem Nichts aufgetaucht und lief auf ihn zu. Die Laute, die das Wesen dabei ausstieß, prallten von den kalten Steinwänden zurück.

»Ihr habt mich nicht gerettet, nur benutzt«, sagte Uriel. »Aber ich vergebe Euch, denn ich habe erhalten, was ich wollte. Doch niemand bedroht mein Kind, ohne den Preis dafür zu zahlen.« Sie ging zum Kamin und griff nach einem Holzscheit. Die Flammen waren fast erloschen. Die Holzstücke, mit denen sie das Feuer fütterte, würden sie für eine Weile am Leben erhalten. Uriel schloss die Augen und genoss die Wärme, die ihre Haut zum Glühen brachte und die Angst aus ihrer Seele vertrieb. Sie würde sich nie wieder fürchten, weder vor Balian Ragal noch vor jemand anderem. Hinter ihr war ein dumpfer Aufschrei zu hören, als eines der Wesen den Berater ansprang und mit seinem scharfen Stachel durchbohrte. Sie vernahm sein Schreien, als sein Körper auf dem Boden aufschlug und über die Steine gezogen wurde und hörte, wie seine Hände vergeblich nach Halt suchten und um sich schlugen, genau wie das Reißen, während die Krawlar ihre Beißwerkzeuge in seinem Leib vergruben. Das Kreischen der Chimären vermischte sich mit dem Flehen des Todgeweihten, doch Uriel spürte kein Mitleid und bereute nicht, was sie getan hatte.

»Ein letzten Krächzen von Balian, der Krähe«, murmelte sie. Der Geruch von süßem Blut erfüllte die Luft, schwer und durchdringend, wie ein Parfüm, das vom Leiden erzählt.

Die Hexe wandte sich um. Ihr Blick glitt zu den Kreaturen, die aus ihrem Lebenssaft entstanden waren.

»Stärkt euch, meine Lieben. Ihr werdet eure Kräfte brauchen.« Sie lief an den Krawlarn vorbei und beachtete den Körper nicht, der immer noch schwach zuckte, während die Chimären von seinem Fleisch fraßen.

Uriel trat an die Wiege und nahm das Kind heraus.

Ihre Finger fuhren zärtlich über den Haarflaum, der sich am Hinterkopf des Säuglings zu kleinen Locken kringelte. Es wurde Zeit, dass der hohe Rat verstand, welcher Platz ihr gebührte. Welchen Respekt man ihr zollen sollte. Uriel lächelte. Sie hatte dafür gesorgt, dass die Kräutermischung, die man Rakul für die Läufer mitgegeben hatte, nicht stark genug war, um die Erinnerungen der Wesen auf Dauer zurückzuhalten. Es war nur eine Frage der Zeit, bis sich die Tiere gegen diejenigen wanden, die sie zu beherrschen versuchten. Nicht mehr lange und man würde nach ihr rufen lassen. Uriel würde ihre Hilfe anbieten. Und ihren Preis nennen.

Behutsam zog sie die Decke zur Seite, in die der Säugling eingewickelt war, und betrachtete das dunkle Mal, das sich auf dem Bauch des Jungen abzeichnete. Es war seit der Geburt gewachsen.

»Niemand wird dir je etwas antun. Du bist mein Kind, mein Augenstern.« Sie küsste ihn auf die Stirn. »Der wahre Erbe von Esgars Thron.«

Steinwüste von Taluha, Kloster Arhengam.
Zur selben Zeit

Das Refektorium war ein Ort der Ruhe, des Wissens und Rückbesinnung auf Werte, deren Bedeutung viel zu oft in Vergessenheit gerieten. Abacus spitzte die Lippen. Seine von dichten Brauen umschatteten Augen glitten zum Fenster, durch das die Morgensonne ihre fahlen Strahlen warf. In der äußeren Welt war vieles anders und ungleich verwirrend, das Kloster erschien ihm, genau wie vielen anderen Bewohnern Arhengams, wie eine Zuflucht, ein Refugium der Heiligkeit. Nachdenklich schaute er zu den Novizen, deren Häupter tief über die Pulte gebeugt waren. Außer dem Rascheln der Pergamentseiten war nichts zu hören und er nickte zufrieden, während er durch den Raum schritt und sich umsah. In der Nähe eines der vorderen Tische, auf denen zwei Abschriften lagen, deren Tinte noch zu trocknen schien, blieb er stehen. Der Mönch ließ seinen Blick über den Rücken des jungen Mannes wandern, der eine mit farbigen Zeichnungen verzierte Pergamentrolle begutachtete.

Abacus verschränkte die Hände auf dem Rücken, während er über den Namen des Burschen nachsann, der ihm für einen Moment entfallen war. Elrend … Der Junge war seit einigen Tagen bei ihnen, ein stiller Knabe, dessen einzige Leidenschaft die Arbeit mit den Büchern zu sein schien. Er musterte das Gesicht des Novizen, der konzentriert auf das Blatt blickte. Ehrgeiz war nichts Schlechtes, im Gegenteil, ein erstarkter Wille konnte die treibende Kraft sein, etwas zu bewirken. Doch die abweisende Art des Neuankömmlings hatte bereits bei den anderen Anwärtern für Missfallen gesorgt. Abacus seufzte. Es gab Tage, an denen die täglichen Aufgaben und Pflichten, mit denen er sich befassen musste, durchaus lästig waren.

Er zupfte sich an dem bereits ergrauten, kurz gestutzten Bart. Bevor ein weiterer Mond den Zyklus vollendete, musste er sich mit den Manuskripten befassen, die der Neuankömmling mitgebracht und in die Obhut des Klosters übergeben hatte. Bisher hatte er nur einen kurzen Blick auf die Pergamente werfen können, aber er war zuversichtlich, dass sie zumindest in einem der Bücher etwas entdecken würden, das sich als nützlich herausstellen würde. Er wandte den Blick ab und ging weiter. Der Junge hatte ein Empfehlungsschreiben seines Meisters mitgebracht, und Abacus war dankbar gewesen, seinem alten Lehrbruder einen Dienst erweisen zu können. Es waren viele Winter vergangen, seit er mit Guttorm, dem Söldner, die Ausbildung vollzogen hatte, bevor sie beide ihren Dienst für die Götter antraten.

Abacus schob die schmerzenden Schultern zurück. Damals hatte noch keine Gicht seine mürben Knochen geplagt. Er hatte lange nichts mehr von seinem Freund gehört, außer, dass er am anderen Ende des Landes in einem halb verfallenen Kloster hauste. Trotzdem bedauerte er den Tod seines Lehrgefährten. Guttorm war ein guter Mann gewesen, wenn auch kein besonders willfähriger oder bescheidener Mönch. Abacus schüttelte den Kopf und sah zu einem leeren Pult an der Stirnseite des Raumes. Bevor er sich den Neuzugängen widmete, musste er sich einem anderen, wesentlich dringlicheren Problem widmen.

Seine Hand wanderte zu einer Falte in seiner Kutte. Er hatte die Nachricht vor einigen Stunden erhalten. Die Notiz des Priesters, der in der benachbarten Siedlung die Menschen in geistigen Angelegenheiten betreute, hatte ihn tief erschüttert. Abacus wandte dem Jungen den Rücken zu und zog den Stofffetzen hervor. In der Wüste, am Rand des großen Schlundes, der sich wie das geöffnete Maul eines Riesen mehrere Meilen weit durch die Steinwüste erstreckte, waren Knochen entdeckt worden. Menschliche Überreste. Diese Nachricht hätte ihn weit weniger aufgewühlt, wenn der Notiz des Mannes nicht etwas beigelegen hätte. Etwas, das seine Ansichten grundlegend verändert hatte.

Abacus sah zu dem sternenförmigen Oberlicht, welches auf Geheiß des alten Klosteroberhauptes in die Decke eingearbeitet worden war. Ein einfacher, aber überaus wirkungsvoller und nützlicher Eingriff, der den Mönchen während ihrer Arbeit zusätzliches Licht spendete, selbst wenn während der Eismonde die Dunkelheit das Tal beherrschte. Er stieß einen Seufzer aus.

Zwischen den Knochen, die während der Sommermonde im heißen Sand wie Ziegenleder ausgedörrt waren, hatte man etwas gefunden. Etwas, das sich genauso wenig wie die Gezeiten und der Winter, der jedes Jahr länger über Aehdland zu herrschen schien, ohne dass die Ältesten ein Grund dafür benennen konnten, beiseiteschieben ließ. Abacus' Finger krallten sich um den Stoffrest. Er konnte sich gut an den Jungen erinnern. Arestar war ein ruhiger, überaus achtsamer Knabe gewesen, fast so sehr in sich gekehrt wie der neue Novize. Als er im vergangenen Jahr von einem seiner Botengänge ins Dorf nicht zurückgekehrt war, hatten sie nach ihm suchen lassen. Der Weg durch die Steinwüste war selbst für einen erfahrenen Mann nicht ungefährlich, doch sie hatten weder den Jungen noch eine Erklärung gefunden, was mit ihm geschehen war. Viele Monde waren seitdem vergangen und das Gerücht hatte sich verbreitet, dass der Junge davongelaufen war. Es kam vor, dass Novizen die Lehre nicht vollendeten und aufgrund der harten Ausbildung einen anderen Weg suchten. Einen leichteren, der sie zurück in die äußere Welt mit ihren Versuchungen führte.

Abacus senkte den Kopf. Die Kleidung, die man entdeckt hatte, und vor allem der bestickte Saum des Gewandes ließen keinen Zweifel offen. Jeder Novize Taluhas trug ein solches Gewand aus schwerem braunen Stoff, genauso wie jeder einen neuen Namen erhielt, wenn er der Gemeinschaft des Klosters beitrat und sich ihren Regeln beugte. Die Hand des Mönchs zitterte. Die Anfangsbuchstaben waren noch auf dem Garn erkennbar. Ares … nach Arestar. Er selbst hatte dem Jungen den Namen in einer Zeremonie verliehen.

Abacus ließ den Fetzen in seinem Gewand verschwinden. Es war der vermisste Junge, dessen war er sich sicher. Doch warum hatte man seine Überreste in der Nähe des Schlunds entdeckt? Was hatte er dort zu suchen gehabt? Bevor er dem Rat Bericht erstattete, würde er selbst einige Erkundigungen anstellen und versuchen, dieses Rätsel zu lösen. Er hatte dem Kloster und seinen alten Lehrherren Treue geschworen, genau wie den Göttern, denen er bereits sein ganzes Leben diente. Er würde nicht zulassen, dass Unruhe nach Arhengam kam, Furcht und Angst sich über die kleine Gemeinschaft senkten, deren Zusammenleben vor allem von einem abhing. Vertrauen.

Seine Lippen verzogen sich zu einer schmalen Linie. Im ersten Moment hatte er an einen Zufall geglaubt. Arhengam lag eingeschlossen von Felsen am Rand der Steinwüste, in der unvorsichtige Wanderer oftmals ein einsames Ende fanden. Der Tod kam schnell und kannte keine Gnade, wenn im Sommer die Sonne den Sand flirren ließ und die wenigen Pflanzen, die dem öden Klima trotzten, in der Hitze vertrockneten. Doch diese Theorie wies einen nicht unerheblichen, unschönen Makel auf. Man hatte das Skelett halb verscharrt im Sand entdeckt, zudem fehlte der Kopf des Jungen. Entweder hatten Tiere ihn fortgeschafft oder es gab einen anderen Grund für diese Absonderlichkeit. Einen Grund, über den er sich weigerte, nachzudenken und der wie eine dunkle Vorahnung kalt über seinen Rücken kroch.

Abacus strich über den Saum seiner Kutte. Vor einigen Wochen war ein weiterer Junge nach einem Botengang verschwunden, seitdem fehlte von ihm jede Spur. Vielleicht würde man auch seine Knochen irgendwann in der Wüste entdecken. Die Miene des Mönchs verhärtete sich. Wenn er an etwas nicht glaubte, dann waren es Zufälle. Die Götter allein bestimmten ihre Pfade, doch oftmals waren es die Menschen, deren Handlungen – ob nun unwissentlich oder nicht – die Schicksalsfäden neu miteinander verknüpften.

Abacus verließ das Refektorium durch eine der Seitentüren und schritt in Richtung der Kapelle. Er würde zu den Göttern beten und um ihren Beistand bitten. Und dann mit seinen Nachforschungen beginnen.

KAPITEL 33

Nordinseln, Strand von Fahdra

Ouwen sah zu dem Boot, das sie an Land gebracht hatte. Die Ruderer waren dabei, die Schaluppe zurück ins Wasser zu ziehen, die starke Brandung bereitete den Männern Schwierigkeiten. Sein Blick glitt über die aufgepeitschten Wellen. Der Wind fegte über das Meer und ließ das Beiboot wie ein Spielzeug auf den Wogen tanzen. Die Mannschaft würde ihr ganzes Können aufbringen müssen, um es sicher an den Klippen vorbeizumanövrieren.

Er zog am Halfter seines Pferdes, das ihm fügsam über den Strand folgte. Der Sand zu seinen Füßen war pechschwarz. Einige Seeleute hielten diese seltsame Laune der Natur für ein schlechtes Omen, ein Zeichen, dass sich die Welt der Toten mit der der Lebenden auf Fahdra kreuzte. Ouwen strich sich das feuchte Haar zurück. Der erste Maat hatte erzählt, dass die dunkle Färbung von fein geschliffenem Vulkangestein herrührte. Die Insel beherbergte mehrere Feuer speiende Berge, die jedoch schon vor vielen Jahren erloschen waren. Er bückte sich und hob etwas Sand auf, die winzigen Steine schimmerten wie zerstoßenes Glas. Als hätten die Götter Sternenstaub daruntergemengt, dachte er und wandte den Kopf. Rakuls Männer hatten die Böschung bereits erreicht. Er wischte die Hand an seiner Kutte sauber und klopfte dem Wallach beruhigend auf den Rücken, der als Antwort die Mähne schüttelte. Das Heerlager befand sich in der Nähe der Bucht, in der sie angelandet waren. Man hatte ihn auf der Überfahrt zwar nicht wie einen Gefangenen behandelt, er hatte sich frei an Bord bewegen können, aber die Soldaten waren ihm aus dem Weg gegangen, als wüssten sie, dass jemand wie er nur Ärger bedeuteten würde.

Ouwen spürte, wie das Lederband mit dem Anhänger, der unter der Kutte hing, gegen seine Brust schlug. Die Männer hatten ihm sein Messer und auch die Schleuder abgenommen, den schwarzen Bernstein jedoch überlassen, da sie ihn für wertlos hielten. Er hatte bei dieser Erkenntnis ein wenig nachgeholfen, doch er musste vorsichtig sein. Rakul würde es bemerken, wenn er seine Kräfte benutzte. Seitdem sie die Schwarze Festung verlassen hatten, hatte er seine Seherfähigkeiten nur dieses eine Mal eingesetzt. Der Berater besaß ein Pfand, das Ouwen mehr als teuer war. Beim Gedanken daran, welche Qualen Edevind erlitten hatte, drehte sich ihm der Magen um. Sie war zu schwach gewesen, um sich in einen Menschen zurückzuverwandeln und in der Wolfsgestalt verletzlicher denn je. Er schaute zur Böschung hinauf, an deren Spitze Rakuls Soldaten warteten. In wenigen Tagen würde eine Nachhut von mehreren Hundert Männern und dreizehn Schiffen eintreffen. Zusammen mit dem Heer, welches seit Beginn des Winters auf der Insel stationiert war, stand der Krone damit eine eindrucksvolle Streitmacht zur Verfügung, die vor der Küste den Sieg über das gegnerische Lager erringen sollte. König Ehgien wollte noch vor Ende des Winters die Macht über die Inselkette zurückgewinnen. Der Geschwisterzwist über die Vorherrschaft der Eilande hatte Aehdland bereits mehr Männer und Schiffe gekostet, als Ouwen zählen konnte. Der Gedanke, seine Kräfte für den Machthunger eines Mannes einzusetzen, der ihn und andere aus reiner Willkür in den Tod schickte, war ihm zuwider, doch wenn er Edevinds Leben nicht riskieren wollte, musste er sich Rakuls Befehl beugen. Der Berater hatte ihn vor die Wahl gestellt und er hatte seine Forderung akzeptiert. Er würde alles dafür tun, um die Gestaltwandlerin zu retten.

Ouwen stieg die Böschung hinauf und führte das Pferd vorsichtig über den rutschigen Abhang, dessen braun verfärbte Grassoden mit Schnee bedeckt waren. Die Insel war in der Nähe der Bucht kaum bewaldet, stattdessen gruben sich unzählige Steine aus dem hart gefrorenen Boden empor.

»Ein karges Stück Eiland, nicht wahr?« Rakul trat zu ihm, seine Augen glitten über die Landschaft. »Doch ein strategisch wichtiger Ort. Von hier aus sind es nur wenige Seemeilen zum Feindesland. Auf Fahdra wird sich alles entscheiden.« Der Seher nickte seinen Männern zu und saß auf. »Wir werden nicht zulassen, dass diese Emporkömmlinge uns das Land stehlen.«

Ouwen sah schweigend zum Ozean, dessen Wellen sich am Strand brachen, und schwang sich ebenfalls in den Sattel. Was würde ihn im Heerlager erwarten? Er zog die Zügel an und folgte den Männern, die gen Norden ritten. Zwei Dutzend schwer bewaffnete Krieger, befehligt von einem Mann, dessen Kräfte weitaus machtvoller waren, als es Schwerter je sein konnten. Sein

Blick wanderte zu dem Boot, das sich durch die Strömung kämpfte. Die Soldaten auf dem Schiff hatten erzählt, dass das Haus Denarien über eine mächtige Flotte befehligte und ausgebildete Kämpfer einsetzte, die das vahranger Heer zu einem gefährlichen Gegner machten. Doch was konnten Schiffe oder Menschen schon gegen dunkle Magie ausrichten? Ouwen starrte auf den Widerrist seines Pferdes. Seit dem Tod seiner Mutter kannte er den Preis, den Menschen bezahlen mussten, wenn Gewalt und Kriege über sie kamen. Sein Griff um die Zügel wurde fester. Er würde in diesem Krieg für Aehdland kämpfen und der Krone dienen, auch wenn er bezweifelte, etwas ausrichten zu können. Seine Gedankenkräfte waren weit weniger ausgebildet als seine Fähigkeiten mit dem Schwert. Doch er war kein willenloses Werkzeug, das nur auf Rakul Lazars Befehle wartete.

Das würde er nie sein.

Der Berater lenkte seinen Hengst neben ihn. »Wir werden das Lager bald erreichen.« Er musterte Ouwens abgetragene Kutte. »Die Männer halten Euch für einen Anwärter Atorhs und ich möchte, dass sie das auch weiterhin glauben. Es ist effektiver, wenn wir Eure Kräfte geheim halten.«

»Ich verstehe.«

»Wir werden Euch beobachten, seid also gewarnt. Wenn Ihr versucht zu fliehen, werden meine Männer Euch finden und Eure Freundin wird ihren letzten Atemzug tun.« Über Rakuls Gesicht glitt ein Lächeln. »Gut. Ich denke, damit ist alles gesagt.« Sein Blick schweifte zu den Fichten, die den schmalen Pfad säumten. »Seht es einfach als Übung, als Gelegenheit, Euer Talent unter Beweis zu stellen.«

Ouwen ging auf seine Bemerkung nicht ein. »Was geschieht mit der Wandlerin? Werden ihre Wunden versorgt?« Der Berater hatte auf der Burg nach einem Heiler geschickt, doch sie waren noch am selben Tag aufgebrochen und er hatte nicht erfahren, ob der Mann die schweren Verletzungen des Wolfes behandeln konnte.

Rakul klopfte auf den Hals seines Pferdes. »Es wird sich um sie gekümmert. Und solange Ihr meinen Befehlen folgt, ändert sich daran auch nichts. Es liegt an Euch, was mit ihr passiert.« *Vergesst das nie.* Seine letzten Worte bohrten sich wie Pfeilspitzen in Ouwens Geist.

Rakul gab seinem Pferd die Sporen und preschte davon.

Ouwen senkte den Blick, um seinen Zorn zu verbergen. Das Gefühl floss nährend durch seine Venen und durchbrach die Maske der Gleichgültigkeit, die er nur mühsam aufrechterhielt. Seine Hand glitt an die Kutte. Alles in ihm drängte danach, dem Hass nachzugeben, die Kraft zu nutzen, nach der er nie verlangt hatte und die doch ein Teil von ihm war. Er dachte an Grey, die auf ihn vertraut hatte, genau wie Edevind, die durch seine Schuld in Gefangenschaft geraten war, und schloss seine Finger um den Anhänger.

Der schwarze Bernstein glühte auf seiner Haut, ein pulsierendes Herz aus Feuer. Ouwen hob den Kopf. Über seine Iriden zogen feine, dunkle Schwaden. Wolken, die den nahenden Sturm verkündeten.

Aehdland, Königsburg Esgar

Reevas Augen glitten über die Menschen, die am Rand des Weges standen. Sie sah in schmale, müde Gesichter, die ebenso den Winter fürchteten wie den Krieg, der an ihren Grenzen tobte. Ihre Hand fuhr über die Mähne der Stute, die nervös schnaubte und dem Tross folgte, der sich bereits in Bewegung gesetzt hatte. Als wären sie alle Glieder eines Wurms, der sich unaufhaltsam vorwärtsschlängelte. Ihre Finger umfassten die Zügel. Der Ausgang des Kampfes war ungewiss, auch wenn die Männer ihres Gatten glaubten, das feindliche Heer innerhalb weniger Wochen besiegen zu können. Die Götter allein bestimmten über den Ausgang des Krieges. Die Menschen waren nur ihre Marionetten, deren Zeit auf dieser Welt begrenzt war.

Sie wandte den Kopf. Die schwarzen Banner flatterten wie Leichentücher im Wind. Am Abend vor der Abreise hatte man Atorh mit einem Opferfest geehrt, um seine Gunst zu erbitten. Neben persönlichen Gaben, die die Menschen am Altar hinterließen, zusammen mit ihren Wünschen und rituellen Kräutern, waren auch fast dreißig Schafe getötet worden. Eine großzügige Gabe des Königs, in einer Zeit, in der Nahrung das kostbarste Gut war, was ein Volk geben konnte. Reeva hatte der Zeremonie nicht beigewohnt. Sie verabscheute die Opferungen, bei denen die Tiere an Stäben aufgehängt langsam ausbluteten. Es hieß, dem dadurch gewonnenen Lebenssaft wohnten besondere Kräfte inne. Die Priester, die sie auf der Reise begleiteten, trugen einen Teil davon in Phiolen bei sich und sie fragte sich schaudernd, was sie damit bewirken würden.

Reeva schüttelte den Gedanken ab und sah zu den Frauen, die neben ihr ritten. Adelige, die ihre Männer auf der Reise begleiteten, flankiert von Sklaven und Dienern. Sie erkannte einige Gesichter unter ihnen, doch das Oberhaupt der Prozession fehlte. Ihre Schwiegermutter würde in Esgar bleiben, ein Verlust, den Reeva verschmerzen konnte.

Es hatte begonnen zu schneien, der Himmel sandte unzählige weiche Flocken zur Erde, die einen Teppich aus reinem, heiligen Weiß auf dem Boden bildeten. Ihr Blick fuhr zu ihrem Gatten, der an der Spitze des Heereszuges ritt, flankiert von einigen seiner besten Männer. Krieger, die Kjartan persönlich ausgewählt hatte, um an seiner Seite zu reiten. Der neue Heerführer, die Hoffnung Aehdlands.

Sie verzog spöttisch den Mund. Ihr Gemahl verfügte nur über wenig Kampferfahrung und würde auf die Fähigkeiten seiner Vertrauten bauen müssen, wenn sie diesen Krieg gewinnen wollten. Reeva strich über die Glasperlen, die unter ihrem Ärmel hervorlugten. Seit sie die Medizin nicht mehr anrührte, hatte sich keine der Perlen verfärbt. Die Trauer griff erneut nach ihr, als sie daran dachte, wie der Junge, der sie gerettet und mit seinem eigenen Leben beschützt hatte, vor ihren Augen gestorben war. Der Tod schien dieser Tage nicht fern zu sein. Selbst die Hand des Königs war davor nicht gefeit. Balian Ragal würde den Ausgang des Krieges, für dessen Erfolg er stets gekämpft hatte, nicht mehr erleben. Sie hatte den Mann nie gemocht, doch sein Ableben war ein Verlust für das Reich.

Reeva runzelte die schmalen Brauen. Seit Tagen machten Gerüchte die Runde, angeblich hatten einige der Jagdhunde ihres Vaters ihn angefallen und in Stücke gerissen. Ehgien hatte die von Tollwut befallenen Tiere noch am selben Tag töten lassen. Es hatte ihren Vater erzürnt, einen seiner treuesten Vertrauten zu verlieren, noch weniger hatte ihm jedoch gefallen, sich um einen Ersatz bemühen zu müssen – jemanden, der den Rat in seinem Namen auf den Inseln vertrat. Balian hatte in seiner Funktion als Erster Berater nicht nur wichtige Verhandlungen für das Königreich getroffen, sondern auch Pläne betreut, die die Schlacht um die Nordinseln betrafen und die nun dringend Handlungsbedarf erforderten. Es hieß, dass Ariel Lafey und Rakul Lazar aus dem Kreis der Sieben die Nachfolge unter sich entscheiden würden. Wen auch immer ihr Vater bestimmte, um seine Pläne und Befehle auszuführen, sie würde es, wie alle anderen auch, erst erfahren, wenn sie die Inseln erreichten.

Der Wind zog an ihren Haaren und wehte ihre Gedanken fort. Die Aussicht, Esgar zu verlassen und nicht sofort nach Burg Lohleyn zurückkehren zu müssen, war verlockend und verdrängte für einen Moment ihre Sorgen, die wie ein vertrautes Gewicht auf ihr lasteten. Reeva warf einen Blick über die Schulter. Zu dem aufgestellten Heer gehörten über zweihundert Männer, Söldner und einfache Bauern, die dem Ruf ihres Königs gefolgt waren, um für ihr Land zu kämpfen. Den Abschluss des Trosses bildeten die Versorgungswagen, aber es war etwas anderes, das ihre Aufmerksamkeit weckte. Drei der Venguren flankierten einen großen Karren, deren Ladung durch Planen verdeckt war. Für einen kurzen Moment blitzten eiserne Stäbe auf, die zu einem Käfig zu gehören schienen. Reeva wandte den Blick ab, aus Furcht, die Aufmerksamkeit der Wachen auf sich zu ziehen. Was auch immer sich auf dem Karren verbarg, man wollte nicht, dass es bekannt wurde. Ihr Herz begann schneller zu schlagen. Sie erinnerte sich nur zu gut an die rot glühenden Augen, die sie in ihren Träumen verfolgten.

Nach einer Weile erreichte das Gefolge eine Allee mit hochgewachsen Weiden. Schweigende Soldaten, die ihren Dienst am Wegrand verrichteten. Die kahlen Äste waren mit Reif bedeckt und erinnerten Reeva daran, dass ein Ende des Winters noch fern war. Ihre Augen wanderten den Abhang hinab, an dessen Fuße der Thane das Tal durchschnitt. Für einen kurzen Moment fühlte sie wieder seine Kälte und es war, als würde das Wasser ihren Namen rufen. Ihre Finger legten sich um die Perlen des Armbands.

»Ihr könntet mit mir kommen und die Fesseln, die Euch binden, zerschneiden.«

Haydens Worte übertönten das Flüstern, das genau wie das Rauschen des Flusses langsam verebbte. Seit dem Vorfall beim Thronfest waren die Wachen verstärkt worden, man befürchtete einen neuen Überfall. Der Mann, der eines der Ratsmitglieder getötet und trotz eines hohen Aufgebotes an Soldaten entkommen war, gehörte nun zu den meistgesuchten – und meistgehassten – Personen im Reich.

Reeva zog die Zügel an. Sie bereute nicht, Hayden geholfen zu haben, genauso wenig wie sie es bereute, Cher den geheimen Gang offenbart zu haben. Es lagen schon zu lange Schatten über Esgar, in denen Abgründe lauerten, die viele Menschen in ihr Verderben rissen. Es war an der Zeit, die Schleier zu heben. Entschlossen drückte sie ihre Hacken in die Seiten der Stute und ritt voraus. Es war nicht verboten, den Tross zu verlassen und sie verspürte kein Verlangen, länger mit den Frauen zu reiten, die wie folgsame Schafe ihren Hirten folgten.

Reeva wandte sich nicht um, um einen letzten Blick auf die Burg zu werfen. Sie hatte lange genug in der Dunkelheit verharrt und würde die Götter bitten, ihre Schicksalsfäden neu zu verknüpfen.

Aus dem Eingang des Stallgebäudes löste sich eine Gestalt. Wie ein Kobold glitt sie durch die Schatten, schnell und kaum wahrnehmbar, als würde ein Zauber auf ihr liegen. Der Schemen folgte unauffällig dem Tross, der durch das Tor ritt, und nutzte einen unachtsamen Moment der Wachleute, um auf einen der Karren aufzuspringen, die Vorräte für das Heer transportierten. Schwarzes Haar blitzte auf, als der Eiswind an der Kapuze riss, die sein Gesicht bedeckte. Der Junge zog sie tiefer in die Stirn und warf einen Blick auf den Mann, der den Wagen lenkte, doch dieser schien ihn nicht bemerkt zu haben. Vorsichtig schob er das Leinen beiseite und kletterte hinein, dann zog er das schwere Tuch über sich und tauchte unter, während das Heer Esgar verließ und die Menschen am Wegesrand sich abwandten, um ihre Trauer zu vergessen, und sich die Furchen auf dem aufgeweichten Boden erneut mit Schnee füllten.

KAPITEL 34

Ardanhöhle, in der Nähe des Flusses Narve

Hayden blickte auf den Sand in seiner Hand und zerrieb ihn zwischen den Fingern. Die winzigen Körner lösten sich von seiner Haut und schwebten durch die Luft, bevor sie die Form von Flammen annahmen, deren Licht die mit Wurzeln durchdrungenen Wände aus den Schatten auftauchen ließ.

Die Luft wurde merklich kühler, je weiter er in das Innere der Höhle vordrang. Die Lichter verschwanden und erschienen erneut, wie Irrfeuer, das einen Wanderer von seinem Weg abzubringen suchte. Sie folgten Hayden tiefer hinab in die Dunkelheit. Nach einer Weile blieb Halbschatten stehen und ließ seinen Blick über die in Zwielicht getauchten Gänge schweifen, die von dem Pfad abzweigten. Er war lange nicht mehr hier gewesen, doch der Weg war ihm vertraut, genauso wie der modrige Geruch von feuchtem Stein, Moos und dem Unrat der Fledermäuse, der an den Felswänden klebte. Zielstrebig schlug er den Pfad zu seiner Linken ein und wandte sich dann wieder nach rechts. Der Weg wurde hier schmaler und verengte sich zu einem schmalen Spalt in der Wand, hinter dem nichts als Schwärze zu erkennen war.

Hayden lächelte. Der Zugang war durch Magie geschützt, nur Träger der Inrir konnten ihn betreten. Er legte eine Hand an den Stein, der daraufhin aufleuchtete. Ein leises Vibrieren drang durch den Fels und die Wand verschwand. Halbschatten überquerte die Schwelle und hob den Kopf. Die Lichter schwärmten aus und gaben den Blick auf eine Höhle frei, die sich am Ende des Ganges auftat. Surrend flirrten sie durch die Luft und über den See, der die unterirdische Kammer fast zur Hälfte flutete. Ihr blauer Schein tauchte die Felsen in ein kühles Licht und ließ das Gewässer aus der Tiefe erstrahlen.

Hayden wandte den Blick und musterte die versteinerten Gebilde, die wie erstarrte Barten eines Wals von der Decke wuchsen. Die Spiegelung der Topfsteine im klaren Wasser erschuf einen seltsamen Effekt. Als stünde man in dem Rachen eines Ungeheuers, dachte er, und nicht in einem Hohlraum mehrere Fuß tief unter der Erde. Die Ardanhöhle befand sich unterhalb des Flusslaufes des Narve, dessen Wasser als natürliche Quelle auch den See speiste.

Er neigte den Kopf und schloss für einen Moment die Augen. Dies war ein heiliger Ort. Nur wenige Menschen wussten, wie man zu ihm gelangte und welche Geheimnisse die Höhle in ihren Tiefen barg.

»Mirhog, Tejen … Maer, schenkt mir eure Gunst.« Hayden sah zu einer Einbuchtung in der Felswand, die sich bis zur Decke erstreckte, und ging darauf zu. Ein schmales Rinnsal Wasser lief an der Wand herab und floss in ein durch Kalkstein geformtes Becken, wo es sich sammelte und schließlich wieder herauslief und über den Boden rann. Als seine Füße durch das seichte Wasser wateten, veränderte sich seine Gestalt. Graue Strähnen durchzogen seine halblangen Haare, auf seinem Gesicht erschienen Falten, die sich wie ausgetrocknete Furchen eines Ackers in seine Haut gruben. Halbschatten presste die Lippen aufeinander. Es kostete ihn große Kraft, weiterzugehen, aber er blieb nicht stehen. Es war der Preis, den er zahlen musste, um zur Quelle zu gelangen. Würde er verharren, wäre das sein Tod. Sein Körper würde in nur wenigen Wimpernschlägen vergehen und zu Staub werden.

Er stieg die kleine Empore empor. »Ava-le-Fes, Ardan Ley.« Hayden tauchte seine Hände in das klare Wasser des Beckens. Die Oberfläche begann sich zu kräuseln und verdunkelte sich. In dem Quellwasser stiegen Funken auf, winzige Lichtpunkte, die kurz darauf verschwanden. Er schöpfte etwas von dem Wasser heraus und trank einen Schluck, dann wusch er sein Gesicht. Als er sein Spiegelbild im Wasser betrachtete, sah er, dass die Zeichen des Alters bereits verblasst waren. Nur eine einzelne graue Strähne war geblieben, die unter seinem dunklen Haarschopf verschwand.

»Ein Pfand für ein Pfand«, murmelte er.

Hayden griff nach dem kleinen Beutel, der um seinen Hals hing. Vorsichtig öffnete er das Band und ließ den Inhalt in das Becken rieseln. Es war nur noch ein winziger Rest Sand übrig. Feine Wirbel bildeten sich im Wasser, das eine tiefblaue Farbe annahm. Er schöpfte erneut Wasser heraus und hielt seine Hand über den Beutel. Als das Wasser durch seine Finger rann, verwandelte es sich in Abertausende von Sandkörnern, die sich wie feiner Wüstenstaub am Boden des Beutels sammelten, bis er schließlich fast randvoll gefüllt war. Zufrieden knotete Hayden den Beutel zu und warf einen letzten Blick auf den dunkel schimmernden See. Er würde sehr lange nicht an diesen Ort zurückkehren können.

»Mögen die Dreizehn über mich wachen.« Er steckte den Beutel unter sein Hemd und lief den Weg zurück, den er gekommen war.

Am Eingang der Höhle wartete bereits Elox auf ihn. Der Vogel hielt den Kopf unter seinem Flügel verborgen und schien zu schlafen. Hayden rief ihn stumm zu sich.

Der Wächter sah ihn aus seinen schwarzen Augen an und erhob sich von dem Felsen, auf dem er gesessen und auf Halbschattens Rückkehr gewartet hatte. Krächzend stieg er in die Luft und landete kurz darauf auf Haydens ausgestrecktem Arm.

»Du musst etwas für mich tun, mein Freund.« Halbschatten strich über das seidige Gefieder. *Überbringe Ouwen die Botschaft, dass ich bald bei ihnen sein werde.*

Der Vogel legte den Kopf schief und starrte ihn wissend an.

Hayden lächelte. Er fühlte eine tiefe Verbundenheit mit dem Tier und würde seinen Gefährten vermissen.

»Behalte den Jungen im Auge, bis ich bei euch bin«, sagte er leise.

Der Novâl breitete die Flügel aus und schwang sich in die Lüfte. Hayden blickte dem Vogel nach, der zwischen den dichten Wolken verschwand, und knüpfte den Mantel zu. In Gedanken versunken trat er aus der Höhle, die am Rand eines kleinen Wäldchens lag. Seine Hand fuhr an das Heft, in dem der Dolch steckte. Für diese Reise würde er nicht nur magische Reserven benötigen. Doch er war bereit. Er würde an der Seite seiner Freunde kämpfen.

Elox kreiste über ihm am Himmel, seine Schwingen fingen das Sonnenlicht ein, das sich durch die Wolken kämpfte, und sein schwarzes Gefieder zum Glänzen brachte. Sein Krächzen hallte über den Fluss und den Wald mit den alten Fichten und hoch aufragenden Tannen und wurde als Echo mit dem Wind davongetragen.

EPILOG

Esgar, Königsburg. Einige Tage zuvor

Der Schmerz presste ihm die Luft aus den Lungen, scharf und eisig, wie Frostsplitter, die mit der Strömung aus den Bergen herab auf dem Thane schwammen, wenn der Winter sein Zepter erhob und die Götter den Eismonden ihre Kräfte verliehen. Für einen kurzen Moment verlor die Welt ihre Farben und Schwärze umwand sein Bewusstsein. Ein leises Stöhnen entwich seinen Lippen. Die harten Steine, auf denen er lag, schienen zu antworten und flüsterten in sein Ohr. Fast zärtlich schmiegten sie sich an seinen geschundenen Körper, der wie ein zerbrochenes Spielzeug am Fuße der Treppe lag, und raunten ihm seltsame Dinge zu. Er wusste, wenn er ihnen länger lauschte, würde er vergessen und nichts mehr spüren, auch nicht die Kälte, die nach seiner Seele griff.

Die Stimmen oberhalb der Treppe verschwammen zu einem undeutlichen Rauschen, wie Wellen, die gegen Klippen schlagen. Cher versuchte seine Hand zu heben, aber sein Körper gehorchte ihm nicht. Ein brennendes Reißen fuhr durch seine Schulter und für einen Moment verblasste der Schmerz und sein Geist versank in Dunkelheit. Erst als ihn jemand vom Boden hob, erwachte er wieder.

Seine Hände wollten nach dem Messer greifen, doch er erinnerte sich, wie er es bei dem Kampf auf der Treppe verloren hatte. Daran, wie es sich verwandelt hatte …

Der Mann warf ihn über die Schulter, als wäre er ein Sack Mehl, und ging schnaufend auf den Ausgang zu. Cher gab keinen Laut von sich. Es war klüger, wenn der Söldner, dessen Kleidung nach altem, fettigen Fleisch roch, glaubte, dass sein Lebensodem verloschen war. Von Fern hörte er den Lärm der Menschen, die über den Burghof eilten. Der Wind spielte mit seinen Haaren, wie ein übermütiges Kind, und riss an den Zipfeln seines Gewandes. Ein metallisches Schaben erklang, der Riegel eines Tores wurde zurückgeschoben, und der Mann trat durch den Eingang, bevor er Cher packte und zu Boden warf.

Chers Gesicht schrammte über den harten Boden, er presste seine Zähne zusammen, um nicht laut aufzuschreien. Der Söldner stieß ihn mit dem Stiefel an und er wagte nicht zu atmen, bis der Mann sich endlich abwandte und davonging. Das Tor fiel ins Schloss und Stille senkte sich auf ihn hinab, gefolgt von einer tiefen Müdigkeit, ein verlockendes Versprechen auf ein Ende der Qualen. Chers Körper begann zu zittern, während er die Hände aufsetzte und sich langsam aufrichtete. Für einen Moment wurde ihm schwindelig, doch er schüttelte die Schwäche ab und hob den Kopf. Es war niemand zu sehen, nur eines der Pferde streckte den Kopf aus seinem Stall und wieherte leise. Er spannte den Kiefer an. Seine linke Schulter ließ sich nicht bewegen, wahrscheinlich war sie ausgerenkt oder gebrochen. Doch er hatte Glück gehabt, bei einem solchen Sturz konnte man weitaus mehr verlieren. Die Treppe im großen Saal wand sich mehrere Stockwerke hoch zu den oberen Etagen. Seine Finger fuhren an die Wunde, aus der Blut rann. Die Klinge des Beraters war anscheinend an einer Rippe abgeprallt und auch wenn es wie Feuer brannte, würde es ihn nicht umbringen. Noch nicht.

Sein Blick irrte durch den Stall. Er musste es irgendwie hier herausschaffen, bevor der Mann oder jemand anderes von der Wache zurückkamen. Balian hatte sein Gesicht gesehen, genau wie der Soldat, der ihn hergebracht hatte. Er würde zurück in die Totenstadt kehren und seine Leute aufsuchen, und dann für eine Weile untertauchen, bis sich die Aufregung gelegt hatte. Bis man den Jungen vergessen hatte, der so dumm gewesen war, seine Klinge gegen einen königlichen Berater zu erheben.

Cher wischte sich Dreck aus der Stirn. Was hatte er sich nur dabei gedacht! Nicht viel wahrscheinlich, denn dass es ihm jede Menge Ärger einbringen würde, hatte er von vornherein gewusst. Aber über zerbrochene Scherben zu jammern, brachte niemandem etwas. Er ließ seine Hand in die Tasche seines Mantels gleiten. Etwas magielarischer Beistand konnte nicht schaden, wenn er es hier herausschaffen wollte. Vorsichtig zog er eine kleine, halb ausgefranste Feder heraus. Es war alles, was ihm momentan zur Verfügung stand und er konnte nur hoffen, dass sein Plan gelang. Er zog sich an der Stallwand hoch. Der Knöchel seines linken Fußes war angeschwollen, jede einzelne Bewegung sandte Schmerzen aus. Seine Augen wanderten zu dem Hengst, der ein paar Schritte entfernt in seiner Box stand. Ein verschmitztes Lächeln glitt über sein von Schrammen übersätes Gesicht.

»Wir sollten uns ein wenig näher kennenlernen«,

murmelte er und hob das verletzte Bein an. Sein Blick glitt zum Tor. Der Mann würde sicherlich bald zurückkehren, bis dahin musste er verschwunden sein. Er konnte sich zwar nicht erinnern, wann er zuletzt auf dem Rücken eines Pferdes gesessen hatte, aber die Auswahlmöglichkeiten waren begrenzt und wenn das Tier ihn nicht abwarf, hatte er zumindest eine Chance, die Burg zu verlassen.

Ein Funken Hoffnung. Mehr verlangte er nicht.

Cher hielt die Feder an seine Lippen. »Aliah Vit!«

Mögen die Götter mir beistehen.

Ein helles Flimmern stieg von dem Federkiel auf, bevor es lautlos verglühte, und Dunkelheit hüllte ihn ein, in der nichts zu hören war, bis auf sein Herz, das gegen seinen Brustkorb schlug.

GLOSSAR

Die Dreizehn Götter

Dreizehn Geschwister, aus Feuer und Asche geboren.
Den Elementen und Geistern zugewandt.
Der Magie ergeben, die alles Leben miteinander verbindet.

Vers 14, Erstes Buch. Aus den Chroniken der Dreizehn

Aenai
Göttin des Zorns und des Krieges, Schutzpatronin von Söldnern und Soldaten. In den Chroniken oftmals mit Pfeil und Bogen dargestellt. Ihre Pfeile verfehlen angeblich niemals ihr Ziel. Aenai wird deshalb auch als Hüterin der Jagd verehrt, Jäger bitten um ihren Beistand vor einer Hatz.

Aresh
Meister der Schwertklinge und der Schmiedekunst. Der Gestaltwandler wird, wie seine Schwester *Aenai*, von freien Kriegern gleichermaßen wie von Soldaten als *Gott des Kampfes* verehrt. Sein Schwert besteht aus unzerstörbarem Stahl und wurde einst in den Feuern der Unterwelt geschmiedet. Es heißt, Aresh wurde noch niemals

im Kampf besiegt und das sein Geist des Nachts als riesiger, schwarzer Wolf auf der Erde unter den Menschen wandelt.

Atorh
Gott der zwei Gesichter, Herrscher über die Unterwelt. Lenker des Lebensrades und Bewahrer der Schlüssel zum Reich der Toten. Wird im Volksmund auch als *Der Einäugige* oder als *Gott des Todes* bezeichnet. Besitzt die Macht, Leben zu nehmen und auch zu geben. Laut Überlieferungen hat er eines seiner Augen im Kampf mit seiner Schwester *Aenai* verloren. Urteilt über die Verstorbenen, deren Taten und Sünden, wenn sie nach ihrem Tod sein Reich betreten. Atorh wird meist mit dem Symbol einer Totenmaske abgebildet, oder durch ein schwarzes, geschlossenes Auge.

Von König Ehgien Taran zum Beschützer Aehdlands und der Krone erhoben. Das als allsehend geltende Auge Atorhs ziert Tempel im ganzen Land und auch das königliche Wappen. *Atorhs Gabe* bezeichnet die Macht, aus totem Fleisch erneut Leben entstehen zu lassen.

Ilbar
Göttin der Weisheit, Seherin und Hüterin des Wissens. Von Gelehrten als Schutzpatronin verehrt. Verfügt über die Fähigkeit, sowohl die Zukunft zu sehen als auch in die Vergangenheit blicken zu können. Laut Überlieferungen gehörte sie zu den Göttern, die ihre Gabe als Teil der *Inrir* den Menschen zum Geschenk machten.

Kahlen Ra
Beschützer der Wälder und des Lebens, welches in ihnen gedeiht. Gestaltwandler und Herr der Dunkelwesen, zu denen auch die Chernin (Kobolde, die unter der Erde leben), zählen. Genau wie seine Schwester *Yngve* steht er den Naturgeistern nah. Kahlen Ra's Odem werden heilende Kräfte nachgesagt. Es heißt zudem, er kann einen Menschen mit einem einzigen Blick erstarren lassen oder ihn in eine Kreatur des Waldes verwandeln.

Maer
Hüterin der Schatten und des Zwielichts, Traumbringerin. Tritt oftmals in der Gestalt eines geflügelten Nachtmahrs in Erscheinung und besucht die Menschen nach Anbruch der Dunkelheit. Ihre Träume gelten als Warnungen oder prophezeien Unglücke. Zeichnet sich über dem heimischen Herdfeuer ein tanzender Schatten ab, so die Sage, ist Maer nicht weit. Feuerstellen werden daher oft in die Mitte der Wohnkammern gestellt, damit sie keine Schatten an die Wände werfen.

Mirhog
Gott des Windes, Beherrscher der Stürme. Wird oftmals durch das Zeichen eines Vogels symbolisiert. Gestaltwechsler und Seelenführer. Laut Überlieferungen aus den *Chroniken der Dreizehn* bringt er die verirrten Seelen Verstorbener auf seinen Schwingen in das Reich der Toten.

Odar
Bewacht gemeinsam mit *Valen Rahd* die Tore der Unterwelt. In den Überlieferungen meist mit dem Körper eines

Tamirs, eines Riesenhirsches, dargestellt. Laut der *Chroniken* besitzt er die Fähigkeit, mit einer einzigen Berührung seines Geweihs Seelen auflösen und für immer dem Vergessen preisgeben zu können.

Rögnval
Beherrscher der Meere und Gezeiten. Unter seinem Einfluss stehen auch die Wesen und Tiere, die in seinen Tiefen hausen. Gilt als unbeständig und launisch. Man sagt, seine Kinder bewachen als Ungeheuer die Fluten der Meere. Rögnvals Runenzeichen ist der Umriss eines Fisches. Seefahrer bringen seit Jahrhunderten vor ihren Reisen Opfer an ihn dar. Speisen, aber auch Blutopfer, um sein Wohlwollen zu erlangen.

Tejen
Herrscherin über Flüsse und Seen und Hüterin des magischen Flusses *Kar,* der eine Grenze zwischen der Ober- und Unterwelt darstellt. Verstorbene, die in *Atorhs Reich* und damit in die *Andere Welt* gelangen wollen, müssen eine Brücke über das Gewässer überqueren, um die Tore der Unterwelt zu erreichen. Das Symbol der Göttin ist eine zweiköpfige Schlange oder eine geteilte Wasserlinie. Man sagt, Tejens Macht reiche so weit, dass ein Mensch der ihren Zorn erweckt, ertrinken kann – selbst wenn seine Füße in der Wüste wandeln.

Valen Rahd
Wächter der Totenpforten. Hütet zusammen mit seinem Bruder *Odar* die Tore der Unterwelt. Verfügt über die Fähigkeit des Gedankenlesens und sieht die Lebensfäden der Menschen, in denen alle Sünden aufgelistet sind. Va-

len Rahd führt die Seelen Verstorbener auf ihrem Weg durch das Totenreich der *Anderen Welt.*

Vihor
Gestaltwechsler und Elementwandler. Laut Überlieferungen tritt er in unterschiedlichen Erscheinungen auf, meist jedoch als Wirbelsturm oder Eisregen. Besucht oft die Oberwelt und wählt dazu verschiedene Menschengestalten. Angeblich bevorzugt er dabei die eines jungen Kindes.

Yngve
Göttin der Hoffnung und der Erneuerung, auch *Göttin des Frühlings* genannt. Wird oft als junges Mädchen mit einem Blumenkranz im Haar abgebildet, oder als einzelnes Blütensymbol. Menschen beten zu ihr für ein Ende des Winters, aber auch in Liebesbelangen und für Fruchtbarkeit. Die Göttin besitzt die Gabe, Verzweifelten Hoffnung zu schenken und ihre Qualen zu lindern. Yngve steht eng in Verbindung zu den Naturgeistern, welche versteckt unter den Menschen leben.

Begriffserklärungen und Symbolik

Andere Welt
Atorhs Reich, Welt der Toten und Heimstatt der Geister. In Schriften auch als *Unterwelt* bezeichnet. Verstorbene Seelen müssen nach ihrem Ableben die Oberwelt verlassen und sich in Atorhs Reich einer Prüfung unterziehen, in der ihre Taten und Sünden während ihres

Lebens bewertet werden. Seelen kann sowohl Verdammung als auch Auslöschung drohen, aber auch ewiger Frieden.

Chroniken der Dreizehn
Überlieferungen der Götter, die von Menschen aufgezeichnet und über die Jahrhunderte in Manuskriptform bewahrt wurden. Die Heiligen Schriften beinhalten Legenden der dreizehn Geschwister und auch Formeln der Macht, die bei korrekter Anwendung besondere Fähigkeiten verleihen können. Neben den Gaben der *Inrir,* die einst von den Göttern an die Menschen gegeben wurden und verschiedene Talente beinhalten, die einzige Möglichkeit an magische Kenntnisse zu gelangen.

Fluss Kar
Wird auch der *geteilte Fluss* genannt oder *Tejens Pforte.* Eine Grenze zwischen der diesseitigen Welt und der Unterwelt Atorhs, der *Anderen Welt.* Von Sehern und Wahrsagern häufig als Runenform verwendet, um den Wechsel zwischen den Welten zu kennzeichnen. Das Zeichen wird den Toten beigelegt, wenn sie bestattet werden, ein Symbol ihrer Reise über den Fluss der Göttin Tejen.

Heiliger Rat
Bezeichnung für den *Kreis der Sieben,* auch als Rat der magischen Berater Esgars bekannt. Seit Jahrhunderten fester Bestandteil des aehdanischen Hofes, bestehend aus sieben Mitgliedern mit unterschiedlichen Fähigkeiten und Talenten. Zum Rat gehören auch magische Anwärter, sogenannte Venguren, welche jedoch nicht gleichberechtigt in der Entscheidungsgewalt sind, sondern die Rats-

mitglieder bei ihren Handlungen unterstützen und von ihnen ausgebildet werden.

Inrir

Auch als *alte Gaben* bekannt. Laut Legende wurden die Inrir einst von den Göttern den Menschen zum Geschenk gemacht. Zu den Talenten gehören die Fähigkeiten der Elementbeherrschung, des Gestaltwandelns, des Schattensehens und auch Gedankenlesens. Auch der Seelentausch mit einem anderen Lebewesen ist eine der besonderen Fähigkeiten, die jedoch nur wenige Menschen beherrschen. Die Träger der Kraft werden Omar genannt. Die Kraft der Inrir kann nur über das Blut vererbt werden, von einer Generation magisch Begabter zu einer anderen.

Magielarien

Überbegriff für Formeln und magische Hilfsmittel, die bis zu einem gewissen Grad vorhandene Fähigkeiten verstärken und auch magische Zauber auslösen können. In Aehdland dürfen Magielarien nur von königlichen Ratsmitgliedern, dem Kreis der Sieben, oder ihren Venguren verwendet werden. Dem gemeinen Volk ist die Ausübung von Magie untersagt.

Moktar

Bezeichnung für einen Menschen ohne besondere magische Begabung. Nicht allgemein gebräuchlicher Begriff. Von dem *Kreis der Sieben* aus dem königlichen Rat Aehdlands für *Nichtmagische* verwendet.

DANKSAGUNG

All we have to decide is what to do
with the time that is given to us.

J.R.R. Tolkien

Mein Dank gilt allen, die mich bei meinen Entscheidungen unterstützt haben. Meinen Freunden, die auch an jenen Tagen ein Ohr für mich hatten, wenn ich weder schreiben noch denken konnte. Er geht an Nannette, Stine und Constance, die Geschichten genauso lieben wie ich, an Thomas und Silke, deren Tür mir immer offen stand, an Mareen aka Lizzy, die mich auf dieser Reise seit Anbeginn mit Feder und Schwert begleitet und an Jenny, die mit mir durch die finstersten Totengänge gewandert ist und deren Optimismus wirklich einen Orden verdient.

Er geht an alle, die bereit sind, neue Welten zu entdecken, auch wenn der Weg dorthin durch verschlossene Schränke und unheimliche Türen führen mag. An die Leser von *Zeit der Eismonde*, deren Worte und Feedback mir unendlich wertvoll sind, an meinen Agenten Peter Molden und meine Lektorin Catrin Abert, für ihren Glauben an neue Geschichten und das Team von Piper Fantasy. An Peter und Doreen, die das Buch in die Welt verteilt haben und an Paula Franke von artfabrikat.de für ihren wundervollen Entwurf einer Landkarte, der Aehdland für jeden, der diese Welt bereisen möchte, sichtbar gemacht hat. Und natürlich an meinen Mann, ohne dessen Unterstützung ich diese Zeilen niemals schreiben würde. Deine Worte tragen mehr Magie in sich, als dieses Buch.

Mögest du mich noch durch tausend Welten begleiten.